영·미·캐나다 미스테리 걸작선

정　성　호　편역

명지사

책 머리에

이 책은 현재 영국과 미국, 캐나다에서 가장 많이 읽히고 있는 작가들의 미스테리 단편 14편을 엄선하여 작가의 사진, 프로필과 함께 수록하였다.

미스테리는 우선 재미있어야 하고, 의외성이 있어야 하며, 스릴과 서스펜스, 긴장감, 그리고 사실성이 있어야 한다고 생각한다. 그런 의미에서 여기에 수록한 단편들은 이들 조건을 모두 갖춘 우수작으로 미스테리의 진수를 만끽할 수 있으리라 생각된다.

특히 캐나다 미스테리를 우리나라에 처음 선보임으로써 독자들의 기대에 다소나마 기여했으리라는 흐뭇함을 느낀다.

이 책에 소개된 기상천외한 사건들은 단번에 독자들을 흥미진진한 상상의 세계로 끌어들여 지루한 여름날의 무더위를 말끔히 씻어 주리라 믿는다.

끝으로 이 책을 빛보게 해주신 명지사 박명호 사장님께 심심한 사의를 표하며, 귀사의 무궁한 발전을 기원하는 바이다.

1993년 여름

화곡동에서 정 성 호

차 례

그녀는 돌아오지 않았다

She Didn't Come Home

Sue Grafton

수 그래프튼

켄터키주 루이스벨에서 태어난 수 그래프튼은 1982년 「알리바이 A」로 데뷔할 때까지 TV 드라마 작가로 활약했다. 여탐정 킨지 밀혼은 미국의 현대 여성을 대표하고, 이 시리즈는 미국에서 베스트셀러를 자랑하고 있다. 1985년도에 발표한 「나는 도둑이다」로 MWA상 수상함. 1986년 「시체 C」로 1986년도 앤소니상을 수상했다.

그녀는 돌아오지 않았다

수 그래프튼

9월, 산타 테레사. 가을의 발자국 소리가 살며시 다가오면 누구든지 공연히 들뜬 기분에 사로잡힌다. 가을은 신학기의 계절이다. 산 지 얼마 안 된 통학용 옷과 신발, 새하얀 노트, 그리고 아직 이빨 자국이 없는, 새로 깎은 끝이 뾰족한 연필. 어느덧 여덟 살의 동심으로 돌아가 미래에 무한한 가능성이 있는 것처럼 여겨진다. 1년의 시작은 1월 1일이 아니다. 새로운 해가 시작되는 것은 가을, 그것도 바닥이 닳지 않은 새들슈즈와 한 군데도 움푹 들어간 곳이 없는 도시락이 그 실감을 우리에게 가져다 준다.

내 이름은 킨지 밀혼. 여성, 나이는 32세. 두 번 이혼한 적이 있으며, 현재는 로스앤젤리스 북쪽 95마일 지점에 있는 조그만 마을에서 킨지 밀혼 탐정 사무소를 경영하고 있다. 나의 일은 뷰티 살롱과 같이 이른바 그 때뿐인 서비스업이 아니다. 나에게 찾아오는 손님은 대개 곤란을 겪고 있어서 내가 그것을 대신 해결해 주기를 기대하고 있는 사람들이다. 그것도 한 시간당 30달러에 플러스 필요 경비라는 가격으로. 월요일 아침 9시에 내가 사무실에 출근했을 때, 로버트 아카만의 메시지가 자동 응답 전화기에 수록되어 있었다.

"여보세요, 저는 로버트 아카만이라고 합니다만, 제 전화를 받는 즉시 연락을 해주시지 않겠습니까? 실은, 제 아내가 행방불명이 되어 어떻게 하면 좋을지 걱정을 하고 있습니다. 아무쪼록 힘이 되어 주셔서 그녀를 찾아주시기 바랍니다." 그의 목소리 뒤에는 아이들의 높은 울음 소리가 깔려 있었다. 내가 질색으로 여기는 소리다. 그는 마지막으로 다시 한 번 자기 이름을 반복했으며, 전화번호를 알려주었다. 나는 포트에 커피를 따르고 나서 그의 전화번호를 돌렸다.

전화를 받은 것은 조그만 아이였다. 분명치 않은, 속삭이는 듯한 '여보세요' 라는 소리에 뒤이어 수화기에 대고 내뿜는 거친 숨결이 들려왔다.

"잘 있었니? 아빠와 이야기를 하고 싶은데."

"응." 이 말만 들리고 긴 침묵이 이어졌다.

"아빠는 계시니?"

쿵 하고 수화기가 테이블에 놓여지는 소리가 들렸으며, 카페트가 없는 방인진 몰라도 쿵쾅거리는 발자국 소리가 뒤이어 들렸다. 얼마 안 있어 로버트 아카만의 목소리가 들렸다.

"루시, 당신이야?"

"킨지 밀혼입니다, 아카만씨. 지금 막 자동 응답 전화기에 들어 있던 당신의 메시지를 들었습니다. 무슨 일이 있었는지 사정을 말씀해 주시지 않겠습니까?"

"아, 예. 그러니까——, 애들아!"

돌연, 외설스러운 장난 전화의 응수에 자주 사용되곤 하는, 경찰관의 호각소리 같은 날카로운 외마디 소리가 수화기 저편에서 내 고막을 찔렀다. 너무나도 갑작스러운 일이라서 수화기를 떼놓을 틈도 없었다. "어머! 고막이 찢어질 것 같군요."

그가 품행이 좋지 않은 장난꾸러기들을 달래고 있는 동안, 어쩔 도리 없이 나는 따분하게 기다려야만 했다.

"미안합니다." 한참만에 그는 전화기로 돌아왔다. "저, 가능하다면 저희 집으로 와 주실 수 없겠습니까? 저는 꼼짝도 할 수 없을 정도로 바쁘거든요."

그에게서 주소와 가는 길을 대충 듣고 나는 방을 나와 차로 향했다.

로버트와 행방불명인 아카만 부인이 살고 있는 곳은 주택단지 중의 한 채였다. 아마 40년대에 세워진 것일 것이다. 당시는 아직 패밀리룸이나 컨트리키친, 남녀 혼욕의 온수 욕조 등은 생각도 할 수 없었던 시대였으므로, 건물은 말하자면 극히 간소한 드라이벽으로 이루어진 네모난 상자였다. 좁고 답답한 거실에 L자형의 식당겸 부엌, 두 개의 9피트, 12피트짜리의 침실 사이에 욕실이 하나. 내가 집의 외관을 대충 훑어보고 있자니 도어 쪽에서 로버트가 모습을 드러냈다. 건축업자가 유일하게 시간을 들여 판자를 댄 바닥은, 이 일가의 경우 무참히도 그 특질이 어긋나 버려져 있었다. 아이들에 의해 바닥 여기저기에 긁힌 자국이 나 있었으며, 안으로 들어가기도 전에 한눈에 아이들이 신발에 묻혀서 들여온 것임에 틀림없는 먼지 섞인 모래가 판자 바닥 표면에 얇게 쌓여져 있는 것을 알 수 있었다.

로버트는 점차로 머리카락이 빠져가고는 있지만, 아직 소년티를 얼굴에 남기고 있는 남성이었다. 나이는 서른이 조금 넘은 것 같았다. 야윈 몸매에 핸섬한 용모를 가지고 있으며, 검은 눈에 이마 중간까지 검은 머리카락이 드리워져 있다. 그리고 치노팬티에다 단순한 무늬의 흰 티셔츠를 입고 있다. 팔에는 생후 8개월쯤 되어 보이는 아기를, 쇼핑 보따리를 안듯이 허리에 대고 안고 있었다. 또 한 아이는 그의 오른쪽 다리에 매달려 있으며, 세 아이째는 세발 자전거를 타고 시끄러운 괴성을 발하면서 여기저기 벽과 출입문에 닥치는 대로 몸을 부딪치고 있었다.

"자, 안으로 들어오시지요. 이 아이들이 놀고 있는 동안에 뒤뜰로 나가 이야기를 하도록 합시다."라고 말하고 로버트는 붙임성이 있는 미소를 띄웠다.

나는 그의 뒤를 따라 어지러이 흘어진 좁은 집안을 빠져나가 뒤뜰로 나섰다. 그는 그곳에서 안고 있던 아기를 오리목으로 둘러싸인 모래밭 위에다 눕혔다. 두 번째 아이는 로버트의 벨트 고리에 매달린 채 엄지손가락을 물고 나를 올려다보고 있다. 세번째 개구쟁이는 포치 가장자리에서 세발 자전거에 탄 채, 필사적으로 발판을 내리려 하고 있었다. 나는 아이를 좋아하지 않는다. 솔직히 말해서 딱 질색이었다. 특히 진흙투성이 운동화로 마구 돌아다니는, 철이 들지 않은 나이의 아이들은. 유아들도 내가 그들을 싫어하고 있는 것을 개와 같이 민감하게 알아차리고, 나를 멀리서 에워싼 채 적의를 품은 듯한 눈길로 이쪽을 노려보고 있었다.

뒤뜰은 목책으로 둘러싸여져 있었으며, 모래가 들은 50파운드쯤 됨직한 마대자루가 뜰의 여기저기에 마구 뒹굴고 있었다. 로버트는 종이 상자로부터 홈메이드풍의 쿠키를 꺼내 아이들에게 건네주며 새라도 내몰듯이 그들을 집안으로 들여보냈다. 앞으로 15분만 있으면 과자의 달콤한 설탕이 그들의 뇌수를 녹여버릴 것이다. 나는 손목시계에 눈길을 주고 그때까지는 이곳에서 떠나고 싶다고 희망했다.

"론체어에 앉겠습니까?"

"아녜요, 여기도 괜찮습니다." 나는 잔디 위에 앉았다. 론체어는 어디에도 눈에 띄지 않았으나 그의 배려는 고마웠다.

그는 모래밭 가장자리에 털썩 앉아 한 손으로 거칠게 머리카락을 쓸어올렸다. "후——, 이런 꼴을 보이다니 부끄럽습니다. 아내인 루시가 이

틀 전부터 사라져 버렸답니다. 그녀는 금요일에 직장에서 돌아오지 않았으므로, 그 이후 이렇게 나 혼자서 아이들 뒷바라지를 하고 있지요.”

“당연히 경찰에는 연락하셨겠지요?”

“물론이죠. 금요일 밤에요. 아내는 탁아소에 맡겨 두었던 아이들을 찾으러 나타나지 않았던 겁니다. 그래서 7시에 그녀가 아직 오지 않았다는 전화가 이곳으로 걸려왔습니다. 나는 틀림없이 아내가 도중에 식료품점이나 어딘가에 들러 쇼핑이라도 해서 늦어지고 있을 거라고 생각하여 대신 탁아소에 가서 아이들을 데리고 왔습니다. 그러나 밤 10시가 되어도 그녀에게서 아무런 연락이 없었으므로 뭔가 사고라도 일어난 것이 아닌가 하고 걱정이 되기 시작했지요. 그래서 그녀가 일하고 있는 직장의 상사 집에 전화를 걸어봤습니다. 그의 말인즉, 아내는 여느 때와 같이 저녁 5시에 회사를 나갔다는 것입니다. 그 말을 듣고 나는 즉시 경찰에 연락했습니다.”

“실종인 수사과에도 신고했습니까?”

“오늘 신고할 예정입니다. 성인의 경우는 72시간이 지난 후가 아니면 실종으로 인정되지 않는다고 하더군요. 하지만 신고한다고 하더라도, 경찰이 이내 손을 쓸 것 같지도 않습니다.”

“그 밖에도 경찰의 말을 듣고 달리 손을 써보지 않았습니까?”

“네, 그다지 특별한 것은 아닙니다만, 일단 아는 사람에게는 빠짐없이 전화를 걸어봤습니다. 베이커즈필드의 그녀의 모친과 그녀 친구의 직장에까지요. 그래도, 아무도 그녀가 어디에 있는지 짐작조차 하지 못했습니다. 나는 그녀의 일신상에 무슨 일이 일어난 것이 아닌가 걱정이 되어 죽을 것 같습니다.”

“이 마을의 병원에도 조회해 봤습니까?”

“했고말고요. 맨먼저 그 일이 떠올랐는걸요.”

“최근에 뭔가 고민이나 불만을 당신에게 털어놓은 적은 없나요?”

“없어요, 특별한 것은 아무 것도 없었어요.”

“그러면, 특별히 우울해하고 있는 모습이라든가, 평소와 다른 행동은 보이지 않았나요?”

“음——, 그러고 보니 요즈음 2개월 가량은 여느 때와 달리 우울한 모습을 보이곤 했어요. 매년 이 계절이 되면 그녀는 정해 놓고 기분이 고조되곤 했었습니다. 자신의 국민학교 시절을 떠올린다고 말하곤 했었어요.” 그는 가볍게 어깨를 으쓱였다. “나 같은 놈은 옛날을 떠올리고 싶지도 않지만요.”

“하지만 이런 식으로 돌연 행방을 감춘 적은 이전에는 없었겠지요?”

“물론입니다. 나는 단지 그녀의 최근 분위기를 물으셨으므로 내 생각을 대답했을 따름입니다. 특별히 그것이 기묘하다든가 이상하다고 느낀 적은 없습니다.”

“부인은 알콜이나 마약과 관련된 문제는 없었습니까?”

“루시는 그런 것에 손을 대는 타입의 여자가 아닙니다.” 그는 딱 잘라 부정했다. “그녀는 몸집이 작고 귀여운, 온순한 타입의 여자예요. 내성적이고 가정적이라고 할 수 있지요.”

“부부간의 말다툼은요? 두 분 사이는 원만했습니까?”

“네, 적어도 나는 그렇게 생각하고 있습니다. 때로는 사소한 말다툼을 벌이곤 합니다만 그다지 심각한 말다툼은 아니었습니다.”

“말다툼의 원인은 무엇이었죠?”

그는 슬픈 듯한 미소를 지었다. “대개는 돈 문제지요. 세 아이를 기르게 되면 아무리 돈이 있어도 결국은 부족하곤 하니까요. 나 자신은 가족이 많을수록 좋습니다만, 경제적으로는 결코 편치 못합니다. 내 희망 같아서는 아이는 네다섯쯤 원합니다만, 그녀는 셋이면 충분하다고 말하곤 합니다. 특히 가장 위의 애가 아직 국민학교에도 들어가지 못한 지금의 상태로는요. 그러므로 말다툼의 원인이라고 한다면…… 아이를 더 가질 것인가 그렇지 않을 것인가 라는 점에 관해서지요."

"두 분 모두 벌고 계시지 않습니까?"

"둘 모두 돈벌이를 하지 않으면 안 되지요. 그렇게 하지 않으면 도저히 꾸려나갈 수 없으니까요. 그녀는 다운타운에 있는 제삼자 보관 회사에 근무하고 있으며, 나는 전화 회사에서 일하고 있습니다."

"회사에서는 어떤 일을 합니까?"

"기구 설치계입니다."

"부인에게 그 밖에 좋아하는 남성이 있는 것 같은 낌새는 없었습니까?"

그는 후 하고 깊은 숨을 내쉬고는 양 다리 사이에 나 있는 풀을 뿌드득뿌드득 잡아뜯었다. "차라리 그래 주었으면 좋겠다고 생각합니다. 똑같은 생활에 싫증을 내어 문득 기분 전환을 위해 주말을 모텔이나 어디서 보내려 했다면 말입니다."

"하지만 그녀가 그렇게 했으리라고는 당신으로서는 생각할 수 없는 일이라는 말씀이군요?"

"네, 그래서 더욱 걱정입니다. 아무쪼록 누군가에게 발견되기를 바라고 있습니다."

"아카만씨……."

"로브라고 불러 주세요."

사건 의뢰인은 어째서인지 정해 놓고 이렇게 말한다. 다른 점은 불리우는 이름뿐이다.

"로브, 지금 상황에서는 경찰을 신뢰하고 모든 것을 맡기는 것이 최선의 길이라고 생각합니다. 나는 단순한 일개인에 지나지 않습니다. 경찰이라면 얼마든지 조직력을 가지고 있어서 대규모의 수사를 펼 수 있을 뿐더러, 그 비용을 단 한푼이라도 당신은 지불할 필요가 없기 때문입니다."

"조사료는 비쌉니까?"

"한 시간 당 30달러에 플러스 필요 경비입니다."

그는 잠시 궁리하고 있었으나, 이윽고 내 안색을 살피듯이 눈을 치켜 뜨고 이쪽을 바라보았다. "우선, 10시간만 부탁할 수 없을까요? 샌디에 고 동물원에 가기 위해 3백 달러 저축해 놓은 돈이 있거든요."

나는 어떻게 할 것인지 궁리를 해보았으나, 본심을 말하자면 이 소년 다운 얼굴에 대고 노우라고 대답한다는 것은 나로서는 매우 어려운 노릇 이었다. 게다가 잠시 조용했던 아이들이 또 다시 큰 소리로 떠들어대기 시작했으므로 한시라도 빨리 이 집에서 도망치고 싶었다. 그래서 조사 의뢰 요금을 계약금조로 얼마쯤 받는 것은 단념하고, 10시간이 지난 시 점에서 명세서가 딸린 요금 청구서를 그 앞으로 보내겠다고 대답했다. 계약서도 나중에 우송하겠다고 말했다. 쿠키를 더 받기 위해 아빠에게 몰려들기 시작한 꼬마들과의 접촉을 극력 최소한에 그치게 하고 싶었기 때문이다. 마지막으로, 최근에 찍은 루시의 사진을 부탁했으나 로버트가 가지고 있었던 것은 2년 전의, 그것도 연장의 두 아이와 함께 찍은 스냅 사진 한 장뿐이었다. 사진 속의 그녀는 이미 아이들을 힘에 겨워하고 있 는 모습이었으나, 이것은 아직 세 명째의 아이가 태어나기 이전의 것이 었다. 나는 문득 내 팔만큼이나 되는 기다란 다리를 가진 큼직한 세 명의 아들에 둘러싸인, 과묵하고 몸집이 작은 루시 아카만의 모습을 떠올려 보았다. 만일 내가 그녀라면 행선지는 뻔한 것이다. 훨씬 떨어진 땅으로 달아나는 것이다.

루시 아카만은 내 사무실에서 그다지 멀지 않은 스테이트 거리에 있는 조그만 회사에서 제삼자 보관을 위한 조건부 발효 증서를 다루는 직원으로 일하고 있었다. 사무실은 조촐하고 아담했다. 흰 벽으로 된 방에 붉은 녹빛과 갈색 격자로 된 가구가 놓여 있었고, 바닥에는 갈색이 섞인 오렌지빛 카페트가 깔려 있었다. 벽에는 고갱의 복제화가 나란히 걸려 있었으며, 어느 데스크에나 화분이 놓여 있었다. 나는 우선 이곳 사무실 매니저인 메리만 부인이라는 여성에게 자기 소개를 했다. 그녀는 60대쯤 되어 보이는, 머리카락을 잔뜩 세워 부풀렸으며, 끝이 뾰족한 힐이 달린 목 짧은 부츠를 신은 여성이었다. 아마 그녀는 머지 않아 연금의 대부분을 머리카락과 몸장식을 위해 쏟아부을 것이다.

"로버트 아카만씨의 의뢰로 부인의 행방을 찾고 있습니다만."

"그러세요? 아카만씨도 가엾게시리. 사정은 들었답니다." 그녀는 건성으로 말했다. 그녀의 눈은 특별히 이렇게 말하고 있었다. '흥, 어차피 찾아낼 수 없을걸!'

"부인이 어디 있는지, 무엇인가 짐작 가는 곳은 없습니까?"

"그 점에 관해서라면 사저랜드씨에게 상세히 물으셔야만 할 겁니다." 그녀가 보인 태도는 실로 빈틈없고 노골적이었으나, 나로서는 그녀가 무엇인가 알고 있으며 실은 입이 근질거려서 참기 어려워하고 있는 듯한 인상을 받았다. 나는 사저랜드씨를 만난 후 다시 한번 그녀와 천천히 이야기를 해 보고 싶다고 생각했다. 그러나 우선은 그녀의 말대로 조직의 톱에게서 이야기를 들어야만 한다. 이러한 소규모 오피스에서는 특별히 형식과 서열이 중시되는 것이다.

가빈 사저랜드는 회전의자에서 일어나 데스크 너머로 커다란 손을 내게 내밀었다. 그러자 나머지 또 한 사람의 종업원인 통장계인 바바라 헴달이 곧바로 일어서서, 한 마디 양해를 구하고 자리를 떴다. 사저랜드씨

18

는 그녀의 뒷모습을 배웅하고 나서 나에게 그녀가 앉아 있던 의자를 권했다. 가죽을 씌운 의자 안에 몸을 파묻자, 시트에 바바라 헴달의 체온이 남아 있어서 그 감촉이 묘하게 뜨뜻미지근했다. 그녀한테서도 알고 있는 것을 들어보기로 하자, 이렇게 자신에게 타이르고 나서 새삼스럽게 이 회사의 부사장에게 관심을 집중했다. 나는 그들의 이름과 지위를 모조리 머릿속에 집어넣고 있었다. 그도 그럴 것이, 눈앞 그의 데스크에는 놋쇠로 된 두드러진 문자로 만들어진 명패가 놓여져 있었으며, 그 밖의 두 명의 여성들은 간호사같이 가슴에 흰 플라스틱으로 된 명찰을 달고 있었다. 얼핏 본 바로는, 이 사무실에서 일하고 있는 사람들은 루시 아카만을 포함해도 네 사람밖에 없으며, 일부러 명찰을 달지 않더라도 서로를 잘 못 볼 리는 없을 것처럼 여겨졌다. 아마 이것은 사원의 얼굴을 분별하지 못하는 고객에 대한 배려일 것이다.

가빈 사저랜드는 몸집이 컸으며, 확실히 학생 시절에는 스포츠만 즐겨 했을 것이라는 느낌의 남성이었다. 45세쯤 되어 보였으며, 탄탄한 머리 부위에 금발이 나 있었으나 꼭대기 부분은 머리카락이 약간 빠져 있었다. 배도 적당히 나왔으며, 새우등으로서 손에는 땀이 배어 있었다. 상의는 입고 있지 않았으며, 풀을 먹였음직한 흰 셔츠는 꾸깃꾸깃해져 있었고, 베이지색 개버딘 바지에는 무릎 위 부분에 앉아 있었던 주름이 굵게 몇 가닥 나 있었다. 마치 지금까지 열차에 흔들려 미국 본토를 횡단해 왔다고 말하더라도 이상스럽지 않을 만큼 매우 지친 모습이었다. 그런데도 상대에 개의치 않는 옷차림과 완전히 중년티가 풍기는 체형에도 불구하고 그가 상당히 핸섬하다는 것만큼은 인정하지 않을 수 없었다.

"처음 뵙겠습니다, 미스 밀혼. 저희 회사에 잘 오셨습니다." 상대에게 신뢰감을 품게끔 하는 잘 울리는 낮은 목소리였다. 그러나 나는 그의 눈매가 마음에 들지 않았다. 어쩌면 이 남자는 사기꾼이 아닐까? "금요일 밤부터 아카만 부인이 귀가하지 않았다구요?" 그가 말했다.

"네, 그렇습니다." 나는 대답했다. "당신이 보신 직장에서의 그녀의 근무 태도는 어땠습니까?"

그는 내 얼굴을 힐끗 쳐다보았다. "그것 말입니다만, 아무래도 당신에게 숨김없이 털어놓아야만 할 것 같군요. 실은 통장계가 통장상에 착오가 있는 것을 발견했습니다. 아무래도 루시 아카만이 우리 회사에 위탁된 50만 달러의 돈을 빼내 도망친 것 같습니다."

"그렇게 많은 돈을 어떻게 빼내 도망갈 수 있단 말입니까?"

나는 꽥꽥 설쳐대는 아이들을 내팽개치고 리오의 해변에 뒹굴며 코코넛 섭실에 들은 남국의 칵테일을 쭉쭉 빨고 있는 루시 아카만을 뇌리에 떠올렸다.

사저랜드씨는 자못 유감인 듯한 표정으로, "그것이 사실은 단순한 방법이랍니다. 그녀는 우선 몬테베로에 있는 은행 지점에서 신규 구좌를 개설하여 다른 구좌에 불입해야만 할 수표를 그쪽에 넣었던 것입니다. 그리고 지난주 금요일에 어느 굵직한 부동산 거래가 완료되었다고 말하고, 50만 달러 이상의 돈을 현금으로 인출했습니다. 그녀의 데스크 가장 밑의 서랍에서 그 은행 통장이 나왔습니다."라고 말하고 데스크 너머로 소책자를 불쑥 내밀었으므로, 나는 그것을 받아쥐었다. 통장 페이지에는 표지에서 바닥까지 '해약'이라고 본뜬 문자가 조그마한 펀치 구멍으로 뚫려져 있다. 안의 내용에 눈길을 주자, 과거 3개월 동안에 걸쳐 간격을 두고 10회의 불입금이 있었으며, 지난주 금요일 날짜로 잔고가 제로로 되어 있었다.

"이러한 금전의 관리는 다른 사람이 한 번 더 체크하지 않았나요?"

"6월에 1년의 회계 감사가 끝나 버렸습니다. 그때는 아무런 문제가 없었지요. 우리는 그녀를 절대적으로 신뢰하고 있었으며, 이제까지는 그녀도 그 신뢰에 보답해 왔습니다."

"거금이 없어진 것은 오늘 아침에 알았습니까?"

"네, 하지만 솔직히 말하자면 금요일 밤에 자택으로 로버트 아카만에게서 전화가 걸려왔을 때, 수상하다고는 느꼈습니다. 한 마디도 이유를 알리지 않고 자취를 감춰 버리다니, 전혀 그 여성답지 않은 일이기 때문이지요. 이곳에서 근무하고 나서 8년 동안 그녀는 항상 착실하고 꼼꼼하게 일해 왔거든요."

"그래요? 착실하고 꼼꼼하다는 점만큼은 틀림없는 것 같군요." 나는 이렇게 대답하고 질문의 화살을 돌려 다음과 같이 물었다. "경찰에는 이미 연락하셨겠지요?"

"지금 막 하려는 참이었습니다. 그 후는 법인기업국에도 알려야만 하겠지요. 그녀가 이토록 엄청난 일을 저지르다니! 내 목도 날아가 버릴 겁니다. 아마 이 사무실도 완전히 폐쇄되어 버리겠지요."

"사무실 안을 둘러봐도 괜찮겠습니까?"

"그래봐야 무엇하겠습니까?"

"그녀의 행방을 파악할 단서가 반드시 어딘가에 뒹굴고 있을 겁니다. 일찍 손을 쓰면 손이 미치지 않는 곳으로 도망치기 전에 붙잡을 수 있을지도 모릅니다."

"글쎄요, 그렇게 생각대로 잘 될까요?" 그는 조그만 목을 갸웃거렸다. "그녀가 마지막으로 목격된 것은 금요일 오후입니다. 벌써 꼬박 이틀 이상이나 지났습니다. 지금쯤은 어딘가 안전한 장소에 몸을 숨기고 있을 거라고 생각되는군요."

"사저랜드씨, 그녀의 남편은 이미 내게 요금 3백 달러 분의 조사를 의뢰했습니다. 일부러 돈을 들인 시간과 노력을 헛되이 할 수는 없잖습니까?"

그러자 그는 물끄러미 내 눈을 응시했다. "경찰이 싫어하지 않을까요?"

"어쩌면 그렇겠지요. 하지만 나는 그들의 방해를 할 마음도 없으며, 무엇인가 단서가 발견된다면 경찰에 반드시 알릴 작정입니다. 어쨌든 오늘 오후 전까지는 경찰도 이 가짜 형사를 이곳에서 내쫓는 일은 어려울 겁니다. 만일 내가 그녀 행방의 단서를 찾아낸다면 회사나 그리고 경찰에 대해서도 당신의 평판은 훨씬 달라지지 않겠습니까?"

결국 그는 내 끈기에 굴복하여 한숨을 내쉬고 자포자기식으로 한 손을 흔들었다. "이제 와서 그런 것이 무슨 소용이 있겠어요? 자, 무엇이든 당신 원하는 대로 하도록 하세요."

내가 그의 방을 물러나왔을 때, 그는 경찰에 다이얼을 돌리고 있었다.

루시의 데스크에 앉아 간단히 조사해 보았으나, 데스크 안은 깨끗이 정리되어 있었다. 서랍의 내용물은 흔히 있는 사무용품뿐이었으며, 사물은 아무 것도 눈에 띄지 않았다. 데스크 위에는 한 장씩 젖히는 일력이 있었다. 나는 한 페이지씩 날짜를 거슬러 올라가 2개월쯤 이전까지의 메모를 체크했다. 일과 무관계한 개인적인 메모는 8월 2일 날짜의 부인 건강 센터에서의 예약과, 지난주 금요일 오후의 두 번째 예약뿐이었다. 그날 루시는 필시 바빴을 것이 틀림없다. 병원에 가서 의사에게 진단을 받고, 그 길로 은행으로부터 회사돈 50만 달러를 빼내 도망쳤으므로. 첫번 예약 때에 그녀가 연필로 써넣은 의료 센터의 주소를 메모해 두었다. 사무실 안의 두 명의 여사무원들은 데스크에 들러붙어 일에 전념하고 있는 체하면서 나의 일거수일투족을 슬쩍슬쩍 훔쳐보고 있었다.

루시의 데스크를 다 조사하자, 나는 의자에서 일어나 성큼성큼 메리만 부인의 데스크까지 걸어갔다. "아카만 부인이 만든 은행 구좌의 통장을 복사하고 싶습니다만, 이곳에서 할 수 있습니까?"

"네, 사저랜드씨의 허가만 있다면요." 그녀는 즉각적인 대답을 피했다.

"그리고 근무중에 그녀는 코트나 백을 어디에 두고 있었습니까?"

"안쪽 방에요. 보관실에 제각자의 로커가 있답니다."

"그럼, 그곳도 꼭 보고 싶군요."

그녀가 두 가지 건의 허가를 상사에게 구하기 위해 가 있는 동안, 나는 참을성 있게 기다렸다. 이윽고 그녀의 뒤를 따라 안쪽 방으로 들어갔다. 방에는 주차장으로 통하는 문이 있었다. 그 왼편에는 조그만 세면실, 오른편에는 보관실이 있다. 보관실에는 연결된 직립형의 스틸 제품 로커가 네 개 늘어서 있었으며, 복사기와 사무실의 비품이 차곡차곡 쌓인 몇 개인가의 선반이 놓여 있었다. 어깨 정도까지 높이의 로커에는 하나하나 이름이 쓰여 있었다. 루시 아카만의 로커에는 아직도 작은 자물쇠가 걸려 있었다. 아무런 색다를 것 없는 로커였으나, 안에는 열려지는 것을 거부하는, 정체를 알 수 없는 것이 숨겨져 있는 분위기가 느껴졌다. 자물쇠를 바라보니 내가 가지고 있는, 자물쇠를 여는 일곱 가지 도구를 사용하여 손쉽게 로커를 열어보고 싶은 유혹에 사로잡혔으나, 이제 곧 찾아올 경찰의 특권을 무턱대고 남용하고 싶지는 않았다.

"이 로커가 마지막으로 열렸을 때, 이 안에 무엇이 있었는지 누군가 알고 있는 사람이 있을지도 모르겠군요?" 메리만 부인이 나를 위해 통장 페이지를 복사해 주고 있는 옆에서 일부러 소리를 내어 물어보았다.

"이것도 부탁합니다." 현금을 인출할 때에 루시가 수취 증명서에 사인한 용지의 카본 카피를 나는 그녀에게 건네주었다. 그 종이는 통장 뒷표지 사이에 접혀진 채 끼워져 있었다. "그녀가 어디로 갔는지 당신 생각을 들을 수 있을까요?"

메리만 부인은 외관뿐의 조심스러움을 보이며, 어디까지 나에게 털어놓을 것인가 궁리하듯 입가를 실쭉 오므라뜨렸다.

"남의 비밀을 타인에게 일러바쳤다고 비난받고 싶지는 않아요." 결단을 내려 그녀는 비밀을 쥐고 있다는 것을 암시했다.

"메리만 부인, 범죄가 행해진 것은 거의 틀림없는 사실인 것입니다." 나는 그녀를 부추겼다. "이제 곧 경찰이 오면 저와 똑같은 질문을 당신에게 할 겁니다."

"그렇겠군요. 그래요, 그렇다면 이야기를 해도 별 지장이 없겠지요. 하지만요, 그녀가 지금 어디에 있는지는 나로서는 조금도 짐작이 가지 않습니다. 다만 지난 2, 3개월 동안 그녀의 태도가 이상했던 점만큼은 분명해요."

"예를 들어서, 어떤 식으로 이상했습니까?"

"그러니까, 무엇인가 숨기는 점이 있는 것 같았어요. 이야기를 걸어도 별반 반응도 없고요. 마치 우리가 알지 못하는 비밀을 알고 있는 것 같았다구요."

"그것은 물론 그랬겠지요."

"아녜요, 내가 말하고 있는 것은 그것이 아니라구요." 그녀는 말하기 힘든 듯이 우물거렸다. "즉 그녀는 누군가와 바람을 피우고 있었던 것이라고 생각해요."

그 순간, 나는 귀를 쫑긋 세웠다. "바람을 피웠다구요? 하지만 누구하고요?"

그녀는 입을 꾹 다물고 어지럽게 머리카락에 흩어져 있는 헤어핀 중 하나를 손가락으로 꾹 눌렀다. 그리고 나서 그녀는 눈길을 천천히 사저랜드씨의 사무실 쪽으로 움직였다. 나도 그녀를 따라 똑같은 방향으로 눈길을 돌렸다.

"정말예요?" 나도 모르게 놀라움의 소리를 뱉었다.

'그래서 손에 그렇게 땀이 배어 있었군.' 이것은 혼자서 마음 속으로 중얼거린 말이었다.

"꼭 그렇다고 단언할 수는 없지만요," 그녀는 조그만 목소리로 속삭였다. "남편은 이미 몇 년 동안이나 부인과 사이가 좋지 않았으며, 그녀 쪽역시 그다지 행복하다고는 할 수 없었지요. 하긴 집에 돌아가면 원숭이같은 아이들에게 시달림당했으며, 그런데도 남편은 좀더 아이를 갖고 싶다고 우겨댔으니. 그녀와 사저랜드씨는…… 가비라고 그녀는 불렀어요…… 절대로…… 네, 절대로 둘만이서 살짝 만나고 있었던 것이 틀림없어요. 그렇지만 두 사람의 관계가 이번의 돈 분실 사건과 연관이 있는지어떤지는 나로서는 전연 상상할 수 없지만요." 깡그리 수다를 떨고 난후에 갑자기 그녀는 불안해진 듯했다. "그런데요, 이런 내용을 내가 말했다는 것을 경찰에는 말하지 않았으면 좋겠군요!"

"물론입니다." 나는 보증했다. "다만 그쪽에서 물어올 경우는 예외입니다만."

"그렇겠지요. 그럴 경우는 도리가 없겠지요."

"그런데 이 부근에 여행 대리점은 없습니까?"

"바로 옆에 있습니다." 그녀의 대답이 즉각 돌아왔다.

그 후, 나는 통장계 여성과도 이야기를 했으나, 루시 아카만의 실종 직전 수일 동안의 직장에서의 행동에 이렇다할 특징을 찾아낼 순 없었다. 그래서 나는 주차장에 세워두었던 폭스바겐을 타고 이번에는 8블록 떨어진 그 건강 센터로 향했다. 차를 몰면서 루시가 센터에 간 이유를 생각했다. 그녀는 산아제한을 하기 위해, 그것도 두 번 다시 아이를 낳지 않으려는 조치를 받으려고 간 것이 아닐까? 만일 정말로 그녀가 남편 이외의 남자와 사귀고 있었다면(그리고 이제 어떤 일이 있어도 결코 임신하지 않겠다고 자신에게 맹세했다고 하면), 내 짐작은 반드시 어긋날 리 없다. 하지만 이 추측을 어떻게 증명할 것인가, 그것이 상당히 곤란한 문제였다. 병원 직원이란 환자에 관한 정보를 어쨌든간에 쉽사리 내주지 않는다.

진료소 앞에 차를 세우고 뒷좌석에서 클립보드를 꺼냈다. 이런 때를 위해 나는 어디에나 응용할 수 있는 편리한 소도구를 가지고 다닌다. 얼핏 보아, 이것을 가지고 있으면 취직용 이력서나 보험 지불 청구서라고 상대에게 인식시킬 수가 있다. 보드에 끼운 용지의 한 장에 루시의 이름으로 적당한 내용을 써넣고, '내 개인의 정보를 제공하는 것을 허가합니다' 라고 쓰여진 말미의 공란에 그녀의 사인을 멋대로 날조했다. 사인의 필체는 그녀의 은행 통장에 끼워져 있었던, 현금 인출 신청서의 제록스 카피를 본떴다. 나의 이러한 방식은 특별히 경찰의 눈에서 본다면 사도, 아니 위법으로 비춘다는 것은 알고 있었으나, 내가 얻고자 하고 있는 정보는 결코 법정에 증거로서 제출되는 일은 없을 것이므로, 그 입수 방법은 그다지 문제될 것이 없다고 자신의 양심을 향해 변명했다.

진료소 안으로 들어가자 고맙게도 대기실에는 거의 아무도 없었다. 카운터로 다가가 캘리포니아 신용 보험 회사의 신분증이 들은 지갑을 끄집어냈다. 나는 자신의 사무실 임대료를 내지 않는 조건으로 분명히 캘리포니아 신용 보험 회사를 위해 이따금씩이기는 하지만 보험 조사의 일도 하고 있다. 그들은 이전에 사진을 붙인 자신의 신분증을 발행하는 커다란 실수를 범했으므로, 그 이후 나는 이따금씩 이 편리한 사원증을 뻔뻔스럽게 이용하고 있다.

카운터 안에는 세 명의 여직원이 있었다. 대충 그녀들을 관찰한 후, 가장 연장인 여성에게 눈짓을 보냈다. 이와 같은 장소에서는 젊은 직원은 아무런 권한도 부여되어 있지 않은 경우가 많으며, 따라서 당연히 이쪽이 속이는 일도 불가능하다. 자기 혼자서는 무엇 하나 재량권이 허용되어 있지 않은 그녀들은 단지 멍청이같이 우뚝 서서 앵무새같이 규칙을 늘어놓기만 한다. 게다가 더욱 난처한 점은 권한이 없는 울분을 그녀들은 타인에게 규칙을 강요하는 일로서 해소하려고 하는 경향도 있다.

카운터 건너편으로 다가온 그 여성은 물어볼 것이 있느냐는 듯이 이쪽을 바라보았다. 나는 캘리포니아 신용 보험 회사의 신분증을 보이고, 숨길 것은 아무 것도 없다는 듯이 클립보드 위의 용지를 상대에게 비스듬히 보이도록 내려놓았다.

"실례합니다. 저는 킨지 밀혼이라는 사람입니다만, 잠깐 묻고 싶은 것이 있습니다. 실례입니다만, 성함을 여쭤봐도 괜찮겠습니까?"

그녀는 자신의 이름이 우격다짐으로 알려지는 것을 두려워하는 듯이 이름대는 것을 꺼려했다. "릴리안 빈센트입니다." 마지못해 그녀의 이름이 입에서 흘러나왔다. "도대체 무엇을 알고 싶은가요?"

"루시 아카만에 의한 보험금 급부 신청이 제출되어 있으므로, 지불 청구의 확인을 하고 싶습니다. 이것이 그에 필요한 확인 허가서입니다. 보시지요."

위조한 용지를 그녀에게 건네고 모든 것이 단순한 사무 절차에 지나지 않는다는 것을 어필하기 위해, 나는 자못 바쁜 듯이 클립보드 위에 대고 펜을 굴렸다.

그녀 쪽은 즉시 경계심을 일으켰다. "도대체 이 서류는 무엇입니까?"

나는 멍하니 그녀를 쳐다보았다. "아, 미안합니다. 그녀는 출산 휴가를 신청해 놓고 있으므로 출산 예정일을 알고 싶은 겁니다."

"출산 휴가라구요?"

"그녀는 이곳 환자가 아닙니까?"

릴리안 빈센트는 물끄러미 내 얼굴을 주시했다.

"잠깐 기다려 주세요." 말을 마치자마자 위조 용지를 손에 쥔 채 그녀는 데스크에서 파일캐비닛 쪽으로 가더니 진료 카드를 한 장 뽑아들고 다시 카운터로 돌아왔다. 그녀는 그 진료 카드를 내 눈앞에다 놓았다. "물으신 여성은 난관 시술을 받았습니다." 그녀는 딱 잘라서 말했다.

나는 눈을 동그랗게 뜨고서 그녀가 농담을 하고 있는 것이라는 듯이 얼굴에 희미한 웃음을 흘렸다. "그런 말이 어디 있어요? 그것은 틀림없이 어떤 착오일 것이 틀림없어요."

"보험 회사를 속이기 위해 루시 아카만이 일부러 거짓 신청을 했던 것인지도 모르지요." 그녀는 카르테를 펼쳤다. "이것을 보면 바로 지난주 금요일에 최종 검사와 퇴원 허가를 받기 위해 이곳을 찾아왔습니다. 그녀는 이제 임신할 수가 없습니다."

나는 너무 놀란 나머지 할 말도 잊고 단지 잠자코 진료 카드를 들여다보았다. 과연 그곳에는 지금 그녀가 설명한 점이 쓰여져 있었다. 쇼크를 감추려 하지 않고, 나는 눈썹을 치켜뜨고 조용히 고개를 저었다. "정말, 어떻게 된 노릇인지 모르겠군요. 어쨌든 이 진료 카드의 복사를 부탁드려야만 하겠군요."

"네, 그렇게 하는 편이 좋을 것 같군요." 이 여성은 말하고 탁상식 복사기로 진료 카드를 카피해 주었다. 그녀는 커피를 카운터에 놓고 내가 그것을 클립보드에 끼우는 것을 물끄러미 바라보고 있었다.

이윽고 불쑥, "이런 거짓말을 해놓고 어떻게 발각되지 않을 거라고 생각했을까요?"라고 물었다.

"모두들 속아넘어갈 줄 알았겠지요." 나는 대답했다.

루시 아카만이 일하고 있던 사무실 이웃에 있는 여행 대리점에 돌아왔을 때에는, 이미 정오 가까이 되어 있었다. 그녀가 2주일 전에 항공권을 예약해 놓고 있었던 것은 금방 알 수 있었다. 부에노스아이레스행, 팬암 퍼스트클라스. 그것도 한 장. 그녀는 금요일 오후, 가게문이 닫히기 직전에 티켓을 인수하러 왔었다.

여행 대리점업자는 카운터에 양 팔꿈치를 괴고 어쩐지 두려운 생각이 드는 범죄의 시종을 듣자, 흥미진진한 모습으로 나를 응시했다. "저도 이웃집 사건에 관해 대충 들었습니다." 그는 아직 24세 정도의 청년이었으며, 들창코에 다갈색 머리카락을 가지고 있고, 이빨 사이에 틈새가 벌어져 있었다. 그를 건전한 가족물 텔레비전 프로그램에 나오게 한다면, 틀림없이 사람 좋아 보이는 주인공역에 안성마춤일 것이다.

"티켓 지불은 무엇으로 했나요?"

"현금으로 했어요." 그가 대답했다. "그것이 무슨 문제라도 되나요?"

"그때, 그녀는 특별히 무슨 말을 하지 않았습니까?"

"음──, 별로요. 어쩐지 들떠 있는 것 같아서, 여행지에서 설사하지 말도록 몬테스마 승상에 신경을 써야겠다고 농담을 건넸던 것을 기억하고 있습니다. 그녀가 결혼한 것도 알고 있으므로, 그녀가 없는 동안 아이 뒷바라지는 누가 해주는가, 남편을 혼자 남겨두어도 괜찮을 것인지 등, 이것저것 그녀에게 물어봤었지요. 하지만 질렸어요. 바로 그녀가 그렇게 큰 돈을 가지고 내빼려 하고 있었다니, 나 같은 놈은 백만 년이 지나도 상상도 하지 못할 겁니다. 진짜 아직까지도 믿겨지지가 않는군요."

"어째서 그녀 혼자서 아르헨티나로 가는지는 물어보지 않았나요?"

"음──, 그것도 물어봤지만, 그녀는 아무에게도 알리지 않고 모두를 놀라게 해줄 거라고 말하더군요." 그는 어깨를 으쓱해 보였다. "나로서는 무슨 의미인지 몰랐지만, 그녀는 아이같이 낄낄거리고 웃었으므로 틀림없이 내 쪽이 머리가 둔하여 그 조크를 이해할 수 없는 거라고 그때는 생각했지요."

나는 이곳에서도 그녀의 여정 명세서의 복사를 부탁했다. 그것에 의하면 그녀는 왕복 여비를 지불하고는 있었으나 돌아오는 편 예약은 해놓고 있지 않았다. 아마 부에노스아이레스에 도착하면 돌아오는 편 티켓을 현금으로 정산할 작정이었을 것이다. 나는 여정 명세서의 카피를 아까 받은 진료소에 끼웠다. 이렇게 하여 그녀에 관한 자료가 모아짐에 따라 이렇다할 무엇인가가 머릿속에 걸리기 시작했으나, 나로서는 그것이 어째서인지는 아직 분명치 않았다.

"고마워요, 매우 도움이 되었어요." 나는 감사의 말을 하고 입구를 향해 돌아섰다.

"아녜요, 별일 아닌걸요. 틀림없이 또 한 남자도 몰랐을 거예요." 아무렇지도 않은 듯이 그가 중얼거렸다.

문을 향해 내딛기 시작한 내 발이 뚝 멈춰졌으며, 몸을 휙 오른쪽으로 돌렸다. "몰랐다니, 무엇을요?"

"조크의 의미 말예요. 이곳에 있어도 두 사람의 목소리가 들렸다구요. 그만큼 큰 소리로 다투었으니까요. 특히 남자 쪽이 더했지요."

"그래요? 그런 일이 있었나요?" 나는 그의 얼굴을 응시했다. "그때가 몇 시였었지요?"

"5시 15분쯤이었을 거예요. 이미 옆의 사무실은 닫혀 있었으며, 나도 가게를 닫은 후였지만, 아버지가 청소부들이 올 때까지 꼭 남아 있으라고 지시를 했기 때문이었어요. 이 가게는 아버지 가게이므로 나도 이렇게 거들어 주고 있지요. 그 새로운 청소 계원들은 이미 일을 하고 있었지만 일을 제대로 하나 감독하라고 아버지가 당부를 하셔서요."

"얼마 동안은 줄곧 이곳에 있겠지요?"

"네, 물론이지요."

"잘 됐어요. 나중에 경찰이 이곳에 오면 그 이야기를 다시 한 번 해 주세요."

　머릿속에서 경보 벨이 깨지듯이 마구 울려대고 있는 것을 들으면서 나는 또 다시 옆의 제삼자 보관 회사로 돌아갔다. 바바라 헴달도 메리만 부인도, 오늘은 사무실에서 점심 식사를 해결하기로 한 것 같았다. 아니, 혹은 경찰이 그녀들에게 이곳에 머물도록 명령했던 것인지도 모른다. 장부계는 자신의 자리에 앉아 데스크 위에 샌드위치, 사과, 종이팩 우유를 가지런히 늘어놓고 있었다. 한편 메리만 부인은 패스트푸드숍에서 사온 것 같은 플라스틱 용기에 들은 음식물을 열심히 들쑤시고 있었다.

　"어떻습니까, 수사의 진척 상태는?" 나는 그녀에게 물었다.

　바바라 헴달이 데스크에 앉은 채 커다란 목소리로 대답했다. "형사들은 우리 로커를 열어 증거를 수집하기 위해 수사영장을 가지러 잠깐 돌아갔어요."

　"자물쇠가 걸려 있는 것은 분명히 하나뿐이었는데요." 나는 그 사실을 지적했다.

　그러자 그녀는 가볍게 어깨를 으쓱여 보였다. "그래도 정식의 서류가 없으면 형사라고 할지라도 제멋대로 안을 조사할 수는 없겠지요."

　뒤이어 메리만 부인이 약간 켕긴 듯한 표정을 짓고 동료의 말끝을 이어받았다. "사실을 말하자면요, 형사들은 우리 세 사람에게 자발적으로 자신의 로커를 열어보여 달라고 했답니다. 그래서 물론 우리는 협력했지요."

　메리만 부인과 바바라 헴달은 서로 눈짓을 교환했다.

　"그래서 그 결과는요?"

　메리만 부인은 뺨을 약간 붉혔다. "사저랜드씨의 로커에 일박용의 조그만 여행가방이 있었으며, 그 안에는 그녀의 것인 것 같은 물품이 들어 있었습니다.”

“그 여행가방을 아직도 안쪽 방에 놓여 있습니까?”

“네, 하지만 그것을 지키는 제복 경찰관이 딸려 있으므로 멋대로 가지고 나올 수는 없습니다. 가방의 내용물은 하나도 남김 없이 복사기 위에 펼쳐져 있어요.”

나는 사무실 안쪽으로 들어가 보관실 안을 들여다보았다. 망을 보는 경찰관은 안면이 있는 경찰관이었으므로, 그는 내가 물품에 손을 대지 않는 한 증거품을 관찰하는 것을 제지하지 않았다. 문제의 일박용 여행가방에는, 만일 자신의 다른 짐이 무엇인가의 착오로 다른 곳으로 실려가는 경우에 대비하여 여성이 가까이 두고 쓰는 일상적인 용품으로 채워져 있었다. 칫솔과 치약, 슬리퍼, 얇은 네그리제, 처방전으로 구입한 약, 헤어브러시, 예비 안경, 그 밖에 갈아입을 속옷 밑에 화장용 콤팩트 정도 크기의 약간 부풀어오른 둥근 플라스틱 용기가 있는 것이 보였다.

가빈 사저랜드의 사무실로 들어가 보니, 그는 아직 데스크에 앉아 있었다. 안색이 창백했으며, 셔츠가 바지 허리 부위에서 불거져 나왔고, 양 겨드랑이 부위에 땀이 축축히 배어 있었다. 담배를 피우고 있었으나 그 피우는 모습은 애써 끊은 것을 마지못해 또 다시 피우고 있는 것처럼 보였다. 또 다른 제복의 경찰관 한 사람이 문 안쪽의 오른편에 서 있었다.

나는 문틀에 기대었으나 가빈은 눈을 쳐들려고도 하지 않는다.

“당신은 그녀가 하고자 하는 짓을 알고 있었어요. 하지만 도망칠 때에는 그녀가 당신을 데리고 갈 거라고 생각했지요.”

씁쓰레한 웃음이 그의 얼굴에 번졌다. “인생에는 의외의 일이 따라다니는 법이지요.”

밝혀낸 사실을 로버트 아카만에게 전해야만 했으나 마음이 무거웠다. 조금이라도 시간을 벌려고, 또한 내친 김에 자신이 얼마나 선량한 시민인가를 나타내려고, 나는 우선 경찰에 출두하여 이제까지 수집한 데이터를 그들에게 건네주고 나 나름대로 생각해낸 추리를 설명했다. 그들은 내 활동에 대해 눈물을 흘리며 감사하지도 않았으며, 그렇다고 해서 내가 데이터를 수집하기 위해 범한 몇 가지의 사소한 위법 행위에 관해서도 내가 각오했던 만큼 흠을 잡지도 않았다. 그뿐만 아니라, 이것은 전혀 예상 밖의 일이었으나, 나에 대해 그들은 호의적이며 이해한다는 듯한 태도를 보였다. 그러나 유감스럽게도 이렇게 시간을 버는 일도 그리 오래 가지는 못했으며, 문득 정신이 들었을 때에는 나는 또 다시 아카만의 집앞에 서 있었다.

초인종을 누르고 기다리는 동안 악취미적인 조크가 문득 머리에 떠올랐다. 하이, 로버트, 당신에게 좋은 뉴스와 나쁜 뉴스를 가지고 왔어요. 좋은 뉴스라고 하는 것은 생각했던 것보다 빨리 사건을 해결하여 시간을 절약할 수 있었으므로, 약속한 3백 달러 전부를 나에게 지불하지 않아도 된다는 것이구요, 나쁜 뉴스라는 것은 당신의 부인이 실은 도둑이었고, 아마 이미 죽어 있을 것이며, 이제 곧 체포영장이 나올 것이라는 것이지요. 왜냐하면 부인의 시체를 숨긴 장소가 이럭저럭 밝혀졌으니까요.

문이 열리고, 로버트가 입술에 손가락을 대고 나타났다. "쉿! 아이들이 지금 낮잠을 자고 있어요." 목이 쉰 조그만 목소리로 그는 속삭였다.

그에게 조용히 하라는 지시를 받은 나는 그렇게까지 할 필요는 없음에도 손짓 몸짓을 섞어 과장되게 고개를 끄덕였다.

그의 손짓에 의해 안으로 들어가, 둘이서 발자국 소리를 죽여 집안을 빠져나와 뒤뜰로 들어섰어도 높은 목소리는 나지 않았다. 그 작은 원숭이들이 어느쪽 침실에 잠들어 있는지 나로서는 알 수 없었으며, 내 이야기 소리로 인해 그들이 잠을 깨었다고 핀잔을 듣고 싶지 않았다.

한나절 동안 아이들을 상대로 선량한 아빠역을 감당한 로버트는 완전히 지친 모습이었으며, 무엇보다도 휴식을 필요로 하고 있다는 것을 알았다.

"당신이 이토록 빨리 돌아오리라고는 생각지 못했어요." 그가 속삭였다.

내 목소리도 비밀스러운 분위기에 빨려들어 어느덧 조그만 목소리로 되어 있었다. 어째서인지 국민학교 시절을 떠올렸다――공기에 감도는 가을 냄새, 어린애처럼 모래밭 가장자리에 앉아 이렇게 둘만이서 살짝 이야기하는 비밀 이야기. 이대로 그에게 슬픈 소식을 알리고 싶지 않았으나, 그렇다면 대신에 어떻게 하면 좋다는 말인가?

"그럭저럭 모든 것이 분명해진 것 같습니다." 나는 말을 꺼냈다.

그는 잠시 동안 나를 물끄러미 응시하였으며, 내 표정에서 좋은 소식이 아니라는 것을 깨달은 듯한 모습이었다. "그녀는 무사한가요?"

"유감스럽게도 그렇게는 생각하지 않습니다." 그리고 나서 나는 그에게 그녀에 관해 알게 된 정보를 들려주었다. 회사의 돈을 횡령한 점, 직장 상사인 가빈과의 정사, 여행 대리업자가 들은 말다툼의 일. 로버트는 나보다 먼저 결론에 도달했다.

"그녀는 죽었다는 말입니까?"

"아직 사실이라고 단정짓지는 않습니다만, 그럴 가능성이 짙습니다."

그는 고개를 끄덕이고 눈에 눈물을 떠올렸다. 양팔로 무릎을 감싸안고 주먹 위에 턱을 괴었다. 그의 그런 몸짓은 어린애 같았으므로, 나는 손을 뻗어 그의 어깨에 얹어두고 싶어졌다.

"그녀가 정말로 다른 남자와 관계를 가졌단 말입니까?" 슬픔에 잠긴 목소리로 그가 물었다.

"당신도 내심으로는 의심하고 있었을 겁니다." 나는 대답했다. "몇 개월 동안 침착치 못하고 흥분한 모습이었다고 당신도 말했잖아요. 그런 그녀를 보고 있으면 당신도 이상하다고 생각했을 테지요.”

그는 한쪽 어깨를 쳐들어 티셔츠 소매로 뺨을 타고 흘러내리는 눈물을 닦았다. “모르겠어요.” 그는 불쑥 말했다.

“그러니까 금요일 오후, 당신은 그녀의 사무실에 들러 그녀가 외국으로 가려고 한다는 것을 알았어요. 그래서 당신은 그녀를 살해했던 거지요?”

갑자기 얼어붙은 표정으로 그가 나를 올려다보았다. 처음에 나는 그가 부정할 거라고 생각했으나, 그는 부정해도 소용없다고 깨달은 것인지 잠자코 고개를 가만히 끄덕였다.

“그 후에, 세상에 대한 자신의 심증을 좋게 하기 위해 나를 고용했던 거지요?”

그는 목구멍 안에서 숨이 막힐 때와 흡사한 소리를 내며 울먹이고는 다시금 쉰 목소리로 돌아왔다. “그녀가 나빠요, 그런 짓을 하다니…… 그런 식으로 나와 아이들을 배반하다니. 우리는 그녀를 끔찍이 사랑하고 있었는데…….”

“돈은 지금 이곳에 있나요?”

고개를 숙인 채 그는 다시금 끄덕였다. “당신에 대한 지불에 그 돈을 사용할 마음은 없었어요.” 그는 변명했다. “언젠가 모두들 샌디에고로 놀러 가려고 정말로 돈을 모았던 거예요.”

“예정이 틀어져 버려서 유감이었겠군요.”

“하지만 나도 결코 잘했다고는 생각지 않지요? 당신도 처음에는 속은 것이니까요.”

내가 말한 것은 동물원으로의 가족 여행의 일이었다. 그러나 그는 내가 그의 아내 살해에 관해 말하고 있는 것이라고 받아들이는 듯싶다. 전혀 앞뒤가 맞지 않는 변변치 못한 대화다.

"그래요, 애석한 노릇이기는 해요." 쳇, 무엇을 하고 있는 건가, 나는. 이런 곳에 앉아 살해범을 달래 주고 있다니.

그는 눈이 벌겋게 충혈되어 눈물을 흘리면서, 입술을 떨며 호소하듯이 나를 응시했다. "그런데요, 어디서 내가 실수를 했지요? 무엇이 잘못 되었던 겁니까?"

"당신은 그 일박용 여행가방에 그녀의 일상용품을 채웠을 때, 피임용 페사리를 넣었지요. 당신은 가빈 사저랜드에게 혐의를 씌울 작정이었겠지만, 그녀가 불임수술을 받았다는 것을 모르고 있었어요."

그의 눈에 노여움의 불길이 퍼뜩 스쳤으며, 그리고 눈 깜짝할 사이에 스러졌다. 그에게 있어서는 아내가 직장 상사와 바람피운 것보다도 제멋대로 불임수술을 받아버린 것 쪽이 훨씬 용서할 수 없는 모욕 행위인 것임에 틀림없었다.

"빌어먹을! 그녀는 그런 사내의 어디가 좋았던 것일까요?" 말과 함께 그는 한숨을 토해냈다. "그런 남자는 여자의 몸뚱이만을 목표로 삼는 쓰레기지요."

"그렇지도 않아요." 나는 끼어들었다. "이제 와서 이런 말을 해도 위안이 될지 어떨지는 모르겠지만요, 그녀는 그를 데려갈 마음이 없었어요. 그녀는 단지 자유를 바랐던 겁니다, 알았어요?"

정신을 차리려고 그는 손수건을 꺼내 코를 풀었다. 흘러 넘치는 눈물을 닦은 그는 긴장으로 인해 떨고 있었다. "하지만 시체를 발견하지 못한다면 어떻게 살인을 입증한다는 거지요? 그녀가 어디에 잠들어 있는지 알고 있나요?"

"네, 알고 있어요." 나는 가만히 대답했다. "이 모래밭이지요, 로버트. 그녀는 지금 우리가 앉아 있는 발 밑에 있어요."

그의 몸이 오그라든 것처럼 보였다. "이를 어떻게 하면 좋단 말인가?"

그는 꺼져가는 듯한 목소리로 중얼거렸다. "제발 부탁이니까, 나를 경찰에 넘기지 말아줘요. 돈이라면 몽땅 당신에게 주겠어요. 그런 것은, 나는 한푼도 아깝지 않아요. 단지 아이들과 함께 이곳에 줄곧 있고 싶답니다. 그 애들에게는 내가 필요해요. 그 애들을 위해 한 짓예요. 정말입니다. 부디 경찰에는 아무 말도 하지 말아줘요, 제발 부탁입니다."

나는 고개를 젓고 셔츠 깃을 열어 마이크가 장치되어 있는 것을 보여 주었다. "더 이상 알릴 필요는 없어요. 아까부터 이야기한 것은 모조리 전해졌으니까요." 이렇게 말하고 나는 집 곁의 뜰로 눈길을 던졌다.

이때 천천히 이쪽을 향해 모습을 드러낸 도란 경감을 발견하고, 나는 마음속으로부터 안도의 숨을 돌렸다.

응시하고 있는 남자

The Staring Man

Peter Lovesey

피터 러브제이

1936년 영국의 위튼에서 태어남. 1970년 「죽음의 경
주」로 범죄소설 최우수 신인상을 획득함. 1978년 「마담
탓소가 기다려서」로 실버 드가상을 수상함. 1982년 「가
짜 듀 경위」로 CWA 상 수상함. 아이디어 및 필력이
뛰어나며, 현대 영국의 대표적인 미스테리 작가이다.

응시하고 있는 남자

피터 러브제이

　신혼 여행에서 돌아온 도나는 필름 두 통을 켄징톤 하이 스트리트에 있는 당일 완성의 현상 가게로 가지고 갔다. 제이미가 비인에서 사준 멋진 드레스를 입고 있는 자신의 모습을 빨리 보고 싶어서 견딜 수가 없었기 때문이다. 치롤 농민이 입는 댄도울 스커트라든가, 그라벤의 유명 디자이너의 이름이 붙은 눈이 번쩍 뜨일 듯한 슈트와 드레스. 처음부터 그것을 기대하고 도나는 가벼운 차림으로 신혼 여행길에 나섰던 것이다. 진바지, 티셔츠, 속옷류 외에 가지고 간 것은 결혼식 때에 입었던 가운뿐으로, 소니아 리키엘이 디자인한 버찌색의 그 호화로운 창작 가운은 특별히 주문하여 만들게 한 결혼 의상으로서 조금도 손색이 없었다. 설마 도나가 프람 파레스 로드의 뉴 패션점에서 사온 것이라고는 제이미로서는 알 리도 없었다.

　완성된 사진을 찾으러 간 도나는 가게에서 나오자 곧바로 포장에서 사진을 꺼냈다. 최초의 몇 장인가는 켄징톤 등기사무소의 돌계단 위에서 찍은 것으로 불과 두세 명만의 친구와 함께 도나가 찍혀 있었다. 도나로서는 좀더 거창한 식을 올리고 싶었었다. 장식을 붙인 조랑말이 이끄는 마차를 타고 성당에 가서, 신부 시중을 드는 젊은 아가씨들에게 둘러싸이고, 멘델스존의 행진곡이 흘러나오고, 제이미가 회색 중산모를 눌러쓴다——그러한 식을 올리고 싶었던 것이다. 그러나 도나 자신에게는 지금은 그럴 정도의 경제적 여유가 없었을 뿐더러 심한 잔소리꾼인 어머니에게 비용을 부담시키고 싶지도 않았다. 제이미 쪽은 수표를 휘두를 능력은 물론 있지만, 성당에서의 결혼식은 이전에 경험했으므로 이번에는 관청에서 식을 올리자고 완곡히 주장했던 것이다. 도나는 깨끗이 양보했다. 그 문제로 인해 적대할 마음은 없었던 것이다. 도나에게는 사물의 우선순위라는 것이 있으며, 그 첫째로 드는 것이 걸려든 물고기를 낚아올리는 일이었다.

비인에서 찍은 첫번째 장의 사진은 모짜르트가 살고 있었던 피가로관의 사진이었다. 이 단계에서는 아직 드레스를 구입할 양장점을 발견하지 못하여 도나는 청바지를 입고 있었다. 정말로 애석한 노릇이었다. 음침한 회색과 녹색이 눈에 띄는 그 가느다란 길이라면, 같은 날 오후 늦게 제이미가 사다 준 짙은 주홍색 단도울 스커트와 새하얀 블라우스가 아주 돋보이는, 최적의 배경이 되어 주었을 텐데…….

아주 열심히 도나는 사진을 한 장씩 들춰보고 자신의 복장을 '평가'한 결과, 대개는 양장점에서 입어 보았을 때보다 조금도 뒤지지 않고 우아하게 보인다고 합격점을 매겼다. 제이미가 주로 건물 사진만을 찍었으므로 얼마쯤은 김이 빠져서 건물 사진에는 별로 눈길을 주지 않았다. 하지만 도나 자신이 두 사람의 침실 창문에서 손을 흔들고 있는 사진만큼은 별개였다. 호텔 정면이 나와 있는 그 사진을 찍었던 것은 점심 식사 때였는데, 도나는 아직 옅은 푸른빛 비단으로 된 나이트가운을 입고 있었다. 제이미가 전날 밤에 도나를 놀래 주려고 머리맡에 걸어두었던 가운이었다. 그 일을 떠올리고 도나는 싱긋이 웃었다. 그 사람은 나의 포로가 되어 있는 것이다. 매일 아침, 제이미는 나를 키스와 포옹으로 눈을 뜨게 해주었던 것이다. 혼자서만의 아침 식사 따위는 2주일 동안 한 번도 없었다.

똑같은 사진을 도나는 그날 중에 몇 번이고 바라보았다. 나로서도 잘 해 냈다 라는 기분이 들기는 했지만 그것만으로는 되지 않았다. 안심할 수 있을 정도의 재료를 찾고 있었던 것이다. 제이미에게 도나는 본심을 털어놓아야만 했던 것이다. 이제 더 이상, 이렇게 언제까지고 진실을 감 춰둘 수는 없다…….

같은 날 밤, 저녁식사 후에 도나는 제이미에게 사진을 보여주었다. 두 사람이 살고 있는 집은 스트랜드 온 더 그린의 큐 다리 근처에 있는 아 름다운 조지 왕조 시대풍의 저택으로서, 강변에 있는 그 집은 제이미의 것이었으나 그는 일찌기 변호사에게 의뢰하여 도나를 공동명의인으로 삼으려 하고 있었다. 제이미는 부부라는 것은 무엇이든 공유해야만 하는 것이라고 믿고 있는 것이다. 금요일에는 둘이서 제이미의 거래 은행 지 배인을 만나, 두 사람 공동의 예금 구좌를 열기로 되어 있었다.

제이미는 도나의 허리에 손을 뻗어 진짜 불꽃이 타고 있는 가스 스토 브 앞의 소파에 앉아 있는 자신의 무릎 위로 도나를 끌어당겼다. 도나는 근처에 있는 세라믹 타일 테이블에서 사진을 집어 제이미에게도 보이도 록 그것을 비추면서 한 장씩 젖히기 시작했다. 제이미는 도나의 귓불을 깨물고 있었다.

"잘 봐요, 자기." 도나는 가볍게 타일렀다. "오늘 이것을 가지러 가기 위해 점심식사를 거르고 싶었을 정도였다구요. 당신에게 보이고 싶어요, 이것을——."

제이미는 입술을 도나의 입술에 포개었다. "무엇이든 원하는 것을 보 여줘도 괜찮아."

"제이미, 당신도 참!"

제이미는 사진에 지적인 흥미를 품는 체하면서 손을 뻗어 도나의 손에서 한 장 거머쥐었다. "이것은 잘 나왔는걸."

"내 이탈리아제 슈트 말예요?"

"화면 전체가 말이야. 가로수의 배합이 좋아. 오른편에 하늘이 쐐기 모양으로 찍혀 있잖아. 재미있는 구도야. 여기가 셈부룬 공원이었지?"

"기억이 안 나요." 도나는 말했다. 뒤이어 그런 것쯤은 아무래도 좋다고 말하고 싶은 참이었다.

"아무래도 당신은 다른 남자에게 강한 인상을 준 것 같군."

도나는 생각을 고쳐먹었다. "다른 남자라니, 이 사진을 찍어준 사람 말예요?"

"벤치에 앉아 있는 이 남자 말이야."

이 사진에 누군가 다른 사람이 찍혀 있는 것을 도나는 알아차리지 못했었다. 곧바로 넘겨받아 살펴보니 자갈길 우측 한쪽에 무엇인가의 그늘이 되어 있는 벤치가 있으며, 그곳에 앉아 있는, 엷은 가죽색의 허리가 꼭 끼는 자켓을 입은, 새파랗게 젊은 남자가 포즈를 취하고 있는 도나 쪽을 물끄러미 바라보고 있었다.

도나는 약간 머쓱해져, "궁전을 보고 있는 것이 아닐까요?" 라고 말해 보았다.

"그렇지 않아. 내기 해도 좋아, 틀림없다구!"

도나는 다음 사진으로 눈길을 옮겼다. 마차 여행을 하고 있을 때에 제이미가 찍은 몇 장인가의 사진들이다. 마차에 나란히 타고 있을 때 마부가 손가락질로 가리켜 준 오래된 건물을 하나하나 제이미가 스냅 쇼트로서 찍은 것이다. 하긴 제이미에게는 말하지 않았으나, 이런 사진이라면 그림엽서를 사면 해결되는 것이 아닌가, 라고 도나는 생각하고 있었다.

그 스냅 쇼트의 마지막 한 장, 도나의 푸른색 공작 무늬의 드레스를 두드러지게 해주는 갈색 중산모와 회색빛 빌로드 상의 차림의 마부와 나란히 도나가 포즈를 취하고 있는 것이 있었다.

"어라, 또 찍혀 있어. 똑같은 녀석이야!" 제이미가 말했다.

"마부 말예요?"

"그게 아니야, 바보같이! 아까 그 사진에 찍혔던 남자라구. 이것 봐, 뒤쪽에서 슈테판즈돔 발판에 기대어 있잖아."

도나는 그 사진을 자세히 들여다보았다. "똑같이 보이는 자켓을 입고 있을 뿐예요, 다른 사람일걸요."

"아니야, 얼굴을 잘 봐! 아까 그 사진은 어디 있지?"

두 사람은 두 장의 사진을 살펴보았다. 과연 자켓도 똑같았으며, 얼굴도 꼭 닮았다. 볼이 홀쭉한 창백한 얼굴, 움푹 들어간 눈이 그림자같이 검다. 양쪽 사진 모두 그의 눈길은 도나에게 못박혀져 있었다.

"은밀히 당신을 사모하고 있는 남자인 모양이군." 제이미가 말했다.

"그런 소리 마세요. 어쩐지 기분 나쁘단 말예요. 그래도 나를 사모해 주는 남자가 한 사람 생겼으니 싫지는 않군요."

"게다가 이 녀석은 당신을 사모하고 있다는 것을 비밀로 삼으려 하지 않는 것 같은데." 제이미는 도나의 왼쪽 무릎을 손으로 비비면서 중얼거렸다.

도나는 사진이 카페트 위에 떨어지는 것을 그대로 내버려 두었다.

소파 위에서 사랑을 나누고 나서 두 사람은 차게 한 페리에 미네랄 워터를 마셨다. 고백을 하기에 알맞은 때가 있다면, 그것은 지금이라고 도나는 판단했다. "저어, 나는 아직 당신에게 모든 것을 털어놓지는 않았어요. 매우 부끄러운 기분예요. 그것에 관해 이야기하고 싶어요."

"속 시원히 털어놓도록 해요, 나의 천사!" 제이미는 개의치 않고 대답해 주었다. "과거 이야기라면 잊어버리도록 해. 나는 현실주의자니까. 당신 정도의 미인이 스물네 살이 될 때까지 경험이 없을 것이라고 생각할 만큼 어리석지는 않단 말이야."

"그런 것이 아녜요, 제이미." 도나는 이렇게 말하고 상대의 자신에 넘친 푸른 눈을 응시하며, 그 눈이 너무 놀라서 빙글빙글 돌더라도 겁을 먹지 않으려고 마음의 준비를 했다. "나요, 거짓말을 해서 당신과 결혼했던 거예요. 집에서 하고 있는 사업의 중역을 맡고 있다고 했지만, 그것은 전부 거짓말이었어요. 사실은 저요, 일자리를 잡지 못하고 있는 여배우예요. 출근하더라도 시티에 있는 회사에 가는 것이 아니라 배우 알선소를 한 바퀴 돌 뿐이라구요."

제이미는 싱긋이 웃고 도나의 손을 꽉 잡았다. "그런 것은 조금도 부끄러워할 것 없어. 따분한 중역 나으리와 결혼하기보다 여배우와 함께 사는 편이 훨씬 낫지 뭐야!"

"내 친형제는 사업을 하고 있지 않아요. 차샤이아에 본가가 있다는 것도 사실이 아니구요." 도나는 이야기를 계속했다. 나중 일이야 어떻게 되든 칠판은 깨끗이 지워 버리자고 결심하고 있었던 것이다. "아버지 또한 사냥개 관리인 따위가 아니라 베람 하이 스트리트에서 담배가게를 하고 있었을 뿐예요. 내가 열두 살 때에 맞은편 수퍼마켓의 여점원과 눈이 맞아 어머니는 이혼을 하고 스코틀랜드로 가버렸어요."

"내가 결혼한 사람은 당신이야. 당신 부모와 결혼한 것이 아니란 말이야." 제이미는 여전히 기분 좋게 말했다.

"그건 그렇지만요, 그래도, 나에 관해서 당신은 아직도 모르는 점이 있단 말예요. 데본에 있다고 말한 코티지풍의 별장 따위는 사실은 있지도 않아요. 당신을 감탄시키려고 꾸며낸 이야기였어요. 가구 또한 내 것은 하나도 없어요. 학교를 나오고 나서 줄곧 가구가 딸린 하숙방에 기거

했었거든요."

"학교라니——켐브리지 대학 말인가?"

도나는 한숨을 쉬었다. "그것도 꾸며낸 이야기였어요. 정말로 쥐구멍이 있다면 기어들어가고 싶은 기분예요. 대학은커녕 퍼블릭 스쿨에도 가보지 못했는걸요. 광고에조차 나오게 해주지 않는 3류 연극학교에 다녔어요. 그곳에서 익힌 것이라고 하면, 발성법 수업에서 배운 달콤한 액센트뿐이라고 해도 과언이 아녜요. 그것만으로는 도움이 되지 못했어요. 다만 지금의 나는 말주변이 좋은 사기꾼이 되는 것이 고작이었어요." 도나는 잠시 말을 멈추고 눈을 내리깔았다. 잘못을 뉘우치고 있는 표정과 거동이었다——이것도 연극학교에서 익힌 것 중의 한 가지였던 것이다.

제이미는 도나의 손을 놓았다. 그는 진상 폭로의 분류 바닥으로 가라앉는 중이었다——그러나 지금 이 상황에서도 아직 데본에 있다고 도나가 말한 별장에 관해서 생각하고 있었던 것이다. "그렇다면 재산을 아무것도 가지고 있지 않단 말인가?"라고 천천히 물었다. "무일푼이란 말이야?"

"벽돌 조각 하나 없어요. 아까부터 내가 말하고자 했던 점은 바로 이 점이란 말예요. 제이미, 나는 고약한 거짓말쟁이예요. 너무나도 당신을 원했기 때문에 나도 모르게 마음에도 없는 거짓말을 했던 거예요."

이렇게 말하고 불안에 찬 눈길로 제이미를 응시했다. 마음 속으로 도나는 이제까지 몇 번이나——열 번 이상이나——이 장면을 연출해 보고, 욕을 먹는 일부터 뺨을 맞는 일까지 갖은 종류의 징벌에 대비해 왔던 것이다.

제이미는 도나가 이야기한 것을 어떻게든 자신에게 납득시키려고 아직도 버둥거리고 있는 듯한 목소리로 말했다. "그래도 우리는 부동산이든 현금이든 무엇이나 모두 둘이서 나누기로 결정했잖아?"

"그래요. 하지만 내가 가지고 있는 것은 이곳에 이사왔을 때에 가지고 온 허드렛 물건뿐예요."

"그래도 조금은 자신의 돈을 가지고 있겠지. 공동 명의로 은행 구좌를 열자고 약속했었잖아? 은행 예금이라면 어느 정도 있겠지?"

"예금은 인출 초과로 마이너스가 되어 있어요." 도나는 자백했다. 이렇게 된 바에야 모든 것을 털어놓는 용기를 가질 수 있게 된 것이 고마웠다. 제이미의 얼굴에서는 핏기가 싹 가시고 있었다. 그는 한참 동안 스토브의 불을 물끄러미 응시했다.

도나는 상대에게 바싹 다가가서 이렇게 말했다. "사랑해요. 거짓말을 한 것도 사랑하고 있기 때문예요. 당신이 혼자서는 행복하지 않다는 것을 알았으므로, 나는 당신의 동반자가 되기로 마음먹었던 거예요."

이것은 본심이었다. 제이미를 알게 되었던 것은 어느 데이트 클럽을 통해서였다. 그 클럽은 출연 짬짬이 아르바이트를 하는 여배우를 여러 명 가지고 있는 고급스러운 남녀 교제 기관으로 공무원 못지 않은 대우를 해주었으며, 섹스는 계약 조항에 들어 있지 않았다. 고객이 되는 남성은 대개 여성과의 교제를 희망하고 있는 제이미와 같은 아량이 풍부한 비지니스맨으로 다이너스 클럽이나 아메리칸 익스프레스의 캐쉬 카드로 일체의 지불을 하는 남자가 대부분이었다. 연극학교를 나온 이후 사귀게 된 두 명의 여자 친구와 함께 도나가 입회 용지에 기입했을 때, 모든 것이 터무니없는 농담같이 여겨져 도나는 킬킬거리면서 상류 계급의 부모와 코티지풍의 별장을 날조하여 적어넣었던 것이다. 그러나 제이미와 사귀게 되자 그 농담은 이미 농담이 아니게끔 되었다. 제이미는 대부분의 고객같이 살찐 중년 남자가 아니었으며, 도나가 그때까지 만난 어떤 남자보다도 결혼을 생각해 봄직한, 키크고 잘난 27세의 청년이었던 것이다. 더욱이 무엇보다도 넘쳐날 정도의 돈을 가지고 있었다. 홀아비인 제이미의 얼굴에, 나는 재혼하고 싶어서 좀이 쑤시고 있다 라고 큼지막하게 쓰여 있었던 것이다.

도나는 제이미에게 기대어 모든 것을 용서해 줄 키스를 졸라대는 것에 지금이 적당한 시기인지 어떤지 궁리했다. 결국 전격적으로 한 방 얻어맞아 암담해 하고 있는 제이미의 얼굴을 바라보자 적절치 않다는 것을 깨달았다.

제이미는 감정을 담지 않은 목소리로 이렇게 말했다. "잠을 좀 자야겠어."

도나는 전의 잘못을 뉘우치고 있는 아내답게 행동하려면 이대로 1층에 남아 소파 위에서 하룻밤을 지낼 수밖에 없다고 판단했다. 두세 시간쯤 자고 나면 제이미 역시 다시 기운을 차릴 것이다.

도나는 부엌에서 설겆이를 하고 나서 메르세데스가 있는 곳까지 가서 차내용 담요를 가지고 왔다. 오늘 밤은 옷을 갈아입지 않고 속옷 차림으로 잠을 자야지…….

담요를 깔고 있을 때, 카페트 위에 떨어져 있던 차가운 것에 발이 닿았다. 신혼 여행 때 찍은 사진이다. 집어올려 보니 와인 가든에서 플래시를 사용하여 찍은 사진이었다. 비인 사람들은 와인 가든을 뭐라고 말했더라? 그렇다, 그리겐이었지. 사진 속의 도나는 대담하게 가슴을 드러낸 로우커트의 사랑스러운 검은 드레스 차림에 모조 다이아몬드 브로치를 달고 있었다. 긴 금발 덕분에 검은 옷을 입고 있으면 언제라도 가슴을 두근거리게 할 정도로 아름답게 보이는 것이다. 그날 밤도, 잘 닦여진 소나무로 만들어진 테이블 사이를 걸어가자 모두들 일제히 그녀 쪽을 향해 물끄러미 응시했던 것 같다. 지금까지 알아차리지 못했지만, 사진에 찍혀 있는 사람들이 옆눈으로 도나를 힐끗힐끗 바라보고 있었던 것이다. 그중 한 사람이, 다른 사진에도 찍혀 있었던 그 엷은 가죽색의, 가슴이 꼭 끼는 자켓을 입은 남자와 꼭 닮은 인물이라는 것을 도나는 알아차렸다. 그러나 그 인물이 입고 있는 것은 짙은 갈색의 신사복이었다.

항상 똑같은 옷을 입고 있지 않더라도 특별히 이상할 것은 없지…… 라고 도나는 자신에게 타일렀다.

아무래도 확인하지 않으면 기분이 가라앉지 않을 것 같았으므로 그녀는 장식장 서랍을 열어, 제이미가 놓아둔 확대경을 꺼내 정성들여 사진을 조사했다.

문제의 인물은 역시 그 남자였다. 그 여윈 얼굴에 움푹 들어간 눈——그것이 물끄러미 자기를 지켜보고 있다. 틀림없이 그 남자인 것이다. 도나는 몸서리를 쳤다. 자신에게 있어서는 새로 지은 이 주택 안에 있는 이상, 신변의 안전은 보장되어 있을 테지만 그래도 기분이 썩 좋지 않았다. 이 남자는 비인 근처에서부터 줄곧 나를 따라오고 있었던 것이 틀림없다. 그렇지 않다면 각기 다른 장소에서 찍은 석 장의 사진에 찍혀 있을 리가 없지 않은가? 도나의 관자놀이가 격하게 고동치고 있다.

갑자기, 이유도 없이 1층에서 혼자 하룻밤을 지내는 것이 무서워졌다. 그래서 담요를 어깨에 둘러메고 불도 끄지 않은 채 서둘러 2층에 있는 부부 침실로 향했다.

침대에 들어가 제이미의 넓찍한 등에 몸을 바싹 갖다 대자 불안이 씻은 듯이 물러갔다.

제이미가 말했다. "어떻게 된 일이야? 떨고 있잖아."

도나는 그 이유를 말하지 않았다. 그런 것을 말하면 애정을 구하기 위한 값싼 수단이라고 여겨질 것이 뻔하기 때문이다. 무리도 아닌 일이지만 제이미는 아직 도나의 속임수에 관해 생각하고 있는 것이다. 도나는 이렇게 속삭였다. "아까 고백의 반동이라고 생각해요. 자기, 용서해 주시는 거지요?"

　제이미는 고문과 다를 바 없는 고통 속에서 잠시 입을 다물고 있다가 이렇게 대꾸했다. "적어도 당신에게는 사실을 털어놓을 만큼의 한계가 있었어."

　"어차피 알게 될 것이라고 생각했어요." 도나는 대답했다. "식을 올리기 전에 털어놓았으면 좋았겠지만, 당신이 도망치지나 않을까 하고 걱정되었기 때문에 그러지를 못했어요."

　"우연의 일치지만 말이야, 나도 전부 털어놓았던 것은 아니었어." 제이미가 의외의 고백을 했다. "당신에게 숨기고 있었던 것이 있다구. 당신은 내게 무엇이든 솔직히 이야기해 주었으니까, 나도 자신의 양심으로부터 꺼림칙한 부분을 없애 버리고 싶어. 실은 피오나의 일 말인데, 아직 전부 당신에게 털어놓았던 것이 아니야."

　"죽은 부인 말예요?"

　제이미는 몸을 돌려 천정 쪽을 향했다. "그래. 죽었다는 것은 이야기했지만, 어떻게 해서 죽었는지 그 사정은 이야기하지 않았지."

　"그럴 필요는 없어요." 도나는 이렇게 말하고 상대를 안심시키려고 했다.

　"하지만 아무래도 알아두어야만 할 것 같아." 그는 잠시 망설이고 나서 계속했다. "피오나는 실은 살해되었어."

　도나는 숨을 삼켰다. "살해되었다구요? 어떻게요?"

　제이미는 낮은 목소리로, 그러나 모든 사실을 전하려고 굳게 결심한 듯이 대답했다. "누군가에게 목졸려 살해되었던 거야. 내가 파리에 출장 가 있을 때 일이지. 전에도 말한 것으로 생각하지만, 나는 우리 회사의 파리 지점에 출장으로 인해 정기적으로 파리에 가야만 해. 그런데 내가 파리 출장 중, 밤에 어떤 사람이 들어와 전기 코드로 피오나를 목졸라 살해했지. 일요일 밤에 돌아와 보니 시체로 되어 있더군."

“어머, 제이미! 도대체 누가 그런 짓을 했어요?”

“결국 밝혀지지 않았어. 누구든 간에 피오나를 살해할 이유 따위는 없었기 때문이지. 피오나는 적을 만들 만한 그런 여자가 아니었어. 마음씨가 착해서 모두들 그녀를 좋아했단 말이야.”

“혹시 살해당하기 전에……?”

“강간당했던 것이 아니냐고 말하는 거겠지? 그렇지 않아. 성폭행 따위는 없었어. 게다가 범행 동기는 절도도 아니었지. 아무 것도 도둑맞지 않았으니까 말이야. 집안에는 그런 대로 값 나가는 것이 있었지. 그림이라든가, 은식기, 골동품 등등. 피오나의 친정은 매우 부유했어. 내가 이만큼 살게 된 것도 가엾은 피오나 덕분이야. 물론 나도 조사를 받기는 했어. 동기라는 점에서 냉정히 생각한다면 내게도 동기가 있었으니까. 피오나가 죽어서 나는 많은 득을 얻었기 때문이지. 그러나 나는 금요일 밤부터 일요일까지 파리에 있었다구. 경찰에서도 영국 항공과 호텔에 조회해 본 결과, 내 말이 뒷받침되었던 거야.”

“그럼 도대체 누가 그런 짓을?”

“그 점을 확실히 모르는 거야. 피오나의 일기도 조사했으며, 친구 관계와 근처 사람, 친정 사람들까지도 샅샅이 조사했지만 말이야. 도대체 어떻게 된 일인지 모르겠어. 무엇인가 이유가 있을 거라고 나 역시 머리를 짜보았지. 만일 피오나가 나와 결혼하지 않았더라면 그런 일을 당하지 않았을 거라고, 친정 식구들은 지금도 원망하고 있을 거야.”

“가엾은 제이미! 어떻게 그런!”

“하지만 무리도 아니지. 피오나를 살해한 범인은 내게 무엇인가 원한을 품고 있었던 것이 아닌가 하고 생각할 수도 있기 때문이지.”

도나는 얼굴을 찡그렸다. “아무리 당신에게 원한을 품고 있었다 하더라도, 어떻게 부인을 목졸라 죽일 수 있는 거지요? 그런 일이 있을 수 있나요?”

“있을 수 있는 이야기야. 비지니스를 하다 보면 알게 모르게 적을 만들곤 한단 말이야. 야심가의 야망을 망쳐 놓는다든지 상대의 생활을 위협한다든지 하는 일을 해버리곤 하지.”

“누군가 짐작 가는 사람은 없나요?”

“한 사람도 없어. 그것이 문제야. 내가 자신도 모르게 거역한다든지 속인다든지 했던 녀석인지도 모르지. 하지만 그것은 더 이상 생각지 않기로 마음먹었어. 피해망상에 걸리기 십상이니까 말이야. 알아듣겠지?”

“물론 알아들어요. 이야기해 주셔서 고마워요.” 도나는 말하고 어둠 속에서 싱긋이 미소를 띠었다. 자신의 불선선한 행위가 이것으로 어느 정도 중대한 일이 아니게 되어 버린 것 같았기 때문이다.

그날 밤은 더 이상 대화를 나누지 않았다. 도나는 그 사진 속의 남자에 대해서는 생각지 않고 깜빡 잠에 떨어졌다.

다음날 아침, 두 사람은 서로 상대를 배려하는 말투를 찾으려고 상당히 고심했다. 전날 밤에 쌍방이 털어놓은 일로 해서 두 사람의 관계가 하나의 테스트에 합격한 것이라고 한다면, 그 관계가 오랫동안 계속되기를 두 사람 모두 바라고 있는 것이라는 점이 적어도 분명해졌던 것이다. 제이미는 도나의 인출 초과한 은행 예금을 메우고, 이런 상황에 있어서도 역시 공동의 예금 구좌는 열자고 말했다. 도나는 당신이 가장 좋아하는 헤어 스타일로 가꾸고, 오늘 밤 식탁에 촛불을 켜놓고 기다리겠다고 약속했다. 제이미는 출근할 때 키스를 해주었다.

오전 중, 집안을 정리하고 있는 동안 전날 밤의 불안 따위는 이제 대단한 것이 아닌 듯싶었다. 아직 거실 바닥에 떨어져 있던 사진을 집어들어 보지도 않고 지갑에 넣어 버렸다. 그런 것보다도 더욱 중대한 문제가 도나의 마음을 차지하고 있었던 것이다. 가령 오늘 밤은 어떤 드레스를 입을 것인가, 등등…….

점심 식사 후, 큐우 상점가에 나가 최고급 스테이크 고기를 팔고 있는 정육점에 들어가 크게 썰어놓은 등심 두 개를 사고, 그 옆 화장품 가게에서 새로운 립스틱과 아직 한 번도 사용해 본 적이 없는 사향 향수를 구입했다. 무엇이든 자신의 마음에 드는 사치품을 자유롭게 사들일 만큼의 돈이 있는 여자들을 도나는 항상 부럽게 생각해 왔던 것이다.

가을 햇살을 받으면서 어슬렁어슬렁 걸어 집으로 돌아오는 도중에, 잠시 다리 옆에 멈춰서서 테임즈강에서 연습을 하고 있는 8인승 크루를 바라보았다. 도나와 제이미의 집은 강을 내려다보는 위치에 있어서 강에서 행해지는 것은 무엇이든 도나에게 있어서 즐거운 발견이었던 것이다.

집에 가까이 다가가서도 아직 도나는 보트를 젓고 있는 승무원을 바라보고 있었다. 보트는 집오리 무리를 향해 일직선으로 향하고 있는 것 같았으나 아무 것도 염려할 필요는 없었다. 집오리들은 특별히 서두는 기색도 없이 실로 완벽한 타이밍으로 보트를 피했던 것이다. 도나는 이 사소한 수상에서의 드라마에 완전히 넋을 빼앗기고 있었으므로, 집 맞은편 쪽 둑길에 서 있는 인물을 알아차린 것은 그 남자의 수 미터 앞까지 도달하고 나서였다.

"나는 그 자리에서 기절할 뻔했다구요." 도나는 그날 저녁에 제이미가 귀가하자 곧바로 이야기했다. "그 남자였어요. 사진에 찍혀 있었던 그 사람요. 그 사람이 비인에서와 마찬가지로 나를 물끄러미 응시하고 있었다구요. 마치 내가 돌아오기를 기다리고 있었던 것처럼 집앞에 서 있었어요. 무서워서 죽을 뻔했어요. 피가 얼어붙는 것 같았지요. 어쩔 수 없어서 이 집에 살고 있는 사람이 아닌 척하고 그 사람 앞을 일부러 지나쳐 버렸어요."

"그래서, 또 다시 집앞까지 돌아와 보니 이미 없어졌다는 이야기인가?”

도나의 눈에는 눈물이 넘쳐 흐르고 있었다. “내 이야기를 믿고 있지 않는군요?”

“똑같은 남자일 리가 없잖아? 어째서 동일 인물이라고 우기는 거지?”

“절대로 착각이 아니라구요. 나는 있지도 않은 일을 상상하는 그런 여자가 아니란 말예요.”

“그렇겠지. 하지만 그 사진을 봤을 때의 당신 반응은 그다지 격하지 않았단 말이야. 그 남자가 당신에게 강한 인상을 주었던 거야. 그래서 그 남자의 이미지가 당신 마음속에 들러붙어 있었으니까, 이번에는 집 근처에서 갸름한 얼굴의 남자를 발견하곤…….”

“그렇지 않아요, 제이미. 정말로 그 남자였다구요. 틀림없어요.”

저녁식사 자리에서 제이미는 전과는 다른 식으로 밀어붙였다. “좋아, 그렇다면 당신의 착각이 아니었다고 하지. 당신이 본 것은 그 남자였어. 그렇다고 해도, 아무 것도 두려워할 이유가 없잖아? 당신에게 무엇인가 위협을 가한다든지 하지 않았겠지?”

“나는 위협을 느끼고 있어요.”

“그것도 전부 기분 탓이라구.”

“그렇지 않다니까요!”

“식사가 끝난 후, 다시 한 번 그 사진을 둘이서 살펴보도록 하지. 그렇게 하면 착각이었다는 것을 알게 되겠지.”

“오늘 오후에 난로에 넣어 버렸어요. 집안에 두고 싶지 않아서요.”

“우리 두 사람의 신혼 여행 기념 사진을 태워 버렸다는 거야?”

로맨틱한 대화의 자리가 되어야 할 저녁식사도 이미 참담하게 변해 버려 있었다. 두 사람은 와인을 마시고, 제이미는 스테이크를 먹었으나, 도나는 접시를 밀어냈다. 이런 정신 상태로는 위인들 음식을 받아들이지 않을 것이다. 도나는 커피를 끓이러 갔다.

"다른 이야기지만 말이야," 제이미는 부엌에서 돌아온 도나에게 말했다. "때때로 파리 지점으로 출장가야만 한다는 이야기는 이미 해두었겠지? 그 지점장으로부터 부탁을 받았어. 손님을 만나야만 하니까 금주 주말에 와 달라는 거야."

"당신이 파리에 간다구요?" 믿기지 않는 기분으로 도나는 그렇게 말했다.

"아무 것도 긴장할 것 없어, 자기. 단순한 비즈니스 문제니까 말이야. 약속할게. 일요일 밤에는 틀림없이 돌아와 있을 거야."

"나도 데려가 줘요, 제이미."

"그건 무리야. 회사 방침이 있거든. 출장 여행에는 부인을 동반하지 못하게 되어 있어."

"회사 따위는 아무래도 좋아요! 그런 일이 벌어졌었는데 이곳에 나 혼자만 남겨두고 가버린단 말예요? 그럴 수는 없어요!"

"아무 일도 일어나지 않을 거야."

"나는 미쳐 버릴 것 같다구요!"

"당신은 너무 과장되게 법석을 떨고 있을 뿐이야. 멜로드라마의 여주인공처럼 말이야."

"전번 부인이 그런 일을 당했는데도 출장 여행을 떠날 수 있단 말이로군요?"

"당신 말은 옳지 않아. 도대체 어떻게 하라는 거야? 이번 일을 그만두라고 말하고 싶은 건가?"

도나는 이렇게 말했다. "피오나를 살해한 범인은 붙잡히지 않았어요. 나를 지켜보고 있는 그 남자가 만일 그 범인이라면 어떻게 되는 거죠?"

"바보 같은 소리! 어떻게 그런 생각을! 어째서 그 녀석이 범인이어야만 한다는 거지?”

“당신 스스로 말했잖아요. 당신한테 원한이 있어서 피오나를 살해했는지도 모른다구요. 이번에는 나를 살해하려고 작정하고 있는지도 모르는 거 아녜요?”

“도나, 당신은 흥분 상태야. 상당히 빽빽한 여행 스케줄 탓도 있겠지. 어때? 아침이 되면 의사를 만나 안정제라도 복용해 보면? 이틀쯤 지나면 완전히 기분이 좋아질 거야. 금요일이 될 무렵에는 나의 파리 출장 따위는 아무렇지도 않게 여기게 될 거라구. 내게 좋은 생각이 있어. 토요일에 해로드에 가서 내가 돌아왔을 때에 입을 멋진 드레스라도 한 벌 사 입으라구.”

“드레스라면 파리에서 사가지고 오세요. 이젠 됐어요.”

“알았어. 선물을 듬뿍 사가지고 오도록 하지.”

제이미는 다음날 아침, 요지부동이었다. 도나를 차에 태워 의사에게 데려갔던 것이다. 도나는 몇 알인가의 캡셀을 받아쥐고 신혼 초의 수개월 동안은 스트레스가 쌓이는 법이라는 설교를 경청했다. 그러나 안정제는 먹지 않을 거라고 이미 작정하고 있었다. 물끄러미 응시하는 그 남자와 또 다시 마주쳤을 경우 당신은 약 탓으로 머릿속이 멍해져 있는 거라는 말을 제이미에게 듣고 싶지 않았기 때문이다.

그러나 그 남자의 모습은 더 이상 보이지 않았으며, 금요일이 되자 혼자서 집에 처박혀 주말을 보내야만 한다는 것에 다소 체념 상태가 되었다. 어차피 언젠가는 혼자서 주말을 보내야만 할 때가 올 것이며, 남편이 집에 없는 최초의 주말만 극복해낸다면 장래의 주말도 그다지 걱정하지 않아도 될 것이라고 단단히 자신에게 타일렀던 것이다.

제이미는 히스로 공항을 오후 5시 15분에 이륙하는 에어 프랑스 비행편을 예약해 두었으므로, 도나는 안정제를 한 알도 남기지 않고 수세식

변기에다 흘려 버렸다고 고백하고 나서 제이미를 메르세데스로 공항까지 데려다 주었다. 제이미는 안정제를 버렸다는 이야기를 듣고도 화를 내기보다는 오히려 웃어넘겼다. 도나가 자신의 힘으로 불안을 극복해내는 것을 기뻐하고 있는 것 같았다.

영국 국적의 패스포트로 여행하는 사람들이 들어가는 게이트 지점에서 이별할 때, 제이미는 도나를 끌어안고 신경이 곤두설 경우 마실 브랜디가 어디에 있는지를 가르쳐 주었다.

그런 것은 이제 필요 없다고 도나는 대답했다. 탑승권을 체크하는 개찰구에 제이미가 다가갔을 때, 도나는 소리를 질렀다. "제이미!"

그는 돌아다보았다. "왜 그래?"

"검게 그을리지 말도록 해요. 옅은 황색은 괜찮지만요."

"뭐?" 제이미는 싱긋이 웃고 얼굴을 붉히고 나서 게이트를 빠져나갔다.

도나가 발길을 돌리자 눈에 들어온 것은 응시하고 있는 그 남자의 모습이었다. 다름아닌 그 남자의 눈과 마주쳤던 것이다. 이번이야말로 의심의 여지가 없었다. 해골 같은 얼굴, 움푹 들어간 눈, 좋지 않은 혈색, 모든 것이 그 사진의 남자가 틀림없었다.

도나는 엉겁결에 내뱉었다. "누구죠, 당신은?"

남자의 불쑥 튀어나온 이마에 놀람의 주름이 모아졌다. "저어, 무슨 말씀인지요?"

"어째서 나를 따라다니고 있는 거죠?"

남자는 고개를 저었다. "뭔가 착각하고 있는 것 아닙니까?"

도나는 그 말만 남기고 뒷걸음질친 남자의 모습을 이내 놓쳐 버렸다. 출발 게이트의 북적거리는 인파 속으로 섞여 버렸던 것이다.

일순간 제이미를 따라가 이 사실을 알리려고 생각했으나, 게이트를 지키고 있는 보안요원들이 출입을 허락해 줄 리가 없었다. 스피커를 통해 불러낼 수 있을 것 같았으나 그렇게 한다 해도 어쩔 수 없는 노릇이었다. 남자의 모습은 이미 사라져 버렸기 때문에 어차피 제이미에게 핀잔이나 들을 것이 뻔했던 것이다.

나의 지나친 생각은 아니었다. 도나는 몸서리를 치고 나서 앉을 장소를 찾아야 했으나, 마음을 고쳐먹고 정신을 바짝 차렸다. 자신의 똑바른 정신에 매달려야만 한다. 착각 따위가 아닌 것이라는 자신감을 의지로 삼아야 한다…….

잠시 후 커피를 한 잔 마시고 차를 운전하여 귀가길에 접어들었다. 고속도로를 달리고 있는 동안 이번 주말은 호텔에 투숙하여 지내는 것이 어떨까 하고 생각해 보았다. 제이미가 돌아오면 웃을 테지만, 그 정도의 경비를 조달할 만큼의 여유가 그 사람에게는 있는 것이다. 어쩌면 교제비로서 충당해 버릴지도 모른다…….

또 한 가지 길은 내가 집에 혼자 있다는 것을 그 말뚱말뚱 응시하는 남자가 알고 있다는 점을 스스로 인식하고 전전긍긍하면서 집안에서 꼼짝 않고 있는 일인 것이다.

결국, 일단 집으로 돌아가 밤에 입을 옷과 두세 권의 페이퍼북을 끌어모아 가지고 차로 돌아와 공항 근처에 있는 포스트 하우스에서 숙박하기로 했다. 그곳에서 이틀 밤을 지내고, 일요일 저녁에 비행기로 돌아오는 제이미를 마중 나가면 만사 오케이다.

큐우의 출구인 제2호 인터체인지에 다다르기 직전에 문득 백미러를 보자, 검은색 볼보가 바로 뒤에서 따라오고 있는 것을 알아차렸다. 주위는 황혼이 드리워져 있었으므로 운전자의 모습은 잘 보이지 않았다. 도나는 오른쪽으로 꺾어 가드 밑을 통과하여 라이오넬 로드로 나가 역앞을 빠져나간 뒤, 큐우브릿지 로드로 약간 들어선 지점에서 차를 틀어 스트랜드 온 더 그린 거리로 나갔다. 그 볼보는 여전히 딱 붙어서 미행하고 있었다.

도나 집의 차고 입구는 전자 장치로 개폐하게끔 되어 있었다. 정원 안쪽길에 들어선 도나는 리모콘 보턴을 누르고 재빨리 차고 안으로 타고 들어갔다. 문이 바로 닫혔다. 가지고 갈 물품을 챙길 동안 차는 바깥에 세워둘 작정이었으나, 그렇게 하면 현관을 통해 집에 들어가야 하며 차에서 집까지 가는 도중에 습격을 당할 우려가 있는 것이다. 차고에 들어가자 곧바로 부엌으로 들어가, 그곳으로부터 바깥방으로 달려가 커튼 그늘로부터 바깥 거리를 살펴보았다.

마침 볼보가 집앞에 정차하는 중이었다. 운전하고 있는 사람의 모습은 아직도 확실히 보이지 않았다. 어쩌면 핸들을 쥔 채 앉아 있는 것만으로 만족하고 있는 것 같았다. 그렇게 생각한 것도 순간뿐이었으며, 자동차의 문이 기세 좋게 열렸다. 도나는 이러지도 저러지도 못하는 기분으로 그늘 속으로 몸을 뺐다. 가로등 불빛에 의해 남자가 차 문을 닫고 이쪽을 향해 발길을 옮기는 것이 뚜렷이 보였다.

분명히 그 남자였다. 게다가 그 엷은 가죽색의 허리가 꼭 끼는 자켓을 입고 있는 것이다. 그 남자가 지금 현관을 향해 돌계단을 올라온다!

자기 집의 도어 차임인데도, '떵동' 하고 울리는 그 소리가 도나에게는 피가 얼어붙을 만큼 무서웠다. 벽에 등을 기대고 바깥에서 보이지 않도록 기도하는 것이 고작이었다.

남자는 벨의 보턴을 다시 한 번 눌렀다. 도나는 숨을 죽였다.

바라보니 남자는 몸을 웅크려 우편 수취구로부터 안을 들여다보고 있다. 도어를 걸어차고 들어오려는 것인가? 그렇게 말하자면, 바로 지난 주에 자물쇠가 그다지 튼튼하지 못하다고 제이미에게 말했었다. 침입자를 막는 빗장도 쇠사슬도 도어에는 걸려 있지 않는 것이다.

　그 남자는 어깨를 문에 부딪치려는 듯이 한 걸음 물러섰다. 그렇게 하고 나서 우선 주위를 둘러보고 누군가에게 발견되지 않는지 어떤지를 확인했다.

　무엇이든 꿰뚫어보는 듯한 눈길이 이쪽을 향하여 창을 통해 들여다보자, 도나는 몸을 떨기 시작했다. 똑바로 나를 응시하고 있는 것이 틀림없다…… 그렇게 생각하는데, 그 남자는 그대로 발길을 돌리더니 차로 돌아가 운전석에 앉아 담배를 입에 물었다.

　이렇게 되자 이제는 주말의 피난을 위해 호텔로 간다는 일 따위는 도저히 무리였다. 이대로 이곳에 갇혀 버리는 것이다. 차고문이 자동식이었던 덕분에 저 남자에게 들키지 않고 집안에 들어올 수 있었던 것이다. 이제부터라도 모습을 들키지 않게 불도 켜지 않고 숨을 죽이고 있을 수밖에 없다. 전등을 켜지 않은 어두운 집에서 하룻밤을 지내야만 하는가 라고 생각하자, 공포와 불안으로 인해 기분이 나빠졌으나, 그 이외에 방법은 없는 것이다. 전화도 없다. 제이미가 자신의 집에서 남에게 방해받지 않은 채 마음 편히 지내려면 세상과 교섭을 끊고 지내는 것이 제일이라고 고집을 부려 전화를 설치하지 못하게 했던 것이다.

　황혼이 깊어져 어둠이 찾아왔어도 아직도 그 차가 거리에 주차해 있었으므로, 도나는 용기를 내어 몸을 웅크리고 거리에 면한 바깥방으로부터 복도로 나와 부엌으로 들어갔다. 극히 약간만 냉장고를 열어, 그 빛을 의지하여 그럭저럭 샌드위치를 만들었으며, 붉은 포도주를 조금 따를 수 있었다. 그것을 마시자 몸이 따뜻해졌다. 이것저것 계획을 세울 수 있게 된 도나는 오늘 밤은 바깥방 소파에서 잠을 자기로 했다. 그렇게 하면 그 남자가 밀고 들어오더라도 이내 알 수 있기 때문이다. 그편이 1층에서 무슨 일이 일어나고 있는지 모른 채 2층에서 잠을 자기보다는 훨씬 나았던 것이다.

9시 반, 이 시간이라면 이제 슬슬 잠잘 준비를 하더라도 너무 이르다고는 할 수 없다. 도나는 쿠션과 몇 벌인가의 코트로 임시 잠자리를 갖추었다. 바깥에는 그 볼보가 아직 주차해 있는 것이 외등 불빛으로 보였다. 그 남자는 차 안에 앉아 기다리고 있는 것이다. 담배연기를 빨아들일 적마다 어렴풋이 빛나는 점 같은 불꽃이 보였다. 도나는 잠을 잘 생각은 없었으나, 소파에서 창이 보이는 위치에 길게 다리를 뻗고 누웠다.

수시간 동안의 긴장이 풀어져 코트를 걸치고 누워 있는 동안에 몸이 따뜻해지자 눈을 뜨고 있는 것이 점차로 힘들어졌다. 그러나 바깥에서 무슨 소리가 나자마자 퍼뜩 눈을 떴다. 가로등 쪽으로 손목을 뻗어 손목시계를 보니 새벽 4시 20분이었다. 깜빡 몇 시간이나 잠이 들었던 것이다. 조금 전의 소리는 정말로 들렸던 것인가, 그렇지 않으면 꿈속에서 들었을 뿐이었을까?

어쨌든 소리가 난 것은 분명했다. 창 바깥의 자갈을 밟고 걷는 발자국 소리가…….

몸을 약간 일으켜 바깥을 살펴보자, 그 물끄러미 응시하는 남자의 창백한 얼굴이 일순간 보였다. 창문 사이를 찾기 위해 창문을 비추는 데에 사용한 회중전등 불빛에 의해 그의 얼굴이 언뜻 나타났던 것이다.

도나는 비명을 질렀다.

자제력을 완전히 잃고 바깥방에서 뛰어나가 2층 침실로 달려 올라갔다. 침대에 몸을 던지고 베개에 얼굴을 묻고는 신음 소리를 냈다. 그것은 불과 잠시 동안의 일이었으나 상당히 오랜 시간으로 느껴졌다.

그러자 이번에는 다른 소리가 도나의 의식에 들어왔다. 계단을 올라오는 사람의 발자국 소리였다. 그것이 바짝바짝 이쪽으로 다가왔다. 도나의 온 몸에 소름이 끼쳤다.

발자국 소리가 복도를 따라 다가왔다. 침실 도어의 손잡이가 가볍게 삐걱이는 소리를 냈다. 손잡이가 돌려지고 있는 것이다. 문이 열리고, 전등이 켜지고, 그곳에 서 있는 사람은 바로 제이미였다.

"제이미! 아, 제이미!" 도나는 펄쩍 뛰어일어나 남편의 몸에 팔을 둘렀다. "제이미, 사랑하는 달링, 어떻게 알았어요?" 그녀는 키스를 하려고 했으나 무엇인가가 키스를 방해하고 있었다.

그것은 도나의 목에 꽉 눌려져 제이미에게서 멀어지게끔 했으며, 침대 쪽으로 그녀를 조금씩 밀어붙이고 있었다.

"제이미, 무슨 짓예요!"

도나는 균형을 잃고 뒤로 쓰러졌다. 그 순간 제이미의 손과 손 사이에 팽팽히 낭겨져 있는 흰 플라스틱 코드가 보였다. 그것을 사용하여 이 사람은 내 목을 조르려고 하고 있는 것이다! 제이미의 얼굴에 증오와 경멸의 표정이 떠올라 있는 것을 보고 자신의 남편인 이 사람이 실은 잔인무도한 살인마라는 것을 알았다…….

제이미는 아무 말도 하지 않은 채 오로지 코드를 도나의 인후에 밀어붙였으며, 한쪽 손을 목 뒤로 돌려 코드를 감으려 하고 있었다. 막을 방법은 아무 것도 없었다. 제이미는 무릎으로 도나의 양 팔을 꽉 눌러 말타는 자세가 되어 있었다. 이미 비명을 지를 수가 없었다.

그러자 갑자기 제이미가 신음 소리를 냈으며, 도나의 목을 조이고 있던 힘이 느슨해졌다.

도나는 막 질식할 뻔했던 어둠에 압도되어 있었으나 죽지는 않았었다. 제이미의 몸이 덮치듯이 쓰러졌으며, 그 탓으로 도나는 숨이 막힐 것 같았다. 제이미의 밑에서 빠져나오려고 버둥거리고 있는 동안에, 무릎을 치켜세울 만큼의 힘이 생겼으므로 무릎을 세워 제이미의 몸을 옆으로 밀어제꼈다. 놀랍게도 제이미는 전혀 저항하지 않았다. 온 몸이 축 늘어져 있었던 것이다.

갑자기 제이미의 체중이 가슴 위에서 사라져 숨을 쉴 수 있게끔 되었다. 올려다보니 얼굴이 그곳에 있었다. 그것은 제이미의 얼굴이 아니라, 그 물끄러미 응시하는 남자의 얼굴이었다.

도나는 낮은 목소리로 소리쳤다. "비켜요!"

"이제 괜찮아요. 안심하세요." 그 사내는 말했다. "해로운 짓은 하지 않습니다. 나는 사립 탐정이거든요. 남편의 머리에 한 방 먹였습니다. 이제는 안전합니다. 남편의 손에는 이미 수갑이 채워져 있어요. 처음의 부인을 살해했던 것처럼 당신을 죽이려 했던 겁니다. 모든 것이 계획적이었지요."

"도대체, 어떻게 된 일이지요?"

"파리 출장은 곧 알리바이 공작이었습니다. 비행기로 파리까지 가서 호텔에 체크인하고 나서 곧바로 카레까지 기차를 타고, 10시 45분발 야간 페리로 영국으로 돌아온 것입니다. 도버 해협을 건너는 데에 1시간 15분을 소요하고 나서, 다시 기차를 타고 아무도 모르게 이곳에 도착하여 범행을 기도했다는 줄거리지요. 자신의 목적을 달성했다면 또 다시 같은 루트로 파리까지 가서 상담을 위한 점심 식사 모임에 나갈 작정이었겠지요. 그것이 남편의 수법이었습니다. 최초의 피해자가 되었던 전 부인의 가족은 제이미가 범인이라고 확신하고 있었습니다만, 어떤 수법을 사용했는지 도저히 알 수 없었으므로 나를 고용하여 제이미의 소행을 조사시켰던 겁니다. 나는 제이미의 알리바이에 의심을 품었습니다만, 무엇 하나 입증할 수 없었으므로 끈기 있게 조사를 계속해야만 했지요. 전 부인의 가족이 원조해 주고 비용도 부담해 주었으므로, 제이미가 무엇인가 얼간이 짓을 하는지 움직일 수 없는 증거가 됨직한 일을 저지를 때까지 그를 미행하고 있었던 것입니다. 물론 비인에서도 당신들을 지켜보고 있었지요."

"이제 알겠군요."

"확증이 없었으므로 그가 또 다시 범행의 조짐을 보이기까지는 주의하시라고 알려드리고 싶었어도 그렇게 하지 못했던 겁니다. 아까도 당신과 이야기를 하려고 벨을 울렸었지만 나와 주시지 않더군요. 할 수 없이 바깥의 차에서 기다리고 있었지요. 댁으로 들어올 수 있는 창문을 미리 보아 두었으므로, 그가 도착했을 때 곧바로 뒤를 따라 들어올 수 있었던 겁니다."

"남편이 나를 목졸라 죽일 계획을 세우고 있었던 것을 알고 있었나요?"

"처음 범행과 아주 똑같은 수법이었기 때문이지요. 무리도 아니지요. 같은 수법을 사용하면 또 다시 뜻대로 될 것이라고 생각했겠지요. 이것은 내 추정입니다만, 그는 공동 예금 구좌를 열었을 겁니다. 당신의 돈을 가로채기 위해서 말이지요. 전번 부인과 마찬가지로 당신도 필시 부자겠지요?"

도나는 누워 있는 채 눈길을 들어 사립 탐정을 바라보고 어떻게 대답할까 하고 궁리했다. 이 사람은 물끄러미 응시하고 있지 않을 때라면, 사실은 매우 매력이 있는 남성인 것이다. "주머니 사정은 괜찮은 편이에요." 도나는 웃는 얼굴로 대답했다. "그래요, 돈이라면 많이 있어요."

최후의 늑대

The Last Wolf

Reginald Hill

레지날드 힐

1936년 영국에서 태어남. 1970년 「사교를 좋아하는 여자」로 데뷔. 추리소설 외에 모험소설 및 스파이 소설도 발표함. 그리고 패트릭 루엘이라는 이름으로 서스펜스 소설도 쓰고 있다. 대표작은 1987년도에 발표한 「어린이의 나쁜 장난」이다. 1989년도에 「Bones And Silence)로 CMW상 수상함.

최후의 늑대

레지날드 힐

그것은 어느 늦가을 밤의 일로, 손을 내밀면 닿을 만큼 낮은 칠흑 같은 밤하늘에는 마치 천사들이 흘린 피처럼 은빛의 별들이 몇 줄기로 나란히 줄지어 다투며 반짝이고 있었다. 하지만 산길을 내려오는 나그네의 눈을 사로잡고 있는 것은, 그 별이 빛나는 하늘 아래 이곳 저곳에 빛나고 있는 불빛이었다. 오늘은 유별나게 많은 일을 치렀기 때문에 생각보다 귀로가 늦어지고 말았다. 늘상 다녀 익숙해진 집으로 가는 길이 해가 완전히 저문 지금은 엷게 먹칠을 한 것처럼 사물의 그림자가 분명하지가 않다. 낮에는 경마장의 펄롱 봉(경마장의 거리를 나타내는 막대)처럼 오도카니 띄엄띄엄 눈에 띄는 이정표인 케른(돌 이정표)마저도 짙은 땅거미에 숨어 버리고 말았다.

발밑이 불안한 속을, 산의 밋밋한 동쪽 중간 기슭을 내려가고 있는 사나이에게 있어 저 멀리 골짜기에 보이는 마을의 불빛은 무엇보다도 불안한 마음을 누그러뜨려 주는 정경이었다.

등뒤에서 무엇이 움직인 것 같은 느낌이 들었다. 이미 두 번쯤 무슨 소리에 자지러들었고——그것은 상대에게 있어서도 같은 생각이었겠지만——그 때마다 범인은 누워 있던 양이었다. 강제로 잠을 깬 양은 그의 바로 발밑까지 다가와 항의라도 하듯 눈앞을 어슬렁대며 어둠 속으로 사라져 버렸다. 그 때문에 이번에는 그는 그다지 경계하지 않고 있었다.

흘끗 뒤를 돌아다보았지만 아무 것도 보이지 않았다. 그러자 등뒤에 지나치게 마음을 빼앗긴 서슬에, 이판암 위에서 비틀거린 그는 자신도 모르게 더러운 욕설을 퍼부었다. 이러한 곳에서 발을 삐거나 하면 그대로 캄캄한 어둠 속에서 밤을 지새게 될지도 모른다. 비록 그렇게 된다 하더라도 어깨에 멘 배낭에는 갈아입을 옷도 커피를 담은 보온병도 들어 있다. 때문에 잠자리의 불편한 것만 참으면 설령 여기서 노숙하는 사태가 되어도 별로 당황할 것은 없었지만, 그의 마음은 이미 마을의 술집으로 달려가 있었으며, 한시 바삐 따뜻한 난로 곁에서 목에 젖어드는 위스키를 홀짝거리고 싶었던 것이다.

또 무슨 소리가 났다. 이번에는 탁 멈춰서서 돌아다보았다. 10미터쯤 저편에서 뭔가 움직였다.

"메엣!" 양과는 조금도 닮은 데가 없는 모양새를 얼핏 본 자기 눈을 머리에서 어떻게든 지워 보려고, 마음속에 일고 있는 겁을 억지로 숨기고 일부러 큰 소리로 괘사떨듯 양의 울음 소리를 흉내내어 보였다. 하지만 양의 동작이라고 하기엔 너무나 나지막하게 몸을 숙이고 몸 동작도 빈틈이 없이 노려보면서 덤빌 듯이 민첩했다.

여우란 놈일까? 여우로서는 너무 큰 것 같다. 아니면 개일까? 그래, 그래도 개 쪽에 가깝다. 개.

아니면 늑대인가?

늑대라면!

어째서 그런 엉뚱한 생각을 하는 거야! 영국 내에 서식하던 늑대는 최후의 한 마리가 확실히 모나 호 근처에서 18세기 초에 살해당했을 것이며, 잉글랜드에 한해서는 그 이전인 200년간 한 번도 늑대를 발견했다는 기록마저 남아 있지 않는데 말이다! 그렇긴 해도 늑대에 관해 이러한 상세한 지식을 얻은 것은 바로 어젯밤의 일이다. 과거의 실패나 앞으로의 불안을 생각하자 갑자기 가만히 있을 수가 없어서 뭔가 읽을 거리라도 없을까 하고 호텔 라운지로 내려갔는데, 찾아낸 것이 독살스러운 필치의 싸구려 소설 몇 권과, 가죽 양장 표지가 낡아빠져 누런 페이지의 귀퉁이가 찢기거나 뒤집혀져 있는, 빅토리아 시대의 자연사 백과사전의 마지막 권뿐이었다.

그런 것을 들여다본 탓에 자꾸만 이상한 상상을 거듭하게 되었던 것이다. 늑대를 연상한 수수께끼가 풀리자, 그는 자기의 암시에 걸려들기 쉬운 단순성에 쓴웃음을 지었다. 그리고 정신을 가다듬어 다시금 거치른 바위로 된 산길에 주의를 집중했다.

그러자 뒤에서, 누군가 방금 밟고 넘어간 곳에서, 부서지거나 벗겨지기 쉬운 이판암의 위를 그 무엇이 지나간 서슬에, 탁 하고 돌멩이가 구르는 소리가 났다.

다시 한 번 그는 멈춰서서 돌아다보았다. 이번에야말로 잘못 본 것은 아니었다. 뭔가가 혹은 그 기다란 회색 그림자가 지면을 기듯이 발소리를 죽여 가며 다가오더니, 이윽고 모습을 감춰 버리고 말았다.

"이봐, 나와!" 나그네는 어둠을 향해 소리쳤다. "살금살금 숨어 있지 말고 나오란 말이야! 자아, 자! 그래 이쪽으로 오라니까!"

획 하고 휘파람을 불거나 손가락을 탁 튕겨 보기도 하고, 개에게 불러대는 모든 소리의 신호를 그는 확인해 보았다. 그러나 어둠 속에서는 아무런 반응도 없었다.

그렇다고 해서 별로 놀랄 정도의 일은 아니다. 이러한 양치기 개란(지금 본 검은 그림자는 확실히 양치기 개임이 틀림없다. 틀림없이 어떤 이유로 주인인 양치기한테서 떨어져나와 혼자 산 속을 어슬렁대며 헤매고 있는 것이 틀림없다.)──이러한 양치기 개는 주인 한 사람의 목소리에, 그리고 주인이 가르친 소리의 신호에만 반응하도록 잘 길들여져 있다. 산 속에서 혹은 호반의 초원에서 그는 종종 농부들이 맞춤 소리나 독특한 신호를 사용해 자유자재로 개들을 다루는 것을 오랫동안 매료되어 바라본 적이 있었다. 그 인간과 짐승과의 일심동체가 된 절묘한 이심전심의 컴뮤니케이션이란!

　그렇지만 그 밖에도 뭔가에서 읽거나 들은 적이 있다. 이처럼 그리 흔치 않은, 경탄해야 할 목양견의 특질은 늑대의 격세 유전적인 용맹스러운 본능을 사람 손으로 개량한 것에 불과하다는 것을 말이다. 그러면 그 영리한 콜리종 개가 솜씨 좋게 양의 무리를 산의 경사면을 따라 몰아가는 모습은 선조인 늑대의 사나운 포획 본능을 밑바탕에 간직해 두고, 해로운 성질만 제거된 상태란 말인가? 일단 이러한 견해를 갖게 되면 그 개들의 유능성을 잘 납득할 수 있다. 늑대의, 바람을 가르는 것같이 경쾌하게 달려가 먹이에 조준을 잘 맞추어 일단 표적을 맞춘 후에는, 몸을 한 번 돌려 상대에게 경계를 품게 하지 않으려고 살며시 다가가는, 몹시 민첩하고 신중한 균형이 잡힌 교묘한 동작! 일부러 약간 꼬드겨 무리를 동요시켜 보기도 하고, 그런가 하면 딱 멈추어 돌덩이처럼 미동도 않고, 광포하게 으르렁대는 소리도 목 속 깊이 감추어 동물들의 방심을 유도하기도 한다. 그리고 기회를 엿보아 단숨에 대시해 무리를 자기에게 유리한 태세로 만들어 궁지에 몰아간다. 이리하여 드디어 습격의 준비가 갖추어지면 무리 속에서 먹이가 될 수 있는 한 마리를 골라낸다. 그리고 최후의 맹렬한 추적. 그리하여 가련하게도 희생의 제물이 될 운명으로 결정된 양은 동료들의 방어 고리에서 떨어져 나가 몸을 지킬 방법을 잃은 채 혼자 고립당하고 만다! 바야흐로 동료들이 있는 곳으로 돌아가고 싶어도 그 앞에는 저 검게 빛나는 두 눈과 그 두려운 어금니를 드러낸 입이 대기하고 있게 된다! 하지만 아무리 열려진 빨간 입으로부터 도망치고 싶어도 무리에게 떨어져 나가는 것은, 본능에 반항하고 자연에 거슬리는 행위였다. 하지만 무리에게로는 이미 돌아갈 수가 없다. 본능에 거역하면서도 그는 무리에서 등을 돌려 도망칠 수밖에 없다——비록 그것이 이미 때늦은 일이라는 것을 알고 있다 해도! 필사적으로 혼자 도망치려고 하는 그를, 육지에서 바다의 상어라고 할 회색 털을 가진 살상자가 뒤쫓게 된다. 이미 도망칠 곳은 없다. 절대절명이다. 이미 그곳까지 회색 그림자는 임박하고, 먹이의 보드러운 목덜미를 향해 날카로운 이빨을 그곳에 박아 세운다.

으악…….

악몽에 사로잡혔다가 일어났을 때처럼 그는 놀라 정신을 차렸다. 정신을 가다듬자 짙은 어둠이 다시 한층 더해진 산길을 돌아본 채 가만히 서 있는 자신이 있었다. 북국의 겨울을 목전에 두고 밤기운은 찌를 듯이 차가운데, 남국의 찜질 같은 열기를 뒤집어쓴 것처럼 뜨겁게 흠뻑 땀에 젖어 있었다. 그래도 등뒤에서는 아무 것도 보이지 않았다. 그렇지만 아무 것도 없다는 것 자체가 밤이 깊어진 지금은 단언하는 것이 어려워지고 있었다. 그는 밤하늘을 우러러보았다. 내리쏟아지는 것 같은 별들의 깜빡임은 상처를 손으로 닦은 뒤를 생각케 했고, 아까보다도 어느 정도 더 스며든 것처럼 보였다. 다음에 그는 다시 골짜기에 눈을 옮겼다. 마을 집들의 불빛은 확실히 아직 켜져 있었다. 그러나 조금 전까지는 소다수의 거품처럼 반짝반짝 하나씩 빛나고 있었는데, 지금은 수초가 무성한 물웅덩이 밑에서 꿈틀대는 이름 모를 고기의 둔탁한 비늘의 광채와 비슷해, 빛의 결정에서 희미한 안개에 흡수되고 말았다.

그래, 괜찮아. 서두를 것 없어. 어두운 산길에는 익숙해 있다. 이만한 안개로 안달을 할 만큼의 초심자는 아니다. 자기가 현재 있는 지점도 잘 알고 있다. 이대로 순조로이 산길을 내려가면 1시간도 채 안 걸려 평탄한 길로 나설 수 있을 것이며, 골짜기에 다다르게 되면 그 뒤에는 여인숙까지의 도정은 그의 다리로서는 쉬운 일이다.

어깨에 파고 드는 배낭의 무게를 확인하면서 그는 다시 내리받이의 산길로 내디뎠었다.

그러자 순간, 눈 아래 아른거리는 마을의 집들의 불빛을 뭔가가 싹 가로질렀다.

그는 다시 소리를 지르려고 입을 열기 시작했지만, 안개가 끼고 있는 주위의 축축한 공기임에도 불구하고 목이 달라붙은 것처럼 텅 비어 있는 것 같아 갑자기 소리가 나오지 않았다. 침을 삼켜 버리려는 그의 귓전에 어둠 속에서 으르렁대는 나지막한 소리가 들려왔다. 순간, 그의 뇌리에 이 억제된 것과 같은 으르렁대는 소리를 지르고 있는, 빨갛게 찢어진, 침을 흘리고 있는 짐승의 입이 딱 떠올랐고, 뭐라고 말하려는 그의 입을 빼앗아 버리고 말았다.

빛을 가로막은 그림자는 좌로 그리고 우로 시계의 진자같이 소리도 없이 황야를 계속 움직이고 있었다. 그것은 결코 이쪽으로 곧장 다가오지는 않았지만, 진자가 흔들릴 적마다 1미터 정도씩 자꾸만 이쪽으로 거리를 좁혀 가고 있었다.

그것은 또한 한쪽으로 치우칠 때마다 멈춰섰으며, 일단은 짙은 그늘과 동화해 버리는데, 그 목에서 쥐어짜는 것 같은 나지막한 으르렁대는 소리가, 주위의 나무들이나 바위의 그림자는 아니라는 것을 말해 주고 있었다.

그는 지면에 몸을 구부려 끝이 뾰족한 돌덩이를 거머쥐었다. 그러자 곧 그 으르렁대는 소리가 사라졌다.

"그러면 네놈도 이것이 어떤 것인지는 알고 있는 모양이구나. 이 밉살머리스러운 짐승 같으니라구!" 그는 큰 소리를 질렀다. 으르렁대는 소리가 들리지 않게 된 것과 손에 쥐어진 돌의 딱딱한 감촉이 그를 침착하게 용기를 북돋아 주었지만, 이대로 괴이한 그림자와 숨바꼭질을 계속하고 싶지는 않았다. 그래서 그는 이제까지 걸어온 코스를 바꾸어 약간 왼쪽으로 벗어나 비스듬히 산을 내려가기로 했다.

새로운 코스를 몇 발짝도 가지 못한 동안에 돌연 눈앞에서 안개가 소용돌이가 되어 뭉쳐졌고, 그는 그 때 비로소 그것을 또렷하게 목격했다. 그것은 머리를 낮게 자세를 취하고, 번쩍이는 새빨간 눈을 단단히 그의 목덜미에 고정시키며 미끄러지듯 곧장 이쪽을 향해 다가왔다.

저도 모르게 공포의 소리를 외쳐대며, 그는 손에 들고 있던 돌을 힘껏 돌진해 오는 것에 내던졌다. 그리고 겨냥이 빗나갔는지를 확인도 하지 않고 돌아서서 죽어라 하고 도망쳤다. 무턱대고 꼬꾸라지듯 산길을 기어오르면서도, 그는 자기의 행위가 바보스럽다는 것을 알고 있었다. 쫓는 자에게서 도망칠 수 없다고 판단되었을 때는 그곳에 버티고 서서 대항하는 것이 본래 취해야 할 길이었다. 그런데도 지금 그는 공포에 사로잡힌 나머지 다가오는 날카로운 이빨에 자기 등을 무방비 상태로 노출시키고 있다. 그는 당장에라도 광포한 이빨이 그의 허벅다리를 물어찢어 고통에 몸부림치며 그가 쓰러지면, 다시 숨통을 끊어 버리려는 듯이 목을 물어찢을 것이며 피투성이가 되는 장면을 각오했다.

이윽고 피로가 그에게 이성을 되찾게 했다. 달리는 것에 지쳐 숨을 할딱이던 그는 땅바닥에 주저앉자, 이젠 이것으로 체념하고 뒤돌아보았다.

하지만 어디를 둘러보아도 쫓는 자는 그림자도 이빨도 보이지 않는다. 주위에는 다만 바야흐로 골짜기의 불빛을 완전히 삼켜 버린 안개만이 마음 내키는 대로 환상의 나선 계단을 만들고 있다. 그는 마음의 불빛을 되돌리려고나 하듯이 잿빛 증기를 가슴 가득히 몇 번씩이나 들이마셨다. 그 동안 아무 것도 나타나지 않았으며, 무엇 하나 사물이 움직이는 기색도 없었다. 천천히 ·호흡의 흐트러짐은 회복되어 갔지만, 전속력으로 달린 피로와 공포감에서 그의 몸은 다시 자꾸만 떨리고 있었다. 그는 정신 없이 얼마나 산을 달려 올라갔는지 대충 짐작이라도 하려고 했지만, 사방이 어둠에 감싸여 있고 표지판 하나 없는 이상 그러한 계산은 도저히 불가능했다. 걱정할 것은 없다. 배낭에는 성냥이 들어 있고 나침반도 지도도 들어 있다.

그는 양 손으로 어깨를 더듬었다. 하지만 양 어깨에 있어야 할 멜방의 감촉도, 바로 조금 전까지 익숙해 있던 무기도, 그 어느 쪽도 이미 남아 있지 않았다.

"제기랄! 이게 어떻게 된 거야!" 그것은 욕을 퍼부었다기보다 참으로 하늘에 대한 간절한 소원에 가까웠는지도 모른다. 간신히 도망치고 있던 터여서 배낭이 벗겨져 저 밑의 어디엔가 떨어뜨리고 말았다는 것을 알고 그는 놀라게 되었다.

간신히 마음을 안정시키고 냉정하게 이성을 작용시켜 마음을 가라앉히고는 황야나 주위의 야산의 상황을 머리에 떠올려 보려고 했다. 괜찮아, 안심해. 배낭 속 알맹이의 물건이 없어져도 어떻게서든 마을까지 이를 수는 있다. 가을이 깊은 때이기는 해도 아직 노숙을 해도 얼어죽을 만큼 춥지는 않다. 위에 입고 있는 아노락(후드가 달린 방한용 짧은 외투)은 비나 바람도 통과시키지 않는 두툼하고 튼튼한 것이며, 등산용 바지도 두꺼운 천으로 만들어져 있다. 그렇지만 바지 쪽은 끈질긴 안개의 수분을 흡수해 촉촉히 젖고 말았던 것이다. 몸을 차갑게 하지 않고 혈행을 좋게 해 두기 위해 가능하면 일정한 속도로 몸을 움직이고 있는 편이 좋을 것이다. 산길을 계속 올라가 오른쪽으로 계속 향해 가면, 머지 않아

산의 북쪽 산등성이에 가 닿게 될 것이다. 그곳을 넘어서면 다음 골짜기
로 내려가는 길은 상당히 험하지만 갈 수는 있을 것이다. 이 남쪽의 경사
면은 지면이 험하고 군데군데가 갑자기 깎아지른 낭떠러지로 되어 있다.

그는 자기로서도 지극히 객관적으로 이 밤의 산길의 탈출법으로 원래
왔던 길을 그대로 되돌아가는 것을 전혀 고려에 넣고 있지 않다는 것을
자각하고 있었다. 아까 보게 된 것이 무엇인지는 모르지만 아직 아래쪽
어딘가에 숨어 있다. 그의 고양된 신경은, 빙글빙글 소용돌이 모양으로
흔들리는 안개보다도 선명하게, 피에 굶주린 야수의 이빨이나 날카로운
발톱이 초조한 나머지 배낭을 갈기갈기 짖어놓는 그림을 그의 머리 속에
그려내었다. 오싹오싹 등줄기에 몸의 떨림이 치달은 그는 허둥지둥 일어
서 비스듬히 오른쪽 방향을 향해 산길을 올라가기 시작했다.

다시 걷기 시작하고 나서 1분쯤 지났을까. 멀리 오른쪽에서 바스락거
리는 소리가 났다. 그는 걷는 속도를 떨어뜨리고 어떤 소리에 귀를 기울
였다. 저쪽도 마찬가지로 느긋한 보조가 되었지만, 이미 이번에야말로
잘못 느낄 여지는 없었다. 그와 거리를 두고 나란히 서듯이 자꾸만 초지
위를 딱딱한 앞발이 나아갔다. 때때로 그 리듬이 탁 튕겨나간 조약돌의
소리가 되어 자꾸만 이쪽 신경을 거슬리게 하는, 딱딱한 발톱이 미끌미
끌한 바위 위를 긁어대는 소리로 산란해졌다.

잠시 모습을 보면서 그가 곧장 산길을 오르자, 기분 나쁜 소리는 그쳤
다. 그렇지만 오른쪽으로 다시 진로를 바꾼 순간, 저쪽도 위협을 재개했
다. 그가 정신을 가다듬어 자꾸만 오른쪽 방향으로 나아가자, 잠시 짐승
의 그림자는 그와의 거리를 계속 유지하는 것처럼 보였다. 하지만 기색
뿐으로 여전히 그의 눈에는 아무 것도 비치지 않지만, 이제까지 가벼운
발소리밖에 들리지 않았던 것이 그에 더해 리드미컬한 동물의 숨소리까
지 전해져, 차츰 그 목이 쉰, 할딱이는 소리가 커지게 됨에 따라, 그도 드

디어 양자의 간격이 서서히 한 점을 향해 좁혀지고 있다는 것을 납득할 수 있었다.

한 발 또 한 발, 공포의 그림자가 몸 가까이에서 쫓아오고 있는 것을 견딜 수가 없게 된 그는 적과 맞서는 것을 단념하고 곧은 진로로 들어서자, 더 이상 두 번 다시 저항의 빛을 보이려 하지 않았다. 묵묵히 산길을 오르기 시작한 지 얼마 안 되어, 어둠 속에 갑자기 나타난 환상의 그늘에 그는 숨이 막힐 만큼 긴장이 오므라들었다. 하지만 곧 그것은 여기저기 이어진 이정표인 케른의 하나임을 알고, 그것에 의해 그는 자기가 산을 내려가기 시작한 최초의 지점으로 되돌아오고 말았다는 것을 알아차렸다. 이 길을 내려가기 시작했을 때는 이미 몇 10년이나 옛날의 일인 것처럼 생각되었다.

이미 육체적인 피로는 조금도 느끼지 못했다. 도리어 어느 정도 머리가 가벼워진 것 같은 기분마저 들었다. 이런 종류의 상쾌감은, 쫓길 대로 쫓긴 동물이 아직 처형의 시각은 다가온 것이 아니라 해도 집요한 사냥꾼에게서 놓여날 수 없다는 것을 깨달은 체념의 경지와도 흡사한 심경과 같은 것은 아닐까?

산길은 차츰 밋밋해지다가 이윽고 거의 지면이 평평해졌다. 그럭저럭 산의 정상에 있는 대지에까지 돌아온 것 같았다. 이대로 곧장 앞으로 나가면 산의 가장 높은 지점을 나타내는, 한층 더 큰 케른이 눈앞에 보이게 될 것이다.

하지만 그것은 그가 나아갈 길은 아닌 것 같았다. 오른쪽의 어둠 속에서 낮게 위협하는 으르렁거리는 소리가 들려왔다. 그 소리에 의해 명령을 받는 듯이, 얌전히 그는 왼쪽으로 발걸음을 전진시켰다. 공포감은 전혀 없었다. 그렇지만 그것은 이제부터 행해지려고 하는 특별 환영 파티를 맞이하기까지의 일시적인 심리 마비 상태일 것이다. 아무튼 지금은 드디어 신변에 위험이 임박해 있다는 실감이 느껴지지 않았다. 그러기는 커녕 대담하게도 그는 상대를 짐짓 초조하게 하려고 일부러 이따금 멈춰 서기까지 했다. 그러자 곧 등뒤의 어둠 속에서 나지막한 경고의 으르렁거리는 소리가 들려왔다. 그래도 그가 곧 움직이려 하지 않자, 이번에는 싹싹 싸삭하는, 사납게 날뛰려고나 하듯 앞발을 긁어대며 이쪽으로 돌진해 오려는 기색이 보였다.

그러자 마지못해 그는 이러한 애태우기 놀음을 그만두고 다시 터벅터벅 걷기 시작하는 것이었다. 그는 자기가 발판이 안전한 산길에서 벗어나 자꾸만 위험한 일대로 인도되어 가고 있다는 것을 알고 있었다. 사람의 발을 삼켜 버리려고 대기하고 있는, 침식에 의한 균열이나 발을 삼켜 버릴 것만 같은 자갈이나 미끄러지기 쉬운 이끼로부터 어떻게든 몸을 지켜도, 가 닿는 곳은 산의 남쪽 부서지기 쉬운 단애인 절벽이었다. 낮 동안에도 이 근처를 지나갈 때는 세심한 주의가 필요하다. 하물며 밤, 그것도 안개 속을 걸으려고 하는 것은 제 정신을 가진 사람의 짓이라고는 생각되지 않는, 자살 행위에 가까웠다. 혹은 이빨을 드러낸 짐승에게 억지로, 예정된 지점으로 끝내 막다른 곳까지 쫓겨가는 가련한 나그네 정도의 짓이라고나 할까.

왜냐하면 이곳은 사냥감을 죽이는 데는 절묘한 장소였기 때문이다. 이곳이라면 아무에게도 들키지 않고, 또한 방해받지 않고 몰아넣은 먹이를 처리할 수가 있다. 살해되는 희생자는 아무리 도망치려고 바둥대도 헛된 체력만 소모하고, 결과적으로 사냥꾼의 수고를 덜어주는 것밖에 안 된다.

그리고 이곳이라면 도살된 동물의 뼈는 영원히 고기를 마구 먹어치운 거친 모습대로 놓여 있게 될 것이다. 저 멀리 밋밋한 대지에서 느긋하게 풀을 뜯는 양의 무리는 잡혀 먹힌 동료의 사체를 찾기는커녕, 이곳에 뼈

만인 모습으로 비바람에 드러나 있는 것마저 생각지도 못하는 일일 것이다.

어둠에 덮인 험한 산길을 그는 망설임 하나 없이, 등뒤의 짐승에게 재촉당한 채, 그대로 지정된 방향으로 반항조차 않고 걸어갔다. 짐승의 그림자는 바야흐로 그의 뒤에 착 달라붙어 그 거칠은 숨소리가 학학거리며 그의 귓전에 뛰어들었다. 하지만 그는 한 번도 돌아다보려고 하지 않았다. 야수의 모습을 돌아본다 한들 무슨 소용이 있겠는가? 늑대의 모습 따위는 잘 알고 있다. 새삼 가까이에서 그 특징을 본다 한들 무슨 도움이 된단 말인가?

이윽고 겨우 어둠의 행진은 정지되었다. 그의 눈앞에는 갈 길을 가로막듯이 부서진 큰 돌들이 그 그림자를 거뭇거뭇하게 밤의 어둠 속에서 드러내 보이고 있었다. 둘러보자 주위에는 빙 둘러 바위가 여러 개 우뚝 서 있었고, 고르지 않은 커다란 원 모양을 이루고 있었다. 여기다——라고 그는 깨달았다. 드디어 와야 할 곳에 도달한 것이다.

그의 등뒤에서 그 짐승도 발을 멈추었다. 거칠고 귀에 거슬리는 숨소리가 와 닿을 것만 같았다. 나그네는, 그 무서운 이빨을 번쩍 빛내며 굶주린 눈이 덥석 물려고 대들 장소를 찾아 그의 몸을 노리고 주위를 맴돌고 있는 것을 피부로 느낄 수 있었다.

그러면 이렇게 죽음을 맞게 된다는 건가! 이젠 아무리 항변해 보았자, 아무리 과거의 공적을 호소해 장래의 희망을 약속한들, 결국 저 흉포한 이빨에 목을 물리고 찢길 대로 찢겨져, 최후를 맞이할 운명에서 놓여날 방도는 없는 것이다.

곧이다. 이제 곧 그 최후의 시각이 닥쳐올 것이다.

그의 등 저편에서 털이 수북한, 몹시 징그러운 짐승의 발이 지면을 마구 긁어대며, 흙과 조약돌을 날카로운 발톱으로 파 일으키고 있는 소리가 났다.

아아, 이 얼마나 마음씨 착한 짐승인가! 나의 시신을 묻을 무덤 구멍을 파 주다니!

이제는 정정당당하게 대면해야 할 때다. 살아날 한 조각의 희망도 없는 이상 공포마저 이미 품을 필요가 없다.

천천히 그는 뒤를 돌아다보았다.

다음날 아침, 새벽녘 전에 고원에 나온 양치기는 양몰이 개 한 마리가 몹시 짖어대고 있는 것을 알았다. 이윽고 그는 산기슭에서 그리 멀지 않은 산길을 따라 떨어져 있는 배낭 옆에 자기의 개가 서 있는 것을 찾아냈다. 수상쩍게 생각하면서 양치기는 배낭의 알맹이를 꺼내 보았다. 안에서는 얄팍한 아노락 코트, 스웨터, 지도, 나침반, 커피 포트에 섞여 갈색 얼룩이 진 헝겊에 싸인 금반지가 나왔다.

양치기는 자기 집으로 되돌아가 경찰에 연락했기 때문에, 다시 재빨리 산악 구조대에 수색이 요청되었다.

오전의 절반이 지났을 무렵, 겨우 구조대와 동행한 경찰관들이 남자를 발견했다. 그는 부서진 큰 돌들이 널려 있는 일대의 얼마 안 되는 평지가 있는 곳에서 큰 돌무더기에 기대고 주저앉아 있었다. 사나이의 발밑에는 얕으막하게 패어진 무덤이 있었다. 그 무덤에는 목이 끔찍하게 마구 찢겨진 여자의 시체가 누워 있었다. 시체의 가슴에는 피에 젖은 나이프와 절단된 왼손의 약손가락이 시체를 찾아내기 어렵도록 숨기려고 했는지 조약돌과 흙이 마구 흩어져 있었다.

구조대의 일행들이 저도 모르게 숨을 삼키고 그 광경을 지켜보고 있자, 무관심한 거동을 하면서 그들의 뒤를 따라온 양치기가 사나이의 가까이로 다가가려고 했다. 그러자 나이가 많은 보더콜리가 즐거운 듯이 꼬리를 흔들면서 주인의 앞장을 서서 달리기 시작했다.

타박타박 달려오는 개의 발소리에, 사나이는 깩 하고 외마디 소리를 지르고는 우뚝 멈춰서서 양 손으로 눈을 감쌌다. 그 때 비로소 구조대원들의 눈에, 사나이의 손톱이 조약돌이나 흙을 맨손으로 마구 긁어대었기 때문에 모두가 찢기거나 터져 버린 것이 또렷이 보였다. 사나이가 눈에서 두 손을 떼자, 피부가 터져 상처투성이가 된 손가락이 닿았던 눈썹에 남은 선혈의 핏방울이, 마치 희꾸무레한 새벽녘의 하늘에 반짝이는 별처럼 햇빛을 받아 둔탁한 빛을 발하고 있었다.

누가 그런 짓을

People Don't Do Such Things

Ruth Rendell

루스 렌델

1930년 2월 17일 런던에서 태어남. 1976년 「내 눈의 악마」로 CWA상 수상함. 1986년 「죽음과의 포옹」으로 MWA상 수상함.

누가 그런 짓을

루스 렌델

인간이 그런 짓을 하면 못써.

이것은 「헤다 거브라」의 막이 끝날 때 하는 대사인데, 입센은 그 남자에게 소설보다 더 의외의 사실을 알아 일종의 당혹한 심정으로 이 말을 하게 한다. 나는 그 남자의 심정을 뼈저리게 잘 안다. 리브 베이커가 내 아내를 죽인 죄로 15년형을 살고 있는 것, 거기에 대해서 나도 하나의 역할을 했다는 것, 그것이 우리들 세 사람의 몸에 일어났다는 것, 그 엄연한 사실에 직면할 때마다 나 또한 그 말을 중얼거린다. 인간이 그런 짓을 하면 못쓴다. 그러나 역시 그런 짓을 하는 인간이 있는 것이다.

내 경우, 단 한 번도 실생활에서 소설 같은 뜻밖의 일이 발생한 예가 없었다. 언제나 그런 듯이 평범하고 조용하고 만족한 생활이었으며, 내가 아는 대부분의 사람들도 그 점에서는 모두 비슷비슷한 삶을 알뜰살뜰 영위하고 있는 사람들뿐이었다. 리브는 예외로 하고 말이다. 내가 리브와 사귀는 것을 큰 즐거움으로 삼고 있는 이유는, 생각컨대 그와 나의 생활 태도가 극도로 달랐기 때문이며, 그랬기 때문에 그가 돌아간 뒤에 거리낌없이 아내인 겐드린에게 이렇게 말할 수 있었던 것이다.

"우리들의 생활은 리브에게는 얼마나 따분하게 여겨질까!"

리브가 지금 압박을 받고 국세청과 옥신각신하고 있을 때, 아는 사람이 내 이름을 가르쳐 주었던 것이다. 고객 중에 꽤 많은 작가들이 있었던 세무사로서, 나는 그들의 형편없는 금전 감각——사실 고의적인 탈세에 다름 아닌 행위의 변명으로 예술가적 기질을 내세우는 버릇——에는 이골이 나 있었으므로, 리브를 위해 문제를 해결하고, 계제에 다소나마 지불 능력을 유지하는 비결을 가르쳐 줄 수가 있었다. 거기에 대한 인사 표시로 리브가 겐드린과 나를 디너에 데려갔고, 그 답례로 우리도 그를 집으로 초대하였다. 이렇게 하여 절친한 친구 사이가 되었던 것이다.

작가와 그들의 일에는 우리 같은 보통 사람들을 홀리게 하는 것이 있다. 줄거리의 구성, 등장 인물의 창조나 그 인물들의 대화 같은 것 외에, 대체 그들은 어디서 아이디어를 얻는 것일까, 아예 나 같은 것에게는 수수께끼로밖에 표현되지 않는다. 그런데 리브에게 걸리면 그런 것은 식은 죽 먹기로, 루이 15세의 궁정이든, 중세 이탈리아든 어디라도 상황 설정이 가능했다. 나는 그의 역사 소설을 9권이나 읽었고, 그의 진면목이라 할 수 있는 세련된 기교에 혀를 내두르기도 했다. 그러나 사실대로 말하자면, 그를 기쁘게 해주기 위해서 읽은 것뿐이었다. 추리소설 쪽이 내 취향에 맞았고, 다른 장르의 소설은 좀체 읽을 기분이 내키지 않았다.

겐드린은 어느 날 나에게 평소에 드라마틱한 생활을 실천하면서, 또한 작품에 그렇게 많은 드라마를 쏟아넣을 수 있다는 것에 대해, 리브라는 사람은 정말 놀랍다고 말했다. 그 무렵, 새빨간 거짓은 아니라는 심증이 가고 있는 판이었다. 실제로 리브의 주인공들은 모두가 그 자신이었다. 그 자신이 체자레 보르지아나 카사노바로 변신한 것뿐이었다는 생각이 들었다. 그들은 모든 점에서 똑같이 장신의 미남으로서 저돌적인 리브의 자취를 엿볼 수 있었다. 그리고 누구나 여자에 관한 한 놀라운 수완가라는 점에서도. 리브는 나와 만나기 1년 전쯤 이혼했는데, 그리고서는 모델, 여배우, 패션업계의 여자, 비서, 교사, 정력적인 여성 중역, 나중에는 치과 의사에 이르기까지 언제나 늘 계속해서 걸프렌드가 있었다. 어느 날 그의 자택을 방문한 우리에게 「돈 조반니」의 아리아 레코드를 들려 주었다. 그것 또한 리브가 그 자신을 투영하여 작품의 주인공으로 완성한 인물이다. 아리아는 「카탈로그의 노래」라는 제목으로 돈 조반니의 유혹에 넘어간 각양각색의 타입의 여자들을 금발, 흑발, 빨강머리, 처녀, 중년 부인, 부자, 빈자 등으로 나열한 끝에, 상대가 치마만 두르고 있으면 그가 할 일은 아, 그 일, 이라든가 하는 1절로 끝났다. 신기하게도 그 이탈리아어로 된 1절을 지금까지도 기억하고 있다. 비록 내가 아는 이탈리아어라곤 그것뿐이지만. 푸르체 포르티 라 곤넬라 보이 사페테 케르체 파. 그리고 나서 가수는 징그러운 목소리로 웃었다. 음악에 맞추어 유혹자가 차가운 웃음 소리를 내었고, 그러자 리브도 친근감이 느껴지죠 하면서 웃었던 것이다.

나는 사상이 고루한 남자다. 그건 알고 있다. 보수적인 남자이다. 나에 관한 한 섹스는 결혼을 위해 있는 것이며, 혼전 섹스—— 나는 그다지 경험이 없다—— 는 수치스러운 비밀이라고밖에 생각하지 않는다. 나는 항간에서 혼외로 즐기는 일이 비일비재하다는 이야기를 믿지 않았다. 허풍이거나 허세가 틀림없다. 정말 그렇게 생각했다. 그러므로 리브가 새 여자 친구와 데이트 중이라고 하면, 나는 그것이 전형적인 데이트라고 믿었다. 식사를 같이 하고, 춤을 춘 뒤 택시로 집까지 바래다 주고는, 마지막에 현관 앞 계단에서 굿나잇 키스 정도나 하겠지 라고만 생각했다. 어느 일요일 아침, 집으로 점심식사를 하러 오기로 되어 있는 리브에게, 식사 전에 팝에서 만나 한잔 안 할 것인지 묻기 위해 전화했는데, 그는 잠에서 덜 깬 목소리로 대답했으며, 뒤에서 여자가 킥킥거리는 소리가 들렸다. 그리고 그의 목소리가 들렸다.

"어이, 옷 좀 입지. 그리고 커피라도 좀 타지 그래? 난 머리가 깨질 것 같다구, 정말."

나는 겐드린에게 그 이야기를 했다.

"당신은 뭘 기대했는데요?"

"글쎄, 모르겠어." 내가 말했다. "당신은 쇼크를 받을 줄 알았는데."

"그는 대단한 미남이고, 게다가 아직 서른일곱 살이에요. 그런 일쯤은 당연하잖아요." 말은 그렇게 하면서도 얼굴이 발그스레해졌다. "나 역시 좀 충격적이기는 해요. 그런 생활은 우리와는 도저히 맞지 않아요."

그러나 우리는 그 안에, 그 가장자리에 계속 머물러 있었다. 리브와 가까워짐에 따라서 그는 우리를 불쾌하게 만들지 않으려고 강변했던 작은 거짓말들을 생략해 버렸다. 그리고 과거와 현재의 여성 편력에 얽힌 일화를 서슴없이 들려주었다. 너무 독점욕이 강한 데 질려서 헤어진 여자가, 그가 외출 중일 때 아파트에 들어왔는데, 그런 줄 모르고 그날 밤 새 여자를 데리고 돌아와 보니, 침대에 그 여자가 실오라기 하나 걸치지 않고 누워 있더란 이야기. 남편이 나갈 때까지 두 시간 동안이나 그를 옷장에 숨겨 놓은 유부녀 이야기. 설탕 한 파운드를 빌리러 왔다가 그대로 하룻밤 자고 간 여자…… 금발 여자, 검은 머리 여자, 통통한 형, 마른 형, 부유한 여자, 가난한 여자 . 푸르체 포르티 라 곤넬라 보이 사페테 케르체 파.

"마치 별세계 이야기 같군요." 겐드린이 말했다.

그래서 내가 말했다. "나머지 반의 인간들 생활 방식이야."

이런 종류의 상투적인 문구를 우리는 즐겨 사용했다. 우리의 생활 자체가 판에 박힌 형, 서구 세계에서 중산층의 사람들이 영위하는 가장 평균적인 생활의 본보기였다. 풍광이 좋은 교외에 위치한 깨끗한 단독 주택, 튼튼한 가구, 일생 동안 써도 될 카페트. 아내와 나에게 한 대씩 있는 차. 나는 8시 반에 출근하고 6시에 귀가하였다. 겐드린은 집안 청소를 하고, 시장에 갔다와서 오전 커피 파티를 열었다. 우리는 밤에 집에서 TV를 보면서 보내는 것을 좋아했으며, 대개 11시에 잠자리에 들었다. 나는 괜찮은 남편이었다고 생각한다. 아내의 생일을 잊은 적도, 결혼 기념일에 장미를 보내는 일을 게을리 한 적도 없으며, 설겆이 당번을 빼먹은 적도 없다. 그리고 그녀도 만점짜리 아내였다. 로맨틱한 순정파에다 눈꼽만큼도 흐트러진 구석이 없는. 적어도 내 앞에서는 흐트러진 태도를 보인 적이 없었다.

내가 보낸 생일 카드, 그리고 약혼 중에 보낸 발렌타인 카드도 그녀는 전부 간직하고 있었다. 겐드린은 자잘한 추억이 어린 물건들을 소중하게 간직하는, 여성들에게 흔히 있는 타입이었다. 그녀의 사이드 테이블 서랍에는 우리가 약혼식을 올린 레스토랑의 메뉴나 신혼 여행을 보낸 호텔의 그림엽서, 우리가 함께 찍은 사진들, 가죽 앨범에 끼워져 있는 결혼 기념 사진 등이 차곡차곡 정리되어 있었다. 그랬다, 그녀는 대로맨티스트였으므로 망설이면서 분연히 리브의 불장난을 종종 비난했던 것이다.

"아무리 그래도 자기를 사랑하는 사람에게 그런 식으로 하면 안 돼죠." 그녀가 그렇게 말한 것은, 새 여자 친구에게 행선지는 물론이고, 어디를 갔다 온다는 사실조차 알리지 않고 휴가를 보내러 갈 것이라는 잔혹한 계획을 리브가 털어놓았을 때였다.

"그 여자의 마음을 짓밟는 행위네요, 그건."

"겐드린, 그 여자는 마음 따위는 가지고 있지도 않아. 여자에게는 마음이 없다구. 여자의 마음은 일종의 기계야. 망원경, 거짓말 탐지기, 수술용 메스와 거세 도구를 조립한 기계란 말이야."

"상당히 왜곡된 시각을 가지고 계시군요." 아내가 말했다. "당신도 언젠가는 사랑에 빠질지 모르는데, 그때는 어떤 기분인지 확실히 알 거라고 생각해요."

"그렇게 단정할 수 없어요. 쇼우가 말했듯이——." 리브는 자주 다른 작가의 명언을 인용하였다. "——「자기가 원하는 것을 남에게 베풀지 말라. 왜냐하면 누구나가 좋아하는 것이 같다고는 말할 수 없으므로.」"

"비참하게 되고 싶지 않다고 생각하는 것은 누구나 마찬가지예요."

"그 여자도 그걸 생각해 봤으면 좋았을 텐데…… 내 생활을 지배하려 하기 전에. 아니, 난 잠시 숨어 있겠어. 뭐 다른 곳에 갈 필요도 없지, 솔직히 말하면. 멀리 간다고 해 놓고 2주일 정도 집에 숨어 있어도 좋겠지. 냉장고를 가득 채워 두고 술도 잔뜩 사 두는 거야. 비슷한 사정으로 전에도 그런 적이 있었어. 오히려 쾌적하더라구. 작업도 크게 진척되었고."

젠드린은 묵묵히 이야기를 듣고만 있었으며, 실은 나도 그랬다고 말할 수밖에 없다. 이러한 부도덕한 실례를 들으면 도대체 내가 리브의 어디가 좋다는 건지 이상하게 생각할 것이다. 지금으로서는 기억이 잘 안 난다. 아, 매력은 있었다. 그것은 지칠 줄 모르는 환대의 정신. 내 생활이야말로 모든 남자들이 동경하는 이상의 경지, 그와 반대로 그가 바라는 것은 기껏 이런 것이라고 말하고 싶은 듯한, 자신의 생활을 이야기할 때의 처량한 말투. 금전상의 일에 관한 나의 정통함에 감탄을 보내며, 구제 불능인 자신의 경제 감각에 대한 한탄. 나에 대해서 서로 비슷할 정도로 세상 물정을 아는 남자라 해도, 내 쪽이 가치 있는 것만을 선택해 왔다는 식으로 이야기하는 태도. 우리 집의 지루하고 평범하기 그지없는 모임에 초대되었을 때, 그는 항상 위트가 넘치는 가벼운 이야기로 좌중의 열기를 고조시키는 유쾌한 친구, 맥빠진 파티에 활기를 불어넣는 자, 성실한 바텐더이며, 그 무엇보다도 우리 부부의 친구 가운데 계리사, 은행원, 변호사, 개업 의사, 회사 중역이 아닌 단 한 사람이었다. 우리는 그의 책을 책장에 진열해 두었다. 친구들이 그것을 빌려가고, 그들의 다른 친구들에게 우리 집에서 리브 베이커와 만났다고 이야기한다. 우리를 부르조아 레벨에서 차원을 올려 남들로부터 인정을 받는 존재로 만들 만큼의 위신을 그가 가져다 주었던 것이다.

어쩌면 그 무렵에 나는 그가 우리의 어떤 점을 좋게 생각하는지 스스로 자문해 보았어야 했다.

겐드린과 리브 사이의 서먹서먹한 공기를 처음 눈치챈 것은 한 1년 전이었다. 그의 뒤틀린 고백이나 놀리는 듯한 찬사와 그녀의 조심스러운, 약간 어머니의 잔소리 같은 충고로 이루어지는, 즐겨 해온 농담 섞인 대화가 완전히 꼬리를 감추고 말았다. 우리 세 사람이 함께 있을 때, 그들은 마치 통역을 거치듯이 나를 통해 이야기를 나누었다. 그가 뭐 거슬리는 일이라도 했느냐고 내가 겐드린에게 물어보았다.

그녀는 감짝 놀란 것 같았다. "왜 그렇게 묻는 거죠?"

"왠지 당신이 늘 그에게 화를 내고 있는 것같이 보여서."

"미안해요. 앞으로는 좀더 인상을 좋게 가지도록 신경을 쓸게요. 나도 모르는 사이에 변해 버렸군요."

그녀는 나에 대해서도 변해 버렸다. 나의 몸이 닿으면 흠칫 몸을 사릴 때가 있었으며, 비록 거부하지는 않았지만 잠자리에서의 반응이 눈에 띄게 소극적으로 되었다.

"어떻게 된 거야?" 전대미문의 비참한 실패를 하고 나는 곤혹스러워 물었다.

아무 것도 아니라고 그녀는 대답한 뒤 덧붙였다. "나이 탓일 거예요, 우리도. 신혼 때와 똑 같기를 바라는 것이 잘못이죠."

"무슨 바보 같은 소리를 하는 거야. 당신은 서른다섯, 난 서른아홉이잖아. 당신이나 나나 망령부릴 나이는 아니야."

그녀는 한숨을 쉬고 어두운 얼굴을 하였다. 우울증에 빠져 신경이 날카로워지기 시작했다. 리브 앞에서는 제대로 말도 못하면서, 그가 없을 때는 말끝마다 그에 관한 토론에서 성격 추측까지 그에 관한 말밖에 하지 않았다. 그리고 열 번째 결혼 기념일에 우리 두 사람 앞으로 그에게서 축하 카드가 날아오자, 이번에는 어찌된 셈인지 그녀는 매우 불쾌해하는 것이었다. 나는 물론 장미를 선물했다. 그 주 주말쯤에 영수증을 한 장 잃어버려—— 나는 세무사이므로 그런 일에도 당연히 세심하게 신경을 쓴다—— , 혹시 여기 버렸는가 싶어 쓰레기통을 뒤져 보았다. 그리고 그것을 찾아냈으며, 또 하나의 장미와 함께 겐드린에게 보낸 결혼 기념일 카드도 발견했다.

그러한 일 모두를 나는 알고 있었다. 그러나 그 점이 나에게 문제였다. 여러 가지 점에서 짐작은 갔지만 그것들을 종합해서 결론을 낼 만큼의 인생 경험이 부족했다. 오후에 집에 전화를 하면 항상 아내가 없는 이유가 뭔지, 또는 그녀가 부쩍 새 옷을 자주 사는 이유 등을 추측할 수 없을 만큼 세상 물정에 어두웠다. 문득문득 이상하다고 느꼈지만 그뿐이었다.

리브에 관해서도 이것저것 이상한 구석이 눈에 띄었다. 예컨대 여자 친구 이야기를 안 하게 된 것이다.

"그도 이제야 철이 든 것 같군." 그래서 겐드린에게 말했다.

열심히, 그야말로 열렬하게 그녀가 맞장구를 쳤다. "그렇죠? 정말 그래요."

그러나 그건 오해였다. 내가 리브의 금욕 생활이라고 생각한 것은 겨우 3개월밖에 지속되지 않았다. 그리고 그 뒤 새 여자 친구 이야기를 꺼낸 것은 나 혼자 있는 자리에서였다. 팝에서 금요일 밤에 한잔 하면서 그는 비밀 이야기라도 하듯이 은밀하게 그 '최고로 멋진 아가씨'에 관해, 나이는 스무 살이고 지난 주 파티에서 만났는데 어쩌구저쩌구 하며 쏟아

놓았다.

"어차피 오래 가지는 않을 거야, 리브." 내가 말했다.

"제발 그렇게 되었으면 좋겠네. 난들 오래 계속되기를 원하는 줄 아나?"

겐드린도 물론 바라지 않았다. 내가 그 이야기를 꺼냈을 때는 쉽게 믿으려 하지도 않았는데, 나중에는 낙담한 듯이 그저 망연자실해 있었다. 리브가 옛날 그 버릇으로 돌아간 것이 그렇게까지 그녀에게 충격적이었나 싶어 그런 이야기를 들려줘서 미안하다고 내가 말하자, 그 사람 이야기는 이제 입에 올리는 것조차 지겹다고 내뱉듯이 말했다.

그녀는 점점 더 화가 치미는 듯해 보였는데, 마음을 가라앉히는 것도 무섭도록 격렬했다. 전화벨이 울릴 때마다 그녀는 뛸 듯이 일어섰다. 한 번인가 두 번, 집에 돌아와 보니 아내도 없을 뿐더러 저녁 준비도 안 되어 있었다. 마침내 돌아온 그녀는 핼쑥하게 여윈 얼굴로 산책하고 왔다고 말했다. 그녀를 의사에게 보였지만, 의사가 처방한 신경안정제는 그녀를 점점 더 의기소침하게 만들 뿐이었다. 나는 오랫동안 리브와 만나지 못했었다.

그런데 뜻밖에도 그가 회사로 전화를 하여 3주일쯤 남부 프랑스에 갔다 오겠다고 알려왔다.

"자네의 그런 경제 상태로 말인가?" 내가 반문했다. 연2회 분납하고 있는 그의 소득세 한 달 분을 납부하는 데 이리 뛰고 저리 뛸 정도였으니, 5월에 신작 대금이 들어올 때까지는 파산 상태나 마찬가지라고 알고 있었다. "남프랑스라면 비용이 꽤 들 텐데?"

"어떻게 꿰맞추었어. 은행 지배인이 내 애독자라서, 당좌대월을 해준대."

리브의 휴가 이야기를 들어도 겐드린은 그리 놀라는 기색이 없었다.

그의 말로는 혼자 간다고 했다. 그 '최고로 멋진 아가씨'는 벌써 어디론 가 사라져 버린 모양이었다. 휴식이 필요하겠죠 라고 그녀는 말했다. 뭐 니뭐니해도 그곳에는 그를 괴롭히는 여자들도 없을 테니까요, 하면서.

맨 처음 리브와 만났을 때 그는 임대 플랫식 아파트에 살고 있었지만, 방법 문제와 또 투자 대상으로 내가 그에게 권하여 플랫을 구입하였다. 그곳을 마당이 딸린 플랫이라고 부르면 듣기는 좋지만, 실제로는 흔한 타입의 지하실로서 베이즈워터에 있는 커다란 빅토리아 양식 건물의 반 지하에 있었다. 내가 보통 출퇴근하는 길은 그의 집 근처를 지나가지 않 지만, 도로가 복잡할 때는 빙 둘러 그의 집앞을 지나갈 때도 있었다. 리 브가 여행을 떠난 지 2주일쯤 지났을 때, 어느 날 아침 마침 그렇게 되어 지나칠 때 당연히 그의 창으로 눈길이 갔다. 친구집 옆을 지나칠 때, 가 령 친구의 부재를 알고 있더라도 누구든지 무심코 집 쪽을 바라볼 것이 다. 리브의 플랫은 침실이 바깥쪽에 있었으며, 방 창문의 윗부분은 보였 으나 아랫부분은 수북이 자란 잔디에 가려져 있었다. 나는 커튼이 내려 져 있는 것을 깨닫고 그다지 현명한 방법이 아니군, 빈집털이에게 어서 들어오라고 말하는 것 같다고 생각했으나, 금방 그 일에 관해서는 잊어 버렸다.

그러나 이틀 후, 아침에 다시 그 길을 지나가며, 교통 체증이 심했으므 로 이번에는 천천히 진행하면서 또 리브의 창 쪽을 보았다. 그런데 커튼 이 완전하게 드리워져 있지 않았다. 가운데에 6인치쯤 틈이 생겨 있었다. 빈집털이가 아무려면 닫혀 있는 커튼을 연다는 것은 도저히 있을 수 없 는 일이었다. 내가 이번에 생각한 것은 빈집털이가 아니었다. 그렇다면 리브가 좀 빨리 돌아온 것이 분명하다고 생각했다.

고생고생하여 이렇게 막힌 길을 빠져 나간다 해도 어차피 사무실에는 지각이라고 생각되어, 주차 미터 지점으로 가서 차를 세웠다. 리브 녀석의 문을 노크하여 커피 한 잔 사줄 참이었다. 대답이 없었다. 그렇지만 한 번 더 창문 쪽을 보니 커튼이 다시 움직였다. 그것도 이 10분 사이에 움직인 것이 거의 틀림없다고 생각되었다. 나는 위층 여자의 플랫 벨을 눌렀다. 실내복 차림의 여자가 나왔다.

"실례를 끼쳐드려 죄송스럽습니다만, 베이커씨가 돌아왔는지 혹시 알고 계십니까?"

"토요일까지는 안 돌아올 거예요, 그 사람."

"확실합니까?"

"그거야 확실하고말고요." 상대방은 좀 퉁명스럽게 대답했다. "월요일에 문틈으로 메모를 넣어 놓았어요. 그러니까 돌아오는 즉시 우리 집에 보관하고 있는 소포를 가지러 올 것이 틀림없어요."

"그는 자기 차로 갔습니까? 혹시 모르십니까?" 애독하는 추리소설의 주인공이 된 기분으로 질문을 했다.

"물론 그랬을 테죠. 왜요? 뭐가 잘못 되었나요? 그 사람이 뭘 잘못했어요?"

내가 아는 한 아무 것도 잘못한 것은 없다고 하자, 눈앞에서 문이 탁 닫혔다. 나는 도로를 걸어서 죽 한 줄로 늘어서 있는 임대 주차장까지 가 보았다. 리브의 차고의, 작은 회색 유리창으로는 안이 비어 있지 않다는 정도만 확인할 수 있었지만, 뿌옇게 흐려 보이는 녹색의 물체가 리브의 피아트인 것은 알 수 있었다. 그래서 나는 확신하였던 것이다. 그는 아무 데도 가지 않았다. 냉장고의 음식으로 끼니를 때우며 집안에서 시간을 보내는 것이다.

3주 동안 그가 플랫에 줄곧 숨어 있다는 것을 생각하니 저절로 킥킥 웃음이 나왔다. 그의 뒤쪽 방은 높은 담장을 쌓은 안마당에 둘러싸여 있으므로 낮이나 밤이나 밖으로 빛이 새어도 상관 없었다. 토요일까지 기다려 주지. 그리고 휴가는 어땠느냐고 군데군데 작은 함정을 파면서 질문 공세를 퍼붓는 거다. 작가의 창작력으로도 어쩔 수 없이, 실은 아무 데도 안 갔어 라고 백기를 들지 않을 수 없는 곳까지 몰아가는 자신의 모습을 그려보았다.

집으로 돌아오니 때맞춰 겐드린이 저녁 식탁을 차리고 있는 중이었다. 그녀에게만은 이렇게 재미있는 이야기를 가르쳐 주기로 생각하고 있었다. 리브의 이름을 꺼낸 것만으로도 금세 그녀의 주의를 완전히 끈 것까지는 좋았는데, 차고에 들어앉아 있던 그의 차 이야기에 화제가 미치자, 그녀가 말똥말똥 나를 쳐다보더니 얼굴에서 핏기가 싹 가셨다. 그녀는 털썩 주저앉아 버렸으며, 손에 들고 있던 나이프와 포크를 힘없이 무릎 위에 떨어뜨렸다.

"도대체 왜 그러는 거야, 여보?"

"어떻게 그는 그렇게 잔혹할 수가 있죠? 어떻게 그런 행동을 할 수 있을까요? 설령 상대가 어떤 사람일지라도 말예요."

"응, 그건 말이야, 여성 관계에 관한 한 리브라는 자식은 피도 눈물도 없는 놈이니까 그렇지. 이전에도 이런 방법을 사용한 적이 있다는 이야기를 했었잖아."

"내가 전화해 볼래요." 그녀가 그렇게 말했으므로 흘깃 쳐다보니, 그녀는 떨고 있었다. 그녀가 리브의 전화번호를 돌리고, 호출음이 혼자서 계속 울리는 소리가 내게도 들렸다.

"그는 받지 않을걸." 내가 말했다. "당신이 동요할 줄 알았다면, 이런 이야기를 하지 않았을 텐데."

그녀는 그 이상 아무 이야기도 하지 않았다. 가스렌지에 올려져 있던 것이 보글보글 끓고 식탁은 거의 준비가 끝나 가는데, 그녀는 모두 그대로 내버려 두고 홀로 나갔다. 이윽고 현관문이 닫히는 소리가 났다.

　물론 어느 정도 머리 회전이 빠르지 않은 것은 인정하지만, 나도 바보
는 아니다. 내가 아내를 믿고 있듯이——라기보다 믿을 필요가 있다는
등의 이야기는 애시당초 생각조차 안 해 봤던 것이다——아내를 믿고
있는 남편이라면 일이 이쯤 되면 무슨 일이 벌어지고 있는지 짐작이 갈
것이다. 그렇지만 별일은 아니겠지, 라고 나는 믿었다. 필시 그녀의 일방
적인 열정, 그의 칭찬과 신뢰가 불붙인 영웅 숭배. 그의 비밀을 남김없이
알고 있는 특별한 친구라고 믿게 해놓고서는, 그가 거처를 자신에게 속
인 사실을 알고, 그녀가 실망하고 배신당했다고 느낀 것은 당연하다. 그
렇지만, 그래도 역시 그녀가 추억의 물건들을 보관하고 있는 그 사이드
테이블의 서랍을 살펴보고 자기 자신을 안심시키려고, 나는 2층으로 올
라갔다. 부끄러운 짓일까? 그렇게는 생각 안 한다. 그녀는 그 서랍을 잠
그는 일도 속의 내용물들을 내 눈 앞에서 숨기려 든 적도 없었다.

　그리고 우리들의 만남, 구애, 결혼으로 이어지는 과정의 조그만 추억
의 물건들이 아직도 거기 그대로 있었다. 생일 카드와 발렌타인 카드 속
에 눌리워진 장미꽃을 보았다. 그리고 거기에는 또 내가 선물한 레이스
손수건을 새 둥우리처럼 말아 놓고, 그 속에 그것만 별도로 로케트(사진
을 넣어 목에 거는 장신구)와 단추가 하나 있었다. 로케트는 그녀의 어
머니의 유물인데, 안에 있는 사진, 벌써 고인이 된, 본 기억도 없는 친척
중 누군가의 사진이 리브의 스냅 사진으로 바뀌어져 있었다. 로케트 반
대쪽에는 머리카락이 넣어져 있었다. 단추는 리브의 블레이저 코트 단추
인 것 같았는데, 자세히 보니 그것은 떼어낸 것이 아니었다. 우리 집에서
그가 잃어버린 것을 그녀가 주운 것이리라. 머리카락은 웨이브가 진 검
은 머리에 듬성듬성 흰 색이 섞이기 시작한 리브의 머리가 틀림없었지
만, 그것도 역시 자른 흔적은 없었다. 둘이서 플랫을 방문했을 때, 그녀

는 그것을 그의 머리빗에서 떼어내어 작은 묶음으로 만든 것이 틀림없었다. 가련하고 불쌍한 겐드린…… 잠시 나는 리브에게 의심을 품었다.

그녀가 나가 버린 뒤, 거기 앉아 순간 무서운 의심이 싹트는 속에서 자문하였다. 설마 그가……? 설마 내 친구가……? 아니다, 당치도 않다. 편지 한 통, 꽃다발 하나 그녀에게 보내 온 사실조차 없지 않은가. 어디까지나 그녀의 짝사랑인 것이다. 그러니, 그렇다면 그녀가 간 곳은 뻔하다. 그녀가 그와 만나 창피를 당하기 전에 막아야겠다.

이걸 사용해서 그녀에게 자신의 어리석음을 깨닫게 해줄 수만 있다면 하는 그런 막연한 생각에서, 나는 리브의 사진과 머리카락이 들은 로케트와 단추를 호주머니에 넣었다. 그녀의 차는 집에 있었다. 겐드린은 원래 런던 중심부에 차를 몰고 나가는 것을 싫어했다. 나는 내 차를 타고 그녀가 틀림없이 갔을 지하철 역으로 향했다.

그곳에 도착하여 15분 후, 그녀가 종종걸음으로 허둥거리며 좌우를 살피면서 나왔다. 그녀는 나를 보더니 깜짝 놀라 그 자리에서 꼼짝도 못하고 서 있었다.

“여, 여보.” 나는 부드럽게 말했다. “이야기할 게 있어.”

그녀는 차를 탔지만 아무 말도 하지 않았다. 나는 베이즈워터 로드에서 하이드 파크로 차를 몰았다. 링에서 프라타너스 가로수 그늘에 차를 세운 뒤, 여전히 그녀가 한 마디도 입을 열지 않으므로 내가 말을 꺼냈다.

“내가 이해하지 못할 거라고 생각하는 건 잘못이야. 결혼해서 10년이나 지났고, 난 그저 따분한 남자겠지. 거기 비해 리브는 자극적이며 유니크하고── 그러니까 뭐 그를 사랑한다고 당신이 그러는 것도 전혀 무리도 아닌 일일 거야.”

그녀가 눈도 깜짝이지 않고 쏘아보았다. “그를 사랑해요. 그도 날 사랑하구요.”

“그건 말도 안 돼.” 그렇게 말하면서 내가 몸을 떤 것은 봄밤의 으스스한 추위 탓이 아니었다. “타고난 매력으로 그가 당신을 사로잡았다고 해서…….”

그녀가 제지하고 말했다. “이혼해 줘요, 여보.”

“무슨 말을 하는 거야? 리브에 관해 제대로 잘 알지도 못하면서. 그와 단둘이 있어 본 적도 없을걸, 아마?”

“단둘이 있어 본 적도 없을 거라구요?” 흥분한, 또한 어이가 없다는 듯한 목소리로 그녀는 깔깔 웃었다. “반 년 전부터 사랑하는 사이였어요, 우린. 그리고 지금 난 그이한테로 가요. 이젠 여자들을 피해 숨지 않아도 된다고 말하러 갈 거예요. 어째서냐고요? 이제부터는 내가 늘 그이 곁에 있을 테니까요.”

어둠 속에서 나는 입을 딱 벌리고 아내를 바라보았다. “믿을 수가 없군.” 그렇게 말했지만 믿고 있었다. 나는 믿고 있었던 것이다.

“요컨대 당신은 앞으로 쭉 함께……? 내 아내이면서?”

“난 리브의 아내가 될 거예요. 그를 이해할 수 있는 사람은 나뿐이죠. 그가 대화를 나눌 수 있는 상대는 나뿐예요. 나에게 그렇게 말했어요. 떠나기 전에.”

“그런데 그는 아무 데도 떠나지 않았잖아.” 눈앞이 핏덩어리처럼 새빨개졌다. “바보야, 당신은.” 나는 큰 소리로 외쳤다. “그는 당신으로부터 숨어 있어, 당신으로부터 말이야. 그걸 모르겠어? 다른 모든 여자들로부터 도망친 것과 마찬가지로, 이번에는 당신에게서 벗어나고 싶어서 이런 짓을 꾸민 거야. 당신을 사랑한다고? 선물을 보낸 적도 없잖아. 사진 한 장마저도. 가봤댔자 들어가기나 할 것 같애? 그는 당신을 집안으로 들이지 않을걸.”

"난 갈 거예요." 그녀가 부르짖으며 필사적으로 차 문을 열려고 했다. "그이 곁으로 가겠어요. 그와 함께 살겠어요. 당신은 꼴도 보기 싫어요!"

결국 나는 혼자 돌아왔다. 그녀는 소원대로 두 번 다시 내 얼굴을 보지 않게 되었다.

11시가 되어도 그녀가 돌아오지 않으므로 경찰에 전화를 걸었다. 경찰서까지 와서 실종 신고를 접수시키라는 것이었지만, 나의 불안을 경찰은 그다지 진지하게 받아들이지 않았다. 겐드린 정도 나이의 여자가 실종되다니, 남자와 도망친 것이라고 단정하는 것 같았다. 다음날 아침 공원 관리인이 풀숲에서 그녀의 교살 시체를 발견하기에 이르자, 물론 경찰은 사태를 심각하게 받아들였다.

그것은 목요일. 경찰은 자택에서 멀리 떨어진 곳에서 겐드린이 어디로 가려고 했는지를 알고 싶어했다. 경찰은 우리 부부의 친구 모두의 이름과 주소를 물었다. 켄딘턴, 파딘턴, 베이즈워터, 또는 하이드 파크 부근에 아는 사람이 없는가? 아무도 없다고 나는 말했다. 다음날 다시 같은 질문을 하길래, 그제서야 방금 생각난 듯한 표정으로 대답했다.

"리브 베이커뿐인데요. 왜 그 작가인." 나는 그의 주소를 가르쳐 주었다. "그렇지만 그는 지금 휴가 중일 겁니다, 3주일 전에 떠났어요. 내일까지 돌아오지 않을 겁니다."

그리고 나서 다음에 일어난 일에 관해서는, 리브의 재판, 내 아내를 죽인 리브의 재판 때 내보인 증거를 통해서밖에 나는 알지 못한다. 경찰이 토요일 아침 그의 집을 방문했다. 처음에는 눈꼽만큼도 그를 의심하지 않았다고 생각된다. 내가 애독하는 추리소설에서 가르치고 있듯이, 경찰은 우리 사생활에 관해서 그로부터 가능한 한 많은 정보를 입수하려 했던 것 같았다.

그로서는 운 나쁘게도 경찰이 이미 부근 사람들에게 이야기를 수소문해 두었다. 부근 사람들에게 리브는 정말 휴가를 떠난 것으로 인식시켜 놓았던 것이다. 우유 배달 남자도, 신문 배달 소년도 그가 집에 계속 없었다고 확신하고 있었다. 그래서 경찰이 그 점에 관해서 질문하고, 그리고 도대체 왜 자기가 그런 질문을 당하는지 깨닫자, 그는 당황하며 공포에 빠져 버렸다. 프랑스에 갔었다고 말할 용기는 없었다. 경찰은 쉽사리 그 거짓말을 간파할 것이다. 대신에 그는 진실을 이야기하며, 실은 어떤 여자의 구애를 피하고 싶어 숨어 있었다고 밝혔다. 어떤 여자인가? 그것은 입이 찢어져도 말 못 한다고 했다.

그런데 위층 플랫의 여사가 흔쾌히 이야기했다. 그녀는 종종 겐드린이 오후에 그를 찾아오는 것을 본 적이 있다. 또 겐드린이 사랑을 호소하고, 그에 대해 그가 지배당하는 건 원치 않는다며, 그녀의 독점욕에서 벗어나기 위해서라면 무슨 짓이라도 할 것이라고 외치면서, 두 사람이 옥신각신하는 것을 들은 적이 있다고 했다.

말할 것도 없이 그는 수요일 밤의 알리바이가 없었다. 그러나 그것을 준비하려고 최선을 다했다는 것은 판사도 배심원도 납득했다. 작가는 자칫 상상력이 향하는 데로 흐르기 쉽상이다. 경찰이 얼마나 빈틈없이 철저하게 조사하는지 그들은 모르고 있는 것이다. 게다가 리브의 경우는 한층 강력한 범죄의 증거가 있었다. 세 가지 주요 증거물이 법정에 제시되었다. 소매 단추가 하나 떨어진 리브의 블레이저 코트와 다름 아닌 그 단추와 그의 머리카락 묶음. 단추는 겐드린의 시체 옆에, 그리고 머리카락은 그녀의 코트에 붙어 있는 것이 각각 발견되었던 것이다……

그러고 보면 나의 추리소설 취미도 무용한 일만은 아니었던 듯싶지만, 그 이후로는 그쪽 소설은 읽지 않는다. 그런 일이 있은 뒤 그런 짓을 할 인간은 없을 것이다.

은색 연필

The Absent-Minded Murder

윌리암 아이리쉬

1903년 뉴욕에서 태어나, 1968년에 뉴욕의 한 호텔에
서 세상을 떠남. 1926년 「Cover Charge」로 데뷔함. 서
스펜스의 시인으로, 대표작으로는 「환상의 여자」, 「검
정 옷의 신부」 등이 있다.

은색 연필

윌리암 아이리쉬

라이더 부인의 목소리가 집 현관에서 공장의 신호 호각을 가늘고 길게 한 것같이 울려퍼졌다. "하비——!" 그녀는 뭔가를 손에 들고 흔들면서 다시 한 번 소리쳤다.

라이더는 가로수가 늘어선 거리 도중에서 멈춰서더니, 뒤를 돌아 방금 온 길을 되돌아갔다. 이런 일은 그에게 있어서 드문 일도 아무 것도 아니었다. 이제 그의 일과라고 해도 좋을 정도였다. 오히려 그가 아침 몇 시에 집을 나가든지, 잊은 물건을 가르쳐 주는 부인의 목소리가 그를 쫓아 울려퍼지지 않는 것이 희귀한 일이었다.

라이더 부인은 시간을 절약하기 위해서 길로 나와 그에게 다가왔다. 그리고 그의 그날 용돈이 들어 있는 지갑과 버스 회수권, 그 밖의 갖가지 일용품을 그에게 건네주었다. 그녀는 대책이 없다고 말하는 듯이 고개를 흔들더니 말했다.

"당신은 물건을 잊지 않고 나가든지, 생각을 해내서 집으로 돌아오든지 한 번만이라도 해보세요. 이제 이건 깜박할 정도로 끝날 문제가 아니에요, 하비. 이건 이제 병이라구요! 전 사람이 이렇게도 멍할 수 있는 줄 몰랐어요. 이런 건 조크인 줄만 알고 있었어요. 멍청한 대학 교수 얘기는 흔히 있다지만."

"나한테는 생각해야 할 일이 산더미같이 쌓여 있어."그는 퉁명스럽게 변명했다. 하지만 그건 거짓말이었다. 그는 단 하나의 일밖에 생각하고 있지 않았다. 살인. 낮이나 밤이나 —— 살인.

그 남자 이름은 커크 빌링즈. 빌링즈는 라이더와 같은 교외에 살고 있었다. 지리적으로는 끝과 끝이었지만. 두 사람은 서로 반평생에 이르는 교제를 해 왔다. 그뿐만 아니라 전에는 사업 파트너이기도 했었다. 하지만 지금은 달랐다.

그 이유는 도산이었다. 도산했을 때, 빌링즈는 그것은 피할 수 없는 것이었다고 주장했다. 장부상으로는 그것은 맞았다. 그러나 장부의 숫자 따위는 얼마든지 고칠 수 있다. 라이더는 나중에서야 장부는 속임수였다고 확신하게 되었다. 본래의 그의 투자금과 그에게 얻을 권리가 있는 이익을 모두 사취하기 위해서 날조된 것이라고. 실제로 도산 후의 전개는 그 의심을 뒷받침하는 것이었다. 도산 때문에 그는 무일푼이 되어 영락했다. 집을 팔아 아내와 비참한 가구가 딸린 아파트로 이주하여, 하나부터 다시 시작해야만 하게 되었다.

하지만 빌링즈는 처음부터 다시 시작하지 않아도 되었다. 집을 팔지 않아도, 다른 것을 포기하지 않아도 되었다. 오히려 빌링즈는 이제 일하지 않아도 되게 되었던 것이다. 그는 도산을 기회로 은퇴해 버렸던 것이다. 친척한테서 뜻밖의 유산이 굴러 들어왔다고 본인은 주장했지만, 라이더에게는 그렇게는 생각되지 않았다.

그것이 그의 머리 속에서 빨갛게 타오르는 원을 돌기 시작했다. 과감하게 소송이라도 일으켰더라면, 어쩌면 그 위험한 원은 머리에서 없애 버릴 수 있었을지도 모른다. 그러나 그는 소송에 이길 가망성이 없다는 것을 알고 있었다. 빈틈없는 빌링즈가 부정 증거를 남길 만한 바보짓을 했으리라고는 도저히 생각되지 않았다. 게다가 변호사를 고용하면 돈이 든다. 그런 여유는 그에게는 없었다. 그래서 그는 그런 짓을 하는 것보다 개인적으로 원한을 풀려고 생각했던 것이다. 그 감정은 날마다 더해졌다. 그 감정을 그는 어린애를 달래듯이, 섬세한 식물에 물을 뿌리듯이 부드럽게 키웠다. 다음날에도 또 다음날에도, 한시도 잊지 않고.

그래서 제법 오랫동안 빌링즈는 은거 생활을 마음껏 만끽할 수 있었다. 라이더는 속에 숨은 생각을 한 마디도 전혀 내색하지 않았다. 외면적으로는 그는 빌링즈를 냉혹하게 무시하고 있는 것같이 보였다. 그는 때를 기다렸다. 모든 것은 그가 바라는 대로 움직이고 있었다. 그는 행동으로 옮길 기회가 무르익기를 기다렸다.

하지만 그것은 그냥 단순히 시간만의 문제는 아니었다. 혐의가 자기에게 걸리지 않도록 하기 위해서만은 아니었다. 살인을 성공시키기 위해서 필요하다고 그가 생각하는, 그 밖의 모든 요소 때문도 아니었다. 라이더는 적절한 살인 도구를 조달할 수 있을 때까지 기다려야만 했던 것이다. 그는 간단히 단서가 잡혀 버릴 것 같은 독약을 살 생각은 없었다. 또 쇠부지깽이로 빌링즈의 머리를 후려갈겨 피투성이가 되게 할 생각도 없었다——영원히 기다릴 생각은 없다 해도, 아무튼 그는 기다려야만 했던 것이다. 그리고 최후로, 그것은 가끔 일어나는 일이지만, 안성마춤인 도구가 저쪽에서 그의 옆으로 굴러 들어왔다.

지금 그의 집 뒤쪽의, 그만이 알고 있는 숨은 곳에, 하나도 빠뜨리지 않는 라이더 부인의 눈에서도 벗어나, 총이 한 자루 숨겨져 있었던 것이다. 물론 그것은 그의 총은 아니었다. 어느 날 저녁 그가 개를 산책시키고 있는데, 갑자기 개가 옆으로 달려가 뒷다리로 서고, 회수되기를 기다리고 있는 재 넣는 통에 코를 쑤셔박았던 것이다.

라이더가 개를 옆으로 비키게 하고 들여다보니, 재 속에 반쯤 파묻혀 재를 뒤집어쓰고도 쐐기 모양의 금속이 둔한 빛을 발하고 있는 것이 보였다. 끌어내 보니 분명한 총이었다. 그것은 피가 묻은 넝마 조각에 절반쯤 싸여 있었다. 개의 주의를 끌었던 것은 아마 그 피묻은 넝마 때문이었을 것이다.

그는 넝마 조각을 흔들어 떨어뜨리고 재를 불고 털어 총을 조사했다. 총에 대한 지식은 특별히 환한 것은 아니었지만, 탄창을 꺼낼 정도의 취급법은 알고 있었다. 그 총은 두 발이 쏘여 있었고 나머지 총알은 아직 탄창에 들어 있었다.

그 총은 아마 요 몇 시간 이내에, 어쩌면 바로 조금 전에 버려진 것임이 분명했다. 여러 가지 점이 그것을 나타내고 있었다. 예를 들면 총을 싸고 있는 넝마 조각에 붙어 있던 피는 아직 말라 있지 않았다. 그 피는 십중팔구 그 총 최후의 사용자의 것임이 분명했다. 총이 아파트 안에서 버려진 것이 아님도 분명했다. 아마 지나가던 사람이 서둘러 재 속에 버리고 간 것일 것이다. 재가 얇게 붙어는 있지만 잘 손질된 완벽한 총이었다. 전혀 녹슬어 있지 않고, 비바람에 시달려 있던 흔적도 전혀 없었다.

우선 그는 손수건으로 총을 닦아 —— 이미 그것만으로 손질은 충분한 것 같았지만 —— 코트 안쪽의 깊은 주머니 속에 넣고는 개를 데리고 다시 길을 산책하기 시작했다.

그러자 두 블럭도 못 가 두 남자와 마주쳤다. 한 명은 제복의 경찰관이고 또 한 명은 사복 차림의 남자였다. 그 두 사람은 다른 아파트 앞에 나란히 세워져 있는, 똑같은 재 넣는 통 속에서 뭔가를 찾아 휘젓고 있었다. 그들이 무엇을 찾고 있는 건지 상상하는 것은 그리 어려운 일이 아니었다. 그들은 그가 방금 온 방향으로 향하고 있었다.

그는 걸음을 늦추고 코트 안주머니에 손을 넣으려 했다. 그 속에 들어 있는 것을 꺼내 그들에게 건네주기 위해서. 그러나 거기서 마음이 변했다. 이것은 쓸 수 있을지도 모른다. 이런 하늘의 은총 같은 기회를 빤히 보면서 놓치는 경우가 있을까? 이런 일은 두 번 다시 없을지도 모른다. 그래서 그는 계속 걸었다. 두 남자는 그를 불러세우지도, 쳐다보지도 않았다.

"그 녀석이 털어놓은 것이 사실이라면 이 주위에 버려져 있을 텐데 말이야." 그가 두 사람과 스쳐 지나가고, 목소리가 안 들리게 되는 거리까지 떨어지기 조금 전에, 두 사람 중 한 사람이 그렇게 말하는 것이 들렸다.

그는 집으로 돌아가서도 아내에게 그 이야기는 하지 않았다. 그러니까 그가 총을 갖고 있는 것을 알고 있는 사람은 그 자신 외에는 아무도 없었다. 그 다음날, 그는 어떤 무장 강도가 경찰에 쫓겨 흔한 총격전을 벌이다 손에 부상을 입은 끝에 잡혔다는 짧은 신문 기사를 읽었다. 강도가 사용한 총이 아직 발견되지 않고 있다는 것에 대해서는 전혀 쓰여 있지 않았지만, 그건 아마 강도 자신이 이미 붙잡혀 있기 때문일 것이다. 그쪽이 훨씬 중요한 일이니까.

아무튼 이제부터 살인자가 되려 하고 있는 하비 라이더에게 있어서, 가장 중요한 것은 그 총이 다음에 어딘가에서 발견되었다 해도 그 총과 그를 연결시키는 일은 전혀 없다는 점이었다.

하지만 총이 손에 들어왔다고 해서 특별히 서둘러 살인을 행동으로 옮겨야만 한다는 것은 아니었다. 완벽하게 준비도 하지 않고 허둥대며 범죄를 저지른다는 것은, 범인을 찾아 주세요 하고 스스로 나서는 것이나 다름없다. 많은 범죄자가 바보짓을 하여 그 비싼 댓가를 치르는 것은 바로 그 점이다. 우선 모든 것이 고려되어야만 한다. 일거수 일투족도 사전에 신중하게 고려되어 머리 속으로 몇 번이나 몇 번이나 되풀이하여 연습되어야만 한다. 사소한 일이 큰 일과 똑같이 중요한 것이다. 아니, 사소한 일 쪽이 오히려 중요한 것이다. 왜냐하면 범죄자가 실패하는 것은 대개 그러한 사소한 점이니까.

그래서 당연히 그는 자기의 묘한 버릇, 언제나 어디서나 물건을 잊고 다니는 버릇을 우선 첫째로 고려하기로 했다. 그것을 고려하지 않게 되면 도저히 범죄 따위는 저지르지 못할 것이므로, 그는 그것은 자기의 결점이라고 인정했다. 그의 아내가 생각하고 있는 정도로 심각하게는 생각하지 않았지만.

여하튼 그 버릇에 대한 그의 대응책은 극히 단순한 것이었다. 애초부터 그가 일과와도 같이 잊는 것은, 대개가 자기 몸에서 떨어질 가능성이 있는 자질구레한 것이었으니까, 그것을 예방하기 위해서는 처음부터 그런 것은 갖고 가지 않으면 되는 것이다. 그리고 자기 몸이나 또는 옷에서 분리가 가능한 단 하나의 것은 애초에 범행 현장에 남기고 올 생각인 것 —— 즉 총 —— 뿐인 것을 확인하고 나가면 되는 것이다.

잊고 올지도 모르는 것을 전혀 갖지 않는다면, 도대체 어떻게 해서 물건을 잊을 수 있을까?

이러한 계획은 몇 주 동안은커녕 몇 개월에 걸쳐 차분히 시간을 들여 궁리되었다. 그리고 마지막으로 만반의 준비를 갖추었다. 그는 완벽한 프라이버시를 바라고 있었던 것이다 —— 그것을 바라지 않는 살인자는 없을 테지만. 게다가 충분한 여유. 결행 일에 그는 설사 자기가 갑자기 불안해지기 시작해도, 반대로 아주 차분한 상태가 되었다 해도, 아무에게도 그것을 보이고 싶지 않았던 것이다. 행동을 일으키는 것은 아마 밤이 될 것이다. 그것을 기다리는 동안 그는 아무에게도 방해받고 싶지 않았다. 또 일상적이지 않은 시간대에 나가는 것에 대해서도 이것저것 질문을 받고 싶지 않았다. 그래서 1년에 두 번 아내가 친정을 방문하는 기회에 살인 계획을 행동으로 옮길 수 있는 때로 선택했던 것이다.

그는 아내에게 친정 가는 것을 재촉하거나, 언제 가느냐고 묻거나, 친정 가는 데 관심이 있는 기색을 보이거나 하는 전략적인 실수도 범하지 않았다. 단지, 오로지 때가 자연히 찾아오기만을 기다렸다.

이윽고 그때가 왔다. 그의 아내는 자기 쪽에서 사흘쯤 친정에 다녀오고 싶다고 그에게 말했다. 그는 아무 대답도 하지 않았다. 찬성이라고도 반대라고도. 그리고 아내를 전송할 때, 그가 아내로부터 마지막에 슬픈 듯이 들었던 것은 이런 말이었다——"하비, 이런 당신을 혼자 두고 집을 비우는 것이 나도 굉장히 마음이 내키지 않아요. 내가 없으면 당신은 무슨 일을 저지를지 모르는걸요."

당신이 없으면 나는 살인을 저지를 거야 하고 라이더는 마음속으로 매우 씁쓸하게 말을 내뱉었다.

"제발, 여보." 하고 그녀는 계속해서 말했다. "저녁에 집에 돌아올 때 역을 지나치지 말아요. 그리고 하비, 비가 내리지 않는 한, 내가 돌아올 때까지 모자는 절대로 쓰지 말아요. 벌써 이번 계절에 세 개나 잃어버렸으니까요."

이처럼 그에 대해 잘 이해하고 있는 자의 주의는 그의 결의를 강하게 할지언정 약하게 하는 일은 없었다. 그는 그런 바보 짓은 있을 수 없다고 확신하고 있었으니까. 그에게는 그것을 위한 예방책이 있었다. 쓸데없는 것은 갖고 나가지 않는다. 그렇게 하면 물건을 잊는 짓 따위는 할 리가 없다. 물론 그런 행동은 일상적인 일에 관해서는 불가능하지만, 그러나 살인이 되면 이야기는 또 달랐다.

아무튼 불가결한 여유가 아내의 외출에 의해 얻어진 지금, 모든 것은 그의 손 안의 것이 되었다. 남은 것은 최후의 마무리만이 되었다. 그래서 그는 아내가 없는 사흘 중, 두 가지 지당한 이유에서 가운데 날을 택했다. 그 이유의 하나는, 살인을 행동으로 옮긴 뒤 어떤 변화가 자기에게 나타나도 아내와 얼굴을 마주치기 전에, 기분을 원상 복귀하는 데 하룻밤과 하루 여유가 있다는 것이었다. 또 하나의 이유는, 그 날은 마침 둘째 목요일에 해당하고 있다는 것이었다. 둘째 목요일이란 빌링즈가 회원이 되어 있는 어느 결사의, 지난 몇 년 동안 변하지 않은 정 기회의 날이었다. 빌링즈는 그 결사 회원이 된 이후 한 번도 그 모임을 결석한 적이 없었다. 어떠한 일도 그가 그 모임에 나가는 것을 막지 못했다. 비도 눈도 병도, 그리고 다리의 골절조차도. 그리고 좀 취해서 그 모임에서 돌아오는 것이 그의 평소 모습이었다. 라이더는 옛날부터 그것을 잘 알고 있었다.

하지만 라이더가 계산에 넣고 있는 것은 그것이 아니었다. 그것이 아니라 빌링즈의 어떤 특별한 습관이었다. 라이더는 빌링즈의 그 습관을 우연히 알았는데, 빌링즈는 한 달에 한 번 정기회에 나갈 때에는 항상 문 열쇠를 현관 문에 붙어 있는 우편함 입구 안쪽 끈에 거는 것이었다.

그것은 전에 한 번 한밤중에 너무 들떠 소란을 피웠기 때문에 열쇠를 잃어버려 밤새도록 밖에 있어야만 하는 때가 있었기 때문이다. 그의 가정부는 낮이 되지 않으면 안 오는 것이다. 그 이후 그는 그 일을 잊을 수 없었다. 그래서 아직 두 사람 사이가 좋았을 무렵, 라이더는 그를 배웅한 뒤 하고 싶은 말이 생각나 빌링즈의 집까지 따라갔을 때, 마침 빌링즈가 우편함 속에서 열쇠를 꺼내는 것을 우연히 목격했던 것이다.

라이더는 그 일이 나중에 뭔가 도움이 될 것 같은 생각이 들어 빌링즈에게는 말하지 않고 있었다.

그리고 지금 그 때가 왔다——매월 둘째 목요일이라면, 라이더는 빌링즈보다도 먼저 그의 집에 들어가 천천히 준비를 갖추고 그의 귀가를 기다리고 있을 수 있다. 매월의 다른 날이라면 그는 빌링즈의 마중을 받야야만 한다. 그리고 그 차갑고 경계하는, 의심 깊은 눈을 견딜 용기를 분발시켜야만 한다. 그런 상태라면 바보 짓을 할 가능성이 충분히 있다. 살인하려고 할 때, 죽이는 상대의 집안에 들어가는 방법을 알고 있는 것만큼 편리한 것은 없을 것이다.

알리바이에 대해서는 그는 그런 것은 전혀 생각하지 않고 할 생각이었다. 알리바이라는 것은 도움이 되는 이상으로 위험한 경우가 가끔 있다. 그는 집에서 자고 있었다. 그것은 증명할 수 없다. 그러나 그걸로 된 것이다. 경찰에는 그 반증을 찾게 해 주면 되는 거다. 하지만 그렇게는 애당초 되지 않을 테지만. 그가 경찰 수사망 속에 들어가야만 하는 이유는 전혀 없으니까. 하지만 아무튼 거기에 있지도 않았는데 어느 시각 어느 장소에 그가 있었다는 것을 증언해 줄 누군가를, 이 건에 말려들게 하는 것보다 타인의 지지는 없어도 자기 자신의 말에 의지하는 편이 그에게는 훨씬 안전하게 생각되었다. 어떤 순간에 무너질지도 모르는 거짓말로 굳힌 꾸민 이야기를 무엇하러 날조한단 말인가? 무엇하러 그런 짓을 해야만 하는가?

아내가 친정으로 간 첫날 밤은 지금까지와 똑같이 아무 일도 없이 지냈다. 「빌레지」에서 식사를 하고, 집으로 돌아와 책을 읽고, 평상시의 시각 11시 반에 잠자리에 누웠다.

하지만 두 번째 날 밤은 평소와 달랐다. 저녁 식사 후 그는 영화를 보았다. 그러나 그것은 알리바이를 만들기 위해서가 아니었다. 좀 긴장시키기 위한 것이었다. 너무 이른 시간부터 아무도 없는 빌링즈의 집에 있는 것은 별로 의미가 있는 일로는 생각되지 않았다. 영화가, 그가 영화관에 들어왔을 때에 하고 있던 장면으로 다시 돌아왔을 때, 그는 자리에서 일어나 집으로 돌아왔다. 보통 누구나가 하듯이.

그리고 문에 열쇠에 걸고 2층에 올라가 창의 블라인드를 내렸다. 그리고 나서 오랫동안 기다리게 해 두었던 총을 꺼내 점검했다. 총에 이상은 없었다. 그의 기대를 그 총이 배반하는 일은 없을 것 같았다. 그는 빌링즈의 집에 전화를 하여 아무도 없다는 것을 확인했다. 빌링즈가 정기회에 나간 것은 거의 틀림없었다. 그가 모임에 빠지는 일은 라이더는 처음부터 생각하고 있지 않았지만. 그리고 총의 표면을 꼼꼼하게 닦고 나서, 그가 낡은 장갑을 사용하여 직접 만든 작은 「홀더」를 총에 지문이 남지 않도록 총목에 씌웠다. 게다가 그는 자기 손에도 장갑을 끼고 갈 생각이었다. 문의 손잡이라든가 그 밖의 여러 곳에 자기 손이 닿을지도 모르는 부분에 지문이 남지 않도록.

그리고 가장 중요한 문제, 물건을 잊는 것에 대한 대책에 들어갔다. 그는 그것이 중요한 문제라는 것을 인정했지만, 모두 잘 되어 갈 자신이 있었다. 왜냐하면 지금부터 사전에 행하는 대책은 물건을 잊는 행동 따위는 하고 싶어도 할 수 없다는 것을 보증하는 것이었으니까. 그는 우선 입고 있는 것을 벗고 나서 다시 갈아입었다. 그리고 갈아입기 전에 세관사도 위생관도 감탄할 것이 분명할 정도로 완벽하게 소지품을 조사했다.

주머니에 손을 넣어 손에 닿는 것은 모두 꺼내 침대 위에 깨끗하게 늘어놓았다. 셔츠에서는 아무 것도 나오지 않았지만, 단추가 하나 떨어지려 하고 있었다. 그는 그 단추를 잡아떼었다. 나중에 살인 현장에 그것이 떨어져 있는 그런 일이 없도록. 단추라는 것은 중요한 단서가 되니까. 셔츠 칼라에서는 보통 붙이고 있는 금도금한 칼라핀을 떼었다. 그것은 원래 붙어 있던 것이었지만. 반지까지 풀었다. 그 반지는 도저히 빠질 것같이 보이지는 않았고, 게다가 그는 장갑을 낄 생각이기도 했지만.

그는 자기 몸에서 떨어질 가능성이 있는 것은 하나밖에 갖지 않았다. 그러나 그것도 자기 몸과 떨어뜨리고는 갖지 않았다. 그건 한 가지 일을 끝내고 돌아왔을 때에 필요한 자기 집 열쇠였다. 그는 그것을 키 홀더에서 떼어 열쇠 머리 부분 구멍에 안전핀을 통해 조끼 안쪽에 단단히 고정시켰다.

이 일들을 모두 끝낸 뒤, 그는 주의에 주의를 거듭하여 입고 있는 옷의 모든 주머니, 모든 틈새, 모든 맹점을 다시 한 번 빈틈없이 점검하고, 다시 침대 위에 늘어놓은 자질구레한 물건에 빠진 것은 없나 하고 조사했다. 두 번 검사를 했다.

이 이상의 완벽함은 더 이상 기대할 수 없을 정도였다. 그가 범행 현장에 뭔가 물건을 잊고 온다는 것은 글자 그대로 불가능했다. 지금 그의 머리 꼭대기에서 발끝까지 그의 몸에 붙어 있지 않은 것은, 그의 주머니에 들어 있는 물건뿐이었다——지금은 강 상류의 교도소(허드슨 강 상류에 있는 싱싱 교도소를 말함)에 들어 있는 강도가 버린 총뿐이었다.

그는 코트의 깃을 세워 얼굴을 덮고 모자를 깊숙이 눌러쓰고는 아무에게도 얼굴이 보이지 않도록 하며 집을 나왔다.

커크 빌링즈의 집의 불은 꺼져 있었다. 빌링즈는 집을 비울 때는 현관불도 꺼둘 정도로 인색한 남자였다. 그 집은 만일 거기에서 살인이 일어나는 것만 피할 수 있다면, 운 좋은 부류의 집이었다. 근처 집들로부터 떨어져 있어, 그곳에서는 제일 가까운 집의 모습도 보이지 않지만 소리도 들리지 않았다. 도로에서 조금 후미진 곳에 세워져 있고, 세 방향이 숲으로 둘러싸여 주위에서는 집의 위쪽이 보일 뿐이었다.

라이더는 그의 집앞에서 살금살금 걷거나 하지 않았다. 그런 모습을 설사 먼 곳에서라도 누군가에게 보인다면, 쓸데없는 의혹을 살 것 같았기 때문이었다. 반대로 아무도 보고 있지 않다고 하면, 아무리 당당하게 들어가도 아무 문제는 없을 것이다. 그런데 실제로 아무도 보고 있지 않았다. 그는 그것을 확신했다. 애초에 주위에는 아무도 없었으니까. 또 빌링즈의 묘한 습관을 알고 있는 것이 그에게 크나큰 자신감을 부여하고 있었다. 담력이 작고 겁이 많게 일을 행하는 것보다 당당하게 하는 편이 훨씬 안전한 것이다. 그것은 삐걱이는 바닥을 소리를 안 내고 걷는 것과 마찬가지 원리이다. 대담하게, 재빨리, 과감하게 하는 편이 어느 쪽으로 갈까 하고 한 발 한 발 망설이면서 나아가는 것보다 훨씬 소리는 나기 어려운 것이다.

그래서 그는 똑바로 좁은 길을 걸어 재빨리 작은 포치의 어둠 속에 몸을 숨겼다. 그리고 그곳에서 잠시 꼼짝 않고 기다렸다. 근처의 관심을 끌고 있지 않은 것을 다시 한 번 확인하기 위해서. 아무도 오지 않았다. 정적을 깨뜨리는 것은 아무것도 없었다.

그는 우편함 입구에 두 손가락을 쑤셔넣어 잊지 않고 그때 빌링즈가 했던 것과 똑같이 우편함 입구 한쪽 끝을 만지작거렸다. (살인이라는 것은 얼마나 오랫동안 다듬어졌단 말인가!) 하지만 거기에는 없었다. 이번 계획을 가다듬기 시작한 이후 그는 처음으로 자신을 잃었다. 처음으로 초조함을 느꼈다. 하지만 그건 한순간이었다. 우편함 입구 다른 한쪽 끝에 손가락을 대자, 끈이 못머리에 연결되어 매달려 있는 것을 알았다. 그 줄에는 뭔가가 매달려 있었다. 그것을 당겨 올리는 것이 그리 간단하게는 되지 않았다. 그는 빌링즈만큼 익숙해 있지 않았으니까. 그러나 마지막에는 그 집 열쇠가 그의 손에 떨어졌다.

그 바로 뒤에는 그는 이미 집안에 서 있었다. 그리고 문을 잠그고 열쇠는 원래 매달려 있던 곳에 안에서 다시 넣었다.

그에게는 집의 불을 켤 필요도 없었다. 집안의 모습은 잘 알고 있었으니까. 자기 집에 들어온 것과 다를 게 없었다. 마지막으로 여기에 온 날로부터 시간은 꽤 지나 있었지만. 그러나 곧 생각해냈다. 의자 하나하나의 위치도, 문 하나하나가 있는 장소도. 빌링즈라는 사람은 습관의 노예였다. 전혀 변해 있지 않았다. 그런 버릇은 좋은 경우도 있을 테지만 나

뻔 경우도 있다.

이건 완전 범죄가 될 것이다. 그리고 이 범죄가 모든 것을 좋은 방향으로 끌고 갈 것이라고 라이더는 생각했다.

그는 2층에 올라가 방향 감각만으로 빌링즈의 침실까지 더듬어 갔다. 그리고 무릎을 움직여 침대를 찾아 그 끝에 걸터앉아서는 자기 자신을 어둠에 익숙하게 만들었다.

모든 것이 완료되었다. 나머지는 그냥 쏘기만 하면 되는 것뿐이다.

물론 그래도 지금부터 사태가 나빠지는 경우도 없지는 않다. 예를 들면 오늘 밤 따라 빌링즈가 너무 마셔 술끝이 언짢아, 결사 친구에게 부축되어 귀환하는 경우도 생각하지 못하는 것은 아니다. 그런 경우는 자기가 여기서 기다리고 있는 것이 모두에게 알려져 버릴 테니까 살인의 기회는 거의 기대할 수 없을 것이다.

하지만 라이더에게는 웬지 그렇게 전개가 될 것 같은 느낌은 없었다. 그것은 도박사라든가 투기꾼이 가끔 느끼는 [감]과 비슷했다. 오늘 밤이야말로 그것을 위한 밤인 것이다. 일은 빌로드같이 매끄럽게 진행될 것이다. 그의 몸 속의 온 신경이 그에게 그렇게 말하고 있었다.

눈이 어둠에 익숙해져 방안의 물건이 보이게 되기를 기다렸다가, 그는 침대에서 일어나 창가까지 의자를 하나 끌고 가서 거기에 앉았다. 그곳에서는 도로에서 집까지의 골목을 바라볼 수 있었다. 이렇게 죽이는 상대의 침실에서 숨지도 않고 그 상대가 귀가해 오는 것을 기다린다는 것은 정말 색다른 방식이었다. 그러나 그런 방식이 지금까지 행해졌던 적이 없다고 해도 사전에 숙고된 살인의 경우는, 그건 바로 나쁜 것을 의미하는 것은 아닐까. 이건 말하자면 예술적인 일이니까, 날림일 따위가 아니니까.

빌링즈의 귀가를 기다리는 일은 실제로 기다려 보니 라이더가 예상했던 것만큼 길게는 느껴지지 않았다. 거리의 정적이, 사람을 몇 명이나 태운 차가 정지하는 브레이크 소리로 깨졌다. 몇 명인가의 들뜬 소리가 들렸다. 그 소리는 무엇을 말하고 있는지 라이더도 알아들을 수 있을 만큼 컸다.

"괜찮나, 커크? 도와주지 않아도 괜찮겠어?"

"뭐라고? 마치 내가 취해 있는 것 같은 말투로구만. 도움을 받지 않으면 난 내 집에 못 들어가기라도 한다고 생각하고 있는 건가?"

그리고 웃음 소리. 그에 이어서 작별 인사말. "잘 자게, 커크! 나중에 또 보자구!"

잘 자라가 아니라 안녕이야, 하고 라이더는 냉담하게 생각했다. 이제 너희들은 그를 만나는 일은 두 번 다시 없을 거야, 너희들 중 누구 한 명도. 커크의 모습을 똑똑히 잘 봐 두라구.

차는 떠났다. 빌링즈는 혼자서 골목을 집 쪽으로 걷기 시작했다. 조금 갈짓자 걸음이 되어 있었지만 도움이 필요할 만큼의 걸음은 아니었다. 열쇠를 꺼내는 곳에서 그는 약간 시간이 지체되었다. 하지만 수도 없이 해온 솜씨라서 마지막에는 솜씨 좋게 우편함에서 끄집어냈다. 그리고 집 안에 들어와 문을 꽝 하고 닫았다. 계단 밑 현관 홀의 조명이 켜지고 노란 불빛이 계단 위에도 퍼졌다. 라이더는 그 자리에서 꼼짝하지 않았다. 단지 조심하기 위해서 커튼 뒤에 손을 뻗어 창의 블라인드를 내렸다. 이 방에는 앞으로 몇 분 동안 불이 켜진다. 그는 우연히 길을 지나가는 자에게 이 방에 사람이 두 명 있다는 것을 나타내는 사람 그림자를 보이고 싶지 않았다. 아무리 완벽한 계획도 사소한 부주의에서 무너지는 경우가 있다는 것을 그는 알고 있었다.

커크 빌링즈는 지금 모자와 코트를 걸고 홀의 불을 끄고는 계단을 올라오고 있었다. 그는 계단 도중에 한 번 큰 하품을 했다. 그건 어둠 속에서 이상한 소리를 냈다.

지루함 따위는 곧 잊게 해 주마, 하고 라이더는 속으로 그에게 약속했다. 라이더 자신은 이 마당에 와서도 조금도 긴장하고 있지 않았다. 이번 일의 결말은 폭력적인 죽음밖에 없는데도 전혀 그렇게 생각되지 않았다. 하지만 그것이 중요하다고 그는 생각했다. 이런 종류의 일에서 위험한 것은 자신을 잊고 한순간이라도 냉정함을 잊어 자신을 통제할 수 없게 되는 점이니까. 그는 조용히 일어섰다.

빌링즈는 복도에 면한 욕실에 들러 엉터리로 이를 닦았다. 칫솔이 이를 문지르는 소리가 라이더의 귀에도 들렸다. 그런 것은 이제 안 해도 되는데, 하고 그는 운이 다한 상대를 향해 마음 속으로 중얼거렸다.

빌링즈는 욕실에서 나오더니 침실에 들어와 전기 스위치를 비틀었다. 그는 깜짝 놀라기는 했지만 간이 떨어질 정도는 아니었다. 취기가 그의 경계심을 둔하게 만들고 있었다. 그는 라이더가 손에 들고 있는 총조차 깨닫지 못하고 있었다. 그는 말했다. "아니, 웬일이야! 누군가 했더니 자네였나! 이 외고집 노인이!" 그의 체내를 뛰어다니고 있는 알콜이 자기들이 사이가 나쁘다는 생각을 그의 마음에서 지워 버리고 있었다. 분명히 그는 그런 것은 까맣게 잊고 이전의 친했을 때로 되돌아가 있는 것 같았다. 그는 손을 내뻗고 방을 가로지르기까지 했다. "왜 불을 안 켰어? 스위치를 못 찾았나?"

라이더는 총을 주머니에 넣고 내민 손을 넌지시 피하며 억양 없는 어조로 말했다. "악수 따위는 안 해도 돼."

빌링즈는 말했다. "왜 그래, 뭔가 나에 대해 맘에 안 드는 일이라도 있는 건가?"

"아니, 맘에 안 드는 일 따위는 아무 것도 없어." 라이더는 말하고 싸늘한 시선을 빌링즈에게 언뜻 돌렸다. "됐으니까 자넨 잘 준비나 하게

나. 나는 이제 돌아갈 테니까."

빌링즈는 잠깐 주저했다. 하지만 그것은 이 사태의 의미를 깨달았기 때문이 아니라, 친구의 권유에 거리낌없이 따라도 되는 건지 어떤지 술 취한 머리로 생각했기 때문이다.

"자아, 됐어. 머뭇거릴 것 없어." 라이더는 재촉했다. "빨리 쉬는 게 좋아." 그렇게 말하고 그는 창가의 의자가 있는 곳까지 다시 갔다.

이것이 취하지 않은 맨정신이라면 빌링즈도 이 이상한 방문에 경계심을 가졌을 것이다. 하지만 그는 너무 취해 있었다. 그는 옷을 벗기 시작했다. 그리고 예전의 습관으로 이 예전의 친구를 세컨드 네임으로 부르며 말했다. "오늘 밤은 자고 가면 어떻겠나, 하비?"

"아냐, 안 돼." 라이더는 그 권유를 예기하고 있었던 것같이 즉각 대답했다. "머물러도 별로 유쾌하게 지내지는 못할 것 같으니까 말일세."

"왜? 잠잘 곳이라면 충분히 있어."

"아, 그럴 테고말고." 라이더는 대답했다. "하지만 죽은 남자와 같은 침대에서 하룻밤을 함께 할 생각은 없어. 자네 호의는 고맙지만."

"죽은 남자라니? 그런 건 여기에는 없어."

"지금부터 생길 거야." 라이더는 무감동하게 말했다. "자네를 말하는 거야."

빌링즈는 자못 우스운 듯이 큰 소리로 웃었다. 하지만 그 웃음 소리는 금방 사라졌다. 라이더가 조금도 웃지 않고 있다는 것을 그도 깨달았던 것이다. 빌링즈는 재미있어야 할 조크를 잘 이해하지 못한 사람이 하듯이 이마를 손가락으로 긁었다.

"파자마 단추를 잠그게." 라이더는 말했다. "꼴보기 싫네."

빌링즈는 몇 번이나 단추를 못 잠궜다. 그는 점점 맨정신이 되고 있었다. 그건 그의 눈에 먼저 나타나고 있었다.

"뭘 그렇게 안절부절 못하고 있나?" 라이더는 냉담하게 말했다. "왜 그렇게 단추도 못 잠그게 되어 버렸지? 파자마 단추를 잠그는 것 따위는 매일 밤 하고 있는 일이잖은가?"

빌링즈는 갑자기 맨정신으로 돌아와 귀에 거슬리는 소리로 외쳤다. "마음에 안 드는구만, 자네의 그 말투는. 여기에서 나가!"

"곧 돌아간다고 말했을 텐데."

"지금 당장 나가!"

"그러지 뭐. 그렇다면 지금 당장 하지. 단 자네에게는 내가 돌아가는 모습이 보이지 않을 테지만 말일세. 그건 알고 있겠지만." 그는 꼰 다리와 머리 뒤에서 깍지끼었던 손을 풀었다. 그리고 코트 안주머니에 손을 넣어 총을 꺼냈다. 그 일련의 동작은 마치 담배라도 꺼내는 듯한 느낌으로 태연했다. "이쪽을 보게."

취기 때문에 상기되어 있는 빌링즈의 얼굴이 삽시간에 창백해지고 하얗게 빛났다.

마치 초상화 사진의 포즈라도 취하고 있는 것같이 라이더는 초조한 듯이 말했다. "뒤로 물러서지 말게나. 꼼짝 않고 있어. 뒤로 물러가도 아무 소용 없으니까. 다가오면 다가올수록 아무것도 느끼지 않게 되지."

"자네가 무슨 총을 쏠 수 있다는 거지? 이봐, 이런 짓을 하면…… 이런 짓을 하면 자네는 살인자가 되는 거야!"

라이더는 재판관같이 태연자약하게 수긍했다. "아, 그렇군."

최초의 한 발을 맞고 그 이야기에 대한 결론이 나왔다. 빌링즈는 두 부분으로 구성되어 있는 것같이 몸을 꺾었다. 라이더는 두 번째 총알은 첫번째보다도 좀 높은 곳을 노리고 쏘았다. 그에게는 그 총알이 빌링즈의 흉골에 닿는 소리가 들린 것 같은 느낌이 들었다. 적어도 그 총알이 부드러운 살 부분이 아니고 뼈에 맞은 것은, 그때 빌링즈의 온 몸이 부들

부들 떨린 것으로 알 수 있었다.

빌링즈는 침대 끝쪽의 가로목을 잡으면서 침대 옆에 쓰러졌다. 징그럽게 한쪽 무릎을 세우고. 그 무릎은 침대 쪽으로 기울었지만 침대에 방해받아 완전히 펴지 못했다. 라이더는 그 위에 구부려 빌링즈의 후두부에 다시 한 발 쏘았다. 총알이 나무를 치는 소리가 났다. 빌링즈의 머리통을 관통하고 그 밑의 바닥까지 도달한 것 같았다. 라이더는 혼자 고개를 끄덕이고, 아직 빌링즈에게는 그의 말이 들리기라도 하는 듯이 소리내어 만족스러운 듯이 말했다. "이제서야 조금 내 마음이 놓이는구만, 이 친구야."

그리고 나서 빌링즈의 웃옷이 있는 데까지 가서 지갑을 찾아 꺼냈다. 그리고 그 안에서 돈을 꺼내고 지갑은 금방 눈에 띄도록 바닥에 버렸다. 돈은 일단 자기 주머니에 넣었다. 특별히 돈을 갖고 싶었던 것은 아니었지만. 또 그 돈을 계속 갖고 있을 생각도 아니었지만. 그러나 경찰은 살인 동기라는 것을 찾고 싶어할 것이다. 그때 그런 것이 처음부터 있는 것이 경찰에 이것저것 심문당하는 것보다 반드시 편리하다. 그것은 경찰을 진실에서 멀어지게 하는 방법이 된다.

그는 침실 문까지 가서 거기에서 잠시 멈춰서서, 모든 것이 자기가 생각했던 대로의 상태로 되어 있는지 어떤지 확실히 하기 위해 방안을 찬찬히 둘러보았다. 그리고 나서 불을 끄고 문을 닫고 발걸음도 가볍게 계단을 내려왔다. 그때 그가 생각하고 있던 것을 들으면 악마조차도 무서워서 떨었을 것이다. 얼마나 기분이 좋았던지! 살인이 이렇게 기분 좋은 것일 줄이야!

그는 현관 문 있는 곳에서 잠시 멈춰섰다. 총은 여기에 두고 가는 것이 나을까, 아니면 돌아가는 도중에 어딘가 눈에 띄는 곳에 버리는 것이 나을까? 밖에 버리기로 하자, 하고 그는 결정했다. 여기에 두고 가는 건

너무나도 고의적인 것 같은 느낌이 들었다. 그는 문을 열고 밖으로 나가기 전에 주위의 어둠을 응시했다. 거리에는 아무도 없었다. 누구 하나. 총성을 알아들은 자가 있었던 기미도 없었다. 그런 것은 처음부터 알고 있던 일이지만——이번 일이 그에게 있어서 식은죽 먹기라는 것은 처음부터 알고 있었지만.

그는 현관 문을 닫고 보통 속도로 골목을 걸어 거리로 나와서는 온 길을 다시 돌아갔다. 그리고 빌링즈의 집 땅의 경계선을 지나기를 기다렸다. 수제 홀더를 풀어 총을 공지에 내버렸다. 홀더는 주머니에 넣었다. 나중에 어딘가에 버릴 생각이었다. 이제 흉기가 된 총은 마찰하는 듯한 소리를 내며 풀 속에 떨어졌다. 경찰은 하루나 이틀 내로 그것을 발견할 것이다. 그로서는 가능한 한 빨리 발견해 주기를 바랬지만.

아무튼 이걸로 모든 것이 끝났다.

아니, 그럴까?

정말로?

10분 후, 그는 자기 집에 있었다. 그가 집에 돌아와 맨먼저 한 일은 지하실로 가서 난로에 그 날 밤 몫의 석탄을 지피는 것이었다. 하긴 그건 다른 밤에도 한 일이지만, 살인을 저지르지 않은 밤에도. 그는 난로 속에 손으로 만든 수제 홀더와 면장갑과 빌링즈의 지갑에서 꺼낸 30달러인지 40달러의 지폐를 던져 넣었다.

그리고 나서 위층으로 올라가 가기 전에 주머니에서 꺼낸 것을 모두 원상태로 되돌려 놓았다. 다음날 아침에 근무하러 나갈 때에 시간이 걸리지 않도록. 그리고 옷을 벗고 침대에 들어갔다.

그는 잠을 잤다. 정말로 잤다. 물론 금방 잠든 것은 아니었지만. 이런 일이 있은 뒤라서 필시 금방은 잠들 수 없었지만. 그러나 어둠 속에 30

분쯤 누워 있자 스르르 잠에 떨어졌다.

그리고 잠을 깨어 그는 왜 잠이 깨었을까 하고 생각했다. 꿈을 꾸었던 것도 아닌데. 그는 어둠 속에서 단 혼자 소리 죽여 웃었다. 살인한 바로 뒤에 푹 잘 수 있었다는 것이 우스웠다. 정신분석의에게 이야기하면, 분명히 흥미를 가져 줄 것이다. 밖은 아직 어두웠다. 야광 도료의 글자판 시계를 보니, 아직 3시 반이었다. 그 뒤 아직 한 시간 반밖에 지나지 않았다.

그는 몸을 뒤척이고 다시 자려고 했지만, 이번에는 잠이 잘 오지 않았다. 그때까지 수차용 저수지의 물흐름같이 평온했던 그의 마음 앞에 갑자기 장애물이 나타났던 것이다. 그리고 그 장애물 때문에 흐름이 정지되었던 것이다. 거기에 순식간에 물이 고이기 시작했다.

그는 방금 전까지 평탄하게 흐르고 있던 것을 갑자기 정체시킨 그 방해물을 보고 싶지 않았다. 하지만 보야만 했다. 그래서 하는 수 없이 그것을 끌어당겨 마주 대하여 보았다. 소름끼쳤다. 그것이라는 것은 이런 것이었다. 그는 은색 샤프펜슬을 주머니에 다시 넣은 기억이 없는 것이다. 그건 작년 크리스마스에 아내한테서 이름을 넣어——성도 이름도 새겨 선물받은 물건이었다!

그는 뭔가에 맞은 것같이 몸을 일으켰다. 침대가 삐걱거렸다. 그것은 그가 그 위에서 떨고 있기 때문이었다.

아니, 있는 것이 분명하다, 고 그는 자신에게 타일렀다. 분명히 원래대로 갖다 넣었다. 집에 돌아왔을 때 모두 원상 복귀시켰다.

그는 침대에서 나와 불을 켜고 상의의 안주머니를 뒤졌다. 지갑은 분명히 그 안에 들어 있었다. 그 밖의 것도 모두 돌아와 있었다. 하지만 샤프펜슬만은 그가 항상 갖고 다닐 때에 넣는 곳에 다시 넣어져 있지 않았다. 샤프펜슬을 끼었던 흔적은 분명히 남아 있는데——제일 중요한 본

체는 흔적도 없었다!

그의 손에서 상의가 떨어졌다. 그는 엎어져 바닥 위를 샅샅이 뒤졌다. 어쩌면 끼여 있는 것은 아닌가 하고 침대 매트리스까지 뒤집었다. 장롱 서랍도 모두 살폈다.

그는 침착하려고 했다. 잠깐 기다려라, 전혀 허둥댈 필요는 없다. 샤프 펜슬 따위는 갖고 가지 않았다. 아무것도 갖고 가지 않았다. 그건 두 번이나 확인했다. 청소기로 빨아들이듯이.

그는 그것은 역력한 사실이라고 생각했다. 하지만 동시에 그 일에 대한 답도 원했다. 즉, 그렇다면 샤프펜슬은 지금 어디에 있는 건가? 만일 갖고 가지 않았다면, 그렇다면 어째서 여기에 없는 건가?

그는 떨리는 마음으로 무의미한 탐색을 계속했다. 반드시 여기에 있을 텐데! 저녁 일에서 돌아왔을 때 그걸 본 기억은 있었다. 그건 두 장소 중 한쪽에밖에 있을 리가 없다. 여기든지 거기든지. 여기에 없다면 거기에 갖고 갔다는 이야기가 된다! 그런 일은 있을 수 없다. 반드시 여기에 있을 것이다!

하지만 없었다.

그때까지 백 퍼센트 확실했던 것이 흔들리기 시작했다. 엄밀하게 말하면, 샤프펜슬은 그의 몸에서 떨어져 있는 것이 아니었다. 그것은 주머니에 꽂아 핀으로 고정되어 있었던 것이니까. 그래서 아마 깜빡했던 것일 게다. 아니면 완벽하다고 생각하고 했던 것이 반대로 예상이 어긋났던 지. 최초의 점검에서 모두 꺼냈는데, 두 번째 점검 때에 평소 습관에서 경솔하게도 다시 주머니에 넣어 버린 것인지도 모른다. 그리고 그대로 집을 나가 버렸는지도 모른다.

그렇게 생각하자 갈수록 점점 더 그런 기분이 들게 되었다. 자기는 어둠 속에서 그가 돌아오기를 기다리고 있는 동안 손으로 뭔가를 만지작거리고 있었다. 그건 무엇이었나? 총은 아니다. 총은 그놈을 쏘기 직전에 주머니에서 꺼냈으니까. 그렇다, 그거였다! 자기는 무의식중에 주머니에서 그것을 꺼내 양 손 사이에 끼워 굴리고 있었던 것이다. 아무것도 하는 일 없이 뭔가를 기다릴 때, 나중에 깨닫고 보면 그런 손장난을 하고 있던 적이 지금까지 몇 백번이나 되지 않던가. 그리고 갑자기 밖에서 차 소리가 났기 때문에 허둥대며 그것을 어딘가에, 주머니에 다시 꽂는 대신에!

그는 미칠 것만 같았다. 맨발로 계단 밑으로 내려가 1층도 샅샅이 뒤졌다. 쓸데없는 짓이라는 것을 알면서. 소용없는 일이었다. 땀이 방울져 그의 얼굴에 떠올랐다. 그는 머리칼을 쥐어뜯었다. 거기에는 길게 성과 이름이 대문자로 새겨져 있었다. 하비 라이더. 그것은 새 것을 좋아하는 문방구 주인이 손님을 끌기 위해 무료로 서비스로 해 주었던 것이다. 하지만 그것으로 인해 신중에 신중을 거듭한 계획이 모두 허사가 되어 버렸다. 몇 개월 동안이나 총을 보물같이 소중하게 여겨 왔던 것도 모조리. 이건 빌링즈의 결사 회원 전원의 눈앞에서 그에게 다가가 총을 쏜 것과 조금도 다르지 않았다.

그는 다시 계단을 뛰어올라가 옷장 속의 다른 양복도 모두 조사했다. 그런 곳에 있을 턱이 없었다. 그는 그 샤프펜슬을 매일 사용하고 있으니까. 아내로부터 받은 이후 그것 없이 지낸 적은 하루도 없었으니까. 허사였다. 만일 여기에 있다면 벌써 발견되었을 것이다.

그의 얼굴은 땀으로, 회색으로 빛나고 있었다. 그는 시계를 보았다. 4시가 조금 지났다. 기다려라. 아직 내 처지를 회복하는 데 조금이지만 기회가 남아 있다. 아직 40분이나 50분 내로는 날이 새지 않을 것이다. 서두르면 아직 날이 새기 전에 그곳에 가서, 누군가가 발견하기 전에 그것을 되찾아 갖고 돌아오지 못할 것도 없다. 위험한 일이지만, 다른 선택이 없었다. 게다가 일각을 다투어야 했다.

　그는 두 번째 방문을 위한 준비를 했다. 물론 그것은 냉정하게는 할 수 없었지만, 그러나 첫번째와 똑같이 빈틈없이 했다. 그리고 생전 처음이라고 말할 수 있을 만큼의 민첩함으로 옷을 갈아입고, 집을 뛰쳐나가 약해져 가고 있는 어둠 속을 거의 종종걸음이 되어 빌링즈의 집으로 향했다. 자칫하면 전력질주가 되려는 것을 종종걸음 정도로 억제하는 것이 고작이었다. 야근 순찰 경찰관에게 검문당할지도 모른다. 그는 조급해지는 마음을 필사적으로 억제했다.

　빌링즈의 집이 보이게 되었을 무렵에는 숨이 찼다. 하지만 그건 종종걸음으로 걸었기 때문이 아니라 공포 때문이기도 했다. 그는 멈춰서서 안전 거리를 두고 집을 바라보았다. 빌링즈의 집은 새벽 전의 박명 속에서 어둡고 생기가 없었다. 창에 불은 켜져 있지 않았다. 사람이 드나드는 모습도 없었다. 지붕이 하얀 차가 집앞에 정차되어 있지도 않았다. 그 집은 집의 비밀을 아직 지키고 있는 것 같았다.

　그는 골목을 지나 다시 포치로 들어갔다. 그는 평생 두 번 다시 이 근처에 올 생각이 없었다. 그런데 그로부터 아직 두 시간도 채 안 지났는데 어슬렁어슬렁 찾아오는 처치가 되어 버리다니! 그는 우편함 속에 떨리는 손가락을 처넣고 안을 뒤졌다. 하지만 열쇠를 꺼내는 데 몇 번이나 계속해서 실패했다. 그는 자기의 뒤에서 눈을 뗄 수 없었다.

　마지막에 겨우 잡아꺼내 안으로 들어갔다. 그리고 어둠 속 계단을 올라가 죽은 자가 있는 방의 닫혀진 문을 찾아 열었다. 방안에는 그가 쏜 세 발의 총탄의, 후덥지근한 화약 냄새가 아직 남아 있었다. 불을 켤까? 빌링즈의 습관을 알고 있는 누군가가 집앞을 지나가다 그 불을 본다면 분명히 이상하게 생각할 것이다. 하지만 불을 켜지 않을 수 없었다. 가지러 다시 온 목적물을 만일 찾고 싶다면.

　그는 전기 스위치를 비틀었다. 자기가 저지른 못된 짓이 빛에 드러나고, 그는 엉겁결에 오싹했다. 그래서 재빨리 시체 옆을 떨어져, 자기가 앉아 있던 창가 의자 있는 곳까지 갔다. 그리고 몸을 구부려 의자의 패드를 풀어 그 밑을 보았다. 그리고 나서 무릎을 대고 의자 밑바닥을 보았다. 커튼 밑도 보았다. 창문턱도 보았다. 하지만 샤프펜슬은 아무 데도 없었다.

그는 맨처음 침대에 걸터앉았던 것을 기억하고 침대 쪽으로 돌아와 보았다. 침대에는 그가 앉은 자리가 아직 남아 있었다. 그는 침대 위를 보았다, 밑을 보았다, 매트리스 틈새도 보았다, 아무것도 없었다. 아무 데도 없었다. 그는 안심해야만 할는지 반대로 더 걱정해야만 할는지 알 수가 없었다. 여기에 놓아둔 것이 아니라는 것은 명백했다. 자기가 이 방을 나온 뒤, 이 방에 들어온 사람은 아무도 없으니까. 만일 그렇다면 벌써 오래 전에 싸이렌이 들렸을 것이다. 그렇다면 자기는 그것을 어디에 놓고 온 것일까?

그는 위축된 자신에게 공기를 보내려 했다. 여기에 없는 한 그것이 어디에 있든지 상관없는 것 아닐까? 아무튼 지금 당장 여기를 나가는 거다. 그것만은 분명하다. 차분하게 생각하는 것은 어딘가 다른 장소에서 하면 된다.

하지만 그는 다시 한 군데만 더 조사하기로 했다. 혐오감을 가까스로 극복하고는 시체 위에 구부리고 시체를 쳐들어 그 밑을 보았다. 샤프펜슬이 바닥을 굴러 빌링즈가 그 위에 쓰러졌는지도 모르니까. 그것은 생각할 수 없는 일은 아니었다.

그러나 거기에도 없었다. 그는 이제 스스로 움직일 일이 없는 짐을 다시 바닥에 눕혔다.

시체에 손을 댐으로써 공포가 피부를 통해 스며들어 왔다. 피는 이미 말라 응고되어 있었지만, 시체에 댄 손끝에 뭔가가 붙은 것 같은 느낌이

들었다. 그건 아마 그 자신의 땀일 테지만, 그는 기분이 나빠져 손끝을 손수건으로 북북 문질렀다.

그리고 일어나 문 쪽으로 가서 불을 끄고 서둘러 계단 밑으로 내려왔다.

현관에서 그는 하마터면 끝장날 뻔했다. 밖은 이미 집안보다 밝아져 있었는데, 그가 문을 열려고 손잡이에 손을 내밀려고 했을 때, 문에 달린 작은 창의 커튼 너머로 마치 구부린 자세에서 사람이 몸을 일으킨 것 같은 그림자가 보였던 것이다.

라이더는 당장 숨이 멈춰지려 했다. 하지만 곧 종종 귀에 익어 있는, 우유병이 서로 부딪치는 소리가 났다. 그저 우유 배달부 남자의 그림자였던 것이다. 그러나 문 손잡이에 손을 대는 것이 불과 몇 초라도 빨랐더라면, 그는 몸을 구부린 우유 배달부 남자의 등 위에 쓰러져 서투른 말타기 놀이 같은 꼴이 되어 있었을 것이다.

라이더는 문의 양 기둥 그늘에 몸을 숨기고 우유 배달부가 떠나는 것을 숨을 죽이고 기다렸다. 골목을 걸어가는 발소리가 멀어져 가는 것이 들렸다. 하지만 그는 확실하게 하기 위해 작은 창의 커튼 틈새로 우유 배달차가 떠나가는 모습까지 확인했다.

다행히도 빌링즈의 집과 같은 블럭 안에는 그 밖에 우유를 먹고 있는 집은 없었다. 만일 그 밖에도 있었다면 그는 더 오래 기다리고 있어야만 했을 것이다. 우유 배달차가 모퉁이를 돌 때까지 충분히 기다리고 나서, 그는 문을 열고 빌링즈가 이제 마실 일은 없는 우유가 들은 우유병을 신중하게 넘어 문을 닫고 골목을 빠른 걸음으로 걸어 집에서 벗어났다.

낮의 밝기 정도는 아니어도 밖은 이미 꽤 밝아져 있었다. 그러나 그는 아직 운이 있었다. 자기 집에 도착할 때까지 도중에 아무도 만나지 않았으니까. 하룻밤에 두 번이나 왕래했는데 아무도 만나지 않았다. 극히 운이 좋다고 말해야만 할 것이다.

하지만 그런 식으로 생각해도 별로 위로가 되지는 않았다. 그 병신 같은 샤프펜슬! 도대체 왜 아내는 그런 것을 주었지? 어차피 잃어버릴 거라면 왜 더 일찍 잃어버리지 않았던가? 그랬으면 그런 것은 깨끗이 잊을 수 있었을 것을. 그것 하나 때문에 완벽하게 계획되고 완벽하게 실행으로 옮겨진 범죄가 허사가 되어 버렸다. 그는 자기가 지금부터는 한시도 평온하게 지낼 수 없다는 것을 알 수 있었다.

실제로 그대로 되었다.

그날은 더 이상 잘 수 없었다. 걱정 거리를 머리에서 쫓아낼 수 없었다. 도대체 어디에서 잃어버린 걸까 하고 계속 생각했다. 빌링즈의 집에 없었던 것은 분명했지만, 그렇다고 조금도 안심할 수 없었다. 만일 빌링즈의 집 부근의 길에서 떨어뜨렸다고 하면, 그것만으로 이미 충분히 위험한 느낌이 들었다. 경찰에 자기 이름을 가르쳐 주는 것이 되니까. 집으로 돌아오는 도중에 그는 꾸물거리고 있고 싶지 않았기 때문에 보도 위를 확인하고 오지 않았던 것이다——새벽 빛 가운데에서 누구에게 검문당할지도 모르니까. 아니면 어쩌면 도저히 생각할 수 없는 일이지만, 총구 속에라도 들어가 버려 지금 그것이 총과 함께 풀숲 속에 떨어져 있는 것은 아닐까. 그런 식으로 생각하자 털이 곤두섰다. 재 넣는 통에서 누군가 다른 자의 총을 발견하여 지문을 남기지 않도록 이리저리 연구를 한 끝에 풀 네임이 들은 샤프펜슬을 그 총과 함께 남기고 오다니! 돌아오는 도중에 그 풀숲도 조사하고 와야 했다! 하지만 그곳에 갈 용기는 나지 않았다. 포장된 보도에서 나온 순간 무익한 발자취를 남기게 될 테니까.

마지막에 그는 침대에서 나와 잠을 못 잔 채로 완전히 초췌해서 일하러 나갔다. 그는 어쩌면 회사 조끼 주머니에 그것이 꽂혀 있을지 모른다고 기대했다. 지금까지 그것을 남에게 빌려 준 적이 한 번이나 두 번 있었으니까. 그러나 누구의 주머니에도 없었다. 그는 자기가 그것을 잃어버렸다는 것에 대해 남의 주의를 끄는 것이 두려워 누군가에게 물어볼 수도 없었다. 그리고 기억해냈다. 샤프펜슬은 회사에는 없다는 것을. 어제는 분명히 집으로 갖고 돌아갔다는 것을. 생각하니 그런 일은 처음부터 알고 있던 일이었다.

일을 끝내고 집에 돌아와 식사를 하고 기분을 달래려고 책을 읽었다. 하지만 계속되지 않았다. 꼭 기분이 그 일을 향해 버렸다. 생각하는 것 자체가 고통이 되고 불안한 듯이 걸어다녔다. 밤을 위해 난로에 석탄을 지피는 시간이 되자, 그는 반대로 불을 껐다. 그리고 재를 긁어내어 조사했다. 어쩌면 장갑과 홀더와 함께 지펴 버린 것이 아닌가 하고. 만일 그렇다면 타지 않고 남아 있을 텐데 그런 것은 나오지 않았다.

그는 하는 수 없이 잠자리에 들었다. 하지만 터무니없는 공포심에 휩싸였다. 살인 후유증에 걸린 것 같은 것이었다. 신중에 신중을 거듭한 계획으로 어떻게든 그렇게 되는 것만은 피하려고 생각하고 있었는데……6인치밖에 되지 않는 작은 금속 막대가 모든 것을 망쳐 버렸다.

다음날 아침 잠이 깨어 그는 자기가 절대로 그렇게 되고 싶지 않다고 생각하고 있었던 것이 되어 버리고 있다는 것을 깨달았다. 자기의 얼굴이 범행이 드러나지는 않나 하고 두려워 떠는 살인자의 얼굴이 되어 있는 것을 깨달은 것이다. 그런 얼굴은 아내에게 보이고 싶지 않을 뿐만 아니라, 상투적인 탐문을 하러 만일 형사가 왔을 때에 자기에게 불리하게 작용할 것이 명백했다. 회사에서도 동료가 그걸 깨닫기 시작했다. 한 명이 그에게 농담조로 말했다. "뭘 그렇게 심각하게 생각하고 있나?" 그는 덜컥했다. 하지만 아무 대답도 하지 않았다.

생각했던 것보다 아내가 빨리 온 것이 분명하다고 그는 생각했다. 집에 돌아가 역까지 아내를 마중하러 갈 준비를 하고 있을 때에, 현관에서 벨이 울렸던 것이다. 그는 거울 속의 자기를 주의 깊게 보고 검열에 합격할 수 있는지 어떤지, 아내에게 아무것도 눈치채이지 않을 수 있는지 어떤지 확인했다. 아내와 얼굴을 마주치고 우선 할 말은—— .

아내는 긴 여행 뒤라 피곤해 있을 것이다. 그러니까 빨리 안으로 들어오고 싶어하고 있다. 내가 집에 있는 것은 창의 불빛으로 알았을 것이다. 다시 한 번 벨이 울렸다. 이번 것은 맨처음 소리보다 크게 들렸다. 그는 경찰의 방문이라도 받은 것같이 황급히 문을 열러 계단 밑으로 내려갔다. 그리고 아내는 모두 꿰뚫어보니까 정신을 차려야만 한다고 자신을 훈계하고 문을 열었다. "이렇게 빨리 돌아올 줄은 몰……" 하고 숨을 헐떡이며 말하다 말았다.

하지만 밖에는 남자가 서 있었다. 그 남자는 문이 열리자 곧 한 발을 현관 안에 넣었다. 그리고 "하비 라이더씨입니까?" 하고 사무적으로 말했다.

"그렇습니다만." 라이더는 주춤거리며 말했다. 차가운 전율이 등줄기를 타고 흘렀다. 벌써 이렇게 빨리. 아직 48시간도 안 지났는데. 그 저주받은 샤프펜슬 때문에!

그의 손에 남자의 손이 뻗어 무엇이 행해지고 있는지 깨달았을 때에는, 그는 이미 수갑에 연결되어 있었다.

형사는 말했다. "그저께 밤 2시경, 커크 빌링즈를 살해한 용의로 체포한다. 얌전히 구는 것이 몸을 위해 좋다, 라이더. 뒷문도 이미 봉쇄되어 있어."

게임이 이미 끝나 있다는 것은 라이더도 잘 알았다. 만일 이것이 단순한 심문이라면 수갑을 채우거나 하지는 않을 테니까. 이것이 최후 통고

라는 것은 그도 잘 알았다. 경찰은 확신을 갖고 있을 것이다. 그렇지 않으면 이런 식으로 나올 리가 없다. 이젠 어쩔 도리가 없다고 마음 속 깊은 곳으로부터 목소리가 들려왔다.

하지만 금방은 아무것도 인정하지 않았다. 단지 이렇게 말했다. "그렇다면 빨리 갑시다. 이제 곧 아내가 돌아와요. 이런 모습을 아내에게 보이고 싶지는 않소."

주위에서 수갑이 보이지 않도록 두 사람은 나란히 보도를 걸었다. 그런데 평소같이 라이더를 불러세우는 목소리가 났다. 단 그 목소리는 평소의 가늘고 긴 가성이 아니었다. 그건 남자 목소리로 길 반대쪽에서 들린 것이었다.

그 남자는 아내와 함께 산책이라도 하고 있었던 것 같았는데, 아내를 거리 반대쪽에 남겨 놓고 혼자서 이쪽으로 뛰어왔다. 순간적으로 라이더는 속삭이는 소리로 형사에게 말했다. "말하지 말아줄 수 있겠소? 근처의 아는 사람이오."

형사는 그쪽에 몸을 바싹 대고 수갑을 감춰 주었다.

달려온 남자는 말했다. "이걸 돌려주러 댁에 가는 중이었어요. 요전날 밤 바자 때 당신이 급히 돌아가 버렸죠? 빙고 카드에 기입하기 위해 당신한테 이걸 빌렸는데, 되돌려 드리려고 했지만 이미 당신은 없었던 거예요. 하지만 좋은 상태로 당신의 이름이 들어 있고, 그리고 집사람이 당신의 부인을 우연히 알고 있었으니까요 —— ."

라이더는 자유로운 한쪽 손의 손바닥에 놓인 은색 샤프펜슬을 말끄러미 바라보았다. 형사가 그를 재촉했다. 두 사람은 다시 걷기 시작했다. 그의 걸음걸이는 마치 최면술이라도 걸린 사람 같았다. 그리고 마지막에 그는 툭 한 마디 했다. "그러면 이게 아니었군. 그럼 당신들은 나에게 결부될 만한 무엇을 그곳에서 발견한 거요?"

형사는 말했다. "당신은 시체 바로 얼굴 위에 손수건을 두고 갔더군. 손인지 뭔지를 닦는 데 꺼낸 것까지는 좋았는데, 서두는 바람에 집어넣는 것을 깜박 잊었나 보더군. 그 손수건에 빌링즈와는 다른 이니셜이 들어 있었어. 그래서 우리는 세탁소 마크를 더듬어 갔지. 그래서 24시간 만에 알게 된 거라구."

"맨처음에 갔을 때에는 그런 건 갖고 가지 않았는데." 라이더는 우두커니 서서 말했다……

자전거포의 남자

The Man in the Bicycle Shop

Paula Gosling

폴라 고슬링

1939년 영국의 디트로이트에서 태어남. 1978년에 「도망치는 아힐」로 CWA상 수상함. 1986년 「몽키 퍼즐」로 CWA 골드 드가상을 수상함. 영국 여류 서스펜스의 실력파로, 최근에는 「위치포드 연속 살인」등 본격 미스테리 작품도 발표하고 있다.

자전거포의 남자

폴라 고슬링

케이트 바니스터는 무엇이 자신에게 부딪쳤는지 확실하게 기억하고 있었다. 뭐가 뭔지 모른 채 멍하니 노상에 쓰러져 있던 케이트의 뇌리에 확실하게 남아 있었던 것은 갑자기 멈출 수 없는 속도로 모퉁이를 돌아온 빨간 스테이션 웨곤의 모습이었다. 그 뒤에 공중으로 날아갔고, 지저분한 보도 위에 채소 가게가 널려 놓은 채 있던 상치 잎이나 썩은 사과 위에 내동댕이쳐졌을 때의 커다란 우당탕 소리가 그 당돌함과 고통과 함께 새겨져 있었다.

처음의 으시시한 정적 뒤에 주변은 갑자기 떠들석거리기 시작했다. 많은 사람들이 뭔가 외치고 있다. 그 중에는 자신의 목소리가 섞여 있지 않았으나, 아무래도 웃을 일이 아닌 일이 일어난 모양이었다.

얼굴이 보였다. 핑크색의 얼굴, 해에 그을린 풍선 같은 얼굴이 어두워지기 시작한 하늘과 희미하게 빛나고 있는 가로등 사이에 떠올라 있다. 질문이 밀려왔다. 어디 아프지 않은가, 움직일 수 있는가, 구급차를 부르겠느냐……

"아니에요…… 괜찮을 것…… 같다고 생각돼요." 케이트는 살짝 다리를 움직여 보았다. 손도 발도 각각 두 개, 아프기는 하지만 제대로 움직였다. 케이트는 한쪽 팔꿈치를 대고 일어서서 옷깃으로 얼굴을 닦았다. 목을 돌리자 무참한 모습이 된 자신의 자전거가 눈에 비쳤다. 케이트는 자신도 모르게 신음을 토해냈다.

"999번을 부르는 편이 좋겠군." 누군가가 말했다.

"아니에요, 안 그러셔도…… 괜찮아요." 케이트는 거의 다치지도 않았는데 쓰러진 채로 있는 자신이 갑자기 창피스러워졌다. 위의 고함 소리는 여전히 계속되고 있었다. 케이트는 채소 가게 아줌마의 도움을 받으며 일어서면서, 도대체 누가 그런 분노의 목소리를 내고 있는지 주위를 둘러보았다.

그것은 그 자전거 가게의 남자였다.

어머, 챙피해라. 일이 이렇게 되다니? 타이즈는 찢어져 버렸고 이렇게 비참한, 흙투성이의 모습으로 저 사람에게…… 아아, 하느님도 짓궂으셔라.

남자의 이름이 존 댄서라는 것은 알고 있었다. 그것만은 잘 알고 있었다. 그 댄서가 지금 케이트를 받은 차의 운전수를 향해, 도로를 당신 혼자의 소유물로 생각하지 말아라, 그렇게 하면 아무도 안심하고 길을 다닐 수 없다, 자전거도 보행자도 눈을 뒤통수에 달지 않고 도로를 지나갈 권리가 있다며 위세 좋게 지껄이고 있는 것이었다.

그는 자전거포를 하고 있으므로 자전거를 탄 사람의 편을 드는 것이 의무라고 생각하고 있는 것일까. 하지만 많은 사람들 앞에서 저런 식으로 말하는 것은 싫다. 나의 일로.

"자아, 이리로 와요." 채소 가게의 아줌마가 말했다. "나한테 기대요. 얼른 차를 끓일 테니까."

"아니에요. 저기, 괜찮아요. 부딪친 충격뿐이거든요."

“정말로 괜찮아요? 그렇다면 좋지만…….” 아줌마는 소동에 정신을 빼앗겨 방치해 두었던 가게 쪽을 힐끗 보고는 말을 끊었다.

물건을 사는 사람들의 수는 많지 않았다. 클레이튼 거리의 좁은 커브가 오후부터 계속 내리고 있는 보슬비 속에 음침하게 빛나고 있다. 케이트가 몸을 숙여 털모자를 집어들면서, 젖은 보도 위에 펼쳐진 무지개 같은 빛을 발하고 있는 기름을 보았다. 그것은 무척 아름답게 보였…… 무척 아름다워…… 케이트는 몸이 후들거렸다.

아니, 쓰러지지는 않았다. 누군가가 팔꿈치를 잡아 주고 있었다. 올려다보니 그 곳에 존 댄서의 화난 얼굴이 있었다. 이 사람, 이번에는 나를 야단칠 생각일까.

“자아, 이쪽으로 와요.” 그는 속삭이듯 말했다. “이쪽이에요.” 길을 가로질러 끌려가면서 케이트는 상대방의 옆얼굴을 힐끗 보았다.

당신 때문이에요. 케이트는 말해 주고 싶었다. 당신 가게의 창문을 들여다보았기 때문이에요. 매일 아침과 저녁, 이 곳을 지나갈 때마다 당신 얼굴이 보이는지 어떤지 들여다보지 않을 수가 없었다구요. 그런 일을 하지 않았다면, 차가 오는 것이 보였을 텐데…….

하지만 그것은 말하지 않았다. 잠자코 이끌려 가는 대로 보도를 가로질러 가게의 문으로 들어갔다. 그 기름과 크롬 광택과 고무의 찌르는 듯한 냄새 속을, 진열해 놓은 물건의 새로운 반짝거리는 자전거 사이를 지나서 다른 하나의 문 안쪽의 의자까지 걸어갔다. 그의 의자. 앞에는 그의 책상이 있고, 열린 장부 옆에 차가 들어 있는 잔이 놓여 있었다. 남자는 그 차를 마시라고 말했다.

남자는 나가더니 케이트의 자전거를 끌고 가게로 들어와 문을 발로 차서 닫았다. 그리고는 자전거를 가게의 전시 제품에 기대어 세우고는 나무 상자 위에 앉아 팔짱을 끼고 케이트의 얼굴을 보았다.

이런 일이 일어날 수 있을까. 밤색의 자기 찻잔 너머로 남자를 보면서 케이트는 생각했다. 지금까지 6개월간 나는 어떻게든 해서 당신한테 이런 대접을 받고 싶다고 생각하고 있었다. 그런데 막상 그것이 실현되고 보니 난 이 꼴이다. 이 얼마나 잔인한 일인가.

"상대방의 이름과 주소를 기록해 놨어요. 자전거의 수리비를 지불한다더군요." 댄서는 당돌하게 말했다.

"미안해요."

"피가 나고 있군요." 댄서는 말하면서 종이 타올의 롤을 집었다. 그리고 종이를 찢어서 아이의 얼굴을 닦는 것처럼 케이트의 얼굴을 닦아 주었다. "약간 스쳤을 뿐이네요."

"다행이에요. 영화 배우 지원은 아직 포기하지 않아도 된다는 얘기군요."

"뭐라구요?" 그는 깜짝 놀란 것처럼 케이트를 보았다.

"아니에요, 아무 것도." 입을 조심해라, 케이트. 케이트는 자신에게 말했다. 조용히 하라구. 그리고 좀더 기운이 없어야지. 조금이라도 좋으니까 떨라구. "저거, 고쳐 주시겠어요?" 케이트는 말했다.

"자전거?" 그는 힐끗 자전거를 보고는 얼굴을 찌푸렸다. 무리도 아니다. 자전거의 바퀴는 부러져서 구부러졌고, 핸들은 뒤틀려 보기에도 비참할 정도로 되어 있었다. "네, 그러죠."

"월요일까지 부탁드려도 되나요?"

그는 다시 케이트를 보았다. "여긴 자전거포예요. 마법사의 동굴이 아니라구요, 미스 바니스터. 최저 1주일은 걸립니다. 지금 점원이 휴가를 취하고 있어서. 난 혼자서 모든 일을 하고 있는 상태예요. 미안하군요."

아직까지 이름은 기억하고 있는 모양이다. 그것은 당연할 것이다. 지금까지 이 가게에서 구입한 여러 가지 물건——찬장문을 열 때마다 머리 위로 떨어지는 펑크 수리 세트, 브레이크 케이블, 반사경, 그 밖에 필요하지도 않은, 아마도 사용할 수도 없는 여러 가지 기구——의 지불을 위해서 그렇게 많은 수표에 서명을 한 이름이니까.

내가 이 사람을 미남이라고 생각한 것은 그렇다고 이 사람의 책임은 아니다. 이 사람은 실제로 특별히 미남은 아니다. 그것을 알고 있다.

그는 극히 평범한 남자였다. 평균적으로 정돈된 얼굴과 상냥하고 부드러운 목소리. 언제나 청바지 위에 스웨터를 입고, 검은 머리를 짧게 깎아서 옆으로 가르고 있다. 약간 회색이 섞여 있었으나 소년의 머리처럼 머리 꼭대기에서 솟구친 듯한 느낌은 30대 전반쯤일까, 하고 케이트는 생각했다. 치아는 고르고, 귀는 극히 평범한 귀이며, 턱은 끝이 움푹 들어가 있다. 평범하지 않다고 생각되는 것은 눈이었다. 언제나 온화하게 무엇인가를 경계하고 있는 듯한, 놀라운 일을 기대하고 있는 듯한, 걸핏하면 놀라운 일을 당해 왔다는 듯한 녹색의 커다란 눈이었다.

이런 사람을 만나지 않았으면 좋았을 뻔했다고 케이트는 생각했다.

6개월 전에 케이트는 댄서의 자전거포에 자전거를 사러 들어왔다. 그의 가게를 선택한 이유는, 이 아름다운 조지 왕조풍의 바스 마을에 갓 도착한 미국인에게 있어서 거리의 이름이나 어느 곳의 가게가 좋은지 따위를 전혀 몰랐기 때문이다. 알고 있었던 것은 뉴월드 박물관에서 일할 생각이라면 반드시 자전거가 필요하다는 일뿐이었다.

박물관은 마을에서 몇 마일이나 떨어진 곳에 있으며, 근처에 하숙집은 없었다. 만약 자신의 집에서 걸어서 갈 수 있는 곳이라면, 혹은 만약 자동차를 운전하는 것을 싫어하지 않는다면, 혹은 만약 하루에 두 번 택시를 탈 경제적 여유가 있었다면, 자전거 같은 것을 살 필요는 없었을 것이다. 하지만 「만약」으로 시작되는 말만 아무리 나열해 보아야 소용이 없다.

그리고 댄서의 자전거포에 들어갔고, 이 재난으로 이어졌다. 하지만 자전거 같은 극히 평범하고 편리한 것을 살 때에 누구라도 그런 일에 신경을 쓰지는 않는 것이다.

하지만 케이트는 순수한 미국 여자였다. 그리고 매력이 있었다. 그것은 자각하고 있었다. 물론 뛰어난 미인은 아니었지만 아담하고 누구에게나 호감을 주었다. 머리가 좋고 씩씩하고(적어도 그러고 싶다고 생각하고 있었다.), 부끄럽지 않은 경력을 가졌으며, 주위에는 저녁이나 영화 혹은 교외 산책 등을 열심히 권유하는 남성이 많이 있었다.

이런 일은 과거에는 없었던 일이었다. 그리고 자세히 생각해 보면 멍청한 짓이었다. 더욱 곤란한 것은 그것을 알고 있으면서도 자신이 어떻게 할 수 없다는 사실이었다. 물론 노력은 했다. 다른 남자와 데이트를 하며 저녁을 먹거나 영화를 보거나 들판에서 닥치는 대로 꽃을 따기도 했다. 그리고 그것을 즐기고 있는 체했다. 그럼에도 불구하고 언제나 상대방의 얼굴을 보고 있는 사이에 그것이 어느새 자전거포의 존 댄서의 얼굴, 똑바로 이쪽을 보고 있는 눈과 상냥한 입을 가진 댄서의 모습으로 변해 버리는 것이었다.

그리고 시간과 함께 그 상태는 심해지기 시작했다.

케이트는 몇 번이나 자전거포에 갔다. 스스로도 너무 자주 간다고는 생각했지만, 그는 언제나 좋은 인상으로 맞이해 주었고 몸을 아끼지 않고 부탁한 일을 해 주었다. 하지만 케이트를 단순한 손님 이상의 존재로 생각하는 기미는 전혀 보이지 않았다.

케이트는 가게 카운터의 폭보다 훨씬 넓은 장애물 앞에 서 있는 무력한 자신을 느꼈다. 그 장애물이라는 것은 상쾌한 바른 예절이었다. 가게로 들어갈 때마다 케이트는 뭔가 광기가 깃든 듯한, 사람의 간담을 써늘케 하는 일─큰 소리로 소리를 지른다든가, 자신의 옷을 찢는다든가, 그

의 옷을 찢는다든가, 가게의 자전거를 엉망진창으로 만들며 날뛴다든가
——을 해 보고 싶다는 충동에 사로잡히는 것이었다.

하지만 물론 그런 일은 하지 못했다. 그러기는커녕 그에게 묻고 싶은
것, 그러니까 그의 꿈이 무엇인지, 어떤 음악을 좋아하는지, 마늘을 어떻
게 생각하는지 등을 묻는 일조차 하지 못하는 것이다. 왜냐하면 그의 모
든 것이 케이트를 매료시키고 있는 지금, 그런 질문을 해서 그의 입에서
"우리 집사람"이라든가 "아내"라는 등의 무시무시한 말을 이끌어낼 가
능성이 충분히 생각되기 때문이었다.

이론적으로 생각해서 그 이외의 해답은 있을 수 없다는 것을 알고 있
었다. 그가 걸치고 있는 것은 행복한 결혼의 금형에 의해서만 만들어지
는 무관심의 갑옷인 것이다. 그렇게 매력이 있는 사람이 독신으로 있을
리가 없다. 물론 케이트는 예외다. 하지만 케이트가 아직도 혼자로 있는
것은 케이트의 책임은 아니었다. 왜냐하면 토니가 살아 있었다면 케이트
는 결혼했을 것이니까.

그야 어쨌든, 머지 않아 케이트가 이 가게에 들어갈 구실은 바닥이 날
것이다. 이미 케이트가 살 수 있는 물건은 거의 바닥이 나 있었다. 커다
란 망치로 두드리지 않는 한은 (그것도 일단은 생각했다.) 케이트의 자
전거는 수리를 필요로 할 만한 고장을 일으킬 것 같지 않았고, 바퀴가 비
뚤어진다거나 하는 일은 도저히 생각할 수가 없는 것이다. 그러므로 케
이트는 하루에 두 번 출퇴근길에 가게 앞을 지나가는 일과, 가끔 토요일
아침의 쇼핑 도중에 힐끗 그의 모습을 보는 일로 이미지의 보강을 하며
만족해야만 하는 상태로 되어 있었다.

그런 케이트의 편집에 관해서 심리학자는 그럴싸한 설명을 붙이겠지
만, 케이트는 자신의 마음을 분석하기는 싫었다. 이것은 말도 안 되는 소
리일지도 모르지만, 무척 감미롭고 자신 혼자만의 비밀이었다. 하지만

지금 속도를 너무 냈던 운전수와 자신의 부주의 덕택에 멋진 기회가 찾아왔다. 「드디어 당신과 둘만의, 꿈이 이루어진 둘만의」하는 그 멋진 순간이 찾아온 것이다.

"저어, 속이 불편한데요." 케이트는 말했다.

"저 맞은편입니다." 댄서는 사무실 안쪽의 문 쪽을 향해 고개를 끄덕여 보였다. 케이트는 문을 향해서 달렸다. 속이 불편한 것은 아니었지만, 차가운 물로 얼굴을 씻자 기분이 상쾌해졌다. 작은 세면장에서 나와 보니, 그는 손가락도 까딱하지 않고 있었다.

"아마도 뇌진탕을 일으킨 거겠죠." 그는 빠르고 정확한 말투로 말했다. "병원까지 모셔다 드리죠."

"아니에요, 괜찮아요. 불의에 충돌을 당해서, 티 타임에 먹은 크림 치즈 입장에서 안 좋았던 것 같아요. 이제 좋아졌어요."

"그렇습니까?" 그는 환하게 웃었다. "형편없는 모습이 되었군요."

"친절하게 대해 줘서 고마워요." 케이트는 약간 심술이 나서 말했다.

그는 어깨를 으쓱했다. "사실은 등을 한 방 때려 주고 싶어요. 아까 앞을 보지 않고 탔었죠?"

"어머나, 제대로 보셨군요."

"그리고 길 한가운데를 비틀거리면서 달리고 있었죠. 난 확실하게 보고 있었으니까요."

"정말이에요?"

"네."

"그럼 왜 그 운전사를 향해서 그렇게 화를 내셨나요?"

"그건 당신에게 화를 내고 싶은 것을 참기 위해서예요."

"어머나!" 그럼 이 사람은 내가 언제나 창문을 넘겨다보던 일을 알고 있었어. 어쩌면 내가 지나갈 때마다 관찰하고 있었고, 자신에게 열을 내고 있는 여자아이를 웃음거리로 만들고 있었는지도 모른다. 흥!

"정말로 병원에 가고 싶지 않다면 집까지 바래다 드리죠. 가게를 닫는 동안만 잠깐 기다려 주세요."

"아, 그러실 필요 없어요. 괜찮아요. 걸을 수 있어요. 차는 감사히 마셨습니다. 그다지 동정은 하지 않으신 것 같지만요." 케이트는 어색하게 말했다. 사진이 눈에 들어온 것은 그때였다. 두 아이의 사진. 남자아이와 여자아이. 이 사람의 아이다. 눈과 턱이 똑같다.

그랬었군. 일이 그렇게 되었구나. 이것으로 모든 것이 끝장이구나. 지금까지의 모든 것이 끝이다.

마음 속으로 케이트는 계속해서 알고 있었던 것이다. 집에서 그를 기다리고 있는 자전거포의 아내와 자전거포의 아이들의 존재를. 하지만 또한 그런 그들이라 할지라도 케이트만큼 그의 훌륭함을 알 수는 없을 것이라는 확신이 있었다. 그런 일은 조금도 위로가 되지 않았지만.

케이트는 가능한 한의 위엄을 유지하며 가게 입구를 향해서 걷기 시작했다. 하지만 걸으면 걸을수록 문이 멀리 가 버리는 것처럼 생각되었다. 그의 사업은 번창하고 있는 것이다. 그것만은 확실하다.

또 다시 그의 손이 케이트의 팔꿈치를 잡았다. 그리고 케이트의 자전거를 세웠을 때처럼 신경질적으로 전시품에 기대게 했다.

"그래서 데려다 주겠다고 말했잖소!"

케이트는 그가 가게 문을 잠그고 이곳저곳의 전등을 끄는 것을 보고 있었다. 그 뒤에 그는 아무런 감정도 교차하지 않는 몸짓으로 케이트를 바깥으로 데리고 나가서는 진홍색의 스포츠카가 놓여 있는 곳으로 갔다. 케이트는 이제 아무래도 상관이 없다는 기분이 되어 있었다. 꿈은 사라져 버린 것이다. 오바 속에서 떨면서 케이트는 그의 옆에 앉았다. 그는 익숙한 손놀림으로 매끄럽게 차를 달리고 있었다.

“도대체 무슨 이유로 자전거를 탑니까?” 갑자기 댄서가 물었다.

“타면 안 되나요?” 비참한 생각은 점차 신경질로 변해 가고 있었다. 이것이 자기 방어의 기능이라는 것일까.

그는 그저 어깨를 으쓱했을 뿐이었다. “자전거를 탈 타입으로는 안 보이는데. 차의 운전은 하지 않습니까?”

“미국 여자는 모두 운전을 할 수 있죠.” 케이트는 뚱하게 대답했다. “우리는 은으로 만든 핸들을 손에 들고 태어났다구요. 모르셨어요?”

그는 곁눈질로 힐끗 케이트를 보며 조용히 말했다. “그런 신랄한 말투로 공통입니까.”

“아니오, 이건 자유 선택이죠. 아무나 그렇지는 않아요.” 케이트는 또 다시 냉정하게 대답한 후 약간 부드럽게, “미안해요.” 하고 덧붙였다.

그는 환하게 웃으며 약간 핸들을 돌려서 길을 헤매이는 고양이를 피했다.

“그런데 왜죠?” 잠시 후 또 다시 댄서가 물었다.

“왜라뇨, 뭐가요?”

“왜 자전거를 타느냐는 거예요?” 댄서는 인내심 있게 되풀이했다. “타이어를 교환하는 방법을 보면 상당히 타는 것 같던데.”

케이트는 추궁을 받고 한숨을 쉬었다. 댄서 옆에 앉아 있으면서조차도 패닉이 일어날 것 같다. 차 속에서 짓눌리지 않느냐는 공포. 케이트는 소리를 내며 침을 삼켰다. 차는 워즈워스 가로 회전하여 22호의 집 앞에서 멈추었다. 아무 말도 하지 않고 이곳까지 온 것을 보니 내 주소를 기억하고 있었나? 비지니스맨의 교본 같은 사람.

“뉴월드 박물관에서 일하고 있어요.” 케이트는 자전거를 타는 설명으로 말했다. 하지만 댄서는 납득하지 못했다.

“그 곳은 상당히 멀어요. 그런 곳까지 매일 자전거로 왕복하고 있나요? 차를 운전하는 것이 싫다면 버스를 타면 될 텐데?”

그의 가게에 있을 때에는 약하고 초라하게 떨고 있고 싶다고 생각했다. 그것이 이제 와서 케이트는 정말로 떨고 있고, 그것이 멈추지 않았다. 케이트는 간신히 문을 열었다. 문이 열리자 겨우 숨이 자유로워졌다. 이 사람은 친절하게 대해 주었다. 설명해 주어도 괜찮을 것이다.

“1년 전, 아니 어느새 1년 반이 되었군요. 프랑스에 여행했던 일이 있죠.” 케이트는 어둠을 향해서 속삭이듯 말했다. “타고 있던 버스가 커브를 잘못 돌아서 계곡으로 떨어졌어요. 승객은 모두 안에 갇혔고, 차체를 절단한 후에 간신히 구조되었죠.” 케이트는 깊이 숨을 들이마셨다가 천천히 토해냈다. “무척 길었어요.”

“다쳤나요?”

케이트는 고개를 저었다. “가벼운 상처뿐이었어요. 하지만 움직일 수가 없었어요. 다친 사람도 있었죠. 그리고…… 죽은 사람도. 승객은 전원 차체에 갇힌 채 마치 정어리처럼 겹쳐서…… 언제까지고 구조를 받지 못하고.” 목소리가 도망가고 있었다. 케이트는 다시 한 번 숨을 크게 쉬고는 목소리를 되찾았다. “그 후로는 차를 타도 버스를 타도…….”

“그때의 일을 떠올리게 되고 마는군요.” 그는 조용히 말했다.

이때 처음으로 케이트는 그의 목소리 속에서 동정의 울림을 잡은 듯한 느낌이 들었다.

“네, 이젠 신경안정제 없이는 걸어서 갈 수 있는 곳 이외에는 어디도 갈 수가 없다고 체념하고 있었어요. 그랬는데 런던에 있을 때 어떤 친구가 자전거를 빌려 주었죠. 그때 갑자기 이거라면 갈 수가 있겠다고 깨달았어요. 그리고 전철을 타고 간신히 바스 마을까지 와서는 박물관 일을 찾아냈죠. 이 집의 전체를 빌린 것은 어느 방이나 넓고 밝았기 때문이에요. 그래서 이번에는 어떻게든 재기할 수 있을 것 같은 생각이 들었어요.

그렇지 않나요? 어떻게 생각하세요? 시간이 흐르면 낫겠죠?"

그는 잠시 묵묵히 생각에 잠겨 있었으나 이윽고 입을 열었다. "세월이 흐르면 대부분의 일에서 일어설 수가 있죠. 쉬운 일이라고는 단정할 수 없지만."

그는 자신 옆의 문을 열고 케이트를 돕기 위해 내렸다. 케이트는 일어서다가 비틀거리며 그에게 기댈 뻔했으나, 책상 위에 있던 사진을 떠올리며 버텼다.

"주말에 천천히 쉬도록 하세요." 그는 말했다. "월요일에 근무처로 나갈 수 있을 것 같으면 가게로 오세요. 자전거를 빌려 드릴 테니까."

"어머나, 그렇게까지……."

케이트는 등불의 빛 속에서 그가 일순간 미소짓는 것을 보았다. "손님이 수리하러 왔다가 그대로 둔 자전거예요. 남성용이지만 당신은 언제나 바지를 입으니까 뭐 탈 수 있겠죠. 당신의 자전거가 고쳐질 때까지 쓰세요. 그런 사정의 물건이니까 사양하지는 마시구요. 당신처럼 용감하게 돌진하는 사람한테 내가 새로운 것을 빌려 줄 것이라고 생각하지는 않겠지요?"

케이트는 감정을 떨쳐 버리듯 웃었다. "죄송해요. 이렇게 친절하게 해 주시다니……."

"아니, 천만에요." 그는 깜짝 놀란 듯한 얼굴로 말했다. "정말이지 놀랍군요. 내가 이렇게 친절한 남자였다니. 그런데 현관까지 걸어갈 수 있나요? 아니면 잡아 줄까요?"

잡아 주었으면 좋겠다고 케이트는 생각했다. 하지만 "걸어가겠어요." 하고 말하고 걸었다. 열쇠를 찾고 있는데 안에서 문이 열렸다.

"케이트, 어머나! 무슨 일이지?" 케이트의 집주인인 미세스 살리스가 케이트의 찢어진 타이츠와 까지고 흙이 묻은 구두, 창백하고 초췌한 얼굴을 보고 걱정스러운 듯이 말했다.

"자전거에서 떨어졌어요. 하지만 이제는 말짱하니까 괜찮아요." 케이트가 입을 열기도 전에 댄서가 말했다.

"어머나, 무서워라!" 미세스 살리스는 문을 크게 열고는 소리를 질렀다. "자아, 들어와요, 존. 당신까지 창백한 얼굴이군요."

"고맙습니다, 미세스 살리스. 하지만 그럴 수가 없어요. 무사히 집에 도착하는 것을 지켜보고 싶었을 뿐이니까요." 댄서는 현관 앞의 통로를 지나 차 쪽으로 돌아갔다. "그럼 잘 부탁합니다." 그는 가 버렸다.

케이트가 미세스 살리스에게 안기듯이 하며 부엌으로 가자, 데이비드 패트넘이 테이블에 앉아 사과 껍질을 벗겨, 팔 옆의 미세스 살리스가 놓은 파이 가죽 속에 넣고 있는 참이었다. 데이비드는 살리스 집안에 하숙하고 있는 세 명의 학생 중 한 사람이었다. 케이트만이 항구적으로 방을 빌리고 있는 하숙생으로서, 현재 런던에서 그래픽 디자이너로 독립하고 있는 미세스 살리스의 아들이 사용하고 있던 다락방을 개조하여 거실 겸 침실로 쓰고 있었다.

데이비드는 고개를 들었다. 칼의 움직임이 멈추었다.

"움직이지 말라구. 그 모습을 기억해 두고 싶으니까." 그는 가벼운 말에는 어울리지 않는 걱정스러운 듯한 눈을 케이트에게로 향하며 말했다. "태풍이 휘날린 것 같은 머리하고 흙빛의 얼굴, 그리고……."

"시끄러워!" 케이트는 아직도 비틀거리면서 애교 있게 박자를 맞추며 데이비드의 건너편에 앉았다. 미세스 살리스는 서둘러 싱크대로 가서 주전자에 물을 넣었다.

데이비드는 또 다시 사과 껍질을 벗기기 시작했다. "무슨 일이지?"

"크레이튼 가에서 스테이션 웨곤하고 박았어. 그런데 내가 졌어. 자전거포 앞에서." 케이트는 누구 목소리가 말하고 있을까, 하고 생각했다.

도저히 자신의 목소리로는 들리지 않았다. "그한테 자전거의 수리를 부탁하고 여기까지 배웅을 받았어."

"그 스테이션 웨곤의 운전사?"

"아니, 미스터 댄서."

"아아, 그 자전거포의 멋쟁이 아저씨 말이군." 데이비드는 장난치듯 말했다. 그는 지금까지 몇 번이나 그런 식의 말투를 하며, 케이트의 비밀 생각은 이미 비밀이 아니라는 듯한 것을 풍기고 있었다. 데이비드는 아직 20세였으나 사람의 마음을 꿰뚫는 능력이 지나치다고 케이트는 생각하고 있었다. 심리학과 학생이기 때문일까. 케이트는 언제나 그에게 심리의 분석을 당하고 있는 듯한 느낌이 들었다.

"그렇다면 수수께끼의 남자는 드디어 수수께끼가 아니게 된 것이군."

"존 댄서에게 수수께끼 같은 것은 없어." 미세스 살리스는 아무렇지도 않게 말했다. "우리 델레크하고 함께 학교에 다녔었지, 존 댄서는. 그렇게 좋은 아이도 없어." 미세스 살리스는 끓기 시작한 물을 갈색의 포트에 넣어 테이블로 가지고 왔다. "물론 그 무렵과는 상당히 변했지만. 그야 누구라도 변하니까. 하지만 그렇게는 변하지 않았어. 아이 때부터 론리 울프 같은 면은 있었지만, 하지만 꽤나 모두에게 귀여움을 받았지."

"케이트는 그를 좋아해요." 데이비드가 장난끼 있게 말했다.

"물론 케이트는 좋은 사람이니까 대부분의 사람이 좋아하게 된다구." 미세스 살리스는 차를 부으면서 말했다.

"아니, 정말로 좋아해요." 데이비드는 힘을 주어 말했다.

"어머, 그렇구나." 미세스 살리스는 똑바로 데이비드를 보면서 말했다. "즉 네가 케이트를 좋아하는 것처럼, 케이트는 그를 좋아한다는 말이군. 그런 얘기니?" 미세스 살리스는 밝고 파란 눈으로 데이비드가 뺨을 붉힐 때까지 가만히 얼굴을 응시했다.

케이트는 이 대화를 들으면서 묵묵히 앉아 있었다. 들리는 말의 깊은 의미 따위는 전혀 무관심하게, 미세스 살리스에게 주어진 새로운 의외의 정보를 되씹고 있었다. “그 사람은 아주머니의 아드님과 함께 학교를 다녔군요.” 케이트는 미세스 살리스가 건네준 찻잔을 받으면서 말했다.

“그래, 델레크와 같은 나이지. 서른넷. 왜?”

케이트는 차를 홀짝거리면서 어깨를 으쓱했다. “별로요. 약간 흥미를 느꼈을 뿐이에요. 부인도 이 곳 분이세요?”

“저런! 몰랐어? 부인은 2년 연속으로 미스 영국이 된 사람이야.” 데이비드가 웃으면서 말했다. “머리는 길고 빨간색이지. 가슴이 이렇게 크고, 고고학과 우주 물리학 학위를 가지고 있다던데.”

“얘, 무슨 얘기야, 데이비드!” 미세스 살리스는 정색을 하며 말했다. “그래, 하긴 예쁜 사람이지만 이 곳 사람은 아니야. 존이 백부의 가게를 이어받을 때 바스로 데리고 왔지. 하지만 이 토지에는 맞지 않았어. 아이들은 귀여운 아이였지. 가 버려서 아쉬워. 그도…….”

미세스 살리스는 케이트와 데이비드가 깜짝 놀란 것처럼 얼굴을 바라보고 있는 것을 깨닫고는 이야기를 중단했다. 이윽고 케이트가 말했다. “가 버렸다구요? 그럼 그 사람은…….”

미세스 살리스는 두 사람과 똑같을 정도로 깜짝 놀란 것처럼 되받아 보면서 무슨 일이냐는 식의 얼굴이 되었다.

“그래, 네가 하는 말을 알아듣겠다. 아니, 그렇게 큰일이 난 것이 아니야. 충격적인 일은 아무 것도 없어. 누군가 좋아하는 사람하고 함께 나가 버렸어. 하지만 그는 부인이 도망쳤어도 그다지 실망하는 기색은 없었어. 다만 아이들하고 헤어져야 하는 일이 괴로웠던 것 같아. 무척 귀여워하고 있었거든.”

“그럼 이혼했나요?” 숨을 죽이고 있는 케이트 쪽으로 힐끗 눈길을 주며 데이비드가 물었다.

"글쎄, 거기까지는 몰라. 나와는 관계가 없는 일이니까."

케이트는 완전히 동요하여 차를 젓고 있었다. 마음은 존 댄서의 아내가 그를 버렸다는 뉴스에 떨고 있었다. 하지만 그것은 순간의 덧없는 기쁨에 불과했다. 그가 자유로운 입장에 있으면서 케이트에게 아무런 흥미도 나타내지 않았다고 한다면, 그 이유는 한 가지밖에 생각할 수가 없다. 케이트가 미국인이기 때문일까, 아니면 그는 보조개가 있는, 가슴이 풍만한, 금발의 머리가 텅빈 여자를 좋아하는 타입일까.

케이트는 또 다시 자신의 검은 생머리와 높은 IQ, 가냘픈 몸을 마음속으로 저주했다. 남자가 보면 케이트는 여자로 여기지 않는 모양이다. 물론 토니는 신랄한 말을 거침없이 해대는 케이트의 마음이 사실은 상처받기 쉬운 여자라는 것을 알아주었었다. 하지만 토니도 약간 특이했었으니까…….

그 토니는 죽어 버렸다. 어쩌면 나의 그 부분도 토니와 함께 죽어 버렸는지도 모른다.

케이트는 일어섰다. "목욕을 하고 자겠어요. 아무 것도 먹고 싶지 않으니까 저녁은 됐어요. 미안해요."

미세스 살리스는 익숙한 손놀림으로 스튜 냄비를 젓고 있었다. "그럼 나중에 뭔가 가벼운 것을 가져다 줄게."

케이트는 충동적으로 미세스 살리스의 옆으로 가서 그녀의 풍만하고 커다란 몸을 껴안은 다음, 수상쩍은 듯이 눈썹을 올리고 이쪽을 보고 있는 데이비드에게는 눈길조차 주지 않고 계단을 뛰어 올라갔다. 지금 데이비드 따위에게 신경을 쓸 수는 없다.

약속대로 미세스 살리스는 8시경 수프와 토스트를 올려 놓은 쟁반을 가지고 케이트의 방에 나타나, 케이트가 다 먹을 때까지 앉아서 보고 있었다.

"그런데……." 미세스 샬리스는 가디건의 주머니를 뒤져 담배와 성냥을 꺼냈다. "존 댄서의 일로 더 묻고 싶은 일이 있겠지?"

케이트는 수프에 수저를 넣으려다가 멈추었다. "별료요."

"이런 거짓말!" 미세스 샬리스가 말했다. "내 눈은 천리안이라구. 그리고 귀도 제대로 달려 있구. 마치 뿌리가 내린 것처럼, 네가 존의 어깨에 기대어 있는 것을 봤다구. 존은 또 존 나름대로 창백한 얼굴을 하고 너를 마치 깨지기 쉬운 도자기처럼……."

"거짓말 마세요!" 케이트는 말을 가로막았다. "그렇지 않았어요!" 케이트는 말한 후 작은 목소리로 물었다. "정말이에요?"

"정말이구말구." 미세스 샬리스는 만족스러운 듯이 확실하게 말했다. 이 이야기를 어떻게든 성사시켜 주자고 마음먹은 것이었다. 미세스 샬리스는 케이트를 무척 마음에 들어하고 있었으므로 어떻게든 행복하게 만들어 주고 싶다고 생각하고 있었다. 진짜로 본 것은 케이트와 존 사이에 일순간 교차된 시선뿐이었지만, 그것은 결혼 중매를 성사시키기를 좋아하는 그녀의 본능을 예리하게 자극했다. 미세스 샬리스는 깊이 담배 연기를 들이켰다가는 내뿜고는 환하게 웃었다.

"아까도 말했던 것처럼 무척 좋은 아이였어. 장학금을 받고 대학에 가서, 아마 수학을 전공했던 것 같고, 여자 친구는 별로 없었던 것 같아. 여자 쪽에서는 열을 내는 아이들이 많이 있었지만 말이야. 눈하고…… 그리고 웃는 얼굴이 멋지잖아."

"맞아요." 케이트는 만난 적도 없는 많은 여자아이들을 한 사람도 남기지 않고 때려 주고 싶을 정도로 밉게 생각했고, 그런 기분을 가진 자신에게 깜짝 놀랐다. 그리고 존이 백부가 돌아가신 뒤 자전거포를 맡게 되어 런던에서 부인과 어린아이들을 데리고 돌아왔던 일, 또한 오랫동안 몸의 상태가 좋지 않았던 일, 이윽고 건강을 되찾기 시작한 무렵에 부인이 사라져 버린 일, 그 뒤로는 완전히 자폐적으로 되어 누구에 대해서도 융화할 수 없게 된 일을 말하는 것을 묵묵히 듣고 있었다. 예의 바르고, 그래, 언제나 우호적으로 행동하고 있지만, 그 이상은 사람에게 마음을 열지 않게 되어 버렸다구. 하지만 최근에는 슬슬 농담도 하게 되었으니까 전의 그로 돌아갈지도 몰라. 존은 정말은 좋은 사람이란다…….

케이트는, 미세스 샬리스가 케이트에게 힘을 주기 위해서 수프 외에 뭔가 따라 주었던 것 같은 생각이 들었다. 그리고 편안한 기분이 온 몸에 퍼지는 것을 느꼈다.

하지만 그날 밤의 잠은 그다지 편안하지 않았다. 간신히 극복할 수 있었다고 생각하고 있던 그 무서운 악몽 ——전락한 버스와 승객들의 절규, 자신의 몸의 고통, 옆에서 꼼짝도 못하게 되어 있던 토니, 그리고 케이트 위로 흘러 떨어지는 토니의 피가 그의 꺼져가는 생명과 함께 점점 적어져 가는 것을 보고 있어야만 했던 그 공포. 그리고 토니여야 할 얼굴이 어느새 존 댄서로 되어 있는 것이다. 깜짝 놀라서 눈을 뜨자 케이트는 울고 있었다.

월요일, 케이트는 자전거를 빌려 일하러 나갈 수 있을 정도로 회복되어 있었다. 아니, 두 다리가 부러져 있었다 하더라도 나갔을 것이다. 하지만 우연히 그때 가게가 매우 혼잡해서, 존 댄서는 케이트에게 그 자전거를 보이고 입구의 문을 열어 주는 것이 고작이었다.

그러나 최초의 언덕을 절반 정도를 올라갔을 때, 케이트는 어째서 존 댄서가 이 자전거를 「반 메이하란의 괴물」이라고 불렀는지 그 이유를 알았다. 마치 1톤이나 되는 듯이 생각될 정도로 무거운데다가, 케이트의 자전거보다 훨씬 많은 기어가 달려 있어 끊임없이 기어를 바꾸어야만 하는 것이다. 더군다나. 지금까지 상당히 무거운 몸을 태우고 있었는지 안장이 매우 심하게 흔들거렸다.

결국 박물관의 차도에 들어선 순간에 벨이 떨어져 버렸다. 케이트는 이 자전거를 댄서의 가게에 버리고 가 버린 화란인에게 일종의 동정심을 느꼈다. 이것이 자신의 것이었다면, 케이트도 역시 찾으러 가지 않으리라.

벨은 고정시켜 두었던 나사가 없어져 버려 도움이 되지 못했고, 일단은 사무실의 책상 서랍에 넣어 두었다. 댄서의 가게에 마침 맞는 크기의 나사가 있을지도 모른다. 자전거를 돌려 줄 때 함께 돌려 주면 될 것이다.

박물관의 일은 국제기술교류 프로그램을 통해서 신청한 것으로 2년 계약이었으나, 케이트는 그 2년이 지나면 영원히 이 곳에서 일할 수속을 할 생각으로 있었다.

케이트의 일은 미국 미술공예품의 컬렉션 속에서 적당한 것을 고르거나, 학교나 영국 각지의 박물관에서 행해지는 전람회 준비를 하거나 하는 일이었다. 케이트는 그 일이 마음에 들고 있었다. 그리고 오래 된 영주의 저택을 개조한 박물관의 건물도 아름답고 넓어서 일하는 데 있어 매우 쾌적했다. 박물관은 먼지가 많고 곰팡이 냄새가 나고 살풍경한 고물딱지 건물일 필요는 전혀 없다는 증거였다.

그 후로의 3일 간은 존 댄서의 일을 생각할 여유도 에너지도 없이 지나갔다. 케이트는 그 일에 감사했다.

목요일 밤 8시, 미세스 살리스는 의미심장한 웃는 얼굴로 케이트를 전화기가 있는 곳으로 불렀다.

케이트는 한 손으로 수화기를 들고 계단 가장 밑에 앉아서 귀에 울려퍼지는 목소리에 열중했다. 심장은 먼 옛날의 기억에 있는 고동을 울리기 시작했고, 무릎이 녹아 버릴 것처럼 느껴졌다.

"여보세요, 죄송한데요, 그 화란인의 자전거를 내일 아침에 돌려 받아야만 하게 됐어요. 주인이 돌려 달라고 말해 왔어요."

"이제 와서 가지러 온다구요?" 댄서의 이야기로는, 그 자전거는 주인이 찾으러 오지 않은 채로 작업장에 몇 개월이나 방치되어 있었다고 했었다.

"아니에요, 주인은 아니에요. 오늘 오후에 내가 반 메이하란에게 건넨 보관증을 가지고 사람이 왔어요. 반 메이하란은 작년 9월에 갑자기 화란으로 불려 가서 자전거를 찾으러 올 수가 없었다더군요. 그 남자는 그의 친구의 친구인데 대신 자전거를 찾고 싶다는군요. 오늘 오후에 받을 수 있을 거라고 생각하고 있었던 모양이에요."

"그리고 자전거를 나한테 빌려 준 일이 들통났군요. 그 사람, 화났어요?"

댄서는 키득거리며 웃었다. "화를 내려고 했죠. 폐품 처리장에 가지 않은 것만도 행운이라고 말해 줬어요. 아무튼 내일 아침에 가지러 온다기에⋯⋯."

"미안해요, 나 때문에 성가시게 해 드려서요. 내 자전거는 아직⋯⋯?"

"네, 아직이에요. 하지만 토요일까지는 밤샘을 해서라도 고쳐 놓겠어요."

"어머나, 그렇게까지 안 해 주셔도 돼요. 어떻게든 할 테니까요." 아니, 그는 그저 일을 빨리 끝내고 싶을 뿐인지도 모른다.

"안녕히 주무세요." 하고 말했을 때에는 이미 전화는 끊겨져 있었다. "지금 그 곳으로 자전거를 찾으러 갈 테니까 함께 차라도 마시러 가지 않으시겠어요." 정도는 말해도 좋지 않은가.

　토요일 아침은 언제나, 케이트는 미세스 살리스와 함께 클레이튼 가로 주말의 쇼핑을 가기로 되어 있었다. 그 자전거포에 가는 것은 이것으로 마지막으로 하자. 자전거를 받으면 영원히 존 댄서를 마음 속에서 내몰아 버리자. 이제는 아무런 희망도 없다. 이 건에 미래는 없는 것이다. 케이트는 매우 지치고 허무함을 느꼈다.

　하지만 두 사람이 모퉁이를 돌자, 자전거포 앞에 구경꾼이 모여 있는 것이 보였다. 가게 안은 어두웠다. 창문 앞에 가서 들여다보자 몇 명인가의 사람이 움직이고 있는 것이 보인다. 제복을 입은 경찰관이 비스듬해지거나 뒤집어진 자전거를 넘으면서 걸어다니고 있다.

　미세스 살리스는 한 번 보고는 입을 굳게 닫고 길을 가로질러 건너편의 과자 가게로 들어갔다. 그리고 자전거포에 경찰관이 있고 댄서가 없는 이유를 물었다.

　"어제 강도가 들었다우." 과자 가게의 아줌마는 말했다. "뒤창에 전기가 켜져 있었던 것은 알고 있었지만 별로 신경쓰지 않았지. 이번 주에는 매일 밤 늦게까지 일했었거든. 그런데 새벽에 소리가 들려서 이상하다는 생각을 하고 있었어." 아줌마의 얼굴이 어두워졌다. "그때 내가 경찰에 연락을 했으면, 존은 그렇게 지독한 일을 당하지 않았을지도 모르는데……."

　"그렇게 심하게 당했나요?" 케이트는 속삭이듯 물었다. 너무나 놀라서 목소리도 나오지 않았고, 손은 얼어붙은 것처럼 빈 쇼핑백의 손잡이를 잡고 있었다.

　나이가 많은 과자 가게의 아줌마는 새처럼 눈을 반짝거리면서 가만히 케이트를 보았다.

　"어머, 미안하군요. 당신은 존의 친구유?"

　미세스 살리스는 케이트의 팔을 잡고 떨고 있는 것을 느끼고는 손에 힘을 주었다. "네, 우리 둘 다 친구예요." 미세스 살리스는 빠른 말투로 말했다. "아마 지금쯤은 로얄 병원으로 운반되었을 거야, 케이트. 전화를 걸어서 어떤 상태인지 물어보라구." 미세스 살리스는 케이트의 손에서 쇼핑백을 빼앗고 등을 살짝 문 쪽으로 밀었다. "자아, 다녀와. 쇼핑은 나 혼자서 할 테니까."

케이트는 강도가 들은 자전거포를 에워싼 호기심 많은 사람들 사이를 나와서 뛰었다. 집에 도착할 때까지 계속해서 뛰었으므로 완전히 숨이 차 버렸으므로, 병원에 전화를 걸을 수 있게 될 때까지 한참 기다려야 했다. 겨우 전화를 걸었지만, 전화 받는 아가씨는 미스터 댄서는 분명히 이쪽 켄트 병실에 입원해 있지만 지금은 면회 사절중이라고 말했다.

케이트는 아무도 없는 집의 계단 가장 밑에 앉아서 현관문의 스테인드 글라스를 통해 스며드는 빛을 바라보고 있었다. 그렇게 하고 있노라니 자신이 얼마나 존 댄서에 대한 감정을 쌓아 왔는지를 알 수 있었다. 그가 혼자 고통을 견디면서 누워 있다고 생각하는 것은 도저히 견디기 어려운 일이었다.

그것도 모두 케이트 때문인 것이다. 그가 케이트의 자전거를 고치기 위해서 밤 늦게까지 일하고 있지 않았다면.

정신이 들자 케이트는 길고 밝은 하얀 색칠을 한 복도를, 켄트 병실을 가리키는 안내판을 따라서 걷고 있었다. 전화로 택시를 부른 것이 분명하지만, 마을에서 병원까지 어떻게 왔는지 전혀 기억이 없었다.

켄트 병실의 끝에서 끝까지 침대에 누워 있는 환자들의 얼굴을 한 사람 한 사람 보면서 걷는 동안, 아무도 케이트를 불러 세우는 사람은 없었다. 베개 위에서 이상하다는 듯이 케이트를 바라보고 있는 환자는 모두 모르는 사람들뿐이었다. 어떻게 해야 할지 몰라 케이트는 책상 위에서 파일에 무엇인가를 적고 있는 견습 간호사에게로 갔다.

“미스터 댄서가 이쪽 병실에 계시다고 듣고 왔는데 찾을 수가 없군요.” 케이트는 희미하게 말했다.

소녀의 얼굴에 수상쩍다는 표정이 떠올랐다. “친척 되시나요?”

아아, 어떻게 할까, 하고 케이트는 생각했다. 죽은 모양이구나! “아니오…… 천척은 아니지만…….” 케이트는 어물거렸다. “만나고 싶어서.”

“친척분 이외에는…….” 견습 간호사는 간호실 쪽을 걱정스러운 듯이 보면서 말하기 시작했다.

케이트는 소리를 내서 침을 삼킨 후, 병원의 규칙을 넘을 수 있는 단 하나의 사항을 말했다. “전 약혼자예요.”

“아, 그러세요.” 소녀는 깜짝 놀란 것처럼 말했으나 곤혹스러운 표정을 지었다. “그럼 수녀님께 말씀해 주시겠어요?” 견습 간호사는 케이트를 병실 구석에 사각으로 에워싼 작은 방으로 데리고 갔다. 그 곳에서는 곤색 제복을 입은 나이 든 여자가 다른 한 명의 견습 간호사와 이야기를 하고 있었다. 케이트를 안내했던 간호사가 귀에 뭐라고 속삭이자, 수녀는 일을 방해당했을 때 보이는 곤혹스러운 표정을 동정으로 바꾸었다.

“네, 그것 참 안됐군요. 지금 들으셨어요?”

케이트는 고개를 끄덕였다.

수녀는 일어섰다. “그럼 이 곳에서 기다려 주시겠어요? 어떻게 해 보죠.” 수녀가 나가자, 케이트는 견습 간호사 앞에서 매우 믿음직스럽지 못하고 어리석은 자신을 느끼면서 벽에 기대어 있었다. 자신이 한 일에 스스로 질려 있었다. 마치 뭔가에 홀린 듯한 느낌. 그런 말을 하고 말다니. 존은 부정할 것이 뻔하다…….

수녀가 또 다시 입구에 나타났다. 그 뒤에 회색 양복을 입은 짜리몽땅한 느낌의 남자가 서 있었다. 가만히 케이트를 보고 있는 작은 눈이, 둥근 빨간 빵에 박힌 칼란트 열매처럼 보였다. "잠깐 이쪽으로 와 주시죠." 그 남자가 말했다.

케이트는 남자의 뒤를 따라 간호실을 나섰다. "존의 담당 선생님이신 가요?" 남자를 따라 파일이 가득한 선반이 있는 작은 방으로 들어가면서 케이트는 물었다.

"아닙니다." 남자는 방안에 놓여져 있는 단 한 개의 의자에 케이트를 앉히고, 자신은 테이블 끝에 걸터앉았다. "당신이 댄서의 약혼자라구 요?"

"네."

"내 쪽의 기록으로는, 미스터 댄서는 결혼을 했는데요."

케이트는 깊이 숨을 들이마셨다. 여기까지 왔으면 갈 때까지 갈 수밖에 없다. "네, 하지만 별거중이에요. 지금 이혼 수속을……."

"뭔가 신분을 증명할 것을 가지고 계십니까?" 남자는 케이트의 말을 가로막으며 말했다.

"신분 증명요?" 케이트는 놀라서 말했다. 남자는 그 이상 아무 말도 하지 않고 고개를 끄덕였다. 케이트는 핸드백 속을 뒤져 국제운전 면허 증과 녹색의 외인 등록증을 꺼냈다. 남자는 그것을 찬찬히 본 후에 케이 트에게 돌려 주었다.

"미스터 댄서와는 언제 약혼하셨나요?"

"최근에요. 이혼 수속이 끝날 때까지는 공표하고 싶지 않아서……."

"그렇군요. 하지만 말입니다, 미스 바니스터, 지금은 아직 미스터 댄서 를 만나실 수 없습니다. 아직 의식 불명이고, 당신이 지금 말씀하신 것 같은 관계라는 것을 그한테 확인한 뒤가 아니면." 남자는 일어섰다.

케이트는 갑자기 화가 났다. "도대체 무슨 일이죠, 선생님? 어째서 잠 깐 얼굴을 보는 정도가 허용되지 않는 거죠? 그런 방법은 마치……." 케이트는 잠깐 숨을 쉬었다. "그는 죽지는 않았겠죠. 설마 나한테 그것을 숨기려⋯⋯."

남자는 고개를 저으며 한숨을 쉬더니 다시금 앉았다. 케이트의 표정에서 그제서야 무엇인가를 확신한 것 같았다.

"아닙니다. 죽지는 않았어요. 늑골이 몇 개인가 부러졌고, 가벼운 뇌진탕과 상당히 심한 외상이 있는 정도예요. 머지 않아 회복됩니다. 그가 만날 생각이 들면 그때는 만나게 해 드릴 테니까⋯⋯."

"하지만 당신은 의사잖아요⋯⋯." 케이트는 말을 가로막았다.

"난 의사가 아닙니다. 에이본과 서머셋의 CID의 브레들리 경감입니다."

케이트는 깜짝 놀라 상대방을 보았다. "설마 존이 체포된 것은⋯⋯."

"아닙니다, 그렇지는 않습니다."

"그럼 왜⋯⋯."

남자는 일어섰다. 이제 더 이상 질문해 보았자 소용이 없다는 의도를 케이트로서도 확실하게 파악할 수 있었다. "미안합니다⋯⋯."

케이트도 일어서고 있었다. "얼굴만이라도 보고 싶어서 왔어요." 케이트는 속삭이듯 말했다. "그것뿐이에요."

남자의 엄한 얼굴이 약간 부드러워졌으나, 그것은 동정이라기보다는 어쩔 수 없다는 듯한 느낌이었다. "괜찮겠죠. 자아, 이쪽으로."

이렇게까지 질질 끈 끝에 존은 복도를 지난 바로 저편의 개인실에 있음을 알았다. 브레들리 경감은 문을 10센티만 열고 케이트에게 안을 들여다보도록 했다. 케이트는 자신도 모르게 소리를 지를 뻔했다.

분명히 그 곳에 누워 있었던 것은 존 댄서였다. 그리고 살아 있었다. 하지만 얼굴은 부어올랐고 상처투성이이고 절반은 붕대로 숨겨져 있다. 잠옷의 열린 부분으로부터 가슴에 뭔가를 고정시키고 있는 반창고 끝이 보이고 있었다. 검은 머리가 창백한 이마에 딱 달라붙었고, 덮고 있는 담요가 호흡으로 인해 희미하게 움직이고 있었다.

케이트의 눈은 눈물로 가리웠고, 그대로 방으로 뛰어들어 그를 만지고 그를 돌봐 주고 싶은 충동에 사로잡혔다. 하지만 케이트 앞에 내밀어진 브레들리의 팔이 힘껏 케이트를 잡으며 그것을 제지했다.

"고마웠습니다." 케이트는 간신히 그것만 말했다. 문이 닫혔다.

"앞으로 몇 시간이면 의식이 되돌아올 것이라고 생각합니다." 브레들리는 말했다. "내일이면 만날 수 있을지도 모르니까 아침에 전화해 보십시오."

케이트는 고개를 끄덕이고는 밝은 복도를 비틀거리면서 돌아갔다. 바깥은 이미 어두워져 있고 진눈깨비가 차가운 바람에 휘날리고 있었다.

집까지 절반 정도의 길을 왔을 때에야 집 방향으로 가는 버스가 보였다. 추위에 얼어서 몸의 움직임이 자유스럽지가 않아 간신히 버스에 올라탔다. 앞문 근처에 앉아 문이 열린 때마다 안도하며 숨을 쉬었다. 집까지 가는 동안에 케이트는 자신에게 형벌을 언도함으로써 간신히 공포를 극복했다.

너는 목적을 달성했다. 존 댄서를 만날 수 있었다. 하지만 아마도 이것이 마지막일 것이다. 이제 가게에는 갈 수 없다. 자전거는 데이비드에게 부탁해서 가지고 오라고 하자…… 케이트는 몸을 떨었다. 자신과 존 댄서와의 가교를 불태워 없애 버린 케이트는 지금 심하게 추위를 느꼈다.

워즈워스 가 뒤편의 급경사를 오르면서 케이트의 마음은 얼굴이나 손과 마찬가지로 마비되어 있었다. 가끔 엄습해 오는 돌풍에 저항하면서 뒷문을 열었고, 간신히 또 다시 그것을 닫았다.

집은 커다란 검은 덩어리가 되어 회색 하늘에 우뚝 솟아 있고, 불은 한 곳뿐, 2층 창문의 구석으로 희미하게 새어나오고 있을 뿐이었다. 바람이 뱀이 감은 것처럼 주차장 일면을 감고 있는 인동 덩굴의 잎을 떨게 만들고 있었고, 장미 덩굴은 미친 듯이 춤을 추고 있었다. 갈색으로 오그라든 잎이 젖어서 빛을 내며 얼어붙은 소리를 내고 있다. 온 마당에 으시시한 형태와 그림자가 생물처럼 움직이고 있었다.

갑자기 그림자 하나가 다른 그림자에서 떨어져 케이트에게로 다가왔다. 케이트는 공포로 마비되어 발을 멈추고 말았다. 그림자는 커지면서 옆으로 오더니 숨이 막힐 정도로 강하게 케이트를 잡았다.

한 손이 목을 강하게 잡고 그대로 조이고 있는 동안, 다른 하나의 손이 케이트의 팔을 잡아 뒤로 돌리더니 가차없이 비틀었다. 하늘에서 내리는 칼날 같은 진눈깨비와 닮은 뾰족한 차가운 목소리가 귓가에서 속삭였다.

"어디에 있지? 도대체 어디에 숨겼어, 이 도둑년아!"

케이트는 비명을 질렀다. 아니, 지르려고 했다. 하지만 목을 잡고 있던 손이 강하게 조여서 목소리가 나오지 않는다. 상대방은 엄청나게 몸이 큰 남자이며 엄청난 힘이 있는 것 같았다.

"그건 내 물건이야. 돌려 줘." 남자는 속삭였다.

목을 누르고 있던 손이 케이트가 간신히 대답할 수 있을 정도로 느슨해졌다. 하지만 대답하는 대신에 케이트는 큰 소리를 지르며 닥치는 대로 상대방을 찼다. 구두의 뒷굽이 상대방의 장딴지에 맞자, 남자는 고통의 신음을 토해냈다. 케이트는 상대방의 손 안에서 몸을 뒤틀며 바둥거렸다. 남자는 몸을 덮치며 누르려고 했으나, 공포가 스스로도 깜짝 놀랄 정도의 힘과 결의를 케이트에게 주었다.

바람이 머리카락을 상대방의 얼굴에 날렸고, 진눈깨비가 밭 가의 풀을 적셔서 미끄러지기 쉽게 만들고 있었다. 남자가 일순간 균형을 잃은 틈에 목을 누르고 있던 손을 놓자, 케이트는 죽을 힘을 다해 비명을 질렀다.

그러자 집의 뒷벽 높은 곳에서 커튼이 열리더니 밝은 창문에 얼굴이 나타났다.

"데이비드! 데이비드!" 케이트는 외쳤다.

"이 닳아빠진 년! 도둑년! 창녀!" 괴한은 또 다시 케이트를 붙잡았다. 케이트는 데이비드의 그림자가 창문을 떠나는 것을 보고는 일순간 절망에 사로잡혔다. 그가 내 모습을 보았을까. 내 목소리가 들렸을까. 훌쩍이면서 케이트는 어둠 속의 얼굴이 없는 상대방과 계속해서 싸웠다.

갑자기 밝은 빛이 손가락 하나처럼 정원을 비추고 두 사람을 비추었다. 부엌의 입구가 열린 것이다. 누군가가 이쪽으로 다가왔다.

얼어붙은 정원의 풀 위에서 미끄러지면서 몸싸움을 하던 두 사람을 향해, 데이비드 패트넘의 길고 깡마른 모습이 달려왔다. 흐트러진 머리카락 사이로 케이트는 데이비드가 맨발에 청바지만 입을 것을 보았다. 얼굴의 반은 면도 크림으로 덮여 있다. 공포에도 불구하고—— 혹은 공포 때문인지—— 그 일순간은 영원히 계속될 것이라고 생각되었다.

"야, 놔!" 데이비드는 외쳤다. 목소리는 공포로 들떠 있었다.

제기랄, 하는 말을 내뱉어 남기고는 남자는 케이트를 내동댕이치고 도망치기 시작했다. 케이트는 데이비드를 향해 정신없이 뛰면서, 뒷문이 강하게 닫히는 소리와 바깥 길을 도망쳐 가는 발소리를 들었다. 케이트가 데이비드의 팔 안으로 뛰어들자, 데이비드는 케이트를 껴안아야 할는지 아니면 남자를 뒤쫓아야 할는지 당혹해하고 있는 것 같았다.

"괜찮아? 다치지 않았어?"

"고마워. 아아, 다행이야, 데이비드. 정말로 고마워!" 케이트는 헐떡이듯 말하며 쓰라린 목으로 차가운 공기를 몇 번이나 크게 들이마시고는 기침을 했다.

데이비드는 케이트를 부엌으로 데리고 갔다. 갑자기 밝은 장소에 와서 익숙한 방에 서자, 케이트는 미세스 살리스와 데이비드의 얼굴이 충격과 공포로 새파랗게 질려 있다는 것을 깨달았다. 그것은 케이트를 위해서인지, 아니면 단지 지금 자신이 취했던 영웅적인 행위가 얼마나 위험한 것이었는지 깨달았기 때문인지, 케이트로서는 알 수가 없었다. 면도 크림은 목 부근까지 흘러내렸고, 벌거벗은 가슴에 내린 진눈깨비가 부엌의 따뜻한 공기 속에서 녹아 내리고 있었다.

“앉아.” 데이비드는 케이트를 위로하듯 말했다. 하지만 몸을 닦으려고 수건으로 뻗은 그의 손은 떨리고 있었다. 데이비드의 말에 따르면서 케이트는 자신도 또한 떨고 있는 것을 느꼈다. 눈을 뜨자 데이비드는 짙은 밤색의 눈에 곤혹스러운 빛을 띠고는 수상쩍게 케이트를 보고 있었다. “정말로, 아무 데도…… 다치지 않았어?” 그는 또 다시 물었다.

그가 무엇을 걱정하고 있는지 케이트는 그제서야 깨달았다. 그가 실로 겁먹은 듯이, 마치 예의적이라고 느껴질 정도로 망설이고 있는 모습을 보고는, 케이트는 왠지 자신이 매우 나이를 먹은 것처럼 느낌과 동시에 언제나 그런 일에 관해서 상당히 거리낌없이 말하는 데이비드를 떠올리고는 약간 의외라고 생각했다.

“내 아름다운 몸이 목적이 아니었어. 일단 이런 날씨엔 생각할 수 없잖아, 그런 일은.” 케이트는 비꼬듯 말했다. “변태라도 행동의 한계선이라는 것이 있어. TV앞에서 조용한 밤을 보내는 것과 어느 쪽을 택하든지.” 케이트의 목소리는 아직도 약간 상기되어 있었다.

“하지만 그건…….” 데이비드는 강의조로 말하다가 도중에 그만두었다. “그럼 핸드백이 목적이었나 보군.”

“그럴지도 모르지.” 하고 대답한 순간 케이트는 핸드백이 없음을 깨달았다. "어떻게 하지? 열쇠 전부하고 그레디트 카드가 들어 있어. 지갑도 …… 모든 것이. 당장 경찰에 연락해야지." 하지만 데이비드가 갑자기 얼굴을 찌푸리고 고개를 숙인 것을 보고는, 케이트는 입을 닫았다. "왜 그래?"

데이비드는 어깨를 으쓱 올려 보이고는 눈을 들려고 하지 않았다. "이미 2마일쯤 달아나 버렸을걸. 이제 와서 통보해 보았자 잡힐 리가 없다구. 아마 돈만 빼갔을 거야. 핸드백은 분명히 길가에 버리고 갔을걸. 쓰레기통 같은 데다가."

"하지만 크레디트 카드는 곤란해." 케이트는 코맹맹이 소리를 냈다. "어떻게 하면 좋지?"

"내일은 일요일이야." 데이비드는 말했다. "휘발유를 넣는 것이나 식사 정도밖에는 쓰지 못해. 월요일 아침 일찍 은행에 연락하면 괜찮을 거야……."

"왜 경찰한테 연락하면 안 되지, 데이비드?" 케이트는 이상하다는 듯이 말했다.

"안 된다고는 하지 않았어." 데이비드는 그제서야 고개를 들고 말했다. 눈에는 분노와 죄의식 같은 것이 떠올라 있음을 케이트는 파악했다. "연락하고 싶으면 하라구. 하지만 경찰은 아무 것도 해 주지 않아. 당신이 비참한 꼴을 당할 뿐이라구. 당신은 그 남자의 얼굴도 보지 못했으니까. 인상도 모르고……."

"네가 봤잖아." 케이트는 말했다.

"당신이 이쪽에 있었잖아." 데이비드는 대꾸했다. "내가 본 것은 곱슬이고 콧수염을 기른 거구의 남자라는 것뿐이야. 그 이외에는 아무 것도 몰라. 단지 그것만을 경찰한테 말하려고 이 곳에서 2시간이나 꼼짝도 못하고 있어야 한다구. 그것만 가지고는 경찰한테 아무런 도움도 되지 못하고, 당신한테도 좋을 것이 하나도 없어. 그런다고 없어진 물건이 돌아오는 것도 아니고. 그렇잖아?"

"그럼 어떻게 하면 좋지?" 케이트는 차갑게 말했다. "내가 살해당하거나 강간을 당하거나 할 때까지는 경찰에 통보할 필요가 없다는 말이군."

"아니야, 케이트. 그렇게 말하면 안 돼." 데이비드는 어쩔 수 없다는 듯이 말했다. "난 강간당할 뻔하다가 그것을 경찰에 통보한 여자를 알고 있는데, 그녀가 경찰한테 어떤 꼴을 당했는지 알아? 그건 피해를 받은 쪽이 나을 정도야. 왜 혼자서 바깥에 있었는지 집요하게 추궁하면서, 마치 매춘을 하고 있지 않았느냐는 식이더라구."

"이런 날씨에?" 케이트는 말을 가로막았다. 데이비드가 하고 있는 말이 너무나도 엉뚱해서 웃어도 되는지 어떤지를 알 수 있겠다.

데이비드는 갑자기 일어섰다.

"저기, 나 바빠. 지금부터 나가야만 하거든."

"어디를 가는데?" 케이트는 물었다. 집안이 평상시보다 조용하다는 것을 그때 처음으로 깨달았다. 다른 두 명의 하숙생인 트리시아와 마크의 모습이 보이지 않고, 여주인도 없는 것 같았다. "모두들 어디를 갔지?"

"오늘 밤에는 대학에서 디스코 파티가 있어. 몰랐어?" 데이비드는 말했다. "마크하고 트리시아는 실행위원이어서 준비 때문에 일찍 갔어. 미세스 살리스는 교회의 호이스트 모임에 가셨고. 나도 이만 가봐야 한다구."

"그럼 네가 느긋하게 면도를 하고 있는 바람에 나는 생명을 건진거구나." 케이트는 웃었다.

데이비드는 문가에서 발길을 멈추고 뒤돌아보았다. "케이트, 내가 이가 이곳에 있길 바래? 만약……."

"괜찮아." 케이트는 말했다. "네 말이 맞아. 그 남자는 이미 몇 마일이나 멀리 갔을 거야. 서둘러 내 돈을 쓰면서 흥청거리겠지, 분명히. 내일 아침에 핸드백을 찾지 못하면 경찰에 알리기로 하지. 오늘 밤에는 독한 술이라도 마시면서 뜨거운 물로 목욕을 하고 실컷 웃기는 TV라도 보아야겠어." 케이트는 그 아이디어에 스스로도 감탄하고 있는 이상으로 열성을 담아서 말하고 환하게 웃어 보였다. "아까의 영웅적 행동, 정말로 감사하고 있어. 고마워."

"난 아무 일도 하지 않았어." 안심한 것처럼 데이비드는 말했다. "소리를 질렀을 뿐이라구."

"그것만으로도 충분했어." 케이트는 말했다. "그것만으로도 충분했다구."

그로부터 20분 후, 좋은 향기가 나는 뜨거운 물에 목까지 잠겨 있을 때, 데이비드가 나가는 소리가 들렸다. 케이트는 욕실의 문을 열어놓아, 욕조에 들어가 있어도 위의 자신의 방에서 들려오는 TV 소리가 들리도록 했다. 그 소리가 들리는 것으로써 왠지 모르게 마음이 든든해지는 것이었다.

데이비드를 책망할 마음은 없었다. 그런 일은 지금의 시대라면 대단한 일은 아닌 것이다. 그가 보인 태도도 그 세대의 젊은이에게 공통된 것이라고 말할 수 있을 것이다. 케이트와 그의 나이 차이는 9년이었으나, 마치 몇 광년이나 되는 듯한 느낌이 들었다. 지금까지의 6개월간 데이비드는 끊임없이 케이트에게 신경을 썼고 데이트도 신청했으나, 아무래도 그로서는 깊은 기분은 아닌 것 같았다. 그것을 금방 알고서는 케이트는 안도하고 있었다. 언제나 그에게는 미안한 듯한 마음이 들고 있었던 것이다. 더군다나 존 댄서 이외의 남자에게는 전혀 관심을 상실해 버린 최근에는.

그렇게 생각한 순간에, 마음에 걸어 두었던 열쇠가 기세 좋게 벗겨져 버렸다. 그리고 그렇게나 굳게 잊으려고 마음을 결정했던 일이 순식간에 되살아났다. 그가 다쳤다고 들었을 때의 그 충격, 병원으로 달려간 일, 브레들리 경감의 기묘한 대응, 그리고 가장 충격적인 일은 그 병원의 침대에 상처받은 창백한 얼굴로 붕대에 감겨 누워 있던 존의 모습.

이제 이 사실로부터 도망칠 방법은 없을 것이다. 케이트는 존 댄서를 사랑하고 있었다. 적어도 마치 미지라고 말해도 좋은 상대방을 사랑할 수 있는 한의 사랑을 느끼고 있었다. 그리고 또 하나, 아까 습격받은 일은 존이 습격받은 사건과 뭔가 관계가 있지 않느냐는 의혹…….

1층에서 문이 열렸다가 다시 닫히는 소리가 들렸다. 갑자기 열어 놓은 욕실 문으로부터 차가운 바람이 들어오는 것이 느껴졌다. 케이트는 부엌의 전등을 켜는 소리와, 미세스 살리스가 돌아온 뒤에는 반드시 들리는, 주전자에 물을 채우는 소리를 기대하며 기다렸다.

하지만 1층으로부터 아무런 소리도 들려오지 않았다.

이윽고 희미하게 거실의 문이 열리는 소리가 들렸고, 전등을 켜는 소리, 그리고 끄는 소리가 들렸다. 그리고 부엌의 전등이 켜졌다가 꺼졌다. 이어서 식당의 전등이 켜졌다가 꺼졌다. 위층에서는 케이트의 작은 TV에서 웃음 소리가 들렸다.

누군가가 2층으로 올라오고 있었다.

케이트는 갑자기 1층에서 계단을 올라오고 있는 사람은 이 집의 식구가 아니라는 사실을 공포와 함께 직감했다. 일순간에 기분 좋은 목욕탕은 북극해로 바뀌었다. 케이트는 올라오는 발소리를 들으며 추위 속에서 몸을 일으키고 있었다.

계단을 올라온 그 정체 불명의 인간은 다 올라온 지점에서 발걸음을 멈추고는 욕실을 등지고 저쪽편으로 걸어갔다. 데이비드가 마음을 고쳐 먹고 돌아온 것일까. 하지만 데이비드라면 저렇게 조용히 살금살금 걷지는 않을 것이다. 그 누군가는 이 집의 방을 하나하나, 순서대로 돌아보고 있다.

나를 찾고 있는 것이다!

천천히, 주의 깊게 케이트는 목욕 타올로 몸을 감싸고 욕조에서 나왔다. 숨을 죽인 채 욕실의 전기를 끄고 문을 닫았다. 거울에 비추고 있는 자신의 모습이 창백하게 빛나 보였다. 침입자는 데이비드의 방으로 들어가 발길을 멈추었다.

정원에 있던 남자다. 그 자가 분명했다. 그 자는 뜨내기 날치기범이 아니다. 도망치지 않았던 것이다. 바깥에서 보고 있다가 케이트가 혼자 되길 기다리고 있었던 것이다. 케이트의 핸드백을 가지고 있으니까 열쇠를 사용해서 고생하지 않고 집으로 들어온 것이 분명했다. 왜 현관문에 볼트를 조이지 않았을까! 이제 저 남자는 누구의 방해도 받지 않고 케이트를 멋대로 농락할 수 있다고 생각하고 있을 것이다.

괴한은 아직도 데이비드의 방에 있었다. 하지만 언제까지 그 곳에 있을 리는 없다. 그의 방과 케이트가 알몸인 채 무방비로 서 있는 욕실 사이에는 방이 하나 있을 뿐이었다.

위의 케이트의 방으로부터는 떠들썩한 목소리가 울려왔다. 아마도 욕실을 들여다보러 올 때까지는, 저 남자는 케이트가 위의 방에 있다고 생각하고 있을 것이다.

바깥에서는 바람이 예리한 소리를 내며 변기 위의 작은 창문을 두드려 댔다. 문으로 나가는 방법밖에 이 곳에서 도망칠 길은 없었다.

케이트는 천천히 움직였다. 윗방에서 들려오는 TV의 소리와 바깥의 폭풍 소리가 케이트가 내는 작은 소리를 지워줄 것을 바라면서. 떨리는 손으로 목욕탕의 마개를 뺐다. 그리고 세안용 네일천을 꺼내 배수구 위에 떨구어 배수구 절반을 막았다. 이렇게 하면 저 남자가 이 곳에 와서 아직도 뜨거운 물이 남아 있다는 것을 알아차렸을 때에, 케이트가 물을 뺀 뒤에 네일천이 배수구를 막아서 흐름을 멈추게 했다고 생각할 것이다. 그리고 운이 케이트의 편을 든다면—— 아까부터의 상황으로는 그것은 그다지 바랄 수 없는 느낌이었지만—— 남자는 케이트가 목욕을 한 다음 2층으로 돌아갔다고 생각할 것이다.

가능성은 단 하나, 그것도 매우 막연한 가능성이었다. 30센티×90센티의 가능성. 로드식 급탕잔열기 밑에 세탁함이 있다. 작은 선반의 문 속이다. 공포와 추위에 떨면서 케이트는 그 문을 열고 들여다보았다. 이 곳이다. 좁은 공간이 월요일에 세탁하는 시트로 거의 가득 차 있었다. 케이트는 숨을 곳을 찾는 동물처럼 세탁물을 힘껏 밀고는 안으로 기어들어갔다. 숨이 막힐 정도로 좁았으나 간신히 안으로 들어갈 수가 있었다. 케이트는 구겨진 타올처럼 몸을 밀고는 선반의 문을 단단히 닫았다.

낯선 남자는 옆의 마크의 방에 있다. 그리고 욕실 바깥으로 왔다. 선반의 문 틈새로 욕실 문이 이쪽을 향해 열리는 것이 보였다. 전등이 켜지자 케이트는 시선을 집중시켰다. 욕조 옆에 바짓자락이 보였다. 짙은 회색의 트위드 바지. 햄이 눈과 진흙으로 지저분하다. 까만색 마춤 구두도 젖어 있지만 그 엘레강스한 기품은 손상되어 있지 않다. 어머나, 나쁜 놈인 주제에 사치스러운 구두을 신다니. 내가 지금 이 곳에서 살해된다 하더라도, 적어도 신사적인 옷차림의 범인에게 살해되는 것이다. 케이트는 거의 히스테릭하게 그렇게 생각했다. 그리고 갑자기 마음껏 비명을 지르고 싶어졌다.

갑자기 물이 떨어지는 소리가 들렸다. 남자가 물의 온도를 확인하며 얼마나 전에 케이트가 욕실을 사용했는지 생각하고 있을 것이다. 그 뒤에 남자가 키득거리며 케이트로서는 알아들을 수 없는 말로 뭔가 말하는 것이 들렸다. 저녀석은 만족하게 이 상황을 즐기고 있구나. 그리고 자신만만하다. 지금 이 곳에서 케이트를 붙잡는다면 누구에게도 방해받지 않고 목적을 달성할 수 있는 것이다.

갑자기 전등이 꺼지고 복도로 나가 트리시아의 방으로 가는 듯한 남자의 발소리가 들렸다. 그 다음은 미세스 살리스가 사용하고 있는, 바깥으로 접한 침실이 있다. 그 뒤에 좁은 계단을 올라가 케이트의 다락방으로 갈 것인가.

도망치는 것은 그때다. 시간이 조금밖에 없다. 케이트가 그 방을 선택한 것은 넓은 원 룸으로 되어 있는 것이 마음에 들었기 때문이다. 방안에 없다는 것을 확인할 때까지는 1분도 채 걸리지 않을 것이다.

그렇다면 이 곳에서 나가 계단을 뛰어내리고 집을 나가서 옆집까지 달려가고 문을 두드려 안으로 들어갈 수 있게 허락을 받는 데에 1분밖에 없다는 이야기다.

남자가 미세스 살리스의 방으로 들어가는 소리를 듣자, 케이트는 세탁함에서 기어나왔다. 몸이 편해지자 소리를 내어 울고 싶은 기분이었다. 좁고 어두운 공간에 몸을 웅크리고 있는 일은 매우 괴로웠기 때문에, 바깥으로 나가면 더욱 나쁜 상황이 기다리고 있다는 일만 없다면 도저히 참을 수 없을 정도였다.

자아, 남자가 계단을 케이트의 방으로 올라간다. 12단, 그리고 위에서 돈다…… 10, 11, 12…….

지금이다!

케이트는 욕실의 문을 열고 맨발로 차가운 계단의 위쪽을 향해 달렸다. 한 손으로 목욕 타올을 몸에 감고, 다른 한 손을 손잡이에 대고 케이트는 전속력으로 계단을 뛰어내려갔다. 뒤돌아보며 상대방이 쫓아오는지 어떤지 확인할 여유도 없었다. 남자는 1층의 불을 모두 껐으므로 1층의 복도는 캄캄절벽이었다. 케이트의 방의 양복장이나 커튼 뒤를 돌아다니고 있는 것 같은 남자의 발소리를 긴장된 귀로 들으면서 케이트는 계단을 뛰어내려갔다.

발소리가 멈추고 되돌아오는 소리가 났다.

두려움에 목을 떨면서 케이트는 마지막 몇 칸을 단숨에 뛰어내려가려고 했다. 그 바람에 맨발이 목욕 수건에 걸려 케이트는 머리부터 굴러떨어졌다. 당황하여 뭔가를 잡으려고 손을 휘둘렀으나 몸을 지탱할 것은 아무 것도 없었고, 밑의 홀 카페트 위로 떨어져 우산꽂이에 부딪혔다. 우산꽂이는 요란한 소리를 내며 넘어졌다.

일어서려고 했으나 몸이 마비되어 말을 듣지 않았다. 뒤돌아보니 계단 위에 커다란 그림자가 서서 가만히 이쪽을 내려다보고 있었다. 이윽고 그 그림자는 계단을 내려오기 시작했다.

케이트는 눈을 감았다. 아무 것도 보고 싶지 않다. 발소리를 듣고 있자니 감은 눈에서 눈물이 흘러 떨어졌다. 이제는 서두를 필요가 없다는 듯이 발소리는 천천히 다가오고 있었다. 아마도 계단 밑에서 망가진 인형처럼 쓰러져 있는 케이트의 모습을 본 것이 분명하다. 무엇을 생각하고 있을까. 눈물은 소리없이 얼굴을 따라서 흘러 머리카락 속으로 흘러들었다. 떨어졌을 때의 충격으로 숨을 쉬지 못했고, 공포 때문에 몸은 완전히 마비되어 버렸다.

남자가 다가온 것을 느꼈으나, 케이트는 눈을 감은 채 상대방이 옆에 앉아서 얼굴을 바라보는 것을 피부로 느꼈다. 남자의 숨이 노출된 어깨에 뜨겁게 뿌려졌다.

"다치지 않았어, 아가씨?" 남자는 기분 나쁠 정도로 상냥한 목소리를 냈다. 본성을 숨긴 부드러운 목소리. 그 뒤에는 난폭하고 잔인한 남자라는, 날카로운 철 같은 사실이 숨어 있는 것이다. 남자의 손가락이 피부 위를 천천히 목에서 가슴으로 전갈처럼 빈틈없이 은밀히 미끄러져 가는 것을 느꼈다. 자신도 모르게 울음이 스며나오고 숨이 막혔다. 일순간 손가락은 유방을 강하게 눌렀으나 그대로 멈추었다. "다쳤어도 나는 상관없어, 전혀. 난 내 물건을 찾으러 왔을 뿐이야."

케이트는 눈을 뜨고는 곧바로 후회했다. 위쪽에서 들어오는 희미한 빛을 등에 진 상대방의 커다란 몸이 거의 모든 것을 시야에서 지워 버리고 있었다. 보이는 것은 곱슬머리의 윤곽뿐이었다.

그리고 어둠 속에서 몽타쥬 사진의 합성 장치 같은 눈썹과 콧수염을 가진 두 줄의 검은 선으로 구분된 남자의 얼굴이 보였다.

"당신은 누구죠?" 케이트는 갈라진 목소리로 말했다. "왜 나보고 도둑이라는 거죠?" 입이 얼어붙어 거의 말할 수도 없었다. 그리고 온 몸이 매우 추웠다.

"내 이름은 하우크야, 미스 바니스터. 당신은 도둑이야. 내 돈을 빼앗었어. 돌려 줘. 아니, 돌려 받겠어. 빨리 돌려 주는 것이 당신을 위해서 좋을걸." 남자는 그 기분 나쁜 본성을 숨긴 목소리로 말했다.

남자의 손끝이 케이트가 걸치고 있는 타올을 헤치고 이야기를 하면서, 가지고 노는 것처럼 열의가 담기지 않은 몸짓으로 케이트의 가슴을 애무하기 시작했다. 케이트는 갑자기 구역질을 느껴 남자에게 등을 돌리려고 했다. 그러자 즉각 조용한 손가락의 움직임이 잔인한 공격의 도구가 되어 살로 파고 들었다.

"그쪽을 보지 말라구. 그래봐야 너한테 이로울 것 없으니까. 내가 화가 나길 바라나? 그런 일을 바라지는 않겠지, 응?"

남자가 옆에서 약간 몸을 움직였다. 케이트는 눈을 감았다. 그리고 이어서 들린 소리의 두려움에 숨을 멈추고 그대로 있었다. 그 희미한, 하지만 틀림없는 소리와 함께 하우크가 열은 것이 무엇인지를 보는 것보다는 아예 정신을 잃어버리고 싶다고 말하는 것처럼.

튀어나온 나이프.

"자아," 남자는 거의 쾌활하다고 말해도 좋을 것 같은 말투로 계속했다. "내 돈을 어떻게 했는지 말해 주시지."

"아무 짓도…… 하지 않았어요. 돈 같은 것은 아무 것도 몰라요. 무슨 얘기를 하고 있는지 전혀 모르겠다구요." 케이트는 우는 소리로 말했다. "이봐요…… 난 아무 것도 모른다구요."

"똑같은 말만 되풀이하지 말라구." 하우크는 화가 난 것처럼 말했다. 작은 찰칵거리는 소리가 들렸다. 나이프의 끝이 젖무덤에 닿는 것이 느껴졌다. "그 남자는 협력하지 않았어. 그 결과 블루트가 그 남자한테 무슨 짓을 했는지 당신은 봤을 거야. 잘 들어, 난 블루트보다는 상상력이 있는 인간이라구. 더 무시무시한 일을 해 주지." 나이프 끝이 케이트의 몸을 밀고 들어왔다. 강하게, 강하게.

"아아, 그만, 부탁이에요…… 그만!" 케이트는 몸부림쳤다.

나이프에 더욱 힘이 가해졌다. "물론 블루트에게는 시간이 없었어. 그리고 그 녀석은 거친 일밖에 할 수 없는 놈이고. 하지만 나는 그런 걱정은 없어. 지금 여기에 있는 것은 당신하고 나뿐이야. 집은 넓고 바깥의 길에는 아무도 없어. 그리고 바람은 여자의 비명처럼 울고 있어. 당신이 지금 비명을 지르더라도 아무도 알지 못할 거야……."

"당신이 무슨 말을 하고 있는 건지 전혀 모르겠군요." 케이트는 확실하게 말했다. 케이트는 최면술에 걸린 것 같은 토끼처럼 바닥에 누워 있었다. 남자의 목소리의 억양이 온 몸을 마비시켜 버리고 말았다.

갑자기 케이트는 하우크의 말뜻을 깨달았다. 「그 남자」는 저항했다고 한다. 「그 남자」란 존인 것이다! 존의 상처받은 얼굴이 떠올랐고, 분노가 또 다시 그것을 깨끗이 지워 버렸다. 케이트의 마음은 갑자기 동요하기 시작했다. 케이트와 존 댄서를 연결하는 것, 이 남자를 그로부터 케이트로 인도한 것은 단 하나밖에 없다.

그 화란인의 자전거다.

"난 반 메이하란이 나한테서 훔친 돈 얘기를 하고 있는 거야. 그는 그 돈을 나한테 돌려 주는 대신 댄서에게 건냈어. 나는 자기 멋대로인 인간을 좋아하지 않아. 그래서 한스를 붙잡았을 때 그에게 그것을 충분히 알려 줬지. 그 체중으로 달렸기 때문에 그의 심장이 가 버린 것은 나한테 무척 불운이었어. 그가 나의 돈을 어디에 숨겼는지 알 때까진 상당히 오래 걸렸지. 하지만 간신히 그것을 파악하자, 돈은 이미 횡령당해 있었지. 정말로 화나는 얘기야."

나이프는 더욱 강하게 밀려왔다. 케이트는 따뜻한 것이 가슴을 따라서 흘러내리는 것을 느꼈다. 욕실을 나선 지 상당히 지나 있었으므로 따뜻한 목욕물은 아니다. 순간 찌르는 듯한 통증이 가슴을 달렸다. 케이트는 또 다시 구역질이 났다.

하우크의 말에는 격한 억양이 있었으나 그 억양에는 일종의 기품이 있었다. 그런 말투를 가진 사람이 케이트에게 이런 일을 할 수 있다는 것은 있을 수 없는 일처럼 생각되었다. 그럼에도 불구하고 그 있을 수 없는 일이 일어났고, 케이트는 고통으로부터 도망칠 수도 없는 상태로 되어 있는 것이다. 그때 케이트는 병원 침대에 누워 있는 존 댄서의 일이 떠올랐고, 불가사의한 힘이 솟구쳐 오는 것을 느꼈다.

"당신의 돈 따위는 가진 적 없어요." 케이트는 열심히 나이프의 위협을 잊으려고 하면서 강한 말투로 말했다. "더 이상 나한테 상처를 입혀 보았자 당신의 멋진 옷이 지저분해질 뿐이에요. 나는 아무 것도 모르니까요.”

남자는 키득거렸다. “정말인가?” 나이프는 움직이지 않았다.

“그래요, 정말이에요. 그러니까 이런…….”

남자는 몸을 긴장시켰다. 케이트는 정원 문의 열쇠가 철커덕거리는 소리를 듣고는 재빨리 남자의 손을 뿌리쳤다. 누군가가 현관 앞의 통로를 걸어오고 있다.

케이트의 가슴은 크게 고동쳤다. 큰 소리를 지르려고 숨을 들이마셨으나 하우크의 손이 재빨리 움직여 입을 막아 목소리를 낼 수가 없었다. 하우크가 온 몸을 긴장시키고 현관문으로부터 부엌 그리고 계단 위로 눈길을 돌리고 있는 것을 느꼈다.

일순간 나이프를 들고 있던 남자의 손이 느슨해졌고, 동시에 케이트 속에 쌓여져 있던 분노가 폭발했다. 팔을 휘둘러 케이트는 나이프를 들고 있던 남자의 손을 치고 그 밑으로 빠져나와서 힘껏 비명을 질렀다.

“케이트! 케이트! 괜찮아?” 현관문의 바깥에서 데이비드의 목소리가 울리고 열쇠를 뒤지는 소리가 났다.

하우크는 재빨리 일어서서 부엌을 향해 달리기 시작했다. 아무런 무기도 가지지 않은 애송이 하나조차도 상대하기 싫다는 듯이. 하지만 그렇게 쉽게 도망치게 할 수는 없다. 분노에 불탄 케이트는 바닥에서 뛰어 일어나면서―― 아무래도 다리는 제대로 움직이는 것 같았다―― 자신에게 말했다.

케이트는 손을 휘두르면서 도망쳐 가는 남자의 뒤를 쫓으며 등에 달라붙어서는 미쳐 날뛰는 고양이처럼 닥치는 대로 할퀴었다. 하우크는 신경질적인 신음을 토해내며 케이트를 밀어제치고 부엌을 향해 뒷문 쪽으로 달렸다.

케이트가 비틀거리며 일어섰을 때, 뒷문이 열리는 소리가 들렸다. 그

순간 복도는 허리케인의 소용돌이에 휘말렸다. 데이비드가 거의 동시에 현관문을 열었기 때문에, 바람이 엄청난 기세로 밀려 들어왔던 것이다. 잠시 동안 얼음 같은 바람이 강의 흐름처럼 불고 지나가고, 현관문이 강하게 닫혔다. 홀의 전등이 켜지자 케이트는 일순간 눈부신 빛 속에서 몸을 웅크렸다.

"케이트!" 데이비드는 알몸으로 벽에 기대어 웅크리고 있는 케이트를 보고는 깜짝 놀라 발을 멈추었다.

"그 남자가 되돌아왔어." 케이트는 9시 뉴스라도 읽는 것처럼 높고 또렷한 목소리로 말했다. "날 아프게 했어. 그 녀석은 나쁜 놈이고 잔인한 남자야. 날 형편 없는 꼴로 만들었다구. 하지만 가 버렸어."

데이비드는 케이트의 옆에 무릎을 꿇고는 가슴에서 흐르고 있는 피를 보았다. "너무하군…… 이런……." 그는 신음을 토해내듯 말했다.

"존……." 케이트는 목욕 타올을 몸에 감으면서 말했다. "그 남자는 존 댄서와 무슨 관련이 있나봐." 그렇게 말한 순간, 갑자기 눈물이 흐르기 시작했다.

다음날 아침, 아직도 눈은 계속해서 내리고 있었다. 이상한 빛이 창문으로부터 들어와서 병실 속에 있는 모든 것을 매우 뚜렷하게, 독살맞게 보이게 하고 있었다. 댄서는 베개에 몸을 기대어 일어나 있었다. 케이트는 어제 본 얼굴의 붓기가 테두리에 검은 멍을 남기고 약간 가라앉아 있는 것을 보고는 안도했다. 오늘 아침에는 두 눈이 확실하게 열려 침대로 다가오는 케이트를 차갑게 보고 있었다.

"나한테 키스해 줘야 되지 않나?" 댄서는 무뚝뚝하게 말했다.

"네?" 그것은 케이트가 예상조차 하지 못한 말이었다.

"우린 약혼을 했다더군. 그렇다면 당연한 일이 아닌가?" 목소리는 무

표정했고, 녹색의 눈은 험하게 빛나고 있었다.

케이트는 갑자기 얼굴에 열이 났고, 머리카락의 뿌리 부근까지 뜨거워 지는 것을 느끼며 눈을 떨구었다. "미안해요." 매우 곤혹스러워하며 케 이트는 우물거렸다. "그건 그저……."

"그리고 내가 이혼 수속중이라던데." 댄서는 용서 없이 계속했다. "내 생활을 여러 가지로 수정해 주었는데, 머지 않아 훌륭한 변호사까지 찾 아줄 것 같군."

"그만하세요……." 케이트는 아직도 똑바로 상대방의 눈을 보지 못하 고 침대 옆의 의자 위에 가라앉듯 앉았다.

"보다시피 내 생활은 수정의 여지가 전혀 없는 것은 아니지만……." 그는 계속했다. "그건 모두 예정된 행동이었더군. 내 가게에 빈번히 출 입을 하고, 녀석들이 나타날 때까지 나를 감시하고 친해지고……."

케이트는 간신히 목소리가 나오게 되자, 괴롭고 분노에 찬 상대방의 말투를 가로막았다. "무슨 얘기를 하고 있는 건가요?"

"날 습격한 당신의 친구 얘기야. 포드모어와 도슨."

"뭐라구요?"

"디키 포드모어와 네빌 도슨. 브레들리의 얘기로는, 도슨은 미국 여자 한테 약한 모양이더군. 어젯저녁에 내 약혼자라면서 이곳에 온 것은 도 슨이 시킨 일인가? 당신한테 그의 목적을 달성시키기 위해서. 그렇군. 잘 들어, 난 지금까지 완전히 당신한테 속고 있었어. 난 진심으로……."

"잠깐만요!" 케이트는 손을 들어 가로막았다. 어젯저녁은 거의 잠들 지 못하면서 그한테 할 말을 생각하고 있었던 것이다. 그것을 말하기는 커녕 댄서는 무슨 이야기인지 전혀 알지도 못하는 일로 그녀를 책망하고 있다. 이건 완전히 반대 아닌가.

"사정을 확실하게 하고 넘어가야겠어요." 케이트는 말했다. "내가 어젯저녁에 이 곳에 온 것은 사과를 하고 싶어서예요. 왜냐하면 당신이 가게에서 내 자전거를 밤 늦게까지 고치고 있지 않았다면, 하우크가 당신을 공격하지는 않았을 테니까요. 하지만 어제는 그것이 하우크라는 것을 몰랐죠. 단순한 도둑이라고 생각하고 있었어요. 당신의 약혼자라고 말한 것은, 그렇게 말하지 않으면 만나게 해 주지 않기 때문이었어요. 그리고 또한 브레들리 경감의 태도도 뭔가 이상했구요." 케이트는 난처한 듯한 태도를 보였다. "그 사건으로 나는 정말로 깜짝 놀랐어요. 당신이 죽은 줄 알았으니까요. 정말로 걱정스러웠다구요. 그게 그렇게 나쁜 일인가요?"

"그렇지는 않겠지." 댄서는 별로 내키지 않는 부정을 했다. 상처가 난 얼굴에는 수상쩍어하는 표정이 있었다. "하우크란 누구지?"

"포드모어와 도슨은 누구죠?" 케이트가 되물었다. 두 사람은 일순간 가만히 서로의 얼굴을 응시하고 어디서부터 말해야 좋을지 망설이면서 상대방의 설명을 기다리고 있었다.

오랫동안, 댄서는 마음을 관통하는 듯한 눈으로 케이트를 보고 있었다. 그 눈은 케이트를 알몸으로 만들고 무엇 하나 숨길 수 없게 만들 것처럼 생각되었다. 케이트는 눈을 돌릴 수가 없었다.

이윽고 댄서가 눈을 감고 힘없이 뒤로 몸을 넘어뜨렸다. 그리고 피곤한 듯이 낮은 목소리로 말하기 시작했다.

"도슨과 포드모어는 전 경찰인데 나한테 원한을 가지고 있어. 두 사람이 관련된 부정 사건의 조사에 나도 가세하고 있었는데, 내 증언 때문에 형을 살아야만 했지. 동료가 불리해지는 일은 하지 않는다는 경찰들끼리의 무언의 규칙이 있는데, 난 그 규칙을 깼던 거야."

"당신이…… 경찰이란 말인가요?" 케이트는 완전히 놀라 머리 속이 혼란스러웠다.

댄서는 눈을 감은 채 고개를 저었다. "경찰은 아니야. 정부의 어떤 조직에 속해 있는 사람으로서 그 사건의 조사를 담당하고 있었지. 신분을 노출시키지 않기 위해서 런던에서 파견된 경찰의 범죄수사관이라는 명칭을 썼지." 댄서는 눈을 뜨고 아까의 질문을 되풀이했다. "하우크는 누구지?"

"모르시나요?" 케이트가 물었다.

"모르는데."

"당신을 습격한 사람이에요. 때린 것은 그의 파트너지만요. 뭐라더라, 반 메이하란이 당신한테 돈을 줬다, 뭐 그러던데요. 그리고……."

"반 메이하란? 자전거를 맡긴 그 뚱뚱한 화란인이?" 댄서는 설마 하는 목소리를 냈다. "그 남자가 이 사건과 무슨 관련이 있는 거지?"

케이트는 스카프를 풀고 블라우스 위쪽의 단추 세 개를 풀었다. 그리고 목 부근과 브래지어 위의 가슴에 하우크가 남긴 상처를 보였다. 댄서는 충격과 분노가 끓는 소리를 내며 이빨 사이로 숨을 들이마셨다.

케이트는 전날 밤의 사건과 하우크가 한 이야기를 천천히 말해 주었다. 말하는 동안에 댄서의 얼음 같은 녹색의 눈은 이상하게 열을 띠었고, 그 눈에 사로잡혀 있으면 케이트는 불꽃이 되어 타버릴 것 같은 느낌이 들었다.

"그래서 나는 당신이 그 사람들하고 무슨 관계가 있지 않을까 생각한 거예요." 케이트는 마지막으로 말했다. "경찰은 당신을 보호하고 있든가 아니면 감금하고 있든가, 어느 쪽인지 몰랐지만 아무튼 당신은……."

"악당의 일원이라고 생각했다……?"

"네, 뭐 그렇게 생각했죠. 난 몰랐어요. 오늘 이 곳에 온 것은 어제 당신과의 관계에 관해서 그런 말을 했기 때문에, 당신이 화를 내고 있을 거라고 생각되었기 때문이에요. 그렇지 않았으면 오지 않았을 거예요."

"그래서 경찰에 알리지 않았군." 댄서는 상냥하게 말했다. "내가 악당의 일원이라고 생각했기 때문에……."

케이트는 고개를 끄덕였다. 그리고 댄서의 소리 없는 미소에 깜짝 놀랐다.

"고맙다고 말해야 할지 야단을 쳐야 할지 잘 모르겠군." 댄서는 쓴웃음을 지었다. "둘 다인 것 같군, 아무래도." 웃음은 사라졌다. "그 녀석은 당신을 상당히 심하게 다룬 것 같은데……." 케이트는 어깨를 으쓱했다. 그 바람에 젖무덤의 상처가 욱신거렸다. 그 곳의 상처 이야기는 말하지 않았다. "그런 꼴을 당하고도, 그래 경찰을 부르지 않은 것은……."

"거기에는 아마도 그녀에게 다른 이유가 있기 때문이겠지." 브레들리의 목소리가 들렸다. 케이트가 깜짝 놀라 뒤돌아보자, 브레들리 경감이 문에 기대어 서 있었다. 모자를 뒤로 젖혀 쓰고 소화불량에 걸린 듯한 얼굴로.

"우리의 상상이 틀렸던 것 같군." 댄서는 조용히 말했다. "이 아가씨는 포드모어나 도슨과는 전혀 관련이 없는 것 같아. 전혀 다른 사건이야."

"흥!" 브레들리는 믿을 수 없다는 얼굴로 말했다.

"케이트, 경감에게도 들려주도록 해요." 댄서가 말했다. 케이트는 다시 한 번 천천히 어젯밤의 이야기를 했다. 이야기가 끝나도 브레들리는 납득하지 않았다.

"그것도 이 아가씨의 연극이 아닐까? 내 의견으로는 말이지, 포드모어와 도슨의 동료가 아니라면 다른 종류야. 그런 종류의 패거리들은 무슨 짓을 할지 모른다구."

"그런 종류의 패거리라니, 그게 무슨 얘기죠?" 케이트는 화가 나서 물었다.

"이 댄서처럼 가련한 남자를 꼬시려고 하는, 사랑에 굶주린 여자들 말이오. 접근하고, 성가시게 따라다니고, 멍청한 상상을 하고……."

"난 그런……." 케이트는 완전히 분개하며 말했다.

"댄서의 얘기로는, 당신은 상당히 질긴 손님이었던 모양이더군요." 브레들리는 말했다. "1주일에 두 번은 가게에 나타난다. 그리고 일부러 먼 길을 돌아서 하루에 두 번이나 가게 앞을 지나간다. 필요하지도 않은 것을 걸핏하면 산다. 그런 경우는 전에도 여러 번 봤단 말입니다."

"당신이 성가시게 느꼈다면 죄송하군요." 케이트는 다시금 얼굴이 화끈거리는 것을 느끼면서 경직된 목소리로 댄서에게 말했다. "당신이 그렇게……."

"난 그렇게 생각하지 않았어, 케이트." 댄서는 미안하다는 듯이 말했다. "당신이 포드모어와 도슨과 관련이 있는 것이 아닐까 하고 생각했을 뿐이야. 그래서……."

"네, 그래요, 알았어요." 케이트는 악물은 이빨 사이로 말했다. "즉 나는 범죄인의 한 패거리든가, 그렇지 않다면 머리가 이상한 여자라는 얘기군요. 내가 사실을 말하고 있다는 가능성은 인정해 주지 않는군요?"

"아닙니다, 그럴 리가 있나요." 브레들리는 마지못한 말투로 말했다.

"당신은 믿어 주시겠어요?" 케이트는 댄서에게 물었다.

"물론 믿고말고." 댄서는 대답하고 브레들리 쪽을 보았다. "이봐, 경감, 앞뒤가 맞잖아. 이 아가씨를 습격한 남자는 나를 습격한 녀석과 동일 인물임이 분명해."

"이 아가씨는 곱슬머리에 콧수염을 기르고 있다고 말했어. 자네는 콧수염은 말했지만 곱슬머리는 말하지 않았지. 콧수염을 기른 남자야 얼마든지 있으니까. 이 아가씨는 통밥으로 말하고 있는 거라구."

"아니, 곱슬머리였던 것이 분명해." 댄서가 말했다.

"오늘 아침에는 그렇게 말하지 않았잖은가!" 브레들리는 수첩을 꺼내서 메모를 보였다. "오늘 아침 3시 20분에 의식을 회복했을 때, 자네는 두 도적이 자네의 사무실에 쳐들어왔다고 말했어. 그중 한 사람은 6피트 이상이나 되는 거구에다 머리는 검고 짧으며 눈이 작다. 왼쪽 귀에 귀걸이를 달고 있었다. 또 한 사람은 그다지 키는 크지 않지만 단단하게 콧수염을 기르고, 억양이 외국 억양이고……."

"하우크의 발음에도 외국 억양이 있었어요." 케이트가 끼어들었다.

"그 얘기는 아까는 말하지 않았잖습니까?" 브레들리는 억누르듯이 말하며 의심스러운 눈으로 케이트를 보았다.

"말했다고 생각하는데…… 전부 말했다고 생각하는데……." 케이트는 지친 듯이 말했다.

브레들리 경감은 수첩을 닫았다. "그것도 댄서의 주의를 끌기 위해서가 아니었던가요, 미스 바니스터? 이 남자를 약혼자라고 말했던 것과 같은 종류의."

"이봐, 날 로버트 레드포드라도 되는 것처럼 생각하고 있나보군." 댄서가 신경질적으로 말했다. "이 아가씨를 똑똑히 본 후에 말하라구. 그런 짓을 할 사람으로 보이냔 말이야. 그리고 이 상처는 어떻게 설명하지?"

"그런 것은 아무 것도 아니야." 브레들리는 완강하게 주장했다. "그런 상처는 자기가 낼 수도 있으니까. 아까도 말했지만, 사실은 이 사람의 신원을 조사해서 포드모어나 도슨과는 관계가 없다는 것을 알았어. 그 둘은 교도소를 나온 이래로 소식이 끊겼어. 그래도 관계가 없다고 해서 안심해서는 안 되지만 말이야. 이 사람에 관해서는 내가 한 말이 옳을 거라고 생각해. 그 말도 안 되는 소리에는 아무런 증거도 없어. 단지 이 사람이 그렇게 말하고 있을 뿐이라구……."

케이트는 분노가 불타올랐다. "난 꾸며낸 얘기를 하고 있는 게 아니에요. 그리고 증인도 있다구요. 어때요? 데이비드도 보고 있었으니까요. 데이비드에게 물어보시라구요."

"좋습니다." 브레들리는 쉽게 말했다. "데리고 오세요. 얘기를 듣죠. 그때까지 나는 할 일이 있어요. 아아, 뭐가 뭔지 모를 하우크라는 남자의 일도 조사해 두지요. 이것도 사건이니까 어쩔 수가 없지. 시간의 낭비라고 생각하지만. 잘들어, 내가 한 말을 기억해 두라구, 댄서. 이 사람이 하는 말을 믿고 싶으면 믿으라구. 이 사람을 이 곳에 두고 가도 괜찮을 거라고 생각하지만……. 자네의 침대에 들어가려고 하면 수녀님을 불러."

"하지민……." 댄서는 말하려고 했다. 브레늘리는 손을 흔들며 방 바깥으로 나가 문을 닫았다.

"기가 막혀서!" 케이트는 완전히 화가 나서 말했다. 분노의 눈물로 시계가 흐려졌다. "저 사람은 뇌가 있을까요?"

댄서는 한숨을 쉬었다. "뇌는 있어. 아마도 당신을 초조하게 만들어, 어디까지 당신이 자신의 증언을 지키는지 시험해 봤겠지."

"그럼 그러기 위한 기술이었단 말인가요? 당신들은 그런 기술을 훈련받는군요." 케이트는 완전히 비참해져서 오바의 단추를 잠그기 시작했다.

댄서는 오랫동안 케이트를 바라보고 있었다. "뭐가 잘못 되었는지 알아?" 댄서는 이윽고 말했다.

케이트는 단추를 만지고 있는 손을 멈추었다. "네?"

"타이밍이 빗나갔어. 당신이 계속해서 두세 번 필요하지도 않은, 사용할 수도 없는 물건을 사러 가게에 오면, 나는 데이트 신청을 할 생각이었지."

"데이트요?"

“그래, 호기심이라고 말해서라도 데이트를 신청할 생각이었어. 난 당신이 상황을 살피다가 자전거포를 열 생각일 거라고 생각했어.”

“어머나.” 케이트는 한 손에 단추, 한 손에 단추구멍을 든 채 가만히 기다리고 있었다.

댄서는 환하게 웃었다. “당신한테 신청하고, 어딘가에서 함께 저녁을 먹고 영화를 보러 갈 생각이었지. 하지만 이미 너무 늦었어.”

“너무 늦어요?” 케이트는 목이 막힌 듯한 목소리를 냈다.

댄서는 고개를 끄덕였다. “그쪽이 결국 좋았는지도 모르지. 그런 일은 자연스럽게 잘 되는 일도 있고, 반대로…….”

댄서가 문 쪽을 보자, 간호사가 들어와서 케이트에게 의미심장한 눈짓을 보냈다. “죄송한데요, 미스터 댄서는 안정을 취하셔야만 합니다.” 간호사는 엄격한 말투로 말했다. “아직 충분하게 체력을 회복하지 않았으니까요.”

“네, 하지만…….” 케이트는 항의하듯 말했다.

“미안합니다.” 간호사의 말투에서, 브레들리의 말을 듣고 케이트를 댄서로부터 떨어뜨리기 위해서 왔다는 것을 역력히 알 수 있었다. 브레들리에게 불신당한 분노가 모락모락 솟구쳐, 아이들이 하는 것처럼 발버둥을 치며 난장판을 치고 싶은 기분이 들었다. 목소리를 냉정하게 유지하는 것만으로도 최대한이었다.

“데이비드에게 브레들리 경감과 애기를 하라고 하겠어요.” 케이트는 천천히 되씹듯 말했다. “그는 범인을 봤으니까요. 하지만 그 전에 당신한테 듣고 싶은 애기가 있어요.”

“뭔데.” 댄서는 매우 피곤한 모습으로 말했다.

“죄송합니다, 이제…….” 간호사가 또 다시 말을 걸었다.

“잠깐 조용히 해 주세요.” 케이트는 간호사에게 단호하게 말하고 이야기를 계속했다. "반 메이하란이 자전거를 수리하러 가지고 온 것은 분명히 9월이라고 말씀하셨죠?"

"그렇지."

"어디가 고장났었나요?"

"나로서는 모르지, 자세히는. 아마 기어가 나가지 않았을까. 에디가 업무 일지를 썼을 거라고 생각하지만, 그는 지금 포루트갈에 여행을 갔어. 하지만 브레들리가 말했던 것처럼 자전거 속에 돈을 숨긴다는 일은 좀 생각하기 어렵군. 그 하우크라는 남자가 제정신을 잃고 당치도 않은 일을 생각하고 있는 게 아닐까. 반 메이하란은 어딘가 다른 곳에 돈을 숨기고 있는 거지."

"에디는 당신의 조수예요?"

"그래."

"믿을 수 있나요?"

댄서는 신경질을 내기 시작했다. "물론이지. 자전거 안에서 돈이 나왔다면 즉시 나한테로 가지고 올 거야."

"돈을 가지고 포루트갈로 가 버렸다는 것도 생각할 수 있어요."

댄서의 신경질은 강해졌다. "그는 단체 여행을 갔어. 그것도 1년 전부터 예약을 하고. 잘 들어, 케이트. 그 하우크라는 인물이 실존한다고 하고, 그가 위험한 인물이라면…….."

"'실존한다고 하고'라구요?" 케이트는 새빨갛게 되었다. "내가 하는 말을 믿지 않으시는군요!"

"그렇게는 말하지 않았어." 댄서는 위로하듯 말했다.

"환자를 흥분시키지 말아 주세요." 단호한 표정을 떠올리며 간호사가 케이트 쪽으로 걸어왔다.

"내가 흥분하고 있다구요!" 문 쪽으로 뒷걸음질치면서 케이트는 말했다. "원래 애당초부터 그랬어요!"

"케이트." 몸을 앞으로 숙이면서 얼굴을 찌프리고 댄서가 말했다.

"반드시 증거를 보이겠어요. 당신에게도 브레들리씨에게도." 케이트는 문 옆에서 말했다. "무슨 짓을 해서라도 반드시 증명해 보이겠어요. 만약 하우크가 그 전에 당신을 죽여 버린다면, 그것으로 충분한 증거가 되겠죠? 그렇게 되면 믿을 거예요."

눈물이 뺨을 타고 떨어졌다. 케이트는 마음을 보인 것 같은 기분이 들어서 신경질이 났다. "난 애정에 굶주린 여자가 아니고 머리도 돌지 않았어요. 당신은 어떻게 생각하고 있는지 모르지만요. 어째서 당신을 사랑하고 있다는 따위의 착각을 했는지 스스로도 모르겠어요. 당신처럼 자아도취에 둔하고 저능의……." 케이트는 충격과 이상함 사이에서 분열 상태가 되어 있는 간호사를 힐끗 보았고, 그리고 댄서를 보았다. 그는 전혀 무표정하게 보였다. "부탁이니까 나를 불쌍하게 생각하지 말아 주세요!" 케이트는 문 밖으로 달렸다.

댄서가 부르는 소리가 들렸으나 뒤돌아보지 않았다. 정신없이 복도로 뛰어나갔을 때, 간호사가 댄서에게 누워서 안정하도록 말하고 있는 것이 들렸다. 저 여자도 저 녹색의 눈과 미소에 빠져 있는 한 사람일까.

나는 아니라고 케이트는 생각했다. 아냐, 이제는 아니다. 나는 존 댄서 따위를 사랑하고 있지 않다. 사랑한 일도 없고 앞으로 사랑할 일도 없을 것이다. 케이트의 마음은 그제서야 개운해졌다. 자신이 놓여진 입장이, 그리고 앞으로 하려고 하고 있는 일이 짜증스러울 정도로 확실하게 보였다.

이 눈물만 멈추어 준다면, 하고 케이트는 빌었다. 그리고 이렇게 무섭지만 않다면.

케이트는 데이비드 패트넘의 침실 겸 거실에서 책상에 앉은 채 이쪽을 보려고도 하지 않는 그의 구부린 등을 보고 있었다.

"하지만 왜 경찰에 가고 싶지 않지, 데이비드?"

데이비드는 어깨를 으쓱해 보일 뿐 대답하지 않았다.

"데이비드, 네가 증언해 주지 않으면, 경찰은 내가 하는 말을 믿어 주지 않는다구. 나중에는 이미 늦어. 하우크는 분명히 또 온다구. 이번에 오면……."

"그때는 내가 있지." 데이비드는 화가 난 것처럼 말했다. "앞으로 매일 내가 일터로 배웅 마중을 할게. 어디를 가든 반드시 배웅할게. 아무리 그 녀석이라도 당신한테 접근을 못하면 아무 짓도 못한다구."

"하지만 존은 그렇지 못해."

데이비드는 그 말을 듣고 처음으로 고개를 돌렸다. "댄서는 당신을 믿어 주지 않는다고 말했잖아. 도대체 언제가 되면 그 남자가 당신의 애정에 가치없는 인간이라는 사실을 알게 되냐구? 그 남자는 당신의 일은 요만큼도 생각하고 있지 않아. 왜 그렇게 언제까지나 그 녀석의 일을 걱정하지?"

"몰라. 그럼 너는 왜 경찰에 가 주지 않느냐구?"

데이비드는 한숨을 쉬었으나, 이윽고 무거운 입을 열었다. "2년 전에 마약 소지로 체포된 일이 있어. 대단한 물건은 아니어서, 그때까지 그런 일이 한 번도 없었기 때문에 집행유예가 되었지. 그 유예 기간에 아무 일도 없으면 죄가 없어지지. 하지만 무슨 일이 있으면 형을 받아야만 한다구."

"어머나, 그런 일을 걱정하고 있어." 케이트는 질린 얼굴을 했다. "넌 아무 일도 하지 않았어, 데이비드. 네가 나를 습격한 게 아니잖아."

"일이 그렇게 단순하지는 않아." 데이비드는 케이트를 가로막았다. 그리고 낡은 책상의 가장 밑의 서랍을 만졌다. "여기에 약이 한 봉지 있다구."

"어머, 데이비드!" 케이트는 깜짝 놀란 듯한 목소리를 냈다.

"내 거는 아니야." 데이비드는 당황해서 말했다. "보관하고 있을 뿐이야. 그 녀석은 지금 미국에 가 있어. 1개월 후에 돌아오지만. 어젯저녁에 경찰을 불렀다면 알고 있는 녀석을 만났을지도 몰라. 아무튼 이것이 있는 동안은 경찰이 집안을 뒤지고 돌아다니면 곤란하다구. 그래서 당신이 경찰에 알리는 것을 그만두었기 때문에 나는 안심했지. 어젯저녁에 도중에 돌아온 것은, 당신을 이 곳에 혼자 두고 나간 일에 양심의 가책을 받은 것과, 저 봉지를 어떻게든 처리할 수 있지 않을까 생각했기 때문이야."

"그랬었구나. 하지만 처리하지는 않았어."

"이제 그럴 필요가 없다고 생각했어. 그리고 그거 쓰레기통에 던져 버리면 되는 것도 아니니까. 고가의 것이고, 게일리 녀석은 몸이 큰데다가 성질이 급해서…… 물건이 없어지면 돈을 내라고 할 거야. 그래서 일단은 매수자를 찾아야만 한다구."

"하지만 마약을 매매하는 것은 가지고 있는 것보다 죄가 무겁잖아?" 케이트는 말했다. "난 영국의 법률은 모르지만, 그런 일은 미국하고 같을 거라고 생각해."

"그렇겠지." 데이비드가 말했다. "아아, 그리고 당신 핸드백, 찾았어. 열쇠는 정원에 떨어져 있더군." 데이비드는 힐끗 케이트의 얼굴을 보았으나 눈은 자연스럽게 블라우스의 가슴으로 갔다. "어제는 미안해, 케이트. 그때 내가 여기에 있었다면……."

"괜찮아, 이제." 케이트는 말했다. "나하고 함께 경찰에 가고 싶지 않은 이유는 그것뿐이야? 마약뿐이야?"

“응.” 데이비드는 말했다. “그리고 경찰이 내가 한 말을 안 믿을지도 모르는 일이 또 하나 있어. 그건…….” 말이 끊겼다.

“전에 경찰에서 거짓말을 한 일이 있구나.” 케이트가 뒤를 이었다. 데이비드는 고개를 끄덕였다.

“그것이 당신을 위해서 오히려 마이너스가 되지 않을까 생각했어. 그렇지?” 데이비드는 말했다.

“그 마약은 얼마 정도나 되지?” 케이트는 충동적으로 물었다.

“400파운드 정도일걸. 왜?”

“내가 사겠어.” 케이트는 말했다.

“안 돼.” 데이비드는 단호하게 말했다. “그런 일은…….”

“그렇게 할 수밖에 없어, 데이비드. 돈이라면 있으니까 걱정하지 말고 나한테 팔라구. 처리 방법은 알고 있으니까. 그 방법밖에 없어.”

몇 분 뒤에 두 사람은 변기 옆에 서서 최후의 마약 한 덩어리까지 화장실 물로 흘러들어가는 것을 보고 있었다.

“이렇게 해도 아직 브레들리 경감이 내가 하는 말을 믿어줄지 어떨지 몰라.” 데이비드는 천천히 말했다. “전번에는 믿어주지 않았거든. 그리고 그가 옳았었고.”

“어머나, 널 체포한 게 브레들리 경감이었어?” 케이트는 짜증스러워하면서 말했다.

“그렇다구.”

“그래서 그 사람은…….” 케이트는 말했다.

“당신을 머리가 이상한 여자라고 생각하고 있었냐구? 그럴지도 모르지.” 데이비드는 괴로운 듯한 표정을 지었다.

“그럼 좀더 다른 증거가 필요하다는 얘기군.” 그녀는 명랑했다. 케이트의 심장은 그것과는 반대로 불안하여 심하게 고동치고 있었다. “둘이서 증거를 찾아보자구.”

“역시 이런 일은 하지 않는 것이 좋을 뻔했는데.” 댄서의 가게 뒤편의 좁은 길을 소곤거리며 걷고 있을 때 데이비드가 말했다. “댄서의 일은 그 자신에게 맡기는 것이 좋아. 그리고 하우크는 어제 당신이 한 말을 믿은 게 아닐까. 그렇지 않다면 내가 돌아왔을 때 도망치거나 하지는 않았을 거야.”

“그렇군.” 케이트는 엄한 얼굴로 말했다. “하지만 믿지 않았는지도 몰라. 양쪽의 가능성이 있다구. 이 사건을 해결할 때까지 안심할 수 없어.”

“서부 활극에 나오는 인물 같은 말을 하는군.” 데이비드는 말했다. 케이트가 하숙집 아줌마의 도구 상자로부터 빌려온 몇 개인가의 도구를 꺼내고 있자, 데이비드는 그 옆에 서서 까치처럼 신경질적으로 발에서 눈을 떨구었다. “나한테 줘 봐.”

기술이라기보다는 우연히 잘 되었다는 느낌으로 댄서의 뒷문의 열쇠를 망가뜨릴 수가 있었다. 두 사람은 으시시한 어두운 사무실 안으로 들어갔다.

케이트는 스위치를 찾아 전기를 켠 순간에 비명을 질렀다.

존 댄서가 창백하고 불쾌한 얼굴을 찌푸리고 책상에 앉아 있었던 것이다.

“노크를 했으면 쉽게 들어올 수 있었을 텐데.” 댄서는 말했다. 다치지만 않았다면 때려 주고 싶다고 케이트는 생각했다. 댄서는 차가운 녹색의 눈을 케이트에서 데이비드로 옮겼다. “안녕하시오. 당신이 프로 도둑인가? 아니면 미스 바니스터의 콘설턴트로 따라왔나?”

“데이비드 패트넘이에요.” 케이트는 내뱉듯 말했다. “당신은 왜 병원에 누워 있지 않죠? 브레들리 경감은 어디에 있어요?”

댄서는 얼굴을 찌푸렸다. "지금쯤은 일요일 밤의 차라도 마시고 있겠지. 재채기가 나올 것 같아서 숨을 죽이고 있지 않을까."

"그러길 바라겠어요." 데이비드는 얌전히 동의했다. 댄서는 최초의 적의를 감추고는 약간의 흥미를 보이며 데이비드를 바라보았다. 하지만 그 흥미는 케이트를 돌아보았을 때 사라져 버렸다.

"내가 병원에 누워 있지 않은 이유는 말이야, 당신이 돌아간 뒤 아무 일도 할 것이 없어서 이것저것 생각했지. 즉 당신이 진실을 말했는지 어떤지를 증명하기 위해서 어떤 멍청한 짓을 할지를 말이야. 그리고 그것이 생각났을 때, 병원을 빠져나와 내 추리가 맞았는지 어떤지를 보기 위해 이 곳에 왔지. 역시 맞았어. 하우크와 또 한 명의 멍청이가 이 곳에 와 있었더라면 어떻게 할 생각이었지?"

케이트도 데이비드도 자신도 모르게 움찔거렸다. 댄서의 표정은 전혀 변하지 않았다. 목소리의 상태가 약간 높아졌을 뿐이었다.

"그렇게 무섭게 말하지 말아 주세요!" 케이트는 소리를 질렀다. 하지만 댄서가 깊이 숨을 들이마시고는 얼굴을 찌푸리자, 케이트의 분노는 갑자기 걱정으로 바뀌었다. "당신은 병원에 있어야만 해요. 이런 곳에 올 상태가 아니라구요."

"하지만 이미 와 버렸지." 댄서는 아이에게 말하는 것처럼 한 마디 한 마디 사이를 두고 말했다. "조수인 에디가 반 메이하란의 자전거 어디를 고쳤는지 조사하고 싶었어. 당신도 그걸 보러 왔겠지?"

"그래요."

댄서는 책상 위의 커다란 녹색 장부를 가리켰다. "그는 손님에게 부탁 받은 그대로 기어를 고쳤어. 그리고 앞의 포크를 교환했군."

"왜 포크를 교환했죠?" 케이트는 황급히 물었다.

"이건 개인의 일기가 아니야. 일의 양과 부품을 기록해 놓기 위한 거라구. 아마 망가져 있었겠지.” 댄서는 비꼬는 것처럼 덧붙였다. “아니면 그저 심심풀이거나.”

“그 포크는 어디에 있나요?” 데이비드가 주위를 둘러보면서 말했다.

“그건 짐작이 안 가는군.” 댄서는 피곤한 말투로 말했다. “마을의 쓰레기장이나 에이본 운하의 바닥이거나. 내가 알고 있을 리가 없잖아. 작년 8월의 일이라구. 자아, 이제 돌아가자구. 집으로 돌아가요.”

“아니오, 틀렸어요.” 케이트는 단호하게 말했다. “이 곳에 있을 거예요. 이 곳 어딘가에. 기록 이외에 뭔가 찾을 목적이 없었다면, 당신은 이 곳에 오지 않았어요.”

댄서는 화가 난 것처럼 케이트를 바라보았다. “곤란하군. 당신은 왜 다른 사람처럼 멍청하지 않지?”

“멍청하고 싶다고 생각했던 일도 있지만 역시 성격에 맞지 않았어요.” 케이트는 되받아쳤다. “당신의 작업장을 본 일이 있어요. 마치 고물 수집상 같았어요. 포크는 분명히 그 곳에 있어요. 내기를 해도 좋아요. 자아, 가 보자구요.”

“돌아가! 나 혼자 찾겠어!” 댄서가 외쳤다.

“더 좋은 생각이 있어.” 하우크의 목소리가 문 쪽에서 울렸다. “모두들 함께 찾자구.”

케이트는 작은 비명을 지르며 뒤돌아보았다. 장갑을 낀 한쪽 손에 커다란 리벌버를 든 하우크가 이쪽에 미소를 보이며 서 있다. 뒤에는 덩치가 커다란 남자가 거구에 작은 머리를 싣고, 잡은 나비의 마지막 날개를 쥐어뜯는 일에 애를 먹고 있는 남자아이같이 난처하고 어리석은 표정을 떠올리며 서 있었다. 이것이 댄서를 반죽음을 시켰다고 말했던 브루트일 것이다.

“먼저 가라구.” 하우크는 지하실 문을 향해서 권총을 가진 손을 흔들었다.

"잠깐만." 댄서가 말했다. "당신의 돈이 반 메이하란의 자전거에 숨겨져 있다는 증거는? 돈을 숨기는 데 그다지 적당한 장소로는 생각되지 않는군."

"정말이지 동감이야." 하우크는 고개를 끄덕였다. "한스가 똑똑한 인간이라는 얘기는 들은 일이 없으니까. 약은 면은 있었던 것 같지만. 자전거라고 생각한 것은, 다른 일체의 가능성을 생각해 보고는 이 이외에는 없다는 결론에 도달했기 때문이지."

"반 메이하란은 당신의 부하였나?" 댄서는 물었다.

"아, 그 남자는……."

댄서는 의자에 기대었다. "문제의 돈이라는 게 얼마지?"

"5만 파운드."

"그럼 잘못 찾았군." 댄서는 단호하게 말했다. "그만큼의 돈이 어느 정도의 부피가 되는지 아나? 가장 고액의 영국 지폐로도 20파운드야. 그렇다면 당신이 말하는 액수는 그 지폐로 2천5백 매가 되는 거야. 그만큼의 액수를 자전거의 앞 포크 속에 넣을 수 있는 사람은 아무도 없어. 자전거의 전체 프레임에 숨기는 일도 무리라구."

"파운드 지폐가 아닐지도 모르지." 하우크는 말했다. "예를 들어 미국의 고액 지폐로 바꾸었는지도 몰라. 미국에는 5천 달러 지폐가 있지. 하지만 이런 얘기를 주고 받아야 시간의 낭비일 뿐이야. 빨리 찾자구."

모두들 계단을 내려가서 지하실로 갔다. 작업용 벤치가 이어졌고, 선반에 도구가 놓여져 있는 이외에는, 망가진 부품이나 고물이 된 프레임 등이 엉망으로 쌓여져 있다. 전등은 어둠침침해서 이 곳에서 물건을 찾는 것은 쉬운 일이 아닌 듯했다.

"어떻게 이렇게…… 어지럽혀 놓고도 마음이 편하지? 이거 심하군!"

아무래도 하우크는 사물을 제대로 있어야 할 곳에 있어야만 직성이 풀리는 성격인 모양이다. 특히 자신의 돈에 관해서는.

댄서는 고개를 숙인 모습으로 벽에 기대어 있었다. "스크랩 업자는 한 번에 인도할 만큼의 양이 모이지 않으면 와 주질 않거든." 그는 투덜거리듯 말한 뒤, "영 기분이 좋지 않아." 하고 말하고는 근처의 고철더미 위에 쓰러지듯 앉았다.

하우크는 신경질적인 얼굴로 그것을 보고 있었으나, 케이트와 데이비드 쪽을 보았다. "너희가 찾아. 블루트, 너도."

수십 개나 되는 고철의 산더미는 모두 사이즈도 중량도 몇 배나 되는 철사로 만든 옷걸이를 겹쳐 놓은 느낌이었다. 지하실은 추웠으나 데이비드도 케이트도 찾으면서 땀에 흠뻑 젖었다. 케이트는 몇 번이나 쉬게 해 달라고 부탁했으나, 하우크는 허용하지 않았다. 1시간이나 경과했지만 문제의 포크는 발견되지 않았다.

그때 갑자기 블루트가 분노의 소리를 질러대며 웅크리고 있는 댄서 쪽으로 다가갔다. 그리고 저고리의 옷깃을 잡고 댄서를 밀어제꼈다. 데이비드가 넘어진 댄서를 지탱하고 있는 사이에, 블루트는 잡동사니를 뒤졌다. 이윽고 블루트는 검고 작은 눈에 승리의 빛을 띠며 허리를 폈다. 그리고 하우크에게 뭐라고 말을 하고는 찾아낸 포크를 내밀었다.

하우크는 분노에 불타며 댄서 쪽을 보았다. "그랬군! 시간을 벌 생각이었군! 그러면 누가 도우러 올 거라고 생각했나? 별로 의미가 없는 일은 하지 않았으면 좋겠어, 미스터 댄서."

댄서는 어깨를 으쓱했다. "그때는 의미가 있다고 생각했거든."

하우크는 블루트로부터 포크를 받고는 댄서를 향해 총으로 신호했다. "부러뜨리고 안의 것을 꺼내 주게."

댄서는 짧게 웃었다. "철관은 부러뜨릴 수가 없어."

하우크는 금속용 톱을 가리켰다. "그럼 저것으로 절단해. 서둘러서 하라구. 꾸물거리면 너희 모두가 죽게 된다구."

"어차피 죽일걸." 작업 책상으로 다가가면서 댄서는 조용히 말했다. 케이트는 갑자기 불안해졌다. 데이비드는 옆에서 몸을 긴장시키고 있다. 물론 댄서의 말이 맞다. 하우크는 얼굴이 알려진 세 사람을 살려 둘 리가 없다.

댄서는 톱질을 하기 시작했다. 시간이 걸리는 작업인데다 몸이 약해져 있으므로 더욱 잘 되지 않는다. "누군가가 그쪽 끝을 잡아 주면 좀더 빨리 할 수 있을 텐데." 그가 말했다.

"도와 줘." 하우크의 명령을 듣고 데이비드가 옆에 오자, 댄서는 잘 들리지 않는 목소리로 계속해서 뭐라고 지시를 내렸다.

"무슨 얘기를 하는 거야?" 하우크가 따지듯 물었다.

"이제 거의 끊어질 때가 다 되었다고 말했어." 존이 말한 순간, 포크 끝이 잘려 바닥 위로 떨어졌다. 댄서는 포크를 들어 망원경이라도 들여다보는 것처럼 안을 들여다보았다. "허어!" 존은 깜짝 놀란 것처럼 말했다.

"들어 있나?" 하우크는 황급히 물으며 댄서 쪽을 보았다. 블루트도 다가왔다. 두 사람 모두 그것에 신경을 빼앗겨서, 계단을 향해 달리기 시작한 데이비드의 움직임을 미처 깨닫지 못했다. 케이트는 깜짝 놀랐다. 하지만 데이비드는 전혀 소리를 내지 않고 달리지는 못했다.

그때 하우크가 깜짝 놀라 뒤돌아보았다. 그 순간 댄서는 포크를 길게 들고 하우크의 팔꿈치를 향해 내리쳤다. 손 안의 총이 날아가 잡동사니 속에 떨어졌다. 하우크는 고통의 비명을 질렀다. 블루트는 일순간 데이비드를 쫓아야 할지 주인을 보호해야 할지 망설이고 있었다.

댄서는 아무 것도 망설일 이유가 없었다. 이것은 예정된 행동이었다

(그렇게 케이트는 알고 있었다). 갑자기 붓이 꽂혀 있는 페인트 희석액 통을 들어 블루트의 얼굴을 향해 던졌다. 거구의 남자는 희석액을 뒤집 어써서 눈이 보이지 않게 되자 큰 소리를 질러대기 시작했다. 댄서는 케 이트의 팔을 붙잡고 위층으로 달려 올라가기 시작했다. 그 빠름에 케이 트의 발은 한 칸씩 간신히 발이 걸칠 뿐이었다. 아까는 그렇게 맥없이 보 였던 댄서가 지금은 마치 사람이 변한 것처럼 되어 있었다. 자전거포의 남자가 아닌, 보통 인간이 아닌, 거역할 수 없는 뭔가로. 케이트의 마음 은 거의 공포로 움츠러들어 있었다.

위층에 도착했을 때, 댄서의 모습은 더욱 케이트를 겁나게 했다. 미친 것이 아닌가 생각되었던 것이다.

"자전거! 자전거!" 팔을 휘두르면서 댄서는 그렇게 외쳤다. 케이트가 당혹해 하고 있자, 댄서는 눈을 치켜뜨고 케이트를 노려보며 가까이에 있던 자전거를 들고 아래층으로 던져댔다. "던지라구, 밑으로!"

그때 케이트는 그제서야 댄서가 하려는 일을 깨닫고 돕기 시작했다. 자전거 열 대 정도를 던지자, 밑에 있는 두 사람과의 사이에 서로 얽힌 자전거의 장벽을 만들 수 있었다. 하우크와 블루트는 열심히 올라오려 하고 있었다.

"이제 당분간은 저 두 놈을…… 바쁘게 만들었군." 댄서는 숨을 헐떡 이면서 간신히 말하고는 케이트를 뒷문 쪽으로 끌고 갔다.

"하지만…… 데이비드가……." 케이트는 주위를 둘러보았다. 데이비 드의 모습은 보이지 않는다.

"자아, 빨리!" 존은 독촉했다. 그리고 뒷문을 열고 눈이 쌓인 뒷길로 케이트를 밀었다. 존의 괴로운 듯한 숨소리가 케이트의 귀에 아프게 울 렸다.

"차로…… 이쪽으로!"

분명히 그 곳에는 금요일 밤부터 쉬지 않고 내리는 눈을 완전히 덮어쓴 차가 주차되어 있었다. 존은 주머니를 뒤져 열쇠를 꺼내더니 차 위로 케이트에게 던졌다. 케이트는 간신히 그것을 받아들고는 공포에 빠져 존을 바라보았다. 그 사고 이래로 한 번도 차를 운전하지 않았던 것이다.

"미국 여자라면 누구라도 운전할 수 있다고 말했지. 자아, 운전해!" 존은 명령했다. 케이트는 문을 열고 손을 뻗어 존 쪽의 문을 열었다. 존은 열쇠 다발을 받고는 엔진을 스타트시키고 와이퍼를 작동시켰다.

케이트는 클러치를 찾아 발을 올려놓고 끄르륵 소리를 내며 기어를 1단에 넣었다.

"오랫동안 운전을 하지 않았어요……" 케이트는 겁먹은 듯이 말했다. 그때 케이트 쪽의 창문에 그림자가 나타나더니 팔이 바깥 손잡이를 잡는 것이 보였다. 케이트는 비명을 질러대며 엑셀을 바닥까지 밟았다. 타이어가 미친 듯이 돌기 시작했다. 작은 차는 현관 앞쪽으로 뛰어들며 풀 스피드로 달리기 시작했다. 비명 소리가 들려오고 손과 그림자는 갑자기 안 보이게 되었다. 케이트는 기어를 2단에 넣었다.

"꽤 잘하는데." 존이 말했다.

"반사적으로 했을 뿐이에요. 머리를 썼다면 후진으로 깔아뭉갰을 텐데!"

차는 지금 매끄럽게 달리고 있었다. 와이퍼는 앞창에 쌓여 있는 눈을 천천히 앞뒤로 밀어치우면서 움직이고 있었으나, 케이트로서는 전방에 무엇이 있는지 전혀 보이지 않았다.

"좌회전!" 교차점에 왔을 때, 한쪽 팔을 미친 듯이 휘두르면서 존이 말했다. 경찰의 방향일 것이다.

"그 관 속에는 아무 것도 들어 있지 않았죠?" 전방을 주시하면서 케이트가 말했다.

"어떻게 알았지?" 존은 의외라는 얼굴로 되물었다.

"왜냐하면 한쪽은 여전히 막혀 있어서 안이 새까맸으니까요. 차가 미끄러졌으므로 황급히 기어를 바꾸면서 케이트가 말했다.

"당신의 추리력은 대단하군. 운전은 좀 그렇지만." 차가 또 하나의 모퉁이를 돌았을 때, 존이 말했다.

"어디로 가려고 하는지 안 물어요?" 케이트는 그렇게 말하며 힐끗 존을 보았다. 옆에 앉아 있는 존의 몸의 따스함이 전해져 오는 것 같았다. 이발소에 갈 때가 다 된 머리, 구겨진 셔츠의 옷깃, 목 뒤에 있는 작은 멍든 자국. 이 사람을 나는 사랑하고 있다…….

"아무래도 자신이 있는 것 같아 보이는군. 뭘 꾸미고 있지?"

"어머나, 날 믿어 주는군요." 케이트는 거의 믿을 수 없다는 듯이 물었다.

"믿을 수밖에 없지." 존은 차갑게 말했다.

"아, 그래요." 케이트는 다음 교차점에서 망설였다. 오른쪽으로 가면 안전이, 왼쪽으로 가면 아마도 이 사건의 해답이 둘을 기다리고 있는 것이다. "박물관의 내 책상 속에 하우크가 찾고 있는 것이 있을 거라고 생각해요." 케이트는 말했다.

"그게 무슨 얘기지?"

"내가 반 메이하란이라면 돈이 아니라 좀더 다루기 쉬운 것으로 바꾸었겠죠."

"예를 들자면?" 존은 좌석 위에서 케이트 쪽으로 방향을 바꾸며 괴로운 듯한 표정을 지었다.

"암스텔담은 세계적인 다이아몬드 시장이에요."

"자전거 안에서 다이아몬드가 나왔단 얘긴가?" 케이트가 모퉁이를 돌아 리본처럼 예쁘게 눈이 쌓인 도로를 박물관을 향해 달리기 시작했을 때, 존이 물었다.

"아직 몰라요. 그걸 지금부터 보러 가는 거라구요."

차가 이윽고 박물관의 우아한 정면 현관에 도착하자, 케이트는 엔진을 껐다. 꾸벅꾸벅 졸고 있던 존이 물었다. "뭐가 있나?"

"자전거의 벨이오."

"되돌려 받았을 때 벨은 제대로 달려 있었는데."

"아니오, 그건 아니에요. 당신이 전화를 걸어와서 자전거를 돌려 달라고 말했을 때에는, 벨은 아직 이 곳에 놓여 있었어요. 그래서 나는 전에 당신의 가게에서 샀던 벨을 대신 붙였죠. 스페어의 벨을 네 개나 샀거든요!"

"그 벨에 다이아몬드가 가득 들어 있다는 얘기군." 존은 대수롭지 않다는 듯 실망한 얼굴을 했다.

"아니오, 가득한 것이 아니고 큰 것이 하나 들어 있지 않을까요?" 케이트는 조용히 말했다.

"하지만 반 메이하란은 그렇게 중요한 것을 전혀 모르는 사람한테 맡길까?"

"자전거를 숨기는 데에 가장 좋은 장소는 자전거가 많이 있는 곳이에요." 케이트는 인내심 있게 설명했다. "그는 벨이 아니라 기어를 고쳐 달라고 말했잖아요? 에디가 포크를 교환했을 때, 핸들은 원상태로 해 놓았으니까 벨을 만질 필요는 없었죠. 내 입장에서 말하자면, 벨은 물건을 숨기는 장소로는 최고죠."

"알았어. 그럼 그 벨이라는 것을 조사해 보자구." 존은 말하고 문을 열었다.

두 사람은 계단을 올라갔다. 케이트는 열쇠를 찾았다. 무거운 현관문이 열리자 가구의 크리너 냄새와 그 가구들이 지나온 긴 세월의 냄새가 따뜻한 공기와 함께 풍겨왔다.

"경보 장치를 끄는 스위치는 어디에 있지?" 존이 바로 옆의 어둠 속에서 물었다.

"뭐라구요?" 걷기 시작한 케이트의 팔을 존이 힘껏 잡았다.

"이 곳에는 경보 장치가 있을 거야." 존이 매우 인내심 있게 말했다. "몇 천 파운드나 하는 귀중한 물건을 잔뜩 보관해 둔 건물에 현관 열쇠 하나로 훌쩍 들어갈 수 있을 거라고는 생각할 수 없어."

"그걸 몰랐군요." 케이트는 말했다. 이 곳에 와서 일하기 시작했을 때 설명을 들은 일이 희미하게 생각났다. "분명히 그림 액자 뒤에 있다고 들은 생각이 나요."

"무슨 그림이었지?"

"글쎄요. 생각이 나지 않는군요."

갑자기 뭔가 마찰음이 들렸고, 케이트 옆에 성냥불이 켜졌다. 댄서는 그것을 손으로 감싸고 현관 로비를 둘러보았다. 잠시 후에 "아아" 하고 말한 순간에 성냥을 떨구었다.

케이트는 문 옆의 전기 스위치를 찾아냈다. 현관 로비의 전등이 켜지자, 존이 손가락을 빨면서 존 퀸시 아담스의 초상화 옆으로 다가가는 것이 보였다. 액자 뒤에는 회색의 스위치 판넬이 있었다.

존은 몸을 숙여 그것을 조사하며 점멸하고 있는 전구를 하나하나 눌러 껐다. 끝내고 뒤로 돌았을 때에는 매우 지친 듯한 얼굴이 되어 있었다.

"앞으로 1분만 더 꾸물거렸다간 큰일날 뻔했군." 존은 말했다. "이 장치는 2분밖에 기다려 주지 않아. 들어와서 이 곳에서 스위치를 끌 만큼의 시간이지."

"근무 시간 이외에는 온 일이 없거든요." 케이트는 차갑게 말하며 왼쪽의 복도를 향했다. "이쪽이에요." 하고 말하자, 나무 마루를 존이 따라 오는 발소리가 들렸다.

몇 개인가의 방을 지나서 「직원실」이라고 쓰여진 방의 문 앞으로 나왔다. 그 안의 리노륨 바닥은 바깥의 호화스러운 바닥과 비교한다면 질릴 정도로 소박했다.

책상 서랍 속을 잠시 찾은 뒤, 케이트는 반 메이하란의 자전거를 처음 탔을 때 떨어뜨린 벨을 꺼냈다.

존은 케이트로부터 벨을 받아 조사한 후 크롬의 뚜껑을 열고 안을 들여다보았다. "다이아몬드 같은 거는 들어 있지 않은데."

"하지만…… 들어 있을 텐데요. 달리 어디에 숨기겠어요?" 존은 어깨를 으쓱하며 뚜껑을 원상태로 끼웠다.

"항복. 완전히 항복이에요." 케이트는 맥이 빠지고 피로가 몰려오는 것을 느끼며 책상 끝에 앉으면서 원망하듯 말했다. "데이비드는 정말 똑똑하군요. 재빨리 도망을 쳐 버렸으니."

"데이비드는 도망치지 않았어." 존은 뚜껑을 정성스럽게 꽉 닫으면서 말했다. "심부름을 시켰지."

케이트는 갑자기 안심했다. "하지만 그렇다고 해서……."

"잠깐만." 존은 벨을 가만히 보면서 말했다. "이거, 조금 이상하다고 생각하지 않아?"

케이트가 옆으로 다가갔다. 벨은 보통의 벨과 다르지 않았다. 단순한 버섯 모양으로 한가운데에 메이커의 마크가 붙은 작은 원반이 달려 있다. 그때 갑자기 케이트는 존이 한 말의 의미를 깨달았다. 한가운데의 원반이 보통 벨과 다른 것이다. 댄서가 다시 끼웠을 때 「크롬」이 벗겨져서 군데군데가 벗겨져 있다. 크롬 제품이 아니라 그럴싸하게 칠한 것이다. 그리고 원반은 동전이었다.

"이 곳에 고대 화폐의 연구서는 없어?" 존이 흥분한 목소리로 물었다.

"관장실에 있을지도 몰라요. 복도 끝이에요." 케이트는 벨의 중앙에 달린 볼품 없는 동전을 보면서 말했다. 존의 얼굴을 보니까 눈이 빛나고 있다. "이거라고 생각해요……?"

"몰라…… 조사해 보자구."

책을 찾아내 그것이 나와 있는 페이지를 찾는 데 10분 정도가 걸렸다. 그 동전은 매우 오래 되고 희귀한 것으로 5만 파운드 가까운 가격이 나간다는 것을 알았다. 그리고 외관은 케이트가 지금까지 본 것 중에서 유난히 눈에 뜨이지 않는, 아무런 특징도 없는 것이었다.

"그게 그렇게 비싼 값이 나가다니, 믿을 수가 없군요." 케이트는 화가 난 것처럼 동전을 보면서 말했다. "믿을 수는 있어요. 단지 믿고 싶지 않을 뿐이라구요." 케이트는 말도 안 되는 소리를 했다. "아름답지도 아무렇지도 않잖아요. 다이아몬드처럼 말이에요. 아니면 그림처럼. 아니면."

"이 전화는 외부하고 통하나?" 존은 케이트의 말을 가로막고 관장의 책상 위에 있는 전화로 손을 뻗으면서 물었다. 분개한다기보다는 한숨을 쉬면서 케이트는 전화 밑에 있는 단추를 눌렀다.

"이제 통해요." 케이트는 말하고 곁을 떠났다. 존은 다이얼을 돌려 브레들리 경감에게 전화를 했다. 케이트는 이상한 감동에 사로잡혀 있었다. 오바의 단추를 끌르고, 어두운 그림자 속에 있는 초원 위로 떨어지는 눈을 보고 있었다. 바깥의 하얀 세계에 존의 그림자가 뚜렷하게 비쳐지고 있다. 케이트는 몸을 돌려 존을 보았다. 검은 머리 위에 내린 눈이 녹아서 젖어 있다. 존 댄서는 마치 저 동전 같다고 케이트는 생각했다. 외견은 평범하기 이를 데 없는데 대단한 가치가 있는 존재.

존은 수화기를 놓았다. 얼굴은 지쳐 있었으나 만족해 하고 있는 것 같아 보였다.

"데이비드가 브레들리에게 전화로 통보를 했군." 존은 말했다. "경찰이 가게에 갔을 때에는 이미 하우크와 블루트는 없었다는데, 어디로 갔는지 상상이 되겠지. 브레들리는 아무래도 우리가 상상하던 것 이상으로 당신이 한 말을 믿은 모양이야." 존은 머리를 손으로 쓰다듬었다. "자아, 가자구, 멋진 아가씨. 돌아가는 도중에 경찰에 들러 동전을 주겠다고 약속했으니까……."

"갑자기 비행기 태우지 마세요." 케이트는 당혹하여 그렇게 말하고 존 앞을 지나가려고 했다. 존이 손을 뻗어 케이트를 잡아당겼다. 존의 입은 따뜻했다. 갑작스러운 키스에 당황한 케이트는 키스를 되받으며 상대방을 자신도 모르게 강하게 껴안았다.

"아얏!" 존은 케이트의 목을 향해서 말했다. "부드럽게, 아가씨."

"존……."

"케이트." 존은 케이트를 힘껏 껴안았다.

케이트는 그의 심장이 자신의 심장에 맞추는 것처럼 빨리 울리고 있음을 느끼면서 그의 키스를 맛보고 있었다. "이제…… 이젠 늦었다고 말했었죠?"

존은 놀라서 약간 몸을 떼며 케이트의 얼굴을 보았다. 녹색의 눈이 웃고 있었다. 하지만 그 곳에는 다른 무엇인가가 있었다. 케이트의 마음을 떨게 만들고 평범하지 않은 무엇인가가 있었다. "그런 말을 했던가?"

"그래요, 병원에서. 머지 않아 나한테 데이트 신청을 할 생각으로 있었는데 지금은 이제 늦었다고."

"아아!" 존은 고개를 끄덕이며 다시 한 번 키스했다. "그건 사실이야. 애송이처럼 멍청한 데이트를 하고, 당신한테 꽃이나 초콜렛을 선물하고, 당신이 나를 사랑하고 있는지 사랑하고 있지 않은지 그것을 생각하면서 항상 불안해 하는 그런 일을 하기에는 너무 늦었단 말이지. 내가 보기에는 우리는 그런 시시한 일엔 이미 졸업을 했다구. 그리고 좀더 직접적으로 확실하게 사물을 잡자는 얘기지, 어른답게. 그쪽이 훨씬 간단해.”

존은 그렇게 속삭이며 코로 스카프를 밀치고는 케이트의 목을 부드럽게 깨물었다.

“그건 당신의 늑골이 제대로 붙을 때까지는 기다려야 해요.” 케이트도 속삭였다.

“댄서 가문의 사람들은 회복이 빠르기로 유명하지.” 존은 정색을 하며 말했다. “그리고 재촉을 하면 시급히 이혼 수속을 완료할 수도 있어.”

“난 별로 재촉하지 않았어요.” 케이트는 변명조의 말투로 말했다.

“아니, 재촉하는 녀석이 있지. 날 거야, 분명히.” 존은 키득거리며 웃었다. 그리고 다시 한 번 키스했다. 전보다 약간 강하게. 어딘가에서 강한 문소리가 났다.

존은 갑자기 케이트를 밀어제끼고 귀를 기울였다. “이 곳엔 당직 수위가 있나?”

“아니오. 아마 게이트 하우스의 톰일 거예요, 그는…….”

“댄서!” 현관 로비 방향에서 하우크의 목소리가 울렸다.

존은 얼굴을 긴장시켰다. 그리고 전화로 손을 뻗어 수화기를 들었으나 선이 끊긴 것을 알고는 천천히 내려놓았다.

목소리가 또 다시 울려퍼졌다. “그 곳에 있는 것을 알아, 댄서. 너희들의 차는 타이어를 점검해야 되겠더구만. 한 타이어의 접지면에 뚜렷하게 옆으로 상처가 나 있던걸. 눈 속에서 뒤를 쫓는 데는 그만이지.”

“그러지 않아도 교환하려던 참이었는데.” 존은 슬픈 듯이 케이트에게 말했다. 케이트는 듣고 있지 않았다.

“다른 방향으로 갔어요.” 케이트는 놀란 것처럼 말했다. “탑으로 가는 표시를 쫓아가고 있다구요!”

"그게 무슨 얘기지?" 존이 물었다.

"이 박물관은 그다지 크지 않아서 계단도 충분히 없어요. 그래서 관람자가 혼동하지 말도록 결정된 순서를 따라서 방을 돌게 되어 있다구요. 그러니까 지나갈 수 없도록 만든 문도 있고, 벽에 문을 설치한 곳도 있어요. 모르는 사람은 일단 하나의 루트를 결정해 버리면 마지막까지 가든가 처음으로 돌아올 수밖에 없다구요."

"'모르는 사람'이라고 말했는데, 옆길로 갈 수도 있다는 말인가?"

"그래요, 길을 알고 있으면요."

"하우크는 길의 순서 표시를 따라서 갔다는 말인가." 존은 생각하면서 말했다. "그건 우리한테 유리하다는 말이군."

"모르겠어요." 케이트는 열심히 박물관의 평면도를 머리 속에 불러들였으나, 갑자기 그것이 필요하지 않다는 것을 깨달았다. 관장실에는 훌륭한 관내의 평면도가 걸려 있는 것이다.

"처음부터 계획적으로 이 곳에 숨겼군!" 하우크의 목소리가 계속되었다. 아까보다 멀어졌지만 잘 들렸다. "자전거포의 지하실에서 했던 건 모두 연극이었군. 너도 여자도, 이미 몇 개월 전에 발견했었군."

"그렇다면 이런 일은 벌어지지 않았겠지." 존은 말하고 케이트에게 물었다. "저 녀석들은 지금 어디쯤에 있을까?"

"이 부근이에요." 케이트는 '리의 방'이라고 적혀 있는 작은 사각을 가리켰다.

"저 녀석들을 지나서 바깥으로 나갈 수 있을까?"

"지하실로 내려가면 조리실로 나갈 수 있을 거라고 생각해요."

"그럼 그렇게 해 보자구." 존은 말하고 사무실의 전기를 껐다. 두 사람은 복도로 나와 진열실로 통하는 마호가니 문을 향해서 발소리를 죽이며 걸었다. "어느쪽이지?" 존이 물었다.

"이쪽이에요." 케이트는 존을 왼손으로 이끌었다. 두 사람은 입구에 빌로드를 깐 길을 지나서 손으로 더듬으며 어두운 방을 가로질렀다. 가능한 한 소리를 내지 않도록 조심하면서 복도를 따라 다음 방으로 들어갔다. 그 곳에서 케이트는 방의 한가운데에 있던 의자와 부딪쳤다. 의자는 나무 마루를 끼익 하는 소리를 내며 미끄러졌다. 존은 케이트를 단단히 껴안았다. 두 사람은 숨을 죽이고 귀를 기울인 채 멈추었다. 지금의 소리가 들렸을 것이다. 발소리는 뛰는 소리가 되어 다가왔다.

"가자구!" 존은 속삭이며 맞은편 구석으로 희미하게 윤곽이 보이고 있는 문을 향해서 케이트를 밀었다. 하우크와 블루트가 뭐라고 말하고 있는 소리가 들리더니, 한 명의 무거운 발소리가 멀어져 갔다.

"아마도 블루트일 거야. 내 차에 무슨 짓을 할 생각이겠지." 존은 말했다. "어느 쪽으로 가면 되지?"

"중앙 홀을 통해야만 해요…… 존! 이쪽으로 오고 있어요!"

두 사람은 문을 빠져나가 평행으로 달리고 있는 복도를 지그재그로 진행하며, 유리가 끼워진 캐비넷이 어둠 속에서 희미하게 빛나면서 양쪽으로 이어져 있는 중앙 홀로 나갔다. 대리석 바닥을 달려가는 발소리를 없앨 수는 없었다. 쫓아오는 인간이 케이트가 부딪쳤던 그 의자에 부딪쳐 비명을 지르는 것이 뒤쪽에서 들려왔다.

"지하실을 돌 여유가 없어." 존은 케이트를 넓은 대리석 계단 쪽으로 끌고 가면서 말했다. "위로 가야겠어."

두 사람은 계단을 올라가 계단이 두 곳으로 나뉘어져 있는 곳에 이르렀다.

"침대 밑으로 들어가!" 왼쪽 계단을 올라간 곳에 바로 있는 방——이 곳은 케이트가 좋아하는 방으로 1830년대 무렵의 아기 침실이다—— 에 오자 존이 말했다.

"그건 도저히 무리예요." 케이트는 비명을 질렀으나, 하얀 킬트로 덮인 네 다리의 침대와 바닥 사이의 작은 틈새로 억지로 밀려 들어가 버렸다.

그리고 존이 사라졌다. 침대 옆에 구두가 보였으나 발은 들어가 있지 않았다. 소리가 나지 않을까 귀를 기울였으나, 두 사람 뒤에서 대리석 계단을 뛰어 올라오는 발소리밖에 들리지 않았다. 존은 어디로 가 버린 것일까. 케이트는 보이지 않도록 구두를 침대 밑으로 끌어당기고는 그대로 가만히 있었다. 위에서 몸을 밀어오는 침대의 무게가 점점 견디기 어려워졌다. 로프의 스프링이 등에 박혔고 먼지가 코를 자극했다. 숨을 쉴 수가 없었다…….

하우크가 방으로 들어왔다.

창문으로 스며드는 달빛 속에서 수제화인 검은 구두가 보였다.

케이트는 존의 구두 뒷굽을 힘껏 잡고는 하우크의 발을 보면서 그가 움직이길 기다렸다. 하지만 하우크는 가만히 그 곳에 선 채로 있었다. 왜 움직이지 않을까? 내가 침대 밑에서 꼼짝도 하지 않고 숨을 죽이며 숨어 있는 것을 알고 있는 걸까? 아아, 하느님, 어떻게 하지…… 하우크는 침대 쪽으로 온다…… 몸을 숙여서 킬트를 벗기려 하고 있다…….

댄서의 양말 바람의 발이 하우크에게로 다가갔다. 신음소리, 부딪치는 소리. 그리고 케이트 위의 침대가 갑자기 푹 꺼지고 케이트는 바닥에 짓눌렸다. 싸우고 있는 두 남자의 무게로 케이트는 바닥에 달라붙은 것처럼 되었지만, 바로 옆에 있는 침대 다리로부터 눈을 뗄 수가 없었다. 다리는 당장이라도 부러질 것처럼 꺾여져 있다.

부러지는 예리한 소리를 내며 다리는 드디어 무게에 져서, 케이트는 갑자기 어깨에 엄청난 통증을 느꼈다. 숨이 막히고 소리를 낼 수도 없다. 이대로 정신을 잃는 것이 아닌가고 생각한 순간에, 순식간에 무게가 사라지고 두 남자가 바닥 위로 굴러떨어졌다.

두 사람은 어둠 속에서 짐승처럼 몸을 비틀며 서로 상대방을 누르려고 싸우고 있다. 신음소리, 욕지거리가 들리고, 부딪치는 소리, 그리고 유리 그릇이 떨어져서 깨지는 소리. 화장대가 뒤집어진 모양이다.

바보처럼 케이트는 망가진 물건의 가격을 계산하고 있었다. 사랑하는 사람이 둘의 목숨을 지키기 위해 필사적으로 싸우고 있는 것을, 좁은 곳에 갇혀 가만히 기다려야 한다는 현실을 직시하며, 고통을 견딜 수 없는 케이트는 그런 일 속으로 도망칠 수밖에 없었던 것이다.

또 다시 큰 소리가 났다. 이번에는 나무가 부셔졌다고 생각했는데, 케이트가 가장 무서워하고 있던 소리가 울렸다. 총소리.

그 소리는 작은 방안에서 귀를 막을 정도로 들렸다. 케이트는 자신도 모르게 비명을 질렀다. 그 메아리—— 케이트의 비명과 총성——는 영원히 울리며 그치지 않을 것처럼 생각되었다. 그리고 한 사람이 쓰러졌다. 보이는 것은 바로 앞, 불과 30센티 정도 앞에 쓰러져 있는 검고 큰 몸뿐. 몸은 전혀 움직이지 않는다.

케이트 자신도 꼼짝도 하지 않았다. 그리고 밑의 홀의 발소리를 듣고 있었다. 들은 기억이 있는 야비한 목소리가 울렸다. 블루트가 돌아온 것이다. 블루트의 외침에 대답하는 자는 없었다. 그렇다면 쓰러진 것은 하우크 쪽이다. 혹시 죽었을까. 그렇다면…….

그때 문 근처에서 희미하게 사람이 움직이는 기척이 났다. 그림자—— 그것은 그림자 이외의 그 무엇도 아니었다——가 중앙 홀 위의 회랑으로 나가고 있었다.

"아아, 그만!" 존은 블루트에게 대항하려 하고 있는 것이다. 케이트는 침대 밑에서 열심히 기어나왔다. 존에게 그런 자살 행위를 시키면 안 된다.

밑에서 또 다시 뭔가가 망가지는 소리가 났다. 유리 진열장에 부딪친 것이다. 그 소리로 미루어 보면 리비아의 귀중한 은과 퓨터의 식기 콜렉션이 들어 있는 케이스가 깨진 것이 분명했다. 케이트는 네 발로 기면서 하우크의 몸 옆을 지나 회랑으로 나갔다.

복도로 나온 케이트는 얼어붙은 듯이 그 곳에 서서 밑에서 펼쳐지고 있는 광경을 내려다보고 있었다. 달빛이 밑에서 원을 그리며 움직이고 있는 두 사람을 비쳐 주고 있었다. 블루트의 커다란 몸 옆에서 댄서는 난장이처럼 작고 가볍게 보여 순식간에 넉다운당할 것처럼 보였다.

피하기 어려운 운명을 제치려고 하는 듯이 케이트는 손을 들어올렸다. 그때 어떤 생각이 떠올라 서둘러서 케이트는 하우크가 쓰러져 있는 곳으로 뛰어서 돌아갔다. 하우크는 죽지 않은 듯, 케이트가 정신없이 마루 위를 찾고 있을 때 숨소리가 들렸다. 케이트는 간신히 찾고 있던 것을 발견했다.

복도로 돌아가서 밑을 보니, 두 사람은 서로 붙잡고 흑백의 바닥모양 위에서 하나의 검은 덩어리처럼 되어 보였다.

달빛어 케이트의 하얀 손 안의 검은 금속 총신을 빛나게 하여 조준을 정하자, 총은 마치 으시시한 생물처럼 느껴졌다.

그러자 갑자기 전등이 켜졌다. 두 남자는 깜짝 놀란 것처럼 몸을 떨어뜨렸다. 케이트는 쐈다. 그리고 동시에 정신을 잃었다.

케이트가 의식을 되찾자, 브레들리 경감이 옆에 앉아서 얼굴을 들여다보고 있었다. 케이트가 눈을 깜빡거리자, 경감은 주물 난간 밑을 향해서 외쳤다. "괜찮아!"

"다행이군!" 존의 목소리가 밑에서 들려왔다. 케이트는 울기 시작했다.

브레들리 경감의 도움을 받아 케이트는 일어나서 난간 밑을 보자, 중앙 계단의 가장 밑에 앉아 있는 존의 모습이 보였다. 존은 고개를 들어 케이트를 쳐다보았다. 눈에는 고통의 빛이 있었다. 얼굴에 상처가 나서 피가 흘러나오고 있어 팔짱을 끼고 가슴을 힘껏 안고 있었다. 아까의 영웅은 어디론가 사라지고 고통을 견디는 평범한 남자로 되돌아와 있었다.

하지만 케이트가 브레들리의 부축을 받으며 계단으로 내려오자, 존은 케이트를 야단치기 시작했다.

"총을 쏠 필요는 없었어." 존은 신경질적인 말투로 말했다. "1분만 더 기다렸더라면 저 녀석을 쓰러뜨렸을 텐데."

"그래요, 그건 그렇지만."

"시간의 문제였다구." 존은 계속했다.

"그래요." 케이트는 존의 옆에 와서 옆얼굴에 키스하며 입술에 묻은 피를 맛보았다. "그걸 알았으면 좋았을 텐데."

"그래……." 존이 떨떠름하게 말했다. "알면 됐어." 케이트는 존이 팔 안에서 떨고 있는 것을 느꼈다.

홀에는 몇 명의, 늠름하고 몸이 큰, 유능한 것 같은 제복의 경찰관이 있었다. 브레들리 경감과 함께 온 것일까. 그 안의 하나가 조심스럽게 리볼버 권총을 주워 올렸고, 다른 하나가 아무런 델리커시도 없이 블루트에게 수갑을 채웠다. 블루트는 아무래도 대단한 상처는 입지 않은 모양이었다.

브레들리는 미안한 듯이 댄서에게 말했다. "자네가 다시 연결한 경보를 받고 즉각 달려왔지만, 길이 나빠서 더 이상 빨리 올 수가 없었네." 브레들리는 분한 듯이 주위를 둘러보았다.

케이트는 존을 보았다. 그래, 케이트를 침대 밑에 밀어넣고 하우크의 습격을 반격한 채로 사라져 버렸던 그때, 그는 경찰에 연락을 하러 가 있었구나. 까짓것 아무려면 어때? 브레들리가 빨리 오지 않은 것은 존의 탓이 아니라구.

그때 케이트의 눈에 현관 홀의 출구 근처 바닥 위에 흩어져 있는 도자기 파편이 비쳐졌다. 케이트가 쏜 총알은 블루트에게는 맞지 않았던 것이다. 그 대신 사과나무 세공의 테이블 위에 놓여 있던 중국 도자기를 쏴버린 것이다. "어머나! 저건 관장님이 아끼시는 물건인데!" 케이트는 울먹이는 소리를 냈다.

"보험에 들어 있을 거야……." 브레들리가 말했다.

"돈으로 바꿀 수 없는 거예요. 이 세상에 둘도 없는 거라구요!" 케이트는 더욱 큰 소리로 울었다.

존은 케이트의 눈물을 스카프로 닦아주며 말했다. "관장이 이해심 없이 굴면 언제라도 우리집에 와서 일하라구. 일이 좀 힘들기는 하겠지만 말이야."

"하지만 난 자전거에 대해서는 아무 것도 모른다구요!" 케이트는 코를 훌쩍거리면서 울먹거리며 말했다.

존은 녹색의 눈을 크게 하고 갑자기 장난기 섞인 미소를 떠올렸다.

"누가 자전거 얘기를 했나?"

브레들리는 껄껄껄 웃기 시작했다.

살아 있는 죽은 자

Mortal Remains

클라크 하워드

클라크 하워드는 60년대 후반부터 〈히치콕스 미스테리 매거진〉에 단편을 게재하다가, 1969년 처녀작을 출판했다. 1972년 발표한 「헌트 자매 살인사건」으로 각광을 받았다. 1980년에는 「나팔수」로 MWA최우수 단편상을 수상함. 대표작으로는 「처형의 데드라인」 등이 있다.

살아 있는 죽은 자

클라크 하워드.

마틴 오팔로우는 모르는 사람은 믿지 않는 남자였다. 그렇기 때문에 사제가 그에게 이야기를 하고 있는 동안에도, 그는 호주머니 속에서 월 서 자동 권총의 공이치기를 세워 놓은 채 줄곧 거머쥐고 있었다.

"그는 당신의 거처를 알고 있소." 사제는 말했다. "그는 그녀가 당신 과 함께 있는 것을 알고 있소. 지금 이 시간에도 그의 사자가 밀라노로 향하고 있소. 이젠 당신이 할 수 있는 일이란 아무 것도 없소."

"사람은 언제나 어떻게든 할 수 있지요." 마틴은 음침하게 말했다.

"좀더 영리하게 생각해 보시오." 사제는 말했다. 그는 리티니 신부로, 바티칸 특무과의 명령을 받고 있었다. 특무과라고 하는 것은 교황청이 관여하는, 극히 희귀한, 이상하고 미묘한 문제를 처리하는 기관이었다. 리티니 신부는 그야말로 그러한 문제를 처리하기 위해 밀라노에 파견된 것이다. "그가 아직 권력을 가지고 있다는 것은 당신도 물론 알고 있을 것이오. 그는 아직 절대적인 영향력을—— "

"놈은 타락한 돼지새끼에 불과합니다!" 마틴은 무감각하게 말했다. "그게 그의 원래의 모습이죠."

"당신은 그러한 그를 예전에는 섬기고 있었소." 리티니 신부는 말했다.

"아닙니다. 그를 섬긴 적은 한 번도 없습니다." 마틴이 말했다. "나는 그의 아내를 섬겼던 것입니다. 나의 조국을 섬긴 것이란 말입니다."

"조국을 섬긴 것이라면, 당신은 그 조국의 지도자의 의사에 따를 의무가 있는 것이 아니오?"

마틴은 머리를 옆으로 저었다. "확실히 예전에는 조국이었습니다. 그러나 지금은 다릅니다. 나에게 이미 조국이란 없는 것입니다. 그러므로 누구에 대해서도 충성을 맹세할 의무는 없는 것입니다."

리티니 신부는 조용히 한숨을 내쉰 다음 일어섰다. 그리고 마틴의 집 거실의 커다란 창문이 있는 곳까지 걸어갔다. 높은 지대에 있는 마틴의 아파트 창문으로부터는 도오모의 첨탑들이 내려다보였다. 그 하얀 대리석의 대성당은 로마의 성 베드로 대성당에 버금가는 크기의 것이었다. 그 일부는 600년 가까운 역사를 가지고 있으며, 그야말로 이탈리아에서 로마 가톨릭 교회의 권위와 박진감의 상징으로서 그 곳에 세워져 있었던 것이다. 그러나 로마 가톨릭 교회의 권위를 가지고서도 이 한 사람의 고집이 센 완고한 사람에게 교회의 판단이 개인의 판단을 웃돈다는 것을 —— 적어도 이 건에 관해서는 —— 이해시킬 수 없는 것이다.

그것은 아마 내 탓일 것이라고 리티니 신부는 생각했다. 나에게 능력이 없기 때문일 것이다. 그러나 그보다 먼저 파견되었던 두 사람의 사제도 마틴을 설득하는 데 실패했었다. "마틴씨," 신부는 창문 쪽에서 돌아다보면서 말했다. "교회는 이 일에 관해서 이만 손을 떼고 싶은 것입니다. 내가 뭐라고 해도 안—— "

"안 되겠지요." 마틴은 사제의 말을 가로막았다.

리티니 신부는 닫혀져 있는 침실의 도어 쪽을 흘끗 쳐다보며 말했다.

"그 여자는 저 곳에 있습니까?"

마틴의 눈이 사제를 의심하는 눈매가 되었다. 리티니 신부는 마틴의 기분을 재빨리 헤아려 덧붙였다.

"지금 것은 나의 개인적인 질문입니다. 참회한 것으로 알고 비밀은 지키겠습니다."

"네." 마틴은 말했다. "그 여자는 그 곳에 있습니다."

"그녀를 만날 수 있습니까?"

마틴은 머리를 저었다. "안 됩니다."

어깨를 떨어뜨리고 리티니 신부는 밖으로 나왔다.

그 후에 마틴은 아침 동안에 친구인 나치오나레를 만나러 브레라 지구까지 걸어갔다. 나치오나레는 줄여서 '나치' 라 불리우고 있는 밀납 장인으로, 2층이 거처로 되어 있는 작은 가게를 가지고 있었다. 마틴이 갔을 때, 나치는 가게의 안쪽에서 커다란 단지 속에 들어 있는 가열된 촛물을 뒤섞고 있었다. 마틴이 가게 안으로 들어가자, 나치는 눈썹을 지켜들며 말했다. "어때?"

"또 다른 사제였어." 마틴은 말했다. "왔다 갔어."

"다음 번에는 사제가 아닐지도 모르지." 나치는 경고해 주듯 말했다.

"영감은 지난 번에도 같은 말을 했잖아."

"머지 않아 내 말대로 될 거야. 그리고 자넨 죽게 돼. 녀석들은 그렇게 언제까지나 자네와 게임을 하러 들진 않을 거야."

"이건 내게 게임도 아무 것도 아니라구." 마틴은 거친 말투로 말했다.

"그들에게 있어서도 말이야." 나치는 마틴의 말투를 무시하듯 말했다. 나치는 73세로 마틴보다 25세나 연상이었다. 상대의 말씨의 가락에 화를 내는 따위의 일은 그에게는 이미 훨씬 전부터 없었다. 그러한 일은 이제까지 너무나 많을 정도로 있었기 때문에. 그는 양초가 가열되고 있는 단지에서 떨어지자, 꼬아 놓은 무명실 심지의 끝을 한 가닥씩 집어 봉사 용해액을 넣은 얄으막한 남비 속에 보기 좋게 늘어놓았다. 심지를 광물성의 소금에 담그면 불이 탈 때 구부러져 산화를 돕게 되는 것이다.

"이제부턴 어떻게 할 건가?" 밀납 장인은 작업을 계속하면서 말했다.

"아직 결정하지 않았어. 하지만 이사를 가지 않으면 안 되겠지. 어딘가 몸을 숨길 곳을 찾아내야지."

"그들은 다시 자네를 찾아낼 거야." 나치는 말했다. 그로서는 그것은 경고가 아닌, 다만 사실을 말했음에 불과한 것이었다. 오늘 밤에는 비가 내릴 것이다. 그들은 다시 자네를 찾아낼 것이다.

"그리고" 그는 덧붙였다. "이 밀라노에는 자네의 인생이 있는 것이 아닐까. 스페인 대사관의 번역관으로서 10년 이상, 콘셉시온과의 사이는 5년 이상. 자네가 없으면 그녀는 어떻게 되지?"

마틴은 어깨를 으쓱했다. "누군가 다른 남자를 찾게 되겠지. 그녀에게는 나를 만나기 전에도 몇 사람의 남자가 있었어. 나의 뒤에도 몇 사람이 나타나겠지."

"콘셉시온은 자네를 사랑하고 있네, 마틴. 그 점은 이제까지와는 좀 다르지 않을까."

마틴은 눈을 내리깔고 말했다. "아암, 그건 다르지." 그리고 머리를 저었다. "이 일은 좀더 생각해 보기로 하겠어. 지금 당장은 우선 일감을 가지러 가야 해. 나중에 또 보세. 스코바리의 가게에서 밤찬을 함께 들도록 하자구."

가게를 나올 때 마틴은 여느 때와 마찬가지로 이 늙은 장인의 작품에 매료되어 멈춰 섰다. 작은 가게의 진열장에는 십자가상, 성자들, 동물, 유럽의 여러 나라, 귀여운 아이들, 기타 갖가지 모양의 밀납이 진열되어 있다. 어느 것이나 모두 손으로 정성들여 빚어지고 정교하게 마무리되어 있었다. 나치는 자기 자신이 만족스러운 솜씨의 작품이 아닌 것은 팔려고 하지 않았다. 밀라노의 밀납 장인 중에서도 그는 명인으로서 알려져 있었다.

마틴은 버스를 타고 스페인 대사관까지 가서 우편과에 들렀다. 그리고 그 곳에서 영어나 이탈리아어로 적힌 전날의 우편물을 모두 넣은 마닐라 종이의 봉투를 받았다. 그것들을 아파트로 가지고 돌아가 스페인어로 번역해서 그날 저녁에 대사관의 우편물 수집함에 넣어두는 것이 그의 일과였다. 매주 화요일과 금요일 나치와 콘셉시온하고 저녁식사를 하게 되는 스코바리의 가게로 가는 도중에, 대사관에 들르는 것이 그의 습관으로 되어 있었다.

여느 때 같으면 일감을 받게 되면 곧장 집으로 돌아가 곧 번역에 착수하게 된다. 그러나 그날은 사제의 건이 있었기 때문에 다음 행동을 생각해야만 했다. 그래서 그는 오페라 하우스 앞에 있는 스칼라 광장까지 걸어가 그 곳의 벤치에 앉았다. 그리고 마닐라 종이의 봉투를 무릎에 넣고 눈을 감고는 위를 우러러보면서 자기에게 주어지고 있는 선택의 여지를 생각했다. 몇 가지 안 되었다. 이런 때 할아버지가 비록 한 시간이라도 되살아나 주신다면, 그 어떤 해결책이라도 내밀어 주실 텐데 하고 그는 생각했다. 곤란할 처지에 있을 때, 할아버지는 언제나 최선의 길을 알고 있었다.

마틴은 깊이 한숨을 들이쉬었다. 충고를 들으러 할아버지에게 갈 수 있었을 때는, 그의 인생은 지금보다 훨씬 더 단순했었다.

마틴의 조부는 리바다비아 산 루이스라 했으며, '리바'라는 애칭으로 모두에게 친숙하게 대해지던 인물이었다. 초년병으로 16세에 복역했고,

최선임 상급 상사로서 66세로 퇴역하기까지 50년이란 오랜 세월에 걸쳐 아르헨티나 육군에서 근무한 직업 군인이었다. 퇴역하자 곧 그는 세상을 하직했다. 시민 생활이 그를 죽였다고 모두들 말했다. 보드라운 매트레스, 탈콤한 음식, 우아한 여인의 시중. 아니, 그렇지 않다는 자도 있기는 했다. 그가 죽은 것은 권위를 상실했기 때문이라고. 어쨌든 리바 옹은 10개월밖에 시민 생활을 하지 못했다. 그러나 그래도 호안 페론이라는 이름의 대령을 통해 자기의 손자를 상급 사관으로 임관시키는 데는 충분한 기간이었다.

당시 마틴이란 이름은 '마르틴'이라 발음되고 있었다. 오팔로우라는 아일랜드계의 성씨도 아르헨티나식으로 '오팔로'라고 고쳐 부르고 있었다. 이 개명은 마틴의 아버지 마슈 오팔로우를 마지못해 승낙케 하도록 행해졌다. 마슈 오팔로우는 1916년 이스터의 봉기가 있은 후, 아일랜드를 탈출해 도피하지 않을 수 없었던 아일랜드 공화국군의 반란 병사였다. 그는 점령한 더블린 중앙 우체국 본국의 계단 위에서 패들릭 피어스가 "신의 이름에 따라 아일랜드는 인민을 그 깃발 아래 결집시켜 자유를 위해 싸운다!"라고 외쳤을 때, 그 곁에 서 있던 동란의 주모자 중 한 사람이었다.

그 1주일 후, 자신이 만든 자주색과 녹색의 군복을 입은 1만6천의 의용군은 수적으로 20배나 우세한 영국의 프로 군대에 타파되었다. 동란이 일어난 지 8일째에 피어스와 기타 지도자의 태반은 포승에 묶여 런던으로의 길에 내세워졌다. 다만 오팔로우와 다른 두 지도자만이 간신히 스코틀랜드로 도피할 수 있었다. 9일째 되던 날, 그 두 사람의 지도자는 반역죄로 문책을 당했고, 10일째 되던 날 그 두 사람은 총살되었다.

오팔로우는 대륙으로 건너가 마르세이유를 출항하는 화물선에 마지막 선원으로 승선했다. 그리고 화물선이 아르헨티나의 바이아블랑카에 기항했을 때, 몰래 배에서 내렸다. 그는 내륙으로 잠입해 후닝이란 거리의 북부에서 그 고장 사제의 조력에 의해 광대한 밀농장의 파종 인부나 수확 인부의 일자리를 얻어 그 땅에 정착할 수 있었다. 그 후 이 젊은 아일랜드인은, 잘 익은 플럼 같은 눈과 빛나는 미소를 가진 마을 아가씨 루스산 루이스와 만났고, 그리고 사랑에 빠졌다. 그 아가씨가 바로 리바 산루이스 중사의 딸이었다. 당시 티엘라 데르 프에고라는 극도로 거친 땅에서 임무에 임하고 있던 리바 중사는 전보로 딸에게 '마테오 오팔로'라는 남자와의 결혼을 허가해 주었다. 마슈 오팔로우를 '마테오 오팔로'라고 한 것은 사제의 재량에 의한 것이었다. 그 18개월 후, 중사는 휴가를 얻어 귀향했고, 비로소 딸의 신랑, 즉 사위가 아일랜드인이란 것을 알았다. 하지만 그때는 이미 때가 늦어 있었다. 루스 오팔로는 이미 해산달이 다가와 있었다.

5명의 아이가 태어난 후에 마틴이 태어났다. 처음 얻은 사내아이였다. 그 파란 눈과 하얀 피부에도 불구하고, 그는 곧 할아버지의 마음을 사로잡았다. 그 무렵에는 이미 노중사의 근무지는 키아카부코의 주둔지라든가 사르토의 보급소라는, 고향에 가까운 곳으로 변해 있었다. 그래서 자기 자신의 아이와 함께 지냈던 것보다 훨씬 많은 시간을 손자와 함께 지내게 되었다. 처음부터 리바 옹은 마르틴을 군인으로 만들기로 마음먹고 있었다. 그 때문에 그는 마틴이 10대가 되기 전부터 그에게 밀집 대형의 교련을 시키거나 군인의 예의 작법을 가르쳤으며, 초보적인 장비에 대한 지식을 가르쳐 주기도 하고, 군대의 역사까지도 강의했다. 그는 또한 마틴에게 영어와 이탈리아어도 가르쳤다. 그것은 그가 휴스턴의 아르헨티나 공사관과 마드리드의 아르헨티나 대사관에 주재하고 있었을 때 독학으로 배운 것이었다. 그가 호안 페론 대령 아래서 일했던 것은 그 후자의 시기로, 당시 페론은 대사관부 무관이었다.

리바는 마틴이 사관학교에 입학할 때 편의를 보아 주도록 대령에게 의뢰했다. 그리고 페론 대령이 25년 전에 한 것과 마찬가지로 마틴에게 복싱과 펜싱 그리고 마술까지 익히도록 단련시켰다. 새로이 취임한 페론 대통령에게 젊은 소위 마틴 리반다비아 오팔로의 사진을 보낸 것도 리바였다. 그는 비호해 준 감사의 뜻을 표함과 동시에 마틴이 쭉 페론을 본받아 학교 생활을 보낸 것을 넌지시 첨가했다. 페론에게는 아이가 없었다. 그래서 그는 그 젊은 장교에게 흥미를 가졌으며, 대통령 관저 카사 로사다의 군인 스탭에 그를 가담시켰다.

이와 같이 하여 마틴은 1946년의 여름 23세 때, 새로운 임지 대통령 관저에 부임하여 그의 생애를 좌우하는 여성과 만나게 되었던 것이다.

에바 페론, 그녀가 그의 여성이었다.

스칼라좌 앞에 있는 벤치에서 마틴은 눈을 뜨자, 그것이 얼마나 오랜 세월이 지난 일들이었는지 재빨리 계산해 보았다. 지금은 1971년의 5월, 이미 그럭저럭 25년이란 세월이 지난 과거의 일이었다. 25년. 마틴에게는 그 세월이 급작스럽게까지는 믿기지가 않았다. 자기의 인생은 과연 어디에 있었을까? 25년이란 세월이 어떻게 이다지도 빨리 지나가 버렸단 말인가? 그는 지금 48세. 늙은이는 아니라 해도 이미 젊지는 않다. 젊음은 이미 돌아오지 않는다. 영원히. 세계의 각지에 내버려 두고 왔던 것이다. 부에노스 아이레스에, 마드리드에, 리오데 자네이로에, 브뤼셀에, 본에, 그리고 마지막 이 밀라노에. 수많은 고장, 헤아릴 수 없는 거리. 허다한 세월.

문득 앞을 보자, 낯익은 모습이 광장을 가로질러 그가 있는 쪽을 향해 오는 것이 보였다. 콘셉시온. 코니. 키가 훤칠하게 크고, 다리나 엉덩이가 가늘고, 어깨가 앙상한 가슴만이 어울리지 않게 큰 가냘픈 인상의 여인.

그러나 실제로 그녀는 뱃심 좋은 여자였다. 지나치게 많이 틀면 안 될 것만 같은, 델리키트한 시계의 태엽 같은 여자였다. 짧은 머리카락, 이탈리아인의 코, 우묵한 뺨. 미인이라고는 할 수 없다. 그러나 그녀가 빛나고 있는 것은 그 내면이었다. 명석한 이해력과 고운 마음씨, 있는 그대로의 사람을 받아들이고, 바람직스러운 모습을 남에게 강요하지 않는 관용성이 그녀를 빛나게 하고 있는 것이다.

"여기 있을 줄 알았죠." 그녀는 말했다. "나치는 당신이 일감을 가지러 갔다가 아파트로 돌아갔을 시각이라고 말했어요. 그래, 당신 아파트에 갔지만 없어서, 난 자신에게 이렇게 말했죠. '그는 오페라 하우스 앞의 광장에서 볕을 쪼이고 있을 거야. 다른 노인늘과 함께 솔면서'라고. 그랬더니 역시 당신은 이 곳에 있었군요."

"당신은 좀더 젊은 남자를 찾아야 해." 마틴이 말했다. "당신 나이에 걸맞는 남자를." 코니는 24세였다. 그의 나이에 절반밖에 안 되는 나이였다.

"아뇨, 난 이대로가 좋아요." 그녀는 말했다. "경박한 젊은 남자 따위는 난 이미 필요하지 않아요." 그녀의 어조에는 약간 가시가 돋혀 있었다. 마틴은 젊은 남자라는 말로 입에 떠올린 것을 즉각 후회했다. 그와 알고 지내기 전에, 코니는 몇몇 젊은 남자를 알고 있었다. 그 남자들 모두가 코니에게는 잊고 싶은 추억이었다. 그녀를 소개받은 바로 뒤에, 그는 그런 이야기를 나치로부터 들었다.

"오늘은 일을 쉬기로 했나?" 마틴은 화제를 바꾸어 말했다. 코니는 산라파엘 거리에 있는 멋진 미장원에서 미용사로 일하고 있었다.

"그렇지는 않아요." 그녀는 그의 옆에 앉으면서 말했다. "휴식 시간을 받았어요. 최근에는 비교적 한가하거든요." 그리고 그에게 기대어 그의 귓방울을 가볍게 깨물었다. "그래서 당신을 당신 아파트까지 가서 붙잡고 싶었던 거예요. 남아도는 에너지를 불태우고 싶어서요.”

마틴은 그녀의 입술에 응하지 않았다. 여느 때와 마찬가지로 눈을 감고 그녀의 감촉을 자기 내부에 침투시키려고는 하지 않았다. 대신 조금 몸을 긴장시켰다. 코니는 몸을 당겼다.

“무슨 일이 있었어요?” 그녀는 물었다.

“이젠 당신은 나의 아파트로 오지 않는 것이 좋을 것 같아.” 그는 말했다. “그녀를 데리고 왔거든.”

“뭐라구요? 아파트에 그녀를 데려왔다구요?”

“그렇게 하지 않을 수 없었어. 그녀가 안전한 장소는 그 곳밖에 생각할 수 없었기 때문이야. 바티칸으로부터 또 다른 사제가 왔기 때문이야. 그 사제 말로는, 사자는 이미 밀라노를 향해 출발한 모양이야. 그 놈들은 그녀를 그의 곁으로 돌려 보낼 작정인 모양이야.”

코니는 믿기지 않는다는 표정으로 그를 보았다. “그래서, 당신은 그들로부터 그녀를 지킬 수 있다고 생각하고 있는 건가요? 당신의 아파트에서?”

마틴은 해맑은, 분주스럽게만 보이는 광장을 바라볼 뿐 아무 대답도 하지 않았다. 코니는 그의 대답을 잠시 기다린 다음, 여러 말이 필요 없다는 듯이 끄덕이며 말했다.

“아뇨, 당신은 진심으로 그렇게 생각하고 있지 않아요. 그렇죠? 그들로부터 그녀를 지킬 수 없다는 것쯤은 당신도 잘 알고 있어요. 그러니까, 당신은 죽을 작정이군요.” 그녀는 일어서서 그를 내려다보았다. “그것이 당신이 하고 싶은 일이겠죠. 안 그래요, 마틴? 당신은 그녀를 위해 죽고 싶은 거라구요. 당신은 줄곧 그녀를 위해 죽고 싶어해 왔던 거예요. 그리고 그 기회를 당신은 14년간이나 기다리고 있었던 거예요. 그녀를 위해 목숨을 버리세요, 네? 정말 멋진 일이겠군요. 그녀를 위해 목숨까지 버려요, 마틴. 당신이 살아온 것보다 행복하게 죽을 수 있기를 빌어 줄 테니까요."

코니는 광장 쪽으로 걸어가 사라졌다. 마틴은 그녀가 떠나가 버리는 모습을 보고 싶지 않았다. 그는 눈을 감았다.

마틴 리바다비아 오팔로 중위가 에바 페론과 만난 것은 그가 카사 로사다에 만 1년쯤 근무한 후의 일이었다. 어느 날 그는 이탈리아어로 쓴 편지를 번역하기 위해 퍼스트 레이디의 사무실에 불리워 갔다. 그날 아침 그녀 앞에 섰을 때가 그가 생애에서 가장 긴장된 순간이었다. 호안 페론 앞에서마저 그는 그렇게 긴장하는 일은 없었다. 에바 페론은 루이 14세 왕조 양식의 커다란 책상 저쪽에 여황제처럼 앉아 있었다. 그녀의 절대적인 존재감이 향기로운 향기처럼 방안을 가득 채우고 있었다. 그녀는 벌꿀빛의 머리를 모두 뒤로 넘기고, 솔직하고도 예민하며 발랄한 눈을 가지고 있었다. 피부색은 아일랜드인과의 혼혈인 마틴과 거의 같은 정도로 희었다. 하지만 그것보다, 그 무엇보다 그녀를 돋보이게 하는 것은 그 미소였다. 마틴은 이제까지 이렇게 확실한 미소를 본 적이 없었다. 그것은 참된 미소였다. 그것은 다만 얼굴의 옆으로 번져 갈 뿐만 아니라 위쪽으로 번졌고, 단정한 뺨을 부풀게 했으며, 마틴이—— 또한 아르헨티나인이—— 예전에 경험한 적이 없는 그러한 영감을 자아내게 하는 웃음 바로 그것이었다. 늙은 중사 리반다비아 산 루이스의 손자는 완벽하게 이미 뒷걸음질치며 물러설 수 없을 만큼 그녀의 포로가 되었다.

마틴이 번역을 끝내자, 퍼스트 레이디는 인사말로 말했다. "당신의 사투리는 참으로 그리운 사투리예요, 중위. 고향이 어디죠?"

"후닝입니다, 세뇨라 팜파스의."

그녀는 미소를 머금었다. "나도 후닝 출신이에요. 알고 있어요? 호안 듀아르테에 있는 집 말예요. 젊었을 때 그 곳을 떠나긴 했지만. 난 무대

226

에 서기 위해 브에노스 아이레스에 나왔죠. 그쪽 방면에서는 그리 성공하질 못했지만.”

“아르헨티나가 당신의 무대입니다, 세뇨라.” 마틴은 그때 그렇게 대답했다. “다른 무대는 당신께는 너무나 좁습니다.”

“대담하게 말하는군요, 중위.” 그녀는 가볍게 머리를 숙여 보이고는 다시 한 번 그 미소를 띄우고 그를 물러가게 했다. 하지만 그녀는 그의 일을 잊지 않았다.

그런 1년 후, 에바 페론이 무역 진흥을 위해 유럽을 방문했을 때, 마틴은 군인으로서 그녀의 한 수행원으로 발탁되었다. 그는 그 동안의 일을 호안 페론으로부터 직접 분부를 받았다. 그의 일은 첫째로, 복싱과 펜싱과 사격의 솜씨를 구사해 항상 퍼스트 레이디를 호위하는 일이었다. 둘째로, 그녀가 영국과 이탈리아를 방문했을 때는 항상 그녀 곁에 있으면서 그녀의 통역을 맡는 것이었다. 셋째로, 세뇨라가 그에게 바라는 일은 모두 복종하는 일이었다. 그 최후의 지시는 마틴에게는 말할 나위도 없이 만족스런 임무였다. 이미 그는 에바 페론의 포로가 되어 있었으며, 자기의 생명을 그녀를 위해 바치는 것쯤의 각오를 하고 있었으니까.

10주일간의 여행을 하는 동안 마틴이 세뇨라의 곁을 떠난 일은 거의 없었다. 그는 곧 그녀의 마음에 들었고, 그녀의 시중은 무엇이나 해냈다. 그녀가 차에서 내릴 때 손을 내미는 것을 명령받은 그라면, 그녀의 날마다 해야 하는 발언 원고를 가지고 다니며 적절히 그녀에게 건네주는 것도 그의 일이었다. 그는 수상한 자가 접근하는 일 없도록 감시하고, 그야말로 그림자처럼 잠시라도 그녀의 곁을 떠날 수 없었다. 마드리드에서는 그녀와 프랑코 총통이 가는 모든 곳에 그도 따라다녔다. 리스본에서는 산타만 대통령이 그녀를 데리고 시내를 안내하며 돌아다니는 데에 따라다니면서 시중들었다. 로마에서는 루스폴리 왕자가 그녀를 로마 교황 비오 12세의 대기실로 안내했을 때, 그는 그녀의 바로 뒤에서 시종했다. 그녀가 이탈리아 대통령 데 니콜라와, 프랑스 대통령 오리올과 만찬을 함께 했을 때는 그녀의 바로 옆에 서 있었다. 그는 아침에 제일 먼저 그녀와 얼굴을 마주 대하는 남자로서의 측근이며, 밤에는 제일 나중에 그녀의 침대 곁에 앉아서 다음날의 예정을 그녀에게 설명하는 비서관이었다.

뭔가 곤란한 일이 일어났을 때는, 언제나 그가 그녀의 곁에 있으면서 그녀를 지켰다. 로마의 아르헨티나 대사관 밖에서 공산주의자들이 그녀의 차에 투석했을 때, 그는 자기 저고리를 씌워 그녀를 지켰다. 그녀가 뜨거운 홍차가 들어 있는 컵을 잘못 쓰러뜨려 손가락을 다쳤을 때, 그가 얼음으로 냉각시킨 타올로 상처의 통증을 치료한 일도 있었다. 파리의 리츠 호텔 접수계에서 그녀가 하이힐의 뒤꿈치를 부러뜨려 쓰러지려고 했을 때, 그녀를 안아 일으켜서 대신할 신발을 가져다 그녀의 발에 신겼던 것도 그였다. 조지 국왕이 그녀를 런던에서 영접하는 대신 가족을 데리고 스코틀랜드로 가버리고 말았기 때문에 영국 방문을 중지할 수밖에 없었던 그날 오후, 에바 페론은 마음껏 울었다. 그때 그녀에게 어깨를 빌려주며 부축했던 것도 마틴이었다.

"알 수 없군." 그녀는 울음을 터뜨리면서 말했다. "조지 국왕은 전쟁 중 아르헨티나가 독일과 이탈리아에 대해 우호적이었기 때문에 나와는 만나지 않겠다고 하고 있어요. 아르헨티나는 영국과도 우호적이었다는 사실을 그는 잊어버린 걸까요? 미국에 대해서도 우리들은 우호적이었는데. 아르헨티나는 중립국이었어요. 중립이란 것은 누구와도 사이 좋게 하는 거죠. 영국 국왕은 스웨덴에 대해서도 이런 보복을 하겠어요? 스위스에 대해서도 그렇게 하겠어요? 그들도 중립적인 입장을 관철해 독일에 대해서도 우호적이었어요. 어째서 아르헨티나만이 따돌림당해야 하죠?"

"영국인 따위는 당신의 눈물에 걸맞을 국민이 아닙니다, 세뇨라." 마틴은 그때 그렇게 위로하며 말했다. "나의 아버지는 아일랜드인이었습니다만, 영국인에 관해서는 많은 것을 아버지에게서 들었습니다. 그들은 웃음도 기쁨도 피도 눈물도 없는 냉혹한 국민입니다. 그들의 군주는 세계에서 제일의 부자입니다. 그런데도 세뇨라와 달리, 그 부를 자기 나라의 가난한 사람들에게 나누어 주려고는 하지 않습니다. 그 국왕의 행위는 무례하고 비열한 것입니다. 세뇨라는 그와 같은 무례하고 비열한 것에 대해 눈물을 흘릴 필요가 없습니다."

그날 밤 늦게 마틴은 대양 횡단 전화로 호안 페론에게 그의 부인의 몹시 침울해진 심정을 보고했다. 그 다음날부터 1년간 영국의 중류 계급에 있는 사람들은 국왕의 무례하기 짝이 없는 행동에 의한 댓가를 치르게 되었다. 아르헨티나의 밀과 쇠고기의 영국행 수출 가격이 다른 유럽의 어떤 나라에 대한 가격보다 20퍼센트 이상이나 올랐기 때문이다. 영국의 부유층 계급들에 대한 영향도 그로부터 1년 후에 그 댓가를 치러야 하게 되었다. 페론이 아르헨티나에서 모든 영국 은행과 철도를 국유화시켜 버렸던 것이다.

조지 국왕의 무례한 처사를 당한 에바는 단번에 기력을 잃게 되었고, 나머지 여행에 대한 흥미를 잃고 만 것처럼 마틴에게는 보였다. 그녀는 스위스 방문을 마치자 브라질 정부로부터 훈장을 받기 위해 리오 데 자네이로에 들렀다가 귀국했다. 브에노스 아이레스에 도착했을 때 그녀는 안색도 나쁘고 체중도 줄었으며 평소와 같은 원기도 없었다. 여행 탓이라고 누구나 그렇게 말했다. 여행이 그녀를 몹시 지치게 만들었던 것이라고.

그것이 더욱 나쁜 것의 전조일 줄은 그 누구도 생각지 못했다.

코니가 떠난 후에도 마틴은 잠시 광장의 벤치에 앉아 있었다. 그리고 일감인 마닐라 종이로 된 봉투를 가지고 집으로 돌아왔다. 아파트 입구에서 아파트의 여주인이 그를 기다리고 있었다.

"거리 반대쪽 카페에서 손님 셋이 기다리고 있다우." 그녀는 말했다. 그리고 마틴의 의아한 얼굴을 보고 다시 말했다. "몰랐수? 그들은 자기들이 올 것을 당신도 알고 있을 것이라고 말하던데."

"네에." 마틴은 대답했다. "하지만 이렇게 빨리 올 줄은 미처 몰랐거든요." 사제는 그에게 거짓말을 했던 것이다. 사자는 밀라노를 향해 오고 있었던 것이 아니었다. 그들은 이미 와 있었던 것이다.

마틴은 바깥에 있는 카페까지 걸어갔다. 세 남자를 찾는 것은 그리 어려운 일이 아니었다. 그들은 모두 검정색 양복을 입고 선글라스를 끼고 있었으며, 어린 시절부터 지금까지 한 번도 웃어본 적이 없는 것 같은 얼굴을 하고 있었다. 남미의 정치는 아직도 요원하구나 하고 마틴은 생각했다.

"마틴 리반다비아 오팔로입니까?" 마틴이 세 남자의 테이블이 있는 곳까지 이르자, 제일 나이가 많아 보이는 사람이 그에게 물었다.

"옛날에는 그런 이름이었소." 마틴은 대답했다. "지금의 정식 이름은 마틴 오팔로우요."

"그렇소? 좀 앉으시오. 난 아르헨티나 연방 경찰의 아르만도 레이나 대령이오."

마틴은 고개를 끄덕였다. "비밀 경찰이군. 하나만 경고해 두겠는데, 대령, 난 지금은 아일랜드 공화국의 시민이오. 그것을 증명하는 증명서도 가지고 있소. 또한 이탈리아 정부가 발행한 거주 및 취업의 허가증도 가지고 있소. 게다가 나는 스페인 대사관의 고용원이오. 어떠한 방식이건 나에게 손을 댈 작정이라면, 당신들은 세 정부로부터 해명을 요구받게 될 것이오.”

“당신에게 위해를 가하지 않으면 안 될 사태는 가능한 한 우리들도 피하고 싶소, 세뇨르.” 레이나 대령은 침착한 목소리로 말했다. “그러나 당신에게 겸해서 말해 둔다면, 방금 당신이 말한 세 정부는 당신이 아르헨티나 육군의 탈주병이라는 것을 알고 있을까?”

마틴은 얼굴이 굳어지는 것을 자기로서도 알 수 있었다. 그들은 영리한 놈들을 보내 왔던 것이다. 예사로운 청부 살인자가 아닌 녀석들을. “모르겠지.” 마틴은 인정하며 말했다. “어느 정부도 모르오.”

“그 정보를 그 세 정부에 알려준다면, 그들은 당신을 보호하는 데 그리 열성적이지 않을 텐데 말이오.” 레이나 대령은 말했다. “그러나 의미가 없는 얘기를 논하는 것은 피하도록 합시다. 우리들이 왜 여기에 와 있는지 물론 당신은 잘 알고 있을 것이오.”

마틴은 끄덕였다.

“대통령은 다시 정권의 자리에 복귀했소.” 레이나 대령은 말했다. “그래서 아내를 아르헨티나로 되돌려 주기를 바라시고 있소. 그것은 지당한 생각이라고 생각되오. 그래서 우리들은 대통령의 요청에 따르기로 했소. 물론 우리들은 폭력을 써 당신에게서 그녀를 빼앗을 수도 있소. 그러나 그렇게 하면 아마도 세상의 이목을 끌게 될 것이오. 우리들로서는 그러한 사태만은 피하고 싶소. 대통령을 위해서도, 그리고 그녀를 위해서도. 만약 당신이 우리들에게 협력적인 태도를 취해 준다면, 이 일은 모두 아무도 모르게 존엄성도 손상시키지 않고 끝낼 수 있소. 그것이 우리들 모두에게 있어 최선의 길일 것이오. 특히 그녀에게 있어서는. 당신이 이 일에 반대하리라고는 생각지 않소.”

“물론이오, 반대한다고 말하지는 않겠소.” 마틴은 그렇게 대답했다. “그녀를 되돌려 주는 이외에 선택의 여지가 없다는 것을 확신할 수 있다면. 하지만 아직 그것을 확신할 수가 없는 거요.”

“꼭 확신해 주기 바라오. 사실 다른 방도가 없으니 말이오. 아무쪼록 나를 믿어주기 바라오.” 레이나 대령은 말했다. “우리들은 지금 이 곳에 있는 것은 세 사람뿐이지만, 필요하다면 몇 사람이라도 올 것이오. 그녀를 되찾기 위해서라면, 대통령은 어디까지라도 당신을 뒤쫓을 것이오. 그것은 이 일이 명예에 관한 문제이기 때문이오. 당신도 절반은 아르헨티나인이라면 명예를 존중해 주기 바라오.”

“나는 헌신적인 것도 존중하는 사람이오.” 마틴은 나직이 그렇게 대답했다. “그녀는 줄곧 나의 것이었소. 지난 14년 동안 나 혼자의 것이었소. 내기 그녀를 지켰으며, 그녀의 시중을 들있고, 그녀를 숨겨 왔소.”

레이나는 테이블 너머로 손을 내밀어 마틴의 팔에 손을 얹었다. “세뇨르, 당신이 그녀를 위해 모든 것을 내던졌다는 것을 이 내가 모르는 바는 아니오. 당신의 이름, 당신의 조국, 당신의 군인으로서의 이력, 당신의 미래—— 당신은 생명 이외의 모든 것을 그분께 바쳐 왔소. 이미 그것으로 충분하오, 아미고.” 그는 마틴의 팔을 힘껏 쥐었다. “그녀의 거처를 말해 주시오. 우리들이 가서 그녀를 인수해 오겠소. 당신은 가지 않아도 되오.”

“생각할 시간을 조금 주지 않겠소?” 마틴이 물었다.

레이나는 다른 두 남자와 지친 듯한 시선을 교환했다. “시간이 얼마나 필요하오?”

“오늘 밤만. 하룻밤이면 되오. 하룻밤만이라도 주시오. 내일 아침까지는 결정할 테니까.”

레이나 대령은 잠시 생각에 잠겼다. 그는 천성적으로 의심이 많은 사람이었다. 그러한 성격이 비밀 경찰의 세계에서 그를 출세하게 만들어 주었던 것이다. 그는 눈앞의 등신 같은 놈들을 조금도 신용하지 않았다.

만약 그렇게 함으로써 미치게 되는 영향 따위라는 것이 없었다면, 그는 아무런 망설임도 없이 오팔로이건 오팔로우이건 그 누구라도 즉석에서 죽였을 것이다. 그리고 교섭하도록 지시를 받은 그 목적물을 전력을 다해 탈취했을 것이다. 그러나 지금 그에게는 선택권이란 있을 수 없었다. 이번 일에는 정치라는 것이 얽혀 있다. 외교 관계가 얽혀 있는 것이다. 레이나는 하룻밤 정도는 마틴에게 생각할 시간을 주지 않을 수 없었다.

"우리들이 줄곧 당신을 감시해도 괜찮겠소?" 레이나 대령은 물었다.

마틴은 어깨를 으쓱했다. "상관없소. 아마도 나는 줄곧 아파트에 있게 될 테니까."

레이나 대령은 입술을 한일자로 다물고 있었다. 지금의 마틴의 말은 그에게는 다소 의외였다. 하지만 최후로 동의를 하고 그는 말했다. "좋소. 내일 아침 10시에 하도록 합시다. 어떻소?"

"좋소." 마틴은 말했다.

그리고 일어나서 테이블을 떠났다. 좁은 통로를 지나 아파트 현관 계단을 올라갔다. 안으로 들어가기 전에 보도 위의 테이블을 돌아다보았다. 레이나가 다른 두 남자와 뭐라고 열심히 이야기를 하고 있었다.

저 남자는 강해 보인다고 마틴은 자신에게 타이르듯 말했다.

세뇨라 에바 페론은 하루라도 병을 앓아 누운 적이 없었다. 그녀는 그것을 측근에 있는 자에게 종종 자만하듯 말했다. "그 이유는 말이야, 내가 시골 출신이기 때문이야. 노동자 출신이기 때문이란 말이야. 그러니까 말하자면 나는 농부인 셈이지. 우리들의 피는 소수의 독재 정치를 해온 가계의 피와는 다르다구. 나태 때문에 희석되거나 약화되지는 않아. 나는 아주 가난한 사람과 같아. 맨몸으로 밭이나 공장에서 일하고 있는 사람들과 마찬가지야. 나는 늠름하게 아르헨티나를 짊어지고 있는 일원이란 말이야.”

그랬기 때문에 1월인 여름의 어느 맑게 개인 날, 세뇨라가 표면상 맹장수술이란 것으로 입원했다는 뉴스가 보도되었을 때는, 모두들 이중으로 충격을 받았다. 마틴은 그 소식을 듣고 말도 할 수 없었다. “병에 걸리신다는 것은 생각지도 못했습니다, 세뇨라.” 마틴은 다음날 그녀를 위문하며 말했다. 그녀는 창백한 웃음을 웃어 보였다.

“아무 일도 아니에요, 마틴. 나를 걱정하느라 시간을 헛되이 보내지 말아요. 내가 치료를 받고 있는 동안 당신에게 해달라고 할 일이 산더미처럼 많이 있으니까요. 난 당신을 대단히 의지하고 있어요, 마틴.”

유럽 역방 이래 마틴은 퍼스트 레이디의 부관이 되었고, 마틴의 임무는 퍼스트 레이디에 관한 일만으로 되어 있었다. 그녀는 그를 대위로 승진시켰으며, 페론은 유럽 순방 중의 그의 공적에 대해 그에게 훈장까지 수여했다. 마틴은 바야흐로 그녀를 신처럼 숭배했으며, 그야말로 전심전력을 다해 그녀를 섬기고 있었다. 그는 이미 대통령, 호안 페론 자신에 대해서는 자기가 일체 무관심하다는 것을 알아차렸다. 그는 그녀를 우상시하고 있었던 것이다. 그녀가 나라의 가난한 사람들에게 있어 그러했듯이.

에바 페론이 병원에 입원한 것을 보는 것은 마틴에게 있어서 전율 이외에 아무 것도 아니었다. 그녀가 입원해 있는 동안, 마틴은 에바 페론이 입원한 층 전체의 경비에 임했다. 또한 밤낮을 가리지 않고 병원 가까이에 그녀를 위해 기도하러 모여드는 몇 천에 이르는 군중의 정리에도 임했다. 열흘 동안 입원해 있는 동안 에바 페론은 그녀의 측근만을 곁에 두었으며, 마틴마저도 방에는 들어갈 수 없었다. 그 일은 마틴을 몹시 걱정스럽게 만들었다. 퇴원해서 대통령 관저로 돌아가던 날, 비로소 그는 다시 만나는 것이 허락되었다. 이전과 마찬가지로 생기가 발랄한, 건강해 보이는 그녀를 보고, 마틴은 안도의 숨을 쉬며 가슴을 쓸어내렸다.

그러나 마틴이 안도의 숨을 쉰 것도 잠시였다. 그로부터 한 달도 채 못 되는 동안에 에바의 안색은 다시 나빠졌고, 이전보다 훨씬 피로하기 쉽게 되었으며, 손발의 움직임도 불확실하게 되어 가기 시작했다. 그녀의 측근에 있는 자들은 그녀에게 일을 줄여 그 일의 일부를 다른 자에게 맡기도록 간청했다. 하지만 그녀는 그런 것에는 귀를 기울이려고도 하지 않았으며, 불굴의 정신으로 날마다의 공무를 처리해 나갔다. 그녀는 주위 사람들의 그러한 말들을 대개는 듣고 흘려 보냈지만, 때로는 분노를 폭발시킬 때도 있었다.

"다른 사람에게 맡긴다고?" 그녀는 말했던 것이다. "다른 사람이란 누구를 말하죠? '다른 사람'이 어디에 있죠? 에비타는 한 사람밖에 없어요. 나밖에 없단 말예요. 내가 손을 떼 버리고 말면, 누가 나의 사람들의 뒤를 돌보죠? 그들은 이 나를 의지하고 있단 말예요."

실제로 그러했다. 연일 그녀의 사무실 앞에는 그녀에게 이것저것 편의를 돌봐주기를 바라고 있는 몇 백명이란 사람들로 장사진을 이루고 있었다. 매일 그녀는 가능한 한 많은 사람에게 접견을 허락했다. 그리고 그들의 희망이 무엇이건 베풀었다. 돈, 정의, 갖가지 허가, 아이들의 머리를 그저 쓰다듬어 주기만 하면 되는 일까지도 있었다. 그녀는 가능한 한 오래 스케줄을 소화해 나갔다. 눈 속 깊은 곳에서 차디찬 광채 외에는, 이미 그녀에게는 힘이 다해 쇠잔해 있다고 생각되는 그러한 때에도 그녀는 일을 계속했다. 이윽고, 최후에는 그 눈의 광채마저도 소멸되었다. 침대에서 그녀가 일어날 수 없는 날이 찾아왔다.

에바 페론을 구하기 위해 가능한 일은 모두 실시되었다. 하지만 애당초 희망은 없었다. 전이되고 있던 암은 항복해 버린 그녀의 몸을 재기불능의 상태로 만들었으며, 간장으로까지 번지게 되었다. 암 치료에 있어서 세계 제일인자인 미국인 의사가 브에노스 아이레스로 초청되어 그녀의 병을 저지해 보기 위한 최후의 노력이 행해졌다. 그 4시간에 걸친 수술은 일단 성공했지만, 결과는 그녀의 고통을 몇 개월간 연장시킨 것에 불과했다.

목전에서 나날이 쇠약해지고 있는 퍼스트 레이디의 모습을 보는 마틴의 마음은 찢어질 듯이 아팠다. 예전에는 빛나던 뺨이 창백해졌으며, 눈처럼 희던 목이 거무스름해지고, 당당했던 어깨가 여윌 대로 여위었으며, 풍요로웠던 가슴이 움츠러들었고, 보드랍게 동그랗던 두 팔과 장딴지가 막대기처럼 된 것을 그는 보았다. 페론은 아내를 피하게 되었다. 일을 구실로 그는 낮 동안 그녀를 돌보지 않게 되었고, 드디어는 교외의 산빈센테에 있는 그들의 별저에서 공무를 집무했으며, 그 곳에서 기침하기에 이르렀다. 젊은 여자가 그의 곁을 따르고 있다는 소문이 관저에도 전해지게 되었다. 세뇨라는 그러한 가십을 들으려 하지 않았고, 그녀가 신뢰하고 있는 여인들에게——비서관, 미용사, 하녀들에게 그녀 앞에서는 그런 이야기를 하지 않도록 명했다. 또한 그녀는 그녀의 병상에 관해서도 남들과 이야기를 나누는 것을 일체 거부했다.

"내가 죽어가고 있다고 생각하고 있으면 안 돼요." 최후의 순간이 다가왔을 때 그녀는 마틴에게 그렇게 말했다. "나는 살아 있다고 생각해요. 모든 것이 끝났어도, 나는 어딘가로 가 버렸다는 것으로 생각하세요. 결코 죽어가고 있다고 생각하면 안 돼요. 죽었다고 생각하면 안 됩니다."

7월의 음울한 추운 겨울날이었다. 세뇨라의 본당 신부가 최후의 의식을 거행했고, 그녀의 친족이 최후의 이별을 고하기 위한 임종의 병상으로 모였다. 다른 방에서는 스페인의 병리학자인 페드로 사리아 박사와 그의 조수들이 이미 대기하고 있었다. 아르헨티나 라디오의 네트워크는 모두 특별 보도가 가능한 태세를 취하고 있었다. 마틴은 세뇨라 방의 위병을 대신해 스스로 감시의 번을 서기도 했다. 오후 8시 30분, 페론 대통령이 그녀의 방에서 나왔다. 마틴은 쉬어의 자세에서 차려 자세를 취했다.

"오팔로 대위," 페론은 말했다. "사리아 박사에게 이제 곧 일을 착수해야 할 거라고 전해 주게."

"넷, 대통령 각하." 마틴은 대통령의 얼굴에 아무런 감정도 나타나 있지 않은 것을 간파했다. 그의 눈에는 눈물도 맺혀 있지 않았다. 마틴은 페론과 젊은 여자에 관한 소문을 회상해 보았다. 이 돼지 같은 놈! 하고 마틴은 생각했다. 그녀의 장례식을 더럽히는 일만 없다면, 마틴은 그 자리에서 사벨을 뽑아 페론의 목을 쳐버렸을 것이다. 언젠가 나중에 두고 보자고 그는 마음 속으로 중얼댔다.

페론이 물러가는 것을 눈으로 전송한 다음, 마틴은 사리아 박사가 기다리고 있는 방을 향해 갔다. 그 곳에 이르렀을 때는 고통의 눈물이 그의 뺨을 흐르고 있었다.

밖은 어두워지기 시작하고 있었다. 마틴은 아파트의 창가로 다가가 거리 너머에 있는 야외 카페를 바라보았다. 검정 양복을 입은 레이나 대령의 부하 한 놈이 의자를 마틴의 아파트 현관 쪽을 향해 놓고 감시하고 있었다. 다른 한 놈은 뒷문으로 돌아가 있을 것이라고 마틴은 생각했다. 마틴은 손목시계를 보았다. 그 시계는 세뇨라가 스위스에서 그에게 사다 준 금시계였다. 8시 가까이 되었다. 지금부터 14시간 내에 준비를 마치지 않으면 안 된다. 그는 전화를 들어올려 코니에게 전화를 걸었다.

"당신의 도움이 필요해." 코니가 전화에 나오자, 그는 간결하게 말했다.

"당신이란 사람은 대단한 심장의 소유자이군요.." 코니가 말했다. "당신은 내가 당신을 사랑하고 있으니까 당신을 위해서라면 무슨 일이든지 하리라고 생각하고 있군요. 그것이 당신의 본심이죠, 안 그런가요?”

“그래.” 마틴은 인정하며 말했다. “그것이 나의 본심이야.”

“이런 바보!”

마틴은 대답하지 않았다.

“듣고 있어요?” 코니는 초조하게 말했다. “난 당신에게 바보라구 했다구요!”

“아암, 들었구말구.”

“그래서요?”

“당신의 도움이 필요해.” 마틴은 되풀이했다.

코니의 깊은, 몹시 지치고 쓸쓸해 보이는 한숨이 들려왔다. 그녀는 말했다. “어떤 도움이죠?”

마틴이 자신의 계획을 코니에게 설명했다. “제 정신이 아니군요.” 그가 말을 마치자, 그녀는 말했다. “그런 것은 올바른 정신으로 생각해 냈을 리가 없다구요. 그들을 속일 순 없어요. 그런 짓을 하면 틀림없이 그들은 당신을 죽일 거라구요.”

“도와주겠어?”

“마틴, 조금이라도 더 살아 있고 싶으면, 그런 바보 같은 생각일랑 잊어버리세요. 그 따위 계획이 제대로 될 리가 없다구요.”

“도와주겠어?”

“그런 것 생각하는 것마저 난 믿을 수가 없어요.”

“도와주겠어?”

확실히 미친 것이다. 그러나 그녀는 거부할 수가 없었다. “내가 어떻게 하면 되죠?”

마틴은 코니가 해줄 수 있는 것을 자세히 설명했다. 그리고 다음에는 나치에게 전화해서 그의 계획을 이야기했다. 나치는 처음에는 그의 이야기를 믿지 않았다.

"설마 진심으로 그런 것을 생각하고 있는 것은 아니겠지?" 늙은 장인은 말했다.

"아니, 진심이야." 마틴은 말했다.

"그런 일이 성공할 리가 없어. 잘 될 리가 없다구."

"아니, 잘 되리라고 생각해. 하지만 비록 실패한다 해도, 레이나와 그의 졸개가 올 때에는 당신과 코니는 그 자리에 있지 않을 테니까, 당신들 두 사람에게 위험이 미치는 일은 없으리라고 생각해."

"난 그런 것을 걱정하고 있는 것이 아니야!" 나치는 분개하며 말했다. "난 스페인 시민 전쟁에서도 그렇고, 제2차 세계대전에서도 싸웠어. 위험 따위는 아무 것도 아니야. 내가 두려워하는 것은 말일세, 마틴, 자기 자신을 웃음거리로 만들게 되는 거라구!"

"비록 그렇게 된다 해도 그것을 누가 알 수 있겠나?" 마틴은 말했다.

"자네가 알고 있잖은가."

"하지만 만약 실패하게 되면 난 죽게 될 텐데?"

"아아, 그렇군. 그걸 잊어버렸군. 그럼 좋겠지. 도와주지."

"할아범, 고맙네."

마틴은 코니에게 말했듯이 계획의 자세한 내용을 나치에게 설명했다. 그가 이야기를 끝낸 후에도 나치는 부자연스러울 만큼 오래 입을 다물고 있었다.

"어찌된 일이지?" 마틴은 물었다.

"난 이미 노인이야." 나치는 조용히 말했다. "나의 마음도 손도 이미 옛날처럼 확실하다고는 말할 수 없어. 만약 내가 실패한다면?"

"그럴 리는 없어." 마틴은 단언하듯 말했다.

나치는 다시 침묵을 지켰다. 그리고 최후로 말했다. "그래, 좋아. 그러나 내 탓으로 실패하게 되면, 그들은 자네뿐만이 아니라 나도 죽일 거야."

"멋대로 생각하라구." 마틴은 말했다.

그리고 수화기를 내려놓자, 잔에 사브리아를 반 잔쯤 따르고 창가에 앉아 그것을 찔금찔금 마시면서 생각했다. 잠시 후에 코니가 거리를 성큼성큼 걸어오는 것이 보였다. 마틴은 보도의 카페에 있는 테이블의 검정 양복의 남자를 보았다. 그는 코니의 모습을 알아보고 그녀가 마틴이 사는 아파트의 건물 안으로 들어와 보이지 않게 될 때까지 눈으로 쫓고 있었지만, 다시 테이블을 토닥토닥 두드리기 시작했다. 좋아, 라고 마틴은 생각했다. 아무 것도 의심하고 있지 않다.

그리고 잠시 후에 나치가 찾아왔을 때도, 마틴은 그를 관찰했다. 감시자는 코니에게 보낸 주의의 절반도 나치에게는 보여주지 않았다. 두 사람을 무사히 아파트에 맞아들인 마틴은 두 사람의 어깨를 끌어안고 말했다. "나는 당신들 두 사람을 모두 몹시 좋아하고 있어."

두 사람은 그것만으로 충분했다.

마틴은 무언가에 혹한 것 같은 생각과 혐오감에 뒤범벅이 되어, 사리아 박사가 세뇨라의 유체에 특수한 방부 처리를 하는 것을 지켜보았다. 사리아 박사는 브에노스 아이레스의 북쪽 440마일에 있는 코루도바 대학에서 해부학과 병리학을 가르치고 있는 의사로, 페론의 주치의의 동료였다. 에바의 시체 방부 처리라는 이 섬세한 작업에 그가 발탁된 것에는, 그가 이미 수많은 실험을 행했으며, 또한 시체를 반영구적으로 보존하는 방법을 개발했기 때문이다. 그러한 그의 기술은 세뇨라의 사후 30년간 비밀로 될 것이며, 2단계의 작업이 행해지는 것이었다.

우선 제1단계에서는 주입용 카테테르가 오른발 발바닥에 삽입되었다. 피가 천천히 체외에 배출됨과 동시에 동량의 무수알콜이 체내에 주입되었다. 그리고 피가 모두 배출된 후에도, 알콜이 몸의 내부 조직에서 모든 수분을 빼낼 때까지 다소의 시간이 주어졌다.

그와 동시에 사리아 박사는 두 가지 일을 했다. 먼저 흡습성이 있는 3수 산기 알콜의 에센스에서 만들어진 특별 조합의 글리세린을 넣은 통을 천천히 가열했다. 그 다음에 병들기 전에 찍은 에바의 사진을 살펴보았다. 죽기 직전에는 5피트5인치, 120파운드였던 세뇨라의 몸이 5피트2인치, 80파운드 이하로까지 되어 있었다. 아르헨티나의 국민이 기억하고 있는 모습으로 그녀를 되돌려 보존하는 것이 사리아 박사의 역할이었다.

글리세린이 적당한 온도로 가열되는 것을 기다려, 사리아 박사는 제2단계의 작업으로 넘어갔다. 두 개의 카테테르를 사용해 다시 액체의 교환이 행해졌다. 이번에는 체내를 청정하게 만든 차가운 알콜에 대신해 가열된 글리세린을 주입하는 것이었다. "이것이 끝나면," 사리아 박사는 마틴에게 말했다. "세뇨라의 몸은 모두 반영구적으로 보존됩니다. 그녀의 내장도, 손톱도, 체모도, 입술도, 젖꼭지도, 감겨진 눈까풀 밑의 안구도, 모든 것이 모두 완벽하게 남겠지요. 마치 그녀는 잠들어 있는 것처럼 말입니다."

이 기분 나쁜, 그러나 필요한 작업이 끝났을 때, 마틴은 오직 한 사람 그의 솜씨에 탄복하지 않았다. 그에게는 방부 처리를 받은 세뇨라가 마치 납인형같이 보였다. 너무나 번들번들한 광택이 지나치게 좋아, 마치 살아 있는 것같이 보이지 않았다. 그러나 그는 자신이 너무 지나치게 기대하고 있었던 것이라고 생각했다. 왜냐하면 다른 사람은 모두, 페론도 에바의 어머니도 오빠도 자매들도, 그녀의 측근 모두가 사리아 박사가 행한 기적에 대해 소리내어 감탄의 뜻을 표하고 있었으니까 말이다. 그들은 사리아 박사가 나라가 사랑한 에비타를 부활시켜 주었다고 입을 모아 말했다. 그런 뒤에 에바의 미용사나 매니큐어리스트, 메이크업 담당의 사람들이 각기 담당한 일들을 했다. 그녀는 하얀 실크 가운데 감싸여 로마 교황 비오 12세로부터 하사받은 로자리오를 가슴에 안고 양 손을 앞으로 모았다. 그리고 크리스탈 카트의 뚜껑이 달린 청동제 관에 넣어졌다. 거기까지 이르자 마틴도 생각을 고쳐 먹었다. 그녀의 유해는 아름답다고 그도 생각했다.

30일의 공식적인 복상 기간 중 마틴은 관에 항상 따라붙은 경비병의 지휘를 했다. 2주간 그녀의 유체는 한탄하며 슬퍼한 민중 때문에 사회복지성에 전시되었다. 아르헨티나 국민은 세 방향에서 1마일이나 이르는 열을 지어 한 번에 12명씩 20초 간격으로 유체를 알현했다. 사람들은 밤에도 낮에도, 겨울의 차가운 우천에도 줄지어 차례를 기다렸다. 군의 야영 주방이 세워져 사람들에게 식사를 제공했다. 몇십 몇백 명의 그리고 몇천 명이란 집단이 8천 개 이상의 화환이 쌓여 있는 건물을 향해 행진했다.

그리고 장례식날 에바의 유체는 50명의 노동자가 끄는 포가로 국회의 사당까지 운구되었다. 그 도중에 그녀의 죽음을 한탄하며 슬퍼하는 사람들이 장례 행렬이 지나가는 길에 몇천 송이의 꽃을 던졌다. 장엄한 진혼곡이 코론 교향악단에 의해 소리 높이 연주되고, 육군과 해군의 예포가 울려퍼졌다. 그 상공을 공군의 전투기가 편대를 이루어 비행했다. 전세계에서 보내진 꽃을 운반하기 위해 40대의 육군 수송 트럭이 준비되었다. 그것은 남미에서 경험한 중에서 가장 장대한 장례식이었다.

장례가 끝나자 에바의 유해는 노동자 동맹 회관의 날개에 설치된 연구실로 운구되었다. 그리고 그녀의 무덤이 건립될 때까지 닥터 사리아와 마틴의 감독 아래 그 곳에 안치되도록 되었다. 계획에서는 그녀의 무덤을 모두 이탈리아의 대리석만으로 만들어지고, 그 위에 자유의 여신상보다도 높은 대리석 첨탑이 바야흐로 성 에비타가 다스리고 있을 것이 틀림없는 하늘 나라를 가리키며 세워질 예정으로 되어 있었다.

마틴의 경비대는 12명으로 구성되어 4명씩 3교대로 밤낮으로 경호에 임했다. 마틴의 세뇨라에 대한 헌신적인 모습은 그녀가 죽은 후에도 조금도 변함이 없었다. 그는 대개 하루에 15시간에서 18시간을 영구 곁에 있었다. 사리아 박사는 그가 독자적으로 개발한 방부제로 에바의 육체에 손질을 한 —— 얼굴, 귀, 인후, 발만이 빛에 노출되어 있는 부분이었다. 이것을 하면 지나치게 밀납 세공처럼 보이게 되지만, 그러나 그녀의 피부에 대한 자연적인 쇠퇴를 막아 주게 된다고 그는 마틴에게 설명했다.

마틴은 세뇨라를 매장도 하지 않고, 무덤에도 묻지 않으면서, 1주일에 5일간씩 상업적인 분위기에 감싸인 노동조합 건물에 두는 것이 싫어서 견딜 수가 없었다. 그러나 다른 선택의 여지가 없다는 것도 그는 잘 알고 있었다. 매장될 때까지는 그 곳에, 그녀를 사랑한 노동자들과 가까운 곳에 유체를 놓아두는 것이 다름아닌 그녀 자신의 유지였기 때문이다. 그래서 마틴은 적어도 2년간은 그 곳에서 영구의 당번을 하지 않을 수 없었다. 그는 그녀의 유체를 보러 오는 여유 있는 사람들 —— 그녀의 가족, 친한 친구, 측근이란 사람들의 편의를 도모하기 위해 작은 성당 안에 작은 방을 하나 준비했다. 페론은 처음에 몇 번인가 찾아왔을 뿐 곧 모습을 보이지 않게 되었다. 그가 젊은 여인들과 즐겁게 지내고 있다는 소문이 들리는 일도 있었다. 마틴은 그에 대한 증오를 더욱 격화시켰다.

1년이 지났다. 거대한 무덤의 기단석만은 겨우 만들어졌지만 실제적인 공사는 아직 무엇 하나 착수되지 않았다. 마틴은 최초의 예정을 수정했다. 그와 닥터 사리아와 세뇨라는 적어도 3년, 혹시 그 이상 노동자 동맹의 건물에 머물러 있어야만 하겠다고 생각했다. 하지만 그때 그는 아르헨티나인의 국민 기질을 고려에 넣고 있지 않았다. 에바가 없는 아르헨티나는 에바가 있던 때의 아르헨티나와는 전혀 다른 나라가 되어 있었다. 젊은 아가씨에게 너무 열중해 제 정신을 잃은 페론은 서서히 정권을 다루는 힘을 잃어가기 시작했다. 먼저 군부에서 그에 대한 레지스탕스가 일어났다. 군부는 그가 노동자의 지지를 얻고 있었기 때문에 그를 오랜 세월에 걸쳐 용인하지 않을 수 없었지만, 그러나 그 지지는 에바를 통해 얻어졌던 것이다. 그녀가 없는 지금에 이르러서는 노동자도 그렇게 열성적으로 지지하지 않게 되었고, 군부는 민감하게 그것을 탐지했다. 장교 집단이 쿠데타를 위한 사전 공작을 시작했다. 한편 이제까지 표면적으로는 페론이즘을 지지했고, 내심은 페론에 반감을 품고 있던 아르헨티나의 재계인들은, 나라가 빠져들고 있는 경제 불황에 관해 바야흐로 공공연히 페론의 경제 정책을 비판하게끔 되었다. 페론은 이혼과 매춘을 합법화하는 것으로 재차 노동자의 지지를 회복하려고 기도했다. 하지만 그 결과, 그는 아르헨티나에 있어 네 개의 주요 지지 단체 중 최후의 단체까지 잃게 되었다. 그는 로마 가톨릭 교회의 지지마저 잃어버렸던 것이다.

누구나가 예측한 대로 드디어 정부 전복이 일어났다. 그것은 해군의 포함이 브에노스 아이레스를 포격하는 것에서 시작되었고, 반란군에 의한 시의 제압과 이어진 호안 페론이 공해상에 정박해 있던 파라과이선에 구조를 요청해 망명함으로써 끝났다.

사리아 박사와 마틴은 새 정권의 구성 멤버인 아르만드 루그라 라고 하는 대령의 감독하에 놓이게 되었다. 노동자 동맹 회관은 폐쇄되고, 그로부터 몇 개월 동안이나 에바의 유체를 보는 것은 누구에게도 불가능하게 되었다. 마틴과 사리아는 사실상 고립당하게 되었다. 마틴은 집을 나서는 것이 금지되고, 사리아는 암암리에 연금 상태에 놓여졌다. 신정권은 나라를 찬탈하는 데도, 육군과 해군의 충성을 성립시키는 일도, 경제

계의 지지를 얻는 데도, 성당으로부터의 축복을 받는 것에도 성공했지만, 다만 한 가지 에바 페론의 유해 처리에 관해서는 판단을 그르쳤다.

1956년 1월, 마틴은 영구를 군의 구급차로 브에노스 아이레스 근교의 육군 기지로 운구할 것을 명령받았다. 사리아 박사가 그것에 동승하는 것마저 허락되지 않았다. 세뇨라의 유체의 두 관리자는 악수를 하고 헤어졌다. 이후 두 사람이 만나는 것은 두 번 다시 없었다. 구급차가 목적지에 도착하자, 에바의 영구는 사용되지 않는 창고에 수납되었다. 마틴은 그 창고를 46시간 내내 경비하는 세 사람의 위병 중 한 사람으로 임명되었다.

수개월이 지났다. 정부가 에바의 유체 처리를 결정했을 때, 그녀가 죽은 지 이미 3년을 넘기고 있었다. 정부의 결정은 그녀를 국외로 추방한다는 것이었다. 마틴은 놀랐다. 하지만 그녀의 유체는 가난한 사람들이 단결하는 좋은 목표로 되기 때문에 모국이 아닌 어딘가의 외국 땅에 매장할 필요가 있다고 신정권은 생각했던 것이다.

1956년 6월, 마틴 오팔로 대위는 '라디오 세트'라는 라벨이 붙여진 나무틀을 수행해 서독의 본에 있는 아르헨티나 대사관으로 부임하게 되었다. 세뇨라의 관이 넣어진 그 나무틀은 아르헨티나 대사에 의해 수령되어 창고에 거두어졌다. 마틴은 대사관부 무관 보좌로서 대사관에 근무할 것을 명령받았다.

마틴은 주어진 일은 아무리 하찮은 일이라도 해냈으며, 1년간 본에 머물렀다. 하루에 한 번, 그는 대개 저녁 무렵 퇴근하기 전에 창고에 숨어들어 세뇨라와 만났다. 나무틀을 비집어 열고 관의 크리스탈 뚜껑 너머로 그녀의 얼굴을 배례했다. 그리고 살아 있는 자에게 이야기하듯 그녀에게 말을 걸었으며, 그녀의 현재의 처지를 사과했고, 조국으로부터의 소식을 그녀에게 전했다(그 즈음 파나마에 망명해 있던 페론의 이야기는 일체 입에 담지 않았지만). 또한 그녀가 아직도 예전의 아름다움을 간직하고 있는 것을 그녀에게 알려주기도 했다. 1주일에 두 번 꽃을 가져와 크리스탈 뚜껑 위에 장식했다. 또한 특별한 날에는── 크리스마스라든가, 10월 18일 성 에비타의 날이라든가, 5월 7일 그녀의 탄생일이라든가에는, 그는 크리스탈의 뚜껑을 열고 유체가 앞으로 모은 손과 차가운 뺨에 키스를 했다. 그 자신의 생일에는 그녀 곁에서 혼자 축배를 들면서 그녀의 입술에 가볍게 키스했다.

에바의 사후 5년이 가까운 지난 1957년 5월, 오팔로 대위는 '라디오 세트 목관'을 로마의 아르헨티나 대사관으로 운구하라는 브에노스 아이레스로부터의 명령을 받았다. 그래서 그는 호위의 임무가 풀려 아르헨티나로 귀환하기로 되어 있었다. 마틴은 아연실색했다. 로마에서 그는 대사에게 세뇨라의 유해를 이동하는 이유를 물었다. 대사도 그리 자세하게는 알고 있지 못한 것 같았다.

"내가 아는 바로는, 대위, 이번의 일은 로마 교황의 성무성의 의향에 의한 것인 모양일세. 우리들은 세뇨라의 영구를 보통의 목관에 넣어, 아르헨티나의 라 팜파 지구에서 죽은 이탈리아 시민 세뇨라 마리아 매기라고 하는 여성의 귀향 유해로서 그녀를 매장하도록 지시를 받고 있네. 주세피나라는 수녀에게 그녀를 인도하면, 그 수녀가 어딘지 모를 장소에 그녀를 매장해 주도록 채비가 되어 있는 모양이야. 어쨌든 대위, 자네가 걱정할 일은 아무 것도 없네. 자네가 귀국할 준비는 이미 되어 있으니까. 자네는 내일 아침에 출발하기로 되어 있네."

마틴은 사형선고라도 받은 듯한 기분으로 자기 부서로 돌아갔다. 그녀를 자신으로부터 데려가 떼어 버리려 하고 있다! 다른 이름이 주어져 이름도 모르는 자로서 미지의 사람들 사이로 낯선 땅으로 파묻히려 하고 있다. 무덤을 지킬 사람이 없는가 하면, 그녀를 위해 빌어줄 사람도 없고, 그녀에게 이야기해 줄 사람도, 그녀를 알고 있는 사람도 없는 곳에 글자 그대로 매장되고 말 것이다. 마치 에바 페론은 존재하지 않았던 것처럼.

그런 짓을 하도록 내버려 둘 수는 없다고 마틴은 마음 속으로 맹세했다.

어떠한 때에도, 어떤 대사관에도 정부의 원조를 받아 본국으로 돌아가고 싶어하는 민간인이 적어도 몇 사람은 있는 것이다. 마틴은 그런 남자를 찾아냈다. 나이는 그보다 어느 정도 위였지만 그렇게 차이 지는 것은 아니었다. 이름은 도브라스라 했으며, 리보루노에서 브라질의 배로 빠져나오기는 했지만, 지금은 어떻게든 고국으로 돌아가고 싶어하는 그런 남자였다. 마틴은 그를 술자리로 유인했다. 그리고 그 다음날 레오날드 다 빈치 공항의 화장실에서 마틴의 군복을 입은 도브라스에게 자기의 신분증명서와 항공권을 건네주었다. 도브라스는 무사히 비행기에 탑승할 수 있었다. 마틴은 새로 산 사복으로 바꾸어 시내로 되돌아왔다.

그리고 그날의 나머지와 다음날 하루 종일 여러 가지 장소에서 대사관을 감시했다. 3일째인 이른 아침 수녀 한 사람을 태운 장의 마차가 도착되었다. 마틴은 수수한 나무관이 그 마차에 실리는 것을 보았다. 그리고 로마의 중앙역까지 오토바이로 마차의 뒤를 따라갔다. 관은 열차번호 78번인 밀라노행 유럽 횡단 급행열차에 화물로 실려졌다. 마틴은 수녀가 탄 것과 같은 기차의 차표를 샀다.

6시간 후 이탈리아 북부 도시의 종점 밀라노의 중앙역에서, 마틴은 수녀가 관을 인수해 대기시켜 놓았던 다른 장의 마차에 옮겨타는 것을 보았다.

마틴은 택시로 무소코 묘지까지 마차를 뒤따라 갔다. '그 곳에 구덩이가 파져 있었다. 그 무덤 곁에서 다시 세 사람의 수녀가 마차의 도착을 기다리고 있었다. 마틴은 다른 무덤에 참배하러 온 사람으로 가장해, 수녀들이 간단한 장례 의식을 행하고, 두 묘지기가 에바 페론의 유해를 흙에 묻은 다음 그 위에 묘석을 설치하는 것을 바라보았다. 비석이 잘 안치되자, 묘지기의 하나가 간단한 금속판을 비석에 박아 붙여 놓았다. 그리고 아무도 그 곳에 없게 되었다.

마틴은 그 새로운 무덤이 있는 곳까지 가 보았다. 금속판에는 이렇게 적혀 있었다.

마리아 매기
1886~1941

"당신은 외토리가 아닙니다, 나의 세뇨라." 마틴은 소리내어 말했다. "내가 있습니다. 나는 당신 곁을 떠나지 않습니다."

밀라노에 14년간 그는 그녀의 곁에 머물러 있었다.

10시 정각에 노크 소리가 들렸다. 마틴은 아파트의 문을 열었다. 레이나 대령과 그의 두 부하가 서 있었다.

"들어오시오." 마틴은 조용히 말했다.

안으로 들어서자 곧 세 남자는 일렬로 늘어놓은 세 개의 의자 위에 수수한 나무관이 놓여 있는 것을 보았다.

"현명한 결단을 내려 주어서 기쁘게 생각하오." 레이나 대령의 말에는 약간 안도의 숨을 쉬는 여운이 있었다. 그는 관으로 다가가 말했다.

"좋소." 마틴은 끄덕였다. 레이나는 나무관의 뚜껑을 열었다. 그와 그의 두 부하는 새삼스러운 표정으로 안쪽 관의 크리스탈 뚜껑 너머로 유체를 보았다. "내가 이제까지 본 사진의 그녀와 조금도 다름이 없군. 우아하고 아름다워." 레이나는 속삭이듯 말하고 잠시 응시한 다음 뚜껑을 덮었다. 그 뒤 그들 네 사람이 관을 밀라노의 아르헨티나 공사관의 소형 트럭까지 운구해 실었다.

"참고로 물어보고 싶은데," 레이나는 물러가기 전에 말했다. "당신은 어떤 식으로 우리들보다 먼저 세뇨라의 무덤을 파냈소?"

"지난 몇 년 동안 나는 묘지의 관리인과 친해졌소. 나는 마리아 매기의 남동생인 체 가장하고 매일 묘지 참배를 했던 것이오. 관리인은 나의 그러한 헌신적인 모습에 감동했던 것 같소. 그 관리인에게도 이전에 누나를 잃어버린 경험이 있어서 말이오. 그래서 마리아 매기의 무덤을 파헤치는 것은 어떠한 서류가 필요한지에 관한 바티칸으로부터의 문의를 묘지에서 수령했을 때, 그는 즉각 그 사실을 내게 가르쳐 주었던 것이오. 나도 페론의 지지자가 아르헨티나에서 세력을 회복한 이래 그와 같은 일이 있을지 모른다는 것을 예측하고 있었소. 그래서 바티칸의 애기를 관리인에게서 듣자, 곧 돈만 내면 시키는 대로 일을 하고 쓸데 없는 것은 묻지 않을 남자를 네 명 고용해, 한밤중에 관을 파내어 나의 파트로 운구해 왔소. 그러나 나중에 묘지의 관리인이 바티칸에 협박을 당해 사제에게 나의 거처를 털어놓고 만 것이오."

"우리들이 올 것을 당신도 알고 있었을 텐데." 레이나는 했다. "어째서 그녀와 도망치려고 하지 않았소?"

마틴은 어깨를 흠칫했다. "이젠 그녀도 고향으로 돌아갈 적당한 기회라고 생각되었기 때문이오. 이젠 조국의 땅에 묻혀 버려도 될 때라고 말이오."

레이나 대령은 손을 내밀었다. "당신의 선택에 경의를 표하는 바이오, 오팔로 대위. 그럼 건강을 빌겠소."

두 사나이는 악수를 교환하고, 레이나는 소형 트럭에 올라탔다. 마틴은 보이지 않을 때까지 차를 눈으로 전송한 다음 아파트로 돌아왔다. 그리고 방을 정리한 다음 세 개의 의자를 테이블로 돌려 놓고 차광막을 내려 늦은 아침의 햇살을 차단했다. 하룻밤 내내 철야한 피로가 갑자기 솟아나왔다. 그는 침실로 들어갔다. 영구는 곧 아르헨티나로 보내지겠지라고 그는 생각했다. 그리고 브에노스 아이레스의 리코레타 묘지에 준비되어 있는 작은 묘지에 묻혀질 것이라고 그는 생각했다. 바티칸의 사제는 무덤은 곧 폐쇄될 것이라고 그에게 말하고 있었다. 영구 수납 상자가 영원히 폐쇄되기 전에 나무의 관 속의 크리스탈 뚜껑이 달린 관의 알맹이를 보는 것이 허락되는 자는 그리 많지 않을 것이다. 그자들은 절대로 차이를 알 수 없을 것이라고 마틴은 확신하고 있었다. 나치는 멋진 일을 해 주었고, 코니가 만든 가발도 완벽했기 때문에.

내일은 세뇨라가 영원히 쉴 수 있는 장소를 찾도록 하자. 내일이나 모래.

마틴은 침대 위의 에바 페론의 유해 옆에 몸을 가로 눕히고 편안한 잠에 빠져들었다.

맞불 작전
Backfire

Raymond Chandler
레이먼드 챈들러

1888년 시카고에서 태어남. 1939년 처녀작 「위대한 잠」으로 데뷔함. 다씨르 하메트와 함께 하드보일드의 거장으로 수많은 작가들에게 영향을 끼쳤다. 대표작 「사랑스런 여자여, 안녕」과 「긴 이별」은 너무나 유명하다.

맞불 작전

레이먼드 챈들러

　조지는 전쟁터에서 돌아와 (나는 여러분과 마찬가지로 이런 식으로 적는 것은 좋아하지 않는다. 생각나는 대로 글을 쓰고 있을 뿐이다.) 그의 아내가 안개가 깊은 밤 마의 커브라고 말해지고 있는 길 모퉁이에서의 자동차 사고로 죽었다는 것을 알게 되었다. 그는 사인에 아무런 의심도 품고 있지 않았다(경찰은 일단 의심했지만 아무런 증거가 나오지 않았기 때문에 불문에 붙였다). 조지는 작은 거리에 있는 것이 지루한데다 갖가지 추억이 마음을 짓눌러 거리를 나갔다.

　조지는 아내인 에드너가 어렸을 때 살았던 오레곤주 푼빌에 대해서 늘상 이야기하곤 하던 것이 생각났다. 그렇다. 어디에 간들 다를 것이 없을 것이다. 그는 푼빌에 가서 직장을 찾아냈다. 하지만 좀처럼 방을 구할 수가 없었다. 에드너의 친구인 메리가 역시 전쟁터에서 돌아온 조라는 남자를 소개해 주어, 두 사람이 함께 방을 빌리게 됐다. 조는 마음이 좋은 사람이었다. 두 사람은 사이 좋은 친구가 되었다. 조지는 메리에게 자기가 어떤 사람인가 하는 것과 에드너와 결혼했었다는 것을 누구에게도 말하지 말라고 부탁했다. 화제에 오르는 것이 싫었고, 동정받는 것도 고맙지가 않았던 것이다. 새로운 거리에서 새로운 생활을 찾고 싶었던 것이다. 하지만 에드너가 어렸을 때 이 길에서 놀았고, 이 곳 가게에서 콜라를 마시고, 아이스크림을 먹고, 〈비뉴〉라는 영화관에도 다녔으며, 고등학교 때 풋볼 운동장에서 적녹색의 작은 깃발을 흔들었을 그런 일들이 생각나서 한층 더 쓸쓸해질 뿐이었다.

조지는 머리가 좋고, 성격이 비뚤어진 데가 없는, '좋은 녀석'이었다. 조도 '좋은 녀석'이지만, 전쟁터에서 돌아오고 나서 눈매가 다소 날카로워졌고, 마음 속도 온화하지가 않게 되었다. 하지만 두 사람의 사이는 잘 되어 가고 있었다.

그러던 중 조는 우연한 일에서 조지의 내력을 알게 되었다. 이 조야말로 전시 중 에드너가 있던 거리에 주둔하여 에드너와 친해지게 되었고, 잠시도 곁을 떠나지 않고 붙어다니는 에드너가 귀찮아지게 되자 그녀를 죽여 버린 남자였다.

조는 조지가 그의 목숨을 노리고 있는 것이라고 생각했다. 친하게 대하는 것은 연극에 불과하다. 그리고 그 녀석은 메리를 좋아하게 되었다. 확실히 조지는 메리를 사랑하기 시작하고 있지만, 자기로선 아직 알아차리지 못하고 있었다. 메리는 조의 여자다. 조 녀석, 여자에 대해서는 솜씨가 좋군.

조지의 신변에는 자칫 잘못하면 목숨에 관계되는 일이 자꾸만 일어난다. 예삿일이 아니다. 간신히 난을 모면하고 있는 동안에는 괜찮지만, 언제 목숨을 잃을지 알 수 없는 것이다. 그러나 조지 본인은 그런 것을 알아차리지 못하고 있었다.

"자네를 해치려고 노리는 자가 있어, 조지."

그렇게 말해 보았지만, 조지는 반신 반의하며, "대체 누가 날 노리고 있을까."라고 조에게 이야기했다. 조는 이것이 연극이라고 생각했다. 짓

굳어서 그런 것이다. 조는 기분이 안정되지 않았다. 이 거리를 떠나 버리자. 하지만 메리가 돈을 가지고 있다. 그 여자는 언제나 내가 말하는 대로 되는 것이다. 우선 그 여자와 결혼하고, 그런 다음 거리를 떠나자. 하지만 조지도 메리와 좋은 사이가 되어 있다. 빨리 손을 쓰지 않으면 본전도 남지 않게 된다. 장거리 레이스라면 조지에게 더 많은 승산이 있다.

그럴 때 조지에게 고향의 친구로부터 편지가 왔다.

"에드너가 죽은 것을 알고 난 뒤 많은 시간이 지났는데, 기운을 되찾았는가, 조지? 친구가 생겼나? 여자 친구도 사귀었나? 이런 말을 하지 않는 편이 좋겠지만, 나는 에드너가 죽었을 때의 모습이 영 마음에 걸려서 말이야. 아무래도 가만히 있을 수가 없어. 요전날 밤 비티 투이스와 얘기를 했지. 그 자동차 사고를 조사한 경찰관 말일세. 비티도 그 사건은 이상하다고 의심하고 있어. 자네가 전쟁터에 있는 동안, 에드너와 배가 맞은 남자가 있네. 그 녀석이 수상하다는 거야. 그 녀석도 전쟁터에서 돌아온 자야. 비티의 얘기론, 조 웨스터맨이라는 그 사나이는 그날 밤 거리에 없었어. 휴가로 뉴욕에 가 있었지. 하지만 좀더 수사를 해보지 않으면 납득이 가지 않는다고 비티는 말하고 있어. 서장이 사건에 일단락을 짓고 말아 손을 댈 수 없다는 거야."

조 웨스터맨. 조지가 함께 방을 빌리고 있는 남자다. 이 푼빌에서. 미국 안에서 푼빌과 같은 작은 거리는 몇천 몇만이 있는데, 조는 어째서 푼빌에 있는 것일까.

조지는 그에게 이유를 물어보았다. 조는 놀란 모습을 보였다.

"최초의 주둔지였었지." 그는 말했다. "몹시 즐겁게 지낼 수 있었지. 그것이 잊혀지지 않아서 다시 돌아온 걸세. 자네는 어째서 이 거리로 왔지, 조지?"

"아내가 이 거리의 태생이어서."

“부인이? 부인이 있는 줄은 몰랐군.”

“죽었어. 자동차 사고로 말이야.” 그는 담배에 불을 당겼고 연기를 토했다. “경찰은 사고로 처리했지만, 친구로부터 편지가 와서…… 이런 얘기 그만두기로 하세, 조. 난 샤워를 해야겠어.”

조지는 욕실로 들어갔다. 조가 조지의 의류를 조사했다. 편지는 찾아낼 수 없었다. 조지가 조의 행동을 보고 있다. 조는 그 일을 알아차리지 못하고 있다. 조지는 메리를 만나러 갔다. 그는 메리에게, 알아볼 일이 좀 있어 고향으로 돌아가겠다고 말했다.

“내가 돌아올지 어떨지 관심이 있어, 메리?”

메리는 잠자코 조지를 응시했다.

“아니면 조만 있어 주면 좋아?”

메리는 그 말이 떨어지는 순간 화를 내는 모습을 보이더니 큰 소리로 울기 시작했다.

“조를 사랑하고 있어요.” 그녀는 말했다. “미안해요, 조지. 당신에게 정말 미안해요.”

조지는 그런 것은 염두에 두지 않는다고 했다.

“물론 그가 당신에게 어울리는 남자지.”

“내가 그런 것을 모르고 있는 줄 알아요?”

“모르고 있었던 사람을 나는 알고 있지.” 조지는 말했다.

그는 거리를 나섰다. 메리는 노여워하지는 않았지만 마음에 상처를 받게 되었다. 조지는 짐을 꾸리기 시작했다. 조에게 이야기한다. 조가 정거장까지 차를 운전해 데려다 주겠다고 한다. 아주 자연스럽다. 불과 몇 분 차이로 기차 시간에 늦어 탈 수 없게 된다. 흔히 있는 일이다. 갈아탈 역까지 앞질러 간다. 어디에도 부자연스러운 데가 없다. 차가 길에 나섰을 때 조지가 말했다.

"차를 세우게, 조. 이것이 자네가 찾아내지 못한 편지야."

조가 편지를 읽는다.

"그래." 그는 인정한다. "나는 에드너와 친구로 교제를 하고 있었지. 내가 에드너를 알게 된 것은, 에드너가 이 거리의 사람으로 내가 이 거리에 주둔하고 있었기 때문이야. 인연이 있었지. 에드너가 자동차 사고를 당한 후, 나는 이 곳으로 돌아오려고 했지. 이상하지 않는가. 우리들은 둘 다 같은 이유로 이 거리로 왔던 거야. 자네나 나나 말일세."

"하지만 자네는 내가 이 거리에 온 것이 그러한 이유였다고는 생각하지 못했겠지, 조."

"뭐라고?"

"기차 시간에 대지 못하면 곤란해. 출발해."

조는 차를 움직이려고 하지 않는다. 조지는 왜 고향의 거리로 돌아가는지를 조에게 이야기한다.

"알겠지, 조. 자네 때문에 거리를 떠나는 거야. 메리는 자네를 사랑하고 있어. 나는 어떻게 해서든 알아내지 않으면 안 돼."

"무엇을?"

"에드너가 죽은 것이 정말 사고였는지 아닌지를 확인하지 않으면 안 되는 거야. 내가 만난 사고처럼 말이야. 메리 때문에 알지 않으면 안 돼. 메리는 자네를 사랑하고 있어, 조."

"그래서, 만약 사고가 아니었다면?" 조가 말했다.

"만약 사고가 아니었다면, 자네가 그 날 밤 어디에 있었는지를 조사하지 않으면 안 되지. 지금이라도 늦지 않았다면 말이야. 차를 출발시키지 않겠나? 그 권총을 빼거나."

조는 주머니 속에 쥐고 있던 권총을 꺼내 겨누었다.

"탄환이 들어 있지 않아, 조. 내가 뽑아 놓았거든."

조가 웃었다.

"탄환을 다시 넣어 놓았지. 실수란 있을 수 없어."

"또 한 가지, 자네에게 말해 두지 않으면 안 될 것이 있네, 조."

"나중에 해. 핸들을 쥐어. 운전하라구."

그들은 차를 몰아 강에 걸려 있는 다리 위에 이르렀다. 강물의 흐름이 빨랐다. 조가 조지에게 차를 멈추게 했다. 차에서 내렸다. 두 사람은 둑을 내려갔다. 조가 살인에 관해 이야기를 했다.

"머리의 작용이 둔한 녀석은 같은 살해 방법으로 두 번씩 죽이겠지. 하지만 난 달라. 누군가가 자네의 시체를 발견할 즈음에는…… 그리고 이건 자네의 차야."

그들은 강가에까지 내려갔다. 강은 깊고 흐름도 빠르고 어둡다.

"강가에 서, 조지. 이런 것은 하고 싶지 않지만 하지 않으면 안 돼. 자네가 오늘 밤 거리를 나가기로 작정해 정말 잘 됐어. 나에게 있어서는 말이야. 이젠 영영 이별이야."

조가 권총을 겨누고 방아쇠를 당긴다. 엄청나게 큰 폭발음. 어떤 권총인지를 아직 아무도 말하지 않았다.

한 사나이가 기차에 탔다. 차가 한 대 주차장에 남겨져 있다.

거리에서 잠시 동안 행방이 묘연한 조의 소문이 계속된다. 메리는 아무 말도 하지 않는다. 조지의 소문을 이야기하는 사람도 있다. 메리는 조지가 어디에 갔는지를 알고 있지만 입에 떠올리지 않는다. 그녀는 조가 어디에 갔는지를 모른다. 조지의 차가 발견된다. 그리고 뉴욕까지의 표를 산 사나이가 있었던 것을 알았다. 어떤 모습의 사나이였지? 여행용 가방을 가지고 있었다. 흔히 볼 수 있는 모습이지. 모두 조의 방을 조사했다. 옷가지들은 짐꾸리기가 되어 있지 않다. 방을 그대로 놓아두고 나갔다. 조지도 아무 것도 남겨 놓지 않았다. 두 사람 모두 군대 출신인 것이다. 마음이 안정되지 않는 것이다.

메리도 떠날 차비를 한다. 그녀의 아버지가 마음을 졸이지만, 메리는 세상의 일을 잘 터득하고 있는 아가씨다.

비티 루이스는 형사실에서 지루해 하고 있다. 아무런 사건도 없다. 면회를 청해 온 남자가 있다. 도어가 열렸다. 조지가 들어왔다.

그들은 조의 알리바이를 지워 버리려고 한다. 검시의의 보고서를 조사해 본다. 해부 보고. 에드너는 차에서 튕겨져나가 머리 한쪽 편이 심하게 부딪쳤으며, 머리뼈가 부서지고 즉사였다.

조지는 말했다. "설골은 어떻게 되어 있죠?"

"모르겠소."

"검사해 보지 않았습니까?"

검시의는 그렇다고 인정한다. 사인이 분명했기 때문이라고 했다.

조지는 말한다. "확실히 그렇습니다. 출혈, 부서진 두개골, 목뼈가 부러져 있습니다. 확실히 사인은 분명하겠지요. 그러나 이것들은 모두 나중에라도 손질을 가할 수 있습니다. 에드너는 어느 정도 내던져졌습니까?"

"상당히 멀리였지." 비티가 말했다. "왜 그렇게 내동댕이쳐졌을까? 차가 부서진 쪽에서 생각하면 밖으로 내던져지지 않았을 텐데. 그러나 차의 사고에서는 어떤 일이 일어날지 알 수 없지. 한 번은 세단의 지붕에 훈제한 비웃처럼 달라붙어 있는 것을 본 적이 있지."

"설골이 어떻게 되어 있는지를 알고 싶군요." 조지가 말했다. "그렇지 않으면 턱에 어떠한 상처가 있는지를."

"지금에 있어서는 조금 때가 늦었는데." 검시의가 말한다.

"나의 생사에 관계가 있을지도 모릅니다. 나는 그 상처를 낸 사나이를 죽였으니까요." 조지가 말했다.

경찰은 조지를 체포했다. 그리고 검시를 행한 의사에게 추궁했다. "교살의 흔적은 없소." 의사는 말했다. "턱에도 상처가 없소." 그는 메모를 해둔 노트를 조사했다. "다만 한 가지, 중요한 상처 외에 눈에 뜨인 것이 있었소. 그 여자는 발목에 차꼬를 채우고 있는데, 차꼬의 자물쇠가 발에 상처를 내고 있소. 이 상처가 어째서 생겼는가 하는 것인데, 여러 가지 경우가 생각될 수 있소."

비티가 머리를 흔들었다. "알았네. 깜빡했었군. 이것으로 얘기를 알 수 있어. 알겠나, 범인은 여자의 머리를 힘껏 쳤지. 그리고 무언가 튼튼하고 부드러운 것을 여자의 발목에 감아, 아다지오의 댄서가 파트너를 휘두르는 것처럼 휘둘러댄 거야. 그리고는 여자를 바위에 던져 버렸지. 두 번을 했는지도 모르지. 어쩌면 이 남자는……."

그가 생각한 대로였다. 전쟁 전의 일이었다. 조는 젊은 여자와 희극에 나간 적이 있어, 여자의 발목을 쥐고 어깨의 높이까지 들어올려 휘두른 적이 있었던 것이다.

조의 시체는 강바닥에서 발견되었다. 파편으로 머리와 얼굴 절반이, 목과 가슴의 대부분이 날아가 버리고 말았다. 어쩌면 물고기의 짓인지도 모른다.

메리는 유치장에 들어가 있는 조지를 만나러 갔다.

"조지, 어째서 도망을 갔죠? 어째서 당신이 말해야 할 것을 말하지 않았죠?"

"내가 한 일은 살인이었기 때문이야. 정당방위였다는 것을 증명할 수 있지 않으면 살인이지. 조가 먼저 나를 죽이려고 한 것을 증명하지 않으면 말이야. 그것을 증명하려면 동기를 분명히 할 수밖에 없어. 동기는 그가 에드너를 죽인 거야. 그래서 나는 그가 에드너를 죽인 것을 증명하지 않으면 안 돼. 그리고 그러기 위해서는 시일이 필요했던 거야. 그래서 그를 강에 던져넣었지. 원래 그가 나를 강에 던져넣을 예정이었지. 그가 내게 권총을 들이대고 방아쇠를 당겼는데, 그 권총이 그를 죽였다고 내가 말하면 대체 어떻게 되었겠어? 뒷받침이 없는 발뺌을 위한 변명이라고 할 테지. 비록 석방되어도 당신에겐 좋지 않게 생각되었을 거야. 그러나 이러한 방식으로 사실이 분명해지면 나의 입장은 훨씬 좋아지게 되지.”

경찰이 조지를 푼빌로 도로 데려갔으며, 지방검사가 수사에 착수했다. 메리의 아버지가 거물 변호사를 부탁하겠다고 했다. 조지는 변호사는 누구라도 상관없다고 했다. 턱수염을 기른, 사람이 좋은 할아버지로 말이다. 필요한 것은 한 장의 지도뿐이었다. 그 지도는 조지의 머리 속에 있었다. 조가 어디에서 살해되었는지 알면 되는 것이다. 강에서 19발짝 떨어져, 오른쪽으로 직각으로 구부러지고, 다시 7발짝을 걸어, 지면을 판다.

“박살이 난 권총이 방수 천으로 된 면도칼 도구의 백에 넣어져 파묻혀 있다.”

방수천의 백이 발견되었다. 권총은 박살이 나서 총신만이 무사했고, 총탄이 역발된 흔적이 남아 있었다.

방아쇠를 당기면 역발이 되는 장치로 되어 있었던 것이다. 조는 그것을 고스란히 뒤집어썼던 것이다.

* * *

부기. 나는 조지가 여자를 자기 것으로 만들었으리라고 생각하지만, 내가 잘못 생각하고 있었는지도 모른다.

레이먼드 챈들러

브라이트 화이트 스타

Bright White Star

딕 프랜시스

1920년 영국에서 태어남. 엘리자베스 여왕의 기수로 '전영국 참피온 조키'의 영광을 획득함. 1957년 은퇴한 후, 신문 기자를 거쳐 1962년 처녀작 「본명」을 발표함. 그 이후 1년에 한 작품의 페이스로 경마소설을 발표해 왔다. 1980년 「채찍을 쥔 손」으로 MWA상 수상함. 대표작으로는 「채찍을 쥔 손」, 「흥분」 등이 있다.

브라이트 화이트 스타

딕 프랜시스

거지는 뼛속까지 얼어붙어 있었다. 공기도 지면도 빙점까지 내려가 있었다. 오후의 하늘을 노란색의 두터운 설운층이 으시시하게 덮고 있다. 벌거벗은 나무들의 검고 커다란 가지가 바람에 삐걱거렸다. 차바퀴 자국이 가로 세로로 달리고 있는 들판은 풀이 없는 거무튀튀한 모습으로 눈을 기다리고 있다.

오솔길을 비틀거리며 내려가고 있는 거지는 추위와 공복에 견디면서 촛점이 맞지 않는 격한 분노에 사로잡혀 있었다. 겨울의 이 시기에는 보금자리에 틀어박혀 있고 싶었다. 나무로 뒤덮인 언덕의 그늘진 웅덩이에 나무를 짜고, 두꺼운 갈색의 마분지로 덮은 지붕을 만들어, 마른 고엽에 폴리텐 시트를 침낭에 덮은 따뜻하고 기분이 쾌적한 침대에 누워 있고 싶었다.

입구 근처에서 장작불을 하루 종일 지피고 타다 남은 빨간 재로 하룻밤새 난방을 취하고 싶었다. 서리나 눈, 내리 퍼붓는 빗속에서 기분 좋게 지내고, 봄이 되면 그 보금자리를 차 버리고 이동하는 것을 좋아했다.

그가 싫어하는 것은 오늘 아침에 당한 것처럼 남이 자신의 보금자리를 차 버리는 일이었다. 세 명이 왔었다. 그가 보금자리를 마련한 토지의 소유자와, 부근의 관청에서 나온 눈초리를 한 중년의 남자와, 클립보드를 손에 든 점잖은 체하는 거만한 여자, 그렇게 세 명이었다. 그 세 사람의 큰 목소리는 말도 안 되는 소리를 생각해 내서는 분노를 격화시키고 있었다.

"최근 1주일간 내 토지에서 떠나도록 매일 그에게 말하러 왔었……."

"이 구조물은 사실상의 주거와 동등하며, 계획위원회의 허가가 필요……."

"마을에 당신 같은 사람들이 하룻밤 한도를 약속으로 잠자게 해 주는 숙박소가 있어요……."

마을 관청의 직원이 나뭇가지와 마분지의 지붕을 분해하기 시작하자, 나머지 두 사람도 가세하여 파괴했다. 거지는 세 사람의 표정에서 그들이 자신의 냄새에 불쾌감을 품으며, 세 사람의 기분 나쁜 듯한 손놀림으로부터 자신이 만진 물건을 만지는 것을 싫어하고 있다는 것을 알았다. 그때 처음으로 가슴 속에서 분노가 천천히 불타오르기 시작했다. 그러나 그는 다른 사람과의 접촉을 극도로 싫어하여 피할 수 있는 한은 절대로 입을 열지 않기로 하고 있었다. 그래서 묵묵히 세 사람에게 등을 돌리고는, 천을 겹쳐 뚱뚱해진 모습으로, 수염을 덥수룩하게 기르고, 분노에 사로잡혀 악취를 내뿜으며, 너무 큰 부츠를 신은 발을 질질 끌듯 하며 떠났다.

그대로 6마일 정도를 천천히 계속해서 걸었다. 음식과 곧 내릴 눈을 피할 장소가 필요했다. 잠자리와 모닥불이 필요했다. 무거운 발걸음으로 한 걸음 걸을 때마다 인류에 대한 분노가 깊어졌다.

그 같은 날 오후, 런던에서는 경마장 보안부의 부장이 불쾌한 표정으로 자키 클럽의 사무실 창문으로부터 포트맨 광장의 사람과 차의 흐름을 내려다보고 있었다. 조명이 밝고 분위기가 좋은 그 방의 그의 뒤쪽에서 미스터 멜본 스미스가 최근 2주일간 직접 혹은 전화를 통해서 해 왔던 것처럼, 10월의 두 살짜리 말의 경매에서의 경비의 느슨함에 관한 진정을 나열하고 있었다. 그 경매장에서 그가 갓 구입한 매우 비싼 암놈 망아지를 누군가가 교묘하게 도둑질해 간 것이다.

멜본 스미스는 영국의 사라브레드 산업에 거금을 가져다 주는 인물이므로, 사건은 자키 클럽과는 어디까지나 관계가 없었다. 경찰과 경매인들이 다루어야 하는 사항이었으나, 그의 진정을 처음부터 무시할 수는 없었다. 50세로 고집이 세고 온 몸이 계략으로 똘똘 뭉친 느낌의 사업가인 멜본 스미스는, 도둑질 그 자체보다도 누군가가 뻔뻔스럽게도 〈이 자신〉으로부터 훔쳤다는 데에 격노하고 있었다.

"녀석들은 유유히 그 말을 데리고 나갔단 말이네!" 이미 몇 십번이나 말한 것을 대단히 화가 난 말투로 말했다. "그런데 자네들은 말을 되찾는 일에 아무런 손도 쓰지 않고 있어."

부장은 한숨을 쉬었다. 그는 진심으로 멜본 스미스를 싫어하고 있었으나, 그 기분은 실로 동정적인 태도 밑에 깔려 숨겨져 있었다. 콧수염을 기르고 굵은 마직 옷을 입고 있는 외모 뒤에 명민하며 독창적인 두뇌를 구비하고 있는 부장은, 행방불명된 두 살짜리 말을 발견하는 데 기적을 기원하는 이외에 자신이 어떤 손을 쓸 수가 있겠느냐고 생각했다.

우선 말의 발자취는 완전히 사라져 있다. 멜본 스미스가 말을 도둑맞은 일을 깨달은 것이 경매로부터 2개월 가까이 지난 무렵이었다. 그가 평상시처럼 다음 해의 초여름에 3세의 레이스에 출주하기 위한 다리가 미끈하게 긴 말을 10마리 구입한 것이다. 그는 평상시처럼 10마리가 조교사에게로 운반되도록 수배했다. 그 조교사가 망아지들을 훈련시키고 사양하고 안장을 올리고 기승하고, 스타팅 게이트에 들어가서 출발하는 것을 익숙하게 만들기로 되어 있었다. 그리고 평상시처럼 그는 새로 구입한 말들의 조교의 진행 상황을 보러 나갔다.

그는 자랑거리의 우승마가 될 망아지를 보았을 때, 처음에는 이해하는 데 고생했다. 이해에 고생하고 곧이어 의심을 품었고, 이윽고 분노를 폭발시켰다. 몸이 훌륭하게 발달한 당당한 태도의 두 살짜리 말에게 큰 돈을 지불했는데, 실제로 받은 것은 다리가 훌쩍 길고 약한 목을 가진, 전혀 가망이 없는 쓸모없는 말이었다. 그가 구입한 말과 교체된 말 사이에는 비슷한 점이 두 가지 있었다. 몸의 짙은 사슴털 색과 이마의 크고 하얀 별이었다.

"지독한 불상사야." 멜본 스미스는 말했다. "내년에는 프랑스에서 돈을 잃게 되겠군."

부장은, 경주마 도난 사건은 극히 드물고, 경매에 있어서의 경비라는 것은 철장이나 빗장에 의한 경비가 아니라 겉으로 나타나지 않는 서류일이며, 통상 그것들의 서류 수속은 말을 지키는 데 충분히 도움이 되고 있다는 것을 떠올리고 있었다.

사라브레드의 갓 태어난 말은 분만 직후에 등록되어야만 하며, 그 증명서에는 양친의 이름이나 태어난 연월일뿐만 아니라 몸의 색깔이나 반점, 털이 소용돌이 상태로 나 있는 몸의 개소를 정확하게 기입하게 되어 있다. 반점이나 소용돌이는 정면, 측면, 후방에서 본 마체의 정규 윤곽도에 꼼꼼하게 그려 넣어야만 한다.

그 뒤에 말이 성장하여 레이스에서 달릴 수 있게 되면, 반점 등의 특징을 수의가 기입한 두 장째의 그림을 등록소에 제출해야만 한다. 태어났을 때의 증명서와 그 후의 증명서가 일치하면 문제는 전혀 없다. 일치하지 않으면 그 말은 레이스에 출전 금지가 된다.

멜본 스미스가 구입한 두 살짜리의 태어났을 때의 증명서와 그가 받은 교체된 말의 특징과는 전혀 달라 있었다. 몸의 색깔과 하얀 별은 공통되어 있지만, 소용돌이 상태의 털의 위치는 모두 달랐다.

부장은 그 해에 등록된 2만 마리의 산후 증명서와 뒤바뀐 말을 조회한다는 막대한 작업을 부하에게 명령했으나, 지금까지는 일치되는 것이 없었다. 부장은 그가 본 교체된 말은 잡종의 수렵용 말일 가능성이 농후하고, 애당초 혈통서에 기재될 자격도 없으며, 어디를 찾아보아도 공식적인 기록은 없는 것이 분명하다고 생각했다.

"저 문에서의 확인은 웃기는 일이라구." 멜본 스미스가 불만을 토로했다.

경기용 패독의 출구에 붙어 있는 남자들의 임무는 단순히 각각의 말에 경매인이 작성한 출문 전표가 있다는 것, 그 전표의 번호와 말의 다리에 붙여져 있는 번호가 맞는지 어떤지를 확인하는 일이라는 것을 부장 자신도 인정하고 있었다. 그들은 누군가가 몰래 말의 번호를 바꾸었는지 어땠는지를 확인하기 위해서 문에 붙어 있는 것은 아니다. 189번의 전표를 가지고 문에서 나온 189번의 말이 멜본 스미스가 거액을 지불한 당당한 말이 아니라 목이 긴 쓸모없는 말이었던 일은 그들의 실수는 아니다. 그 고가의 말이 문을 나갈 때 붙여져 있던 번호를 그들에게 물어도 소용없다(물론 부장은 일단 물어보았다). 그들이 알고 있을 리가 없고 사실 몰랐다.

부장은 몇 가지 점에서 말이 교체된 방법을 발견했지만, 그 이외에는 추측에 불과했다.

경매장에서는 경매에 붙여진 말은 마굿간 구역에 들어가 있다. 카다로그에서의 첫번째 말은 1번 마방을 할당받고, 허리에 1번 표찰이 붙여진다. 189번은 189번 마방에 들어가 있고, 허리에 189번 표찰이 붙여져 있다. 그들 마방의 열 앞을 구입자가 왔다갔다 하면서 말을 평가하고 값을 매길지 어떨지를 결정한다. 말이 낙찰될 때마다 전 소유주가 말을 원래의 마방으로 데리고 돌아가 그 곳에 두며, 새로운 소유주가 그 곳에서 인수한다. 그런 방법이므로 매도인과 매수인이 한 번도 얼굴을 마주치지 않는 일이 흔히 있다.

189번에 따라왔던 마굿간 직원은 경매용 소마장에서 원래의 마방으로 데리고 돌아와 그 곳에 두었다. 멜본 스미스의 마굿간 직원이 189번 마방에서 말을 인도받아 조교사의 곳으로 보냈다. 그것이 뒤바뀐 말이었다.

바꿔치기는 그만큼 많은 말과 사람이 돌아다니고 있었으므로 아무에게도 들키지 않고 행할 수가 있다(또한 실제로 행해졌다).

도둑들은 바꿔치기용 말을 경매에 등록해 놓고 아무도 사지 않도록 말도 안 되게 높은 최저 제한 가격을 붙인 것이 분명하다고, 부장은 추측했다. 바꿔치기용 말은 1번에서 189번까지의 말 중에서 팔리지 않은 말들 중의 한 마리에 불과하다고 부장은 생각했으나, 경매인들은 그렇게나 전의 엄청난 숫자 속의 한 마리에 관한 질문을 받고 입을 멍하니 벌리고 있었다. 그들은 매주 몇 백 마리의 말을 경매하고 있다. 자신들은 상품이 어디서 와서 어디로 갔는지는 조사하지 않고, 팔리지 않은 말의 기록은 전혀 하지 않고 있다고 말했다.

"그리고 자네가 행한 그 정보를 구하는 홍보 활동은" 멜본 스미스는 냉소지었다. "소동만 일으켰지 전혀 효과가 없었네."

부장은 짜증스러운 모습으로 창문에서 몸을 돌려 자신의 책상 위에 열린 채로 있는 신문을 보았다.

뉴스거리가 적은 주간이었으므로 각 신문사의 편집자는 부장이 적극적으로 어필한 사건을 기꺼이 채택했고, 〈그는 어디로?〉 하는 행방불명된 고가의 말의 사진을 독자가 놓칠 리 없었다. 타블로이드판의 대중지는 처량한 기사를 썼다. 〈제대로 된〉 일간지는 산후증명서 그 자체의 복사본을 게재했다. TV의 뉴스 프로는 양쪽을 보도했다. 하지만 이틀간에 걸친 과잉 보도도 아무런 결과를 가져오지 않았다.

"그 말을 반드시 찾아주게!" 이윽고 돌아가기로 한 멜본 스미스가 분노에 가득 찬 말투로 말했다. "그렇지 않으면 나는 말을 전부 프랑스로 보내겠네."

부장은, 지금쯤 파티 준비를 하고 있으면서 흥분된 얼굴, 빛나는 눈으로 자신을 맞이할 아내와 아이들의 얼굴을 떠올렸다. 이틀간은 그 시시한 두 살짜리 말의 일을 절대로 생각하지 않겠다고 생각했다. 그 한편에서 역시 생각하지 않을 수 없는 기적을 신에게 빌었다.

"지금 나한테 필요한 것은" 혼자가 된 부장은 사무실을 향해서 말했다. "하얀 별이야. 하늘에서 정지하여 어딘가의 마굿간 위에서 빛을 내뿜으며 '난 여기에 있어요. 이 곳으로 와 주세요. 이 곳으로 와서 나를 찾아주세요' 그렇게 말해 주는 하얀 별이라구."

하느님, 벌받을 말투를 용서해 주십시오, 하고 가슴 속으로 빌며 4시에 귀가길에 올랐다.

같은 날 오후, 시골에서 짐과 비비 터너는 4개의 신문을 테이블 위에 펼치고 차를 마시면서 기사의 내용을 조사하고 있었다.

"녀석들한테 들키지 않겠지, 어때?" 짐이 말했다.

비비가 고개를 저었다. "하얀 별이 달린 사슴털이라니…… 온 천지에 널려 있다구요."

두 사람은 바깥의 마방이 20개나 있는 황량하기 짝이 없는 마굿간에서 담요를 덮고 있는 예의 고가의 두 살짜리 말에게로 생각을 달렸으나,

두 사람이 그 말을 훔친 뒤로 2개월 이상이 지나 있어, 두 사람 모두 안전하다는 생각을 하고 있었다.

"그리고 어짜피" 비비가 말했다. "이건 모두 이틀 전의 신문이고, 아무 일도 일어나지 않았다구요."

짐 터너는 안심하며 고개를 끄덕였다. 비비가 없고 자기 혼자였다면 절대로 성공하지 못했을 것이라는 점을 충분히 알고 있었다. 그가 조교사로서 앞으로 일을 해 나가는 데 있어 무엇보다도 필요한 것은 매우 뛰어난 말 한 마리라고 말한 것이 그녀였다. 즉 확실하게 말해서 (하고 그녀가 말했다) 성적이 한 번도 중간 이상으로 랭크된 일이 없고, 수뢰죄로 두 번이나 출장정지처분을 받고 은퇴한 지 얼마 되지 않은, 전 장애경마 기수의 마굿간 따위에 아무도 맡길 리가 없을 것 같은 말이다.

짐 터너는 누군가가 수뢰 제공을 말해 오면 언제나 받아들였으므로, 출장정지처분 2회라는 것은 너무나도 가벼웠다. 그 자신은 은퇴하여 수확을 기다리고 있는 익은 열매처럼 수뢰를 받을 기회가 얼마든지 매달려 있는, 대마굿간의 마굿간장이 되어도 상관이 없었다. 하지만 비비가 마굿간장이 아닌 조교사의 아내가 되고 싶어했고, 그녀를 염두에 두지 않을 수 없었다. 그녀는 머리 회전이 빠른 여자였다.

경매장에서 최상급의 두 살짜리 말을 훔치는 방법을 발견한 것은 눈이 날카로운 비비였다. 짐이 망설였을 때 그를 재촉하고 직접 189번 마방에서의 말을 교체할 준비를 한 것은 레이디 맥베스의 소형판 같은 비비였다. 그녀가 고가의 말을 데리고 떠났고, 짐이 교체용 말을 마방에 넣었다.

경매에 등록하는 데 혈통서에 등록되어 있지 않은 잡종의 말을 사용해야 한다고 비비가 생각했고, 폐마 처리업자로부터 공짜나 마찬가지로 말을 사가지고 왔다. 하얀 별이 있는 사슴털, 흔해 빠진 말이다. 그것과 조금이라도 비슷한 말이 경매에 붙여질 것이라고 그녀가 말했다. 카다로그에서 자신들의 말 뒤에 나오는 말 속에 자신들의 말과 비슷한 최상급의 말이 나오면 그것과 바꾼다. 과연 그녀가 말한 대로 189번이 이상적인 말이었다.

먼 앞날의 일을 계획한 비비가 봄에 저금을 턴 돈을 주어 짐을 북으로 가게 했고, 하얀 별이 있는 사슴털 같은 것으로 통용될 것 같은 사라브레드의 세 살짜리 말을 산다. 이어서 짐은 새로운 말의 반점과 그 밖의 특징을 수의사가 소정의 양식에 기입하게 한다. 그 내용은 산후 증명서의 내용과 일치한다. 이리하여 경주마 조교사 짐 터너는 점검을 받고 등록 수속을 마쳐 언제라도 레이스에 나갈 수 있는 하얀 별이 있는 사슴털이 자신의 마굿간에 있게 된다.

부장과 마찬가지로, 짐과 비비도 망아지가 나이를 먹음에 따라 인간의 아이와 마찬가지로 외견이 변해 가는 것을 알고 있었다. 그러므로 좀더 시간이 지나면 누군가가 외견을 보는 것만으로 예의 고가의 말이라는 것을 알아차릴 가능성은 거의 없었다. 말은 전혀 다른 이름으로 언제까지나 레이스에 출전하고, 아무도 절대로 깨닫지 못한다. 비비는 실수가 발생할 리 없다고 생각했고, 부장의 장기적이며 집요한 집념 같은 것은 생각한 일조차 없었다. 부장은 앞으로 몇 년간이나 하얀 별이 있는 사슴털의 소용돌이 상태의 털을 수시 점검한다는, 번잡스럽기 이를 데 없는 조사를 계속할 생각으로 있었다.

"여름이 되면," 비비는 말했다. "이 곳을 좀더 깨끗이 하는 거예요. 여기저기에 페인트칠을 하고, 화분에 심겨진 꽃을 놓고. 그리고 가을에 그 말이 레이스에서 이기기 시작하면 사람들이 주목할 것이고, 새로 마주가 된 사람들이 찾아올 마음을 가지도록 하는 마굿간으로 만들고 기다리는 거예요."

짐이 고개를 끄덕였다. 비비라면 할 수 있다. 정말이지 머리가 좋은 여자다, 비비는.

"그리고 짐 터너, 당신은 확실한 조교사로 지명되고, 다른 곳의 조교사들의 소처럼 살찐 거만한 마누라들이 우리를 경멸의 눈으로 보는 일은 두 번 다시 없을 거예요."

갑자기 뒷문에서 금속적인 커다란 소리가 나, 순간적으로 신경을 곤두세운 두 사람이 동시에 재빨리 일어나 바깥으로 나갔다.

후질구레한 모습의 남자가 서 있었다. 양 손을 쓰레기통의 통 속에 넣어 찬밥을 찾고 있다가, 이미 뒷걸음질치며 비틀거리면서 떠나려 하고 있었다.

"거지예요." 자신의 눈을 의심하는 것처럼 비비가 말했다. "우리가 버린 음식을 뒤지고 있어요."

"나가!" 거친 태도로 다가가면서 짐이 말했다. "자아, 빨리 꺼지라니까!"

부랑자는 매우 느리게 두세 걸음 물러섰다.

짐 터너가 부엌으로 뛰어들어가더니, 토끼를 내쫓기 위해 두었던 엽총을 재빨리 들어올렸다.

"빨리 꺼져!" 또 다시 나와서 2연발총을 향한 채, 짐이 외쳤다. "빨리 꺼져서 두 번 다시 오지 말라구. 너 같은 더러운 녀석이 어슬렁거리면 성가셔. 꺼져."

거지는 천천히 도로 쪽으로 걸어갔다. 당연히 안심한 터너 부부는 따뜻한 부엌으로 되돌아갔다.

그 지주는 오전중에 했던 일을 후회하면서 오후를 보내고 있었다. 사람을 집에서 내쫓기에 좋은 날이 아니라는 것을 나중에서야 깨달았다.

설령 그 집이 지면의 구덩이일지라도.

마을 관청의 직원 두 사람과 자기 셋이서 그 보금자리를 해체했을 때, 그는 그 잔해 속에서 담배꽁초가 담긴 플라스틱 봉지를 찾아냈다. 그는 그다지 상상력이 뛰어난 남자는 아니었지만, 자신이 그 거지의 소유물 모든 것을, 주거와 즐거움을 빼앗아 버렸다는 것을 문득 깨달았다. 그는 어두운 하늘을 올려다보면서 자신도 모르게 몸을 떨었다.

오후 내내 양심의 가책을 누그러뜨리기 위해 절반은 부랑자를 찾는 기분으로 소유지를 걸어다니고 있었다. 하지만 경계선이 되고 있는 도로의 한쪽에서 자신을 향해 거지가 걸어오는 것을 발견했을 때에는 역시 놀랐다.

거지는 비틀거리면서 걷고 있었지만 혼자가 아니었다. 그의 어깨 뒷부근을 마찬가지로 천천히 한 마리의 말이 따라오고 있었다.

거지가 멈추었고, 말도 멈추었다. 거지가 때투성이의 손바닥에 각설탕을 올려놓고 내밀자, 말이 먹었다.

지주는 이해하지 못하며 인간과 말을 보고 있었다. 지저분한 남자와 깨끗하게 담요를 덮은 손질이 잘 된 말.

"그걸 어디서 잡았지?" 손짓하면서 지주가 물었다.

"발견했소. 길에서." 오랫동안 말을 하지 않았으므로 거지의 목소리는 갈라져 있었으나 말은 또렷했다.

"잘 듣게." 당혹해 하면서 지주가 말했다. "뭐하다면 다시 한 번 그 집을 만들어도 좋아. 4, 5일간 머물러도 된다구. 어때?"

거지는 생각하는 듯하더니 고개를 저었다. 말이 있으므로 머물 수 없다는 것을 알고 있었다. 지금까지 그는 뭔가에 충동질당하는 것처럼 여러 가지 시설에서 도망쳤었다. 고아원, 그 후에는 육군에서 도망쳤다. 그러나 수용소의 벽으로 둘러싸여 있는 것도 참을 수 없지만, 교도소의 감방은 더욱 견디기 힘들다. 추위와 굶주림과 자유면 된다. 난방과 음식과 열쇠가 채워진 문은 사절하겠다.

거지는 지주에게 등을 돌리면서 말을 데리고 가라, 말의 고삐를 잡고 해야 될 일을 하라, 하며 확실한 몸짓으로 알렸다. 무의식중에 지주는 자칫 그렇게 할 뻔했다.

"기다려!" 떠나는 거지에게 지주는 말을 걸었다. "자…… 이걸 가지고 가게." 주머니에서 담배봉지를 꺼내 내밀었다. "가지고 가라구…… 부탁이야."

일순간 망설였으나 거지는 되돌아와 선물을 받고는, 뭔가를 주고 대신 뭔가를 받는 것처럼 고개를 끄덕였다. 곧바로 방향을 바꾸어 도로를 걷기 시작했을 때, 커다란 눈발이 휘날리며 떨어지기 시작했다. 저녁노을 속의 그의 초라한 모습이 안 보이게 되었다.

그는 어디로 가는 것일까, 하고 지주는 불안한 마음으로 생각했다. 한편 부랑자는 그다지 걱정할 일도 없이 몸을 덥히기 위해서 하룻밤새 걸었으며, 아침이 되면 언제나처럼 잠자리를 찾고 식물이 남아도는 사람들이 버린 것을 먹자고 생각하고 있었다. 점차 가슴 밑바닥에서부터 솟구쳐, 이윽고 불타올라 짐 터너에게 집중했던 분노가 지금은 꺼져 버렸다. 지주로부터 완전히 떨어져 이제 아무런 걱정도 없어진 지금, 느끼고 있는 것은 언제나처럼 혼자가 되고 싶다는 강력한 욕구뿐이었다.

지주는 말과 이마의 하얀 별을 보고는 자신을 조소하듯 고개를 저으며 머리에 떠오른 생각을 내몰았다. 그래도 말을 가축 헛간에 넣고 문을 닫고는, 어젯저녁의 신문을 꺼내 타블로이드판 대중지의 〈빛나는 별을 찾자〉라는 제목을 찾아냈고, 〈제대로 된〉 일간지에 실려 있는 산후증명서의 복사본을 보았다. 이윽고 망설이면서 경찰에 전화를 걸었다.

"말을 발견했다는 말씀이신가요?" 명랑한 경찰관이 활기찬 목소리로 말했다. "사실은 당신뿐만이 아니에요. 이쪽의 온 마을에 말이 있어요. 어딘가의 어리석은 녀석이 짐 터너의 마굿간 마방의 문을 전부 열어서 말을 모두 내보냈다구요. 터너는 거지의 소행이라고 말하던데요. 우리는 그 거지를 찾고 있습니다. 녀석에게 당치도 않은 일을 당하고 있다구요, 솔직히 말해서…… 그것도 크리스마스 이브에!"

지주는 처음에는 심한 신경질이 솟구쳤으나, 다음 순간에 가슴이 찔리는 것처럼, 자신의 주거로부터 쫓겨난 그 거지는 그런 일을 했을 리가 없다고 깨달았다. 거지가 걸어간 방향을 경찰에 말하지 않기로 했다.

"말을 가지러 가라고 짐 터너에게 전하겠습니다." 경찰관이 말했다. "밀이 돌아와서 기뻐하겠죠. 매우 흥분하고 있거든요."

"뭐라구?" 어리석은 자로 생각되지 않도록 지주는 천천히 말했다. "당신은 신문을 읽었는지 어땠는지 모르지만 말인데, 부장, 지금 나한테 있는 말은 하얀 별이 있는 사슴털의 망아지라네…… 그리고 소용돌이가 모두 사라진 예의 말과 아주 똑같은 곳에 있네……."

정 직

Honesty

Ed McBain

에드 맥베인

1926년 뉴욕에서 태어남. 1956년 「경찰 혐오」로 스타트한 "87분서" 시리즈를 발표하여 현재까지 43번째 작품을 썼다. 1963년 「10 플러스 1」을 발표하여 크나큰 호응을 얻었다. 그리고 1985년도에 MWA 거장상 수상함. 대표작으로는 「마약 밀매인」, 「10 플러스 1」 등이 있다.

정 직

에드 맥베인

그 화요일 저녁 8시에 윌리스는 마릴린 호리스가 그다지 좋은 얼굴을 짓지 않고 만들어준 '친구'의 짧은 리스트에 있는 세 명의 남자를 만나 이야기를 듣고 있었으며, 이 여성을 다시 한 번 방문해도 좋을 때라고 생각했다.

미리 전화는 하지 않았다.

예고도 없이, 초대받지 않았는데도, 윌리스는 하버사이드 소로 1211번지로 차를 몰아, 그 집의 맞은편에 있는 소공원에 접한 보도 가장자리에 차를 세웠다. 아직은 날씨가 매섭게 추웠다. 3월은 사자와 같이 오고 사자와 같이 떠나간다고 '농가력(農家曆)'의 가르침에 나와 있다. 바람이 머리카락을 흩날렸다. 차에서 내려 거리를 건너는 것만으로 얼굴이 얼얼해졌으나, 현관의 초인종을 누르고 기다렸다.

스피커에서 그녀의 목소리가 말한다. "미키?"

"아닙니다, 윌리스 형사입니다."

긴 침묵.

"무슨 용건이신가요?"

"두세 가지 묻고 싶은 것이 있어서요. 잠시 시간을 내주시면……."

"미안합니다만, 지금은 이야기를 할 수 없어요. 손님이 오기로 되어 있어서요."

"몇 시에 다시 오면 괜찮을까요?"

"차라리 그만두시는 편이 어떨까요?" 여자는 이렇게 말했다. 윌리스는 틀림없이 그녀는 웃고 있을 것이 틀림없다고 생각했다.

"오늘 밤 늦게 오면 안 될까요?" 윌리스가 물었다.

"안 돼요, 미안합니다만."

"호리스양, 이것은 살인 사건이고……."

"미안합니다." 그녀는 또 다시 말했다.

찰칵 하는 소리가 들린다. 그리고 나서는 침묵.

윌리스는 또 다시 초인종 버튼을 눌렀다.

"정말 미안합니다만, 나는 이제부터……."

그녀가 스피커를 통해 말한다.

"호리스양, 당신과 이야기를 하기 위해 영장을 가지고 와야만 합니까?"

또 다시 침묵.

이윽고 "좋아요, 들어오세요."

부저 소리가 났다. 윌리스는 문 손잡이를 비틀고 현관으로 들어섰다. 또 다시 부저가 울리고 안쪽 문의 자물쇠가 열렸다. 윌리스는 문을 열고 널판지 벽으로 된 거실에 주저하면서 발을 들여놓았다. 방 안쪽 난로에 불길이 일고 있다. 그녀의 낌새는 어디에도 없었다.

호리스는 안으로 들어가 문을 닫았다.

"호리스양." 하고 말을 걸었다.

"2층예요. 코트를 벗고 앉으세요. 전화 걸고 있는 중입니다."

윌리스는 코트를 문의 바로 안쪽 옷걸이에 걸고, 출입구에 가까운, 붉은 포도주빛 벨벳 의자에 앉았다. 전화는 미키에게 걸고 있겠군 하고 윌리스는 생각했다. 미키 뭐라는 녀석일까? 기다렸다. 2층에서는 아무 소리도 들려오지 않았다. 불길이 빠직빠직하는 소리를 내고, 불똥이 튀었다. 윌리스는 기다렸다. 여전히 2층에서는 아무 소리도 들려오지 않았다.

"호리스양." 또 다시 말을 걸어본다.

"이제 곧 가요!" 그녀의 목소리가 돌아왔다.

적어도 10분은 기다리게 해놓고, 가까스로 그녀가 머리 위의 호두나무로 만든 난간이 달린 계단을 내려왔다. 빙하 블루라고도 함직한 담담한 색의 몸에 휘감기는 의상을 걸치고, 허리에는 굵은 장식띠를 맸으며, 사파이어 이어링과 옷에 맞는 색상의 하이힐 펌프스를 신고 있다. 금발은 흰 계란형의 얼굴로부터 뒤로 한데 모아 올려져 있었다.

"난처할 때 오셨군요. 옷을 갈아입고 있던 중이었거든요."

"미키란 누굽니까?"

"아는 사이예요. 늦게 간다고 전화했어요. 그다지 시간이 걸리지 않으면 좋겠습니다만. 한잔 하실래요?"

그녀의 권유에 윌리스는 내심 놀랐다. 돌아가기를 바라고 손님에게 모자를 씌우면서 동시에 술을 권하는 사람은 없다.

"어쩌면, 아직도 근무중인가요?"

"그렇다고 할 수 있지요."

"8시 15분인데도요?"

"긴 하루였어요."

"좋아하는 포이즌(독. 술을 말함.) 이름을 말해 보세요."

일순간 윌리스는 무엇인가 두려운 익살로서 포이즌이라는 낱말을 일부러 사용하고 있는가 보다고 생각했으나, 그녀는 아무렇지도 않은 표정을 짓고 방 맞은편으로 바로 가 버렸다.

"스카치를 주십시오." 윌리스는 말했다.

"어머, 당신을 매수할 수 있을 것 같군요." 여자는 이렇게 말하고 웃는 얼굴로 고개만 돌려본다. "그 밖에 무엇을 넣을까요?"

"얼음을 부탁합니다."

여자가 낮은 글라스 두 개에 얼음을 떨어뜨리고, 그에게는 스카치, 자신의 것에는 진을 따르는 것을 윌리스는 바라보고 있었다. 글라스를 그가 앉아 있는 곳으로 나르는 것을 지켜본다. 백마에 흰 기사, 희고 아름다운 얼굴.

"불 옆으로 앉도록 하세요. 그쪽이 편하니까요." 여자는 이렇게 말하고 방 안쪽의 똑같은 붉은 포도주색의 벨벳 소파 쪽으로 걷기 시작했다. 윌리스도 일어서 소파 쪽으로 가서 상대가 앉기를 기다렸다가 그 옆에 앉았다. 그녀는 다리를 포갰다. 나일론에 감싸인 윤기 있는 무릎과 허벅지가 힐끗 보였다. 그녀는 여승과 같이 조심스럽게 스커트 자락을 내렸다. 의식에 잡히지 않는 일순간이지만, 윌리스는 그녀가 어째서 이쪽이 편하다고 하는 말을 했을까 하고 생각했다.

"미키 뭐라는 사람입니까?" 윌리스는 물었다.

"미키 마우스예요." 그녀는 이렇게 말하고 다시 싱긋 웃었다.

"그럼, 아는 사람이 남성이군요?"

"거짓말예요. 지금 말한 것은 농담이에요. 미키는 여자 친구인걸요. 함께 저녁식사를 하러 가기로 했어요." 시계를 들여다본다. "한밤중 전에 이야기가 끝난다면요. 이쪽에서 전화하겠다고 말해 두었어요."

"오래 있지는 않겠습니다."

"그럼, 무엇을 그토록 서둘고 있는 거지요?"

"서두는 것은 아닙니다."

“그럼, 어째서 그토록 억지로?”

“억지도 아녜요. 단지 두세 가지 마음에 걸리는 점이 있어서요.”

“예를 들면 뭐죠?”

“당신 친구들 이야기입니다.”

“톰과 딕과 해리요?” 그녀는 이렇게 묻고 다시 웃는 얼굴이 되었다.

그녀는 어느 정도 감정 상하는 최초의 언어들은 것을 말하고 있는 것이지만, 지금은 그것을 농담으로 여기고, 윌리스를 마음 편히 해주려고 하고 있는 듯했다. 윌리스는 바로 이 자리에서 자신이 속임수에 걸려 있는 것이라고 생각했다. 게다가 이 여자에게는 무엇인가 숨기는 점이 있다고 여겨졌다.

“당신에게서 받은 리스트를 말하고 있는 겁니다. 당신이 친한 친구라고 생각하고 있는 남자들 말입니다.”

“네, 그 사람들은 그래요.”

“그렇습니다, 그쪽에서도 그렇게 말하더군요.” 한숨을 내쉰다. “그 점이 마음에 걸립니다.”

“윌리스씨, 분명히 말해서 무엇이 마음에 걸리는 거지요?” 소파 위에서 체중을 모로 하고 또 다시 스커트 자락을 매만진다.

“넬슨 라일리, 팁 앤디고트, 베이질 호란다.”

“네, 네, 그 이름은 알고 있어요.”

베이질 호란다는 그녀의 자동 응답 전화기에, 필하모니의 표를 가졌다고 말을 남기고 있는 남자였다. 윌리스를 응대한 그 남자의 이야기는 넬슨 라일리와 팁 앤디고트가 그전에 이야기한 알맹이의 메아리와 같은 것이었다. 마릴린 호리스를 자신의 가장 멋진 친구 중 한 사람이라고 생각하고 있었다. 그녀와 함께 있는 것은 매우 편하다고. 그러나 이 호란다는 (마릴린의 응답 전화에는 버즈라고 이름을 대고 있던 남자) “예스, 노우, 글쎄요." 라는 대답밖에 하지 않는, 이 세상의 어느 형사도 싫어할 인물이었다. 그러한 남자에게 이야기를 시킨다는 것은 이빨을 뽑는 것같이 성가신 일이다.

"그녀와는 오래 사귀었나요?"

"네."

"어느 정도요?"

"글쎄요…….."

"1년?"

"아니오."

"좀더 오랫동안입니까?"

"아니오."

"10개월요?"

"아니오."

"10개월이 조금 안 되나요?"

"네."

"5개월요?"

"아니오."

"10개월은 안 되지만 5개월 이상입니까?"

"네."

"8개월요?"

"네."

"어느 정도 그녀에 관해 알고 있습니까?"

"글쎄요…….."

"가령, 그녀와 함께 잤나요?"

"네."

"정기적으로요?"

"아니오."

"자주요?"

"아니오."

"이따금씩요?"

"네."

"제리 마케논이라는 사람을 알고 있습니까?"

"아니오."

이런 식인 것이다.

윌리스가 고민하고 있었던 것은 남자들의 말투가 똑같다는 점이었다.

제각자의 낱말 사용의 차이를 감안하더라도(가령 호란다는 어이없을 정도의 웅변조로, 윌리스가 들은 적도 없을 만큼 멋진 소절을 짚어내는 피아노 연주같이 질문의 허리를 분질르고 있었다), 또한 세 사람의 생활 양식과 직업의 차이를 인정하더라도(호란다는 회계사, 라일리는 화가, 앤디고트는 변호사), 게다가 세 사람의 나이(앤디고트는 57세, 라일리는 38, 9세, 호란다는 42세), 이러한 모든 것을 계산에 넣더라도, 윌리스는 마릴린과의 최초의 대화를 테이프에 담아 두었다면, 일부러 그 리스트의 세 사람을 만나 이야기를 하는 수고를 하지 않아도 되었을 것이다 라는 기분이 자꾸만 드는 것이었다.

우린 매우 좋은 친구들예요. 이 여성은 그렇게 말했던 것이다.

이따금씩 함께 잡니다.

매우 편한 생각을 하고 있습니다.

세 사람 모두 제리 마케논은 알지 못한다. 세 사람 모두 그 밖의 두 사람의 일은 알지 못한다.

그건 그렇다 치고라도, 서로 알지 못하는 세 사람의 별개의 남자가 마릴린 호리스와의 관계에 관해서는 그녀가 설명했던 것과 아주 똑같은 설명을 했던 것이다. 게다가 각자가 일요일 저녁과 월요일 아침에 있어서의 단단한 알리바이를 가지고 있다. 마케논이 자살했든지 살해되었던 시각에 말이다.

넬슨 라일리는 문제의 여성과 일요일 저녁에는 버몬트에 있었다──혹은 그가 그렇게 말하고 있을 뿐인지도 모른다. 월요일 아침에도 아직 그 곳에 있었으며, 귀로에 접어들기 전에 얼어붙은 슬로우프를 몇 번인가 마지막으로 활강하며 즐기고 있었던 것이다.

팁 앤디고트는 일요일 저녁은 변호사회의 저녁식사 모임에 나갔으며, 월요일 아침은 일찍부터 상쾌한 기분으로 데스크 앞에 자리잡고 있었다.

호란다는 일요일 저녁에는 다운타운의 스프링필드 센터 콤플렉스에 있는 랜들 포브스홀에서 실내악 리사이틀을 듣고 있었다. 월요일 아침 8시 마케논이 응답 전화기에 빈사의 허덕임을 남기고 있었다고 여겨지는 무렵, 호란다는 근무지인 키리 벤슨 말크스 앤드 루돌프 회계 사무소로 통하는 지하철 안에 있었다.

세 사람의 설명이 모두 앞뒤가 맞는다.

그러나 윌리스는 똑같은 연극을 다른 곳에서 세 번 보여준 듯한 느낌을 떨쳐 버릴 수 없는 것이다. 서로 다른 세 사람이 똑같은 역할을 대본의 대사대로 자신의 개성적 연기 스타일로서 되풀이하고 있다.

마릴린 호리스가 대본을 쓰고 있는 것일까?

형사가 돌아가자 곧바로 마릴린이 수화기를 들고 넬슨과 팁과 버즈에게──그 무뚝뚝한 버즈를 잊어서는 안 된다──전화를 걸었던 것이 아닐까? 지금 이 곳에 형사가 왔었어요. 나에 대해서는 좋은 친구라고 말하고, 제리 마케논이라는 이름은 들은 적도 없다고 말해 주면 고맙겠어요. 정말 고마워요. 그럼, 근간에 침대 안에서 만나도록 해요.

그러나, 만일 그렇다고 치면—— 어째서?

마릴린 호리스의 알리바이는 완벽했다.

하지만 다른 놈들도 마찬가지다.

세 사람이 그토록 똑같은 말을 늘어놓다니…….

아니다, 기다리자. 세 사람의 관계는 분명히 똑같은 것이다.

마릴린 호리스는 친구로서의 관계에 분명한 선을 정해 놓고 있으며, 정해진 진로에서 잠시 벗어난 가엾은 녀석이 처참한 꼴을 당했던 것인지도 모른다.

그럴지도 모른다.

“세 사람에 관해 좀더 듣고 싶습니다만.” 윌리스가 말했다.

“그 이상 이야기할 것은 없어요. 모두 좋은 친구들입니다.”

그녀는 불쑥 예기치도 않은 말을 꺼낸다. “당신은 이제까지 사람을 죽인 적이 있나요?"

윌리스는 깜짝 놀라 상대의 얼굴을 쳐다보았다.

“어째서 그런 것을 묻지요?”

“단순한 호기심예요.”

윌리스는 잠시 망설이고 나서, “있어요.”라고 대답했다.

“어떤 느낌이었나요?”

“질문을 하는 쪽은 이쪽이라고 알고 있는데요.”

“어머, 질문 따위는 아무래도 좋아요. 나는 이미 그 세 사람과는 모두 이야기를 나누었는걸요. 당신이 무엇을 말하고, 세 사람이 무엇을 말했는지 분명히 알고 있단 말예요. 그런데도 어째서 그 복습을 하려고 하는 거지요? 당신이 이 곳에 온 것은 세 사람 모두 똑같은 이야기를 했기 때문예요. 그렇지요?”

이번에는 윌리스가 눈을 휘둥그레 떴다.

290

"내 말이 틀려요?"

"그것은 글쎄…… 그렇군요."

"이번에는 버즈 같은 말투를 쓰는군요." 마릴린 호리스는 웃었다. "그 사람, 아주 좋아해요. 아주 멋진 구석이 있어요. 세 사람 모두 아주 좋아해요. 모두들 좋은 친구인걸요."

"모두들 그렇게 말하더군요."

"그래요, 그 사람들이 말한 것은 알고 있어요. 게다가 당신은 모두가 거짓말을 하고 있고, 내가 그렇게 하도록 시킨 것이 아닌가 라고 생각하고 있어요. 하지만 내가 어째서 그런 짓을 하겠어요? 더욱이 우리가 서로를 그렇게 생각하고 있을 수 있는 것이 아닌가요? 우리 모두는 좋은 친구니까요. 물론 제각자이지만요."

"그럴 수도 있겠지요."

"윌리스씨, 당신은 좋은 친구가 있나요?"

"있어요."

"어떤 사람인데요?"

"글쎄요……."

"어머, 또 버즈 같은 말투를 쓰는군요."

"친구는 몇 사람 있지요." 윌리스는 이렇게 말하고, 처음으로 그것에 관해 생각했다.

"어떤 사람요? 경찰관?"

"그래요."

"여자 경찰요?"

"여자 경찰도 몇 명쯤 있지요."

"어떤 사람이 친구인가요?"

"글쎄요…… 알고 있는 여경 중에는…… 글쎄…… 당신 같은 친구는 없군요.”

“그렇다면 뭐예요? 연인?

“아녜요, 내가 만나는 여자 중에는 여경은 없어요.”

“어쨌든 여자 친구는 있겠지요? 당신이 실제로 친구라고 부를 수 있
는 여자가요?”

“글쎄요…….”

“윌리스씨, 버즈의 흉내를 아주 잘 내는군요. 그런데요, 일일이 윌리스
씨라고 딱딱하게 불러야만 하나요? 당신의 퍼스트 네임은 뭐지요?”

“해롤드.”

“친구들은 당신을 그렇게 부르나요?”

“모두들 할이라고 부르지요.”

“나도 그렇게 불러도 괜찮을까요?”

“글쎄요…….”

“어머, 싫어요. 그를 살해한 것은 절대로 내가 아녜요! 제발 그렇게 딱
딱하게 굴지 말아요. 스카치를 즐기고, 난로불을 즐겨요. 그리고 나를 마
릴린이라고 불러줘요. 마음 편히 있으란 말예요!”

“글쎄요…….”

“할.”

“뭐지요?”

“마음 편히 있어요, 할.”

“마음 편히 있는 중입니다.”

“거짓말, 편한 것 같지 않아요. 남자가 편히 있는 것을 나로서는 알 수
있다구요. 당신은 편치 않아요. 아주 딱딱해져 있어요. 그것도 제리를 죽
인 것은 나라고 생각하고 있으며, 그러므로 내가 마실 것을 권한다든지
난로불 옆에 편히 앉으라고 하고 있는 것이 틀림없다고 생각하고 있기

때문예요. 그렇지요?”

“글쎄요…….”

“내 친구가 되고 싶다면, 부탁이니까 나에게는 정직해 줘요. 거짓말은 무척 싫어하거든요. 설령 상대가 형사라도 말예요.”

윌리스는 지금 놀라움을 얼굴에 나타내고 상대를 응시했다. 스카치를 서둘러 한 입에 털어넣자, 자신이 중대한 일련의 질문을 안고 있는 근무 중인 형사라는 점을 자기 자신에게 확인이라도 하듯이, 곧바로 입을 열었다. “그런데 세 사람의 다른 상대에게서 녹음과 같이 똑같은 대답이 나온 것은 무엇인가 이상하다고 당신도 인정해야만…….”

“그럴 것 없어요. 그 세 사람은 누구 하나 거짓말을 할 줄 모르는 사람예요. 그래서 내 친구인 것이지요. 그렇기 때문에 우리는 함께 즐기고 있는 거예요. 입에서 나오는 대로 함부로 말하는 일은 일체 없는 관계지요. 당신의 인생에는 그러한 관계가 이제까지 없었지요?”

“글쎄요…… 그렇기도 한 것 같군요.”

“당신은 무엇인가를 잃고 있는 거예요. 한 잔 더 할래요?”

“그쪽은 데이트 약속이 있을 텐데요…….”

“그 사람은 기다리게 해도 괜찮아요.” 마릴린은 이렇게 말하고 소파에서 일어섰다. “똑같은 것으로 할까요?”

“그렇게 해주시겠어요?” 윌리스는 말하고 글라스를 건넸다.

바아로 향하는 마릴린을 지켜본다.

“내 엉덩이를 보고 있겠지요?”

“그건…….”

“그러면 그렇다고 말씀하세요.”

“그래요, 당신이 말하기 전까지는.”

마릴린은 글라스를 가지고 돌아왔다. 윌리스에게 글라스를 건네고 옆에 앉았다. "당신이 살해한 남자 이야기를 해줘요."

"남자가 아니었어요." 윌리스가 말했다.

그 이야기는 지금도 이야기하고 싶지 않았다.

"그럼 여자예요?"

"아녜요."

"그럼 남는 것은 뭔가요?"

"그 이야기는 잊어 주었으면 합니다." 윌리스는 이렇게 말하고, 글라스 안의 스카치를 거의 들이키자 몸을 일으키고 말했다. "호리스양, 바쁘신 것을 알고 있으므로, 오늘 밤은 이 정도로 해두는 편이……."

"무서워졌나요?"

"아니, 뭐 그다지……."

"그렇다면 앉으세요."

"어째서요?"

"내가 이야기하고 싶으니까요. 이야기를 하는 것이 인간 교제의 시작이란 말예요."

윌리스는 상대를 바라보았다.

"어떻게 돌아가는 건지 모르겠군요."

"무엇이 어떻다는 거예요?"

"나는 예고도 없이 불쑥 찾아왔는데……."

"그래서요?"

"처음에 만났을 때는 당신은 매정한 태도를 보였지요. 그런데……."

"그것은 처음 때였지요."

"그런데 지금은……."

"그러니까 지금은 앉아서 이야기를 해달라는 거예요."

"친구가 당신을 기다리고 있다고……."

"당신이 죽인 사람은 누구였지요?" 마릴린이 물었다.

윌리스는 그녀에게서 눈을 떼지 않는다.

"앉아요, 제발."

윌리스는 아무 말도 하지 않았다.

"그것, 다시 만들어 갖고 올게요." 마릴린은 이렇게 말하고 거의 비운 글라스를 받아쥐었다. 윌리스는 앉지 않았다. 그 대신 또 다시 바아로 향하는 그녀를 지켜보았다.

윌리스는 자신이 누구를 죽였다든가 죽이지 않았다든가 따위의 일은 이야기하고 싶지 않았다. 그 대신 마릴린의 엉덩이를 응시했다. 엉덩이를 보고 있느냐고 또 다시 묻지 말아주면 좋겠다고 생각했으며, 마릴린이 자신의 희망대로 묻지 않았으므로 안도의 숨을 돌렸다. 돌아오자 스카치 글라스를 건네고, 마릴린은 다시 앉았다. 나일론에 감싸인 윤기 있는 무릎이 또 다시 엿보였다. 이번에는 스커트 자락을 내리지 않았다. 윌리스는 그녀의 옆에 앉지 않았다.

"앉아요." 마릴린은 이렇게 말하고 소파를 두드렸다. "할, 누구를 죽였지요?"

"어째서 그런 것을 알고 싶어하지요?"

"정직이라는 것을 위해서요." 마릴린은 이렇게 말하고 어깨를 으쓱인다.

윌리스는 망설였다.

"이야기하세요."

불꽃이 빠지직거리고 불똥을 튀긴다. 난로 격자 위에서 땔감 통나무가 미끄러졌다.

"할, 이야기해요."

윌리스는 숨을 크게 내쉬었다.

“사내애였어요.”

“뭐라고 했어요?”

“아직 소년이었지요.”

“몇 살이었는데요?”

“열두 살.”

“어머!” 마릴린은 조그맣게 말했다.

“손에는 357머그넘을 쥐고 있었어요.”

“언제 적 일예요?”

“먼 옛날이지요.”

“어느 정도요?”

“내가 신참 순경이었을 적에요.”

“그 애는 백인이었나요, 흑인이었나요?”

“흑인이었어요.”

“그렇다면, 더욱 난처한 지경에 빠졌었겠군요.”

“아주 곤란한 처지에 놓였었지요.”

“내가 말하는 것은…….”

“말하고자 하는 것을 알아요. 그래요, 그렇게 되었지요. 다만…… 내게 있어서 문제는 그런 것이 아니었죠…… 즉 신문이 백인 순경, 죄없는 흑인 소년을 살해하다 따위로 떠들썩하게 써댔던 겁니다…… 그 애는 강도질을 하고 도망치는 길이었으며, 술집 안에서 이미 세 사람이나 죽였던 겁니다. 나로서는 쏘지 않을 수 없었어요. 왜냐하면 다음 3초에 내가 당했을 테니까요. 그러나…… 역시 녀석은 열두 살의 소년이었지요.”

“어쩜 그런 일을…….”

마치 속삭이는 듯한 목소리였다.

“그렇게 된 거였어요.”

"당신에게 있어서도 필시 어려웠겠군요."

"그랬지요." 윌리스는 대답했다.

침묵.

윌리스는 어째서 이런 이야기를 해버렸을까 라고 생각했다.

뭐, 이것이 정직이라는 것이라고 그는 생각했다.

"녀석의 어머니가 경찰서로 왔었지요." 윌리스의 목소리는 매우 낮다. "그 어머니는…… 주임에게 물었어요. 어디에 가면 윌리스 순경을 만날 수 있느냐고…… 그 당시 우리는 순경이라고 불리우고 있었어요. 지금은 제복 경찰관으로 불리우고 있지만…… 어쨌든, 마침 내가 오전 내내 다운타운의 시경 본부에서 호되게 질문을 당하고 나서 막 돌아와 있었으므로, 주임은 그 여자가 소년의 어머니라고는 생각지 못하고, 사정도 모른 채 바로 저기 있습니다 라고 말했지요…… 여자는 내게 다가와…… 그곳에서…… 내 얼굴에 침을 뱉었어요. 아무 말도 하지 않은 채, 단지 얼굴에 침을 뱉고는 떠나가 버렸지요. 나는 그 자리에 우뚝 서서…… 모두가 주위에 있는 그 곳에서…… 출입이 빈번한 그 곳에서…… 나는…… 아무래도 나는…… 울어 버릴 것 같았어요."

윌리스는 어깨를 으쓱였다.

다시 입을 다물어 버렸다.

마릴린은 그의 얼굴을 응시하고 있었다.

가슴에 두 발이라고 윌리스는 생각하고 있었다.

그럼에도 내 쪽을 향해 다가왔었다.

머리에 또 한 발.

눈과 눈 사이에 적중했었다.

그 후의 사문(査問). 살인과의 덩치 큰 형사 두 사람이었다. 혼란과 소음. 텔레비전 방송국 기자들이 카메라를 그 술집 안으로 가지고 들어가 살육의 사진을 몇 장인가 찍었다. 가게 주인과 여자 둘이 바닥에 쓰러져 있었으며, 도처에 위스키병이 깨어져 있었다. 바깥의 보도에는 뇌수가 날아가 버린 소년.

이런 빌어먹을! 하고 윌리스는 생각했다.

이 똥냄새나는 도시 탓이라고 생각했다.

"괜찮아요?" 마릴린이 물었다.

"네."

"스카치를 조금 마시도록 해요."

"그렇게 하는 것이 좋을 것 같군요."

마릴린은 자신의 글라스를 쳐들었다. "자, 황금의 나날과 심홍의 밤을 위해 건배!" 마릴린은 이렇게 말하고, 글라스를 쨍그랑 하고 윌리스에 글라스에 부딪친다.

윌리스는 고개를 끄덕이고 아무 말도 하지 않았다.

"우리 아버지가 마음에 들어하는 건배의 대사예요. 할, 당신 몇 살이지요?"

"서른넷이오."

"그 사건 때는 몇 살이었나요?"

윌리스는 스카치를 마시고 나서 말했다. "스물둘이었소." 고개를 흔든다. "녀석은 그 술집에서 세 사람을 죽였지요. 가게 주인과 두 명의 여성을."

"나 역시 당신과 똑같은 행동을 했을 거예요." 마릴린은 말했다.

"그런데……." 윌리스는 또 다시 어깨를 으쓱인다. "녀석이 총을 내리기만 했었다면……."

"그렇게 하지 않았군요."

"총을 내리라고 녀석에게 경고를 했었지요……." 또 다시 고개를 흔든다. "녀석은 단지 내 쪽을 향해 계속 다가왔었어요."

"그래서 쏘았군요."

"그래요."

"몇 발이나요?"

"세 발이었어요." 윌리스는 말했다.

"지독했었군요."

"그래요."

두 사람 모두 잠시 침묵에 빠졌다. 윌리스는 스카치를 홀짝홀짝 마셨다. 마릴린은 그의 얼굴을 계속 응시하고 있었다.

"당신은 경찰치고는 몸집이 작군요."

"알고 있어요. 5피트8인치지요."

"대개의 경찰들은 좀더 커요. 형사는 특히 크지요. 전에 형사를 만난 적은 없지만 말예요. 영화에서 보면 대부분 덩치가 크더군요."

"영화니까 그렇겠지요." 윌리스는 말했다.

"당신은 그 사건 전에 누군가를 죽인 적은 없었겠지요?"

"그렇소."

"그렇겠지요." 마릴린은 이렇게 말하고 잠시 침묵에 잠긴다. 이윽고 입을 열었다. "지금 몇 시예요?"

윌리스는 시계를 들여다보았다. "9시가 다 되었군요."

"이젠 정말 미키에게 전화를 걸어야겠군요. 미안해요, 쫓아낼 마음은 조금도 없지만요."

"괜찮아요, 꽤 시간을 내주셨는걸요."

"어쨌든 그것을 다 마셔 버려요. 그리고 나서 내 충고를 들을 마음이 있다면, 그런 것은 모조리 마음 속으로부터 털어 버리도록 하세요. 분명히 당신은 사람을 죽였어요. 하지만 그런 것은 별로 대단한 것이 아녜요.

정말예요. 내가 말하는 의미를 알겠어요?"

윌리스는 고개를 끄덕이고 아무 말도 하지 않았다.

머리 속에서는 한 사람의 어른이 아닌 아이였다고 생각하고 있었다.

스카치를 다 비운다. 따뜻함과 약간 들뜬 기분을 느꼈다. 비운 글라스를 커피 테이블에 놓았다.

"잘 마셨어요. 그것도 여러 잔이나."

"그래서 이제부터 어디로 가는 거지요?" 마릴린이 물었다.

"서로 돌아가 보고서 타이프를 쳐야지요."

"다시 만날 수 있을까요?"

아직 소파에 앉은 채 엷은 푸른빛 눈으로 물끄러미 그를 올려다보고 있다. 윌리스는 망설였다.

"제리를 죽인 것은 내가 아녜요." 마릴린은 말했다. 눈길이 윌리스에게 고정된 채였다.

"전화해 줘요." 마릴린은 말했다.

윌리스는 아무 말도 하지 않았다.

"전화해 줄래요?"

"그렇게 하는 편이 좋다면요."

"전화해 주기를 바래요."

"그럼 전화 걸지요." 말하고 윌리스는 어깨를 으쓱였다.

"코트를 갖다 드리지요." 마릴린은 이렇게 말하고 미끈한 무릎을 힐끗 내보이면서 일어섰다.

"출구는 알고 있어요. 당신이 서둘고 있는 것을 알고 있으니까요."

"바보 같은 소리 하지 마세요."

마릴린은 옷걸이에서 코트를 가지고 오자 윌리스에게 입혔다. 나가려고 하기 직전에 마릴린이 말했다. "전화해 줘요, 잊지 말고."

"그렇게 하지요."

바깥에 발을 내딛자마자 바람이 덮쳐와 알콜과 후끈거림을 날려보내고 윌리스를 현실로 되돌려 버렸다. 차를 세워두었던 곳으로 돌아오자, 얼어붙은 로크에 악전고투하며 키 밑에 성냥불을 켜 가까스로 도어를 열 수 있었다. 엔진을 스타트시키고 히터를 넣었다. 장갑을 낀 손으로 서리가 붙은 프론트글라스를 닦았다.

어째서 차 안에 그대로 머물러 거리 맞은편의 집을 지켜보기로 한 것인지 자신으로서도 알 수 없었다.

형사로서의 생활이 너무 오래된 탓일 뿐인지도 모른다.

20분 후, 검은 560SL메르세데스 벤츠가 마릴린 집 앞의 보도 가에 멈춰섰다. 보도 쪽의 도어가 열리는 것을 윌리스는 지켜보았다.

마릴린의 여자 친구 미키라고 생각했던 것이다.

늦기는 했어도 만나지 않는 것보다는 나을 것이라고.

미키는——만일 그 인물이 미키라면——차의 도어를 잠그고, 마릴린의 집으로 몇 발자국 걸어가 장갑을 벗고 초인종을 눌렀다.

이내 미키는——그 인물이 미키라고 친다면——도어를 열고 안으로 들어간다.

미키는——만일 미키였다면——키가 6피트3인치, 체중 220파운드의 남성 백인이며, 그 몸을 더욱 살찌게 보이는 듯한 너구리 모피 코트를 입고 있었다.

정직이 소중하다고 그 여성은 말했었다.

바보 같다고 윌리스는 생각했다. 차 넘버를 적어두고 나서, 삼중 카피의 보고서를 타이프치기 위해 경찰서를 향해 차를 달렸다.

부자는 한 번밖에 보상받지 못한다

The Rich Only Pay Once
"Great Aunt Allies" Flypapers

P.D. James

P.D. 제임즈

　1920년 영국에서 태어남. 경찰관이며 시인인 아담 달그리슈를 탐정으로 등장시킨 본격 미스테리 외에, 여탐정 코델리아 그레이가 활약하는 시리즈를 발표. 1962년 「여자의 얼굴을 가려라」로 데뷔. 1971년에는 「나이팅게일의 수의」로 CWA상을 수상한 것을 비롯하여 4번이나 CWA상을 수상함. 영국 미스테리계의 여왕. 대표작으로는 「여자에게 맞지 않는 직업」, 「죽음의 의미」 등이 있다.

부자는 한 번밖에 보상받지 못한다

P. D. 제임스

"그래서 말이야, 아담." 사제관의 느릅나무숲 아래를 달그리슈 경감과 나란히 걸으면서, 성당운영위원이 차분한 어조로 이야기를 계속했다. "아무리 유산을 받는 것이 고마운 일이라 해도, 애초에 아리 왕고모님이 부정한 수단으로 그 재산을 모은 것이라면, 나로서도 순수하게 그저 기뻐할 수만은 없는 거지."

요컨대 이 성당운영위원이 말하려는 요지는 이러했다――왕고모인 아리가 그에게 남긴 5만 파운드의 돈이, 67년 전 그녀가 늙은 남편을 비소로 독살하여 생긴 것이라면, 그나 그의 아내도 그것을 황송하게 받아 쓸 기분이 도저히 안 난다고. 분명 1902년 아리 왕고모가 남편 살해죄로 재판을 받고 무죄를 따냈을 때는, 당시 그곳 햄프셔에서 국왕의 대관식에 버금가는 화려한 가십이 되었던 점을 생각해 보면, 성당운영위원이 이렇게 주저하는 심정도 달그리슈라고 전혀 이해 못할 바도 아니었다. 아무튼 그래도 5만 파운드가 눈앞에 생긴다는데, 대부분의 사람들은 한 번 판결이 내린 이상 두 번 다시 그 결정이 뒤집어지는 법이 없는 영국 법정이 결론지은 고인의 무혐의 사실을 기꺼이 받아들였을 것이다. 혹시 내세에서는 다시 공정한 재판이 행해질지 모르지만, 현세에서는 지금 와서 그걸 바랄 수는 없는 일이었다. 성당운영위원인 휴버트 박스디일도 평소 때라면 법원의 평결을 물론 그대로 믿었을 것이다. 그런데 생각지도 않던 큰 돈을 유산으로 받게 되자, 천성이 성실한 그의 양심이 망설이고 있는 것이다. 조용하지만 심지가 강직한 것 같은 목소리가 다시 들렸다──.

"부정한 돈을 받는다는 도의심 문제와는 별개로, 이 돈이 과연 우리를 행복하게 해줄지도 정말 의문이라네. 문득 떠오를 때가 종종 있어, 그 딱한 여자의 일이. 마음의 안정을 구하여 유럽을 정처없이 방황하다 결국 고독한 일생을 보내고, 불행한 최후를 맞이했지."

달그리슈는 하녀들과 그때 그때의 애인 그리고 그녀 곁에 몰려드는 많은 사람들을 이끌고 오늘은 리비에라, 내일은 파리나 로마 등 마음 내키는 대로 호사스런 호텔을 전전한, 지금은 돌아가신 아리 왕고모님의 생전의 생활을 떠올렸다. 이렇게 향락과 안일을 추구한 생활을 과연 '유럽을 정처없이 방황'했다고 표현할 수 있는 것일까, 그리고 이 왕고모님 자신이 애당초 '마음의 안정' 같은 것을 추구했었는지도 가슴 한구석으로 의심스러웠다. 그녀는 그녀의 여든여덟 살 생일을 축하하여 어느 대부호가 열어준, 좀 지나치게 호화판 파티 도중에 파티장이었던 요트 위에서 떨어져 죽었던 것이다. 성당운영위원의 눈으로 본다면 결코 찬양할 만한 죽음의 영접 방법이라고 할 수 없을지 모르지만, 실제로 그 순간 그녀 자신이 불행했다고는 그로서는 생각이 들지 않았다. 아리 왕고모님이 (아무리 해도 그는 이 여성을 그렇게 부를 수밖에 없었다.) 만일 인과응보의 업보를 아는 사람이었다면, 틀림없이 최후의 순간 이것이 가장 자신에게 어울리는 죽음이라고 깨달았을 것이다. 그렇지만 그는 도저히 자신의 그런 생각을 지금 자기 옆에 있는 인물에게 털어놓을 용기는 없었다.

휴버트 박스디일 성당운영위원은 아담 달그리슈 경감의 대부였다. 달그리슈의 아버지와 대학 시절 옥스퍼드 대학의 클라스메이트였는데, 이후 평생의 친구가 되었다. 대부로서의 그는 애정이 깊고, 자애로움이 넘치며, 진심으로 대자의 성장을 염려해 주었다. 달그리슈가 어렸을 때는, 생일날이 되면 빠짐없이 조그만 사내아이가 꼭 갖고 싶어할 그런 선물을 어린이 마음으로 돌아가 이것 저것 골라 보내 주었던 것이다. 달그리슈는 그런 그가 정말 좋았으며, 마음 속 깊이 그야말로 드문 진짜 선인의 한 사람이라고 믿고 있었다. 현실을 생각해 보면 부드러움이라든가 경허함, 순박함 같은 것이 출세는커녕 살아가는 데 아무런 도움이 되지 않는 약육강식의 이 세상에서, 이 성당운영위원이 일흔한 살의 나이에 이르도록 살아온 것 자체가 참으로 경이라고밖에 표현할 수 없었다. 그러나 어떤 의미로는 그의 선량함이 그를 지켜주었다고도 말할 수 있다. 이렇게 순진무구한 영혼과 마주하면 아무리 그를 속여먹으려는 악당도 (이런 악랄한 무리들은 끊임없이 나타났지만) 좀 모자라는 사람에게 보이는 비호와 동정을 그한테도 품지 않을 수 없었을 것이다.

"정말 사람이 너무 좋아서 탈이지." 그의 집에 오는 파출부가 다섯 시간 일하고 여섯 시간 분의 일당을 챙기고 돌아가면서 냉장고에서 달걀 두 개를 슬쩍하고는, 한숨 섞인 소리로 종종 말했다.

"혼자 내버려 두면 정말로 불안해서 못 보겠구만." 당시 아직 젊은 형사로 모든 것을 원리원칙대로 처리해야 직성이 풀리던 달그리슈는, 성당운영위원이 그녀가 다섯 시간밖에 일하지 않고 달걀을 집어 가는 것도 모두 용납하고 있음을 알고 놀라서 눈이 휘둥그레졌다. 다섯 명의 아이와 게으름뱅이 남편을 먹여 살리는 콥슨 부인이 자기보다 훨씬 절실하게 돈과 달걀이 필요할 것이라는 것이 성당운영위원의 사고방식이었다. 더군다나 다섯 시간 분의 일당만 지급하게 된다면 그녀는 당장 네 시간밖에 일하지 않을 것이며, 달걀을 다시 두 개 더 집어 갈 것을 알고 있으며, 웬지 이런 하찮은 속임이 그녀의 프라이드를 지탱해 주는 역할을 하고 있다는 것도 정확하게 간파하고 있었다. 그는 선량했다. 그러나 그는 결코 눈뜬 장님은 아니었다.

그와 그의 아내의 생활은 물론 가난했지만 두 사람은 불행하지 않았다. 실제로 불행이란 두 글자는 이 성당운영위원의 사전에는 없었다. 제2차세계대전이 시작된 1939년에는 두 아들을 전장에서 잃은 슬픔으로 보냈지만 그래도 그는 좌절하지 않았다. 그렇지만 그런 그에게도 근심거리는 있었다. 그의 아내는 다발성 경화증이란 병에 걸려 나날이 신체의 자유를 잃어가고 있었다. 이대로 병이 진행된다면 얼마 안 있어 여러 가지 기구나 의료 기계가 필요하게 될 것이다. 노령으로 너무 늦은 은퇴를 목전에 두고, 그가 앞으로 받을 연금은 얼마 안 되었다. 지금 여기서 5만 파운드란 유산을 손에 쥐게 되면, 부부가 여생을 안락하게 보낼 수 있을 뿐더러 또한——달그리슈는 그들이 그렇게 할 것이라는 것을 확신하고 있었지만——불우한 사람들을 위해서도 지금 이상의 일을 해줄 수 있다는 기쁨을 누릴 수 있다. 달그리슈에게는 이 노인만큼 거액의 유산을 물려받기에 적합한 인물은 없을 것같이 생각되었다. 쓸데 없는 의심으로 골치를 썩지 말고, 어째서 이 고지식한 석두는 냉큼 돈을 받아 챙기지 않는 걸까? 달그리슈는 권유하듯이 말해 보았다——.

"그 분은 법정에서 무죄를 선고받았잖습니까. 그것도 모두 70년쯤 전에 일어난 사건이니. 재판에서 내려진 판결을 그대로 받아들이면 안 될까요?"

그러나 노성당운영위원의 결백한 정신은 그런 교활한 말주변에 넘어가거나 하지는 않았다. 달그리슈는 소년 시절, 이 휴버트 아저씨가 얼마나 양심에 충실했는지를 먼저 생각해 보았어야 했다고 후회했다. 양심의 가책이 경종처럼 가슴 속에 메아리치자, 그는 그 소리에 순순히 귀를 기울였다. 대부분의 사람들처럼 종소리를 못 들은 척한다거나, 잘못 들은 거라고 자신을 속이거나 하는 짓을 그는 절대로 하지 않았다.

"아아, 받아들이고말았고, 그녀가 살아 있을 동안은. 우리는 한 번도 만나지 못했어. 구태여 만나 보려고 하지도 않았고. 뭐니뭐니해도 그녀는 부자로 유복했거든. 우리 조부님이 결혼하면서 유언을 고쳐 써서 그녀에게 전 재산을 물려줬지. 말하자면 서로 사는 방식이 너무 달랐던 거야. 그래도 크리스마스에는 내가 매년 간단한 편지를 보내면 그녀 쪽에서도 카드를 보내 왔지. 이렇게 연락을 끊지 않고 지내게 되면, 언젠가 그녀가 다른 사람에게 도움을 청하고 싶어졌을 때 내가 성직에 있는 사람이라는 것을 기억해낼지도 모르겠다고 내 나름대로 생각했었거든."

하지만 뭣 때문에 그녀가 도움을 청해야만 할 이유가 있단 말인가? 달그리슈는 자문자답했다. 양심의 가책에서 해방되기 위해서? 이 노인은 그녀에게 영혼의 구원이 필요하다고 생각했던 것일까? 그렇다면 이 노인은 처음부터 계속 의심을 품어 왔던 것이다. 그래, 물론 그것은 당연한 일이다! 달그리슈는 그것이 이 법정으로까지 비화한 사건의 전말을 대충 알고 있었다. 그리고 일가친척 및 친구들은 대부분 아리 왕고모님이 교수형을 모면한 것은 엄청나게 악운이 세기 때문이라고 감탄했던 일도 잘 알고 있었다. 실제로 그 자신의 아버지조차 무거운 어조로 말수를 적게 하면서 동정을 담아 말한 감상은, 요는 역시 당시의 지방신문이 떠들썩하게 다룬 내용과 크게 다르지 않았다──"그녀가 무죄가 되리라고 도대체 누가 예상이라도 했던가? 교수형에 처해지지 않은 것은 만에 하나 있을까 말까 한 행운이야."

"유산을 받게 될 줄 전혀 예상 못하셨던 일입니까?" 달그리슈가 물었다.

　"아아, 갑작스런 소식에 깜짝 놀랐네. 왜냐하면 그녀하고는, 그녀가 결혼하고 6주일 후인, 그 조부님의 사망 사건이 일어난 크리스마스 때 만난 것이 처음이자 마지막이었으니 말야. 우리는 그녀를 아리 왕고모님이라고 항상 부르지만, 사실 그녀는 우리 조부님과 결혼한 여자야. 그래도 그녀를 의조모로 생각하기에는 좀 무리한 이야기였어. 그 무렵 콜브룩 크로프트라 부르던 저택에는 매년의 관례로 일족 전체가 모여 있었지. 나도 양친에게 이끌려서 쌍동이 여동생들과 함께 저택에 가 있었어. 당시 나는 아직 네 살짜리 꼬마였고, 여동생들은 생후 8개월 된 젖먹이에 불과했었지. 내게는 조부님의 모습도, 그의 새 신부 얼굴도 아무 기억이 없어. 아무튼 꺼름칙한 살인사건 뒤 어머니는 우리 어린 남매들을 데리고 집으로 돌아왔고, 아버지만이 뒤에 남아 경찰관, 사무변호사, 신문기자들과의 응대에 눈코뜰새 없이 보내셨지. 아버지에게 있어서는 정신적으로 심하게 충격을 받은 일이었음이 분명했어. 나도 사건이 난 지 1년쯤 지나고 나서 비로소 조부님의 죽음을 들었을 정도니까. 크리스마스에 휴가를 받아 가족과 함께 보내고 온 유모의 이야기로는, 저택에서 돌아온 내가 그녀에게 할아버지는 이제부터 언제까지나 젊고 멋있는 채로 있는 거야? 하고 물었다고 하더군. 그녀는 그 말을 듣고, 완전히 유아가 가지는 예지능력과 경건함의 표출이라 믿어 버렸지. 넬리는 매우 미신적이고 감상적인 처녀였던 것 같아. 하지만 나 자신은 그때 조부님의 죽음에 관해 아무 것도 몰랐고, 그 해 크리스마스에 저택에 갔던 기억도, 새 의붓할머니와 만난 것도 전혀 기억에 없어. 다행히도 살인이 일어났을 때, 난 아직 아기나 다름없이 어렸으니."

　"그녀는 원래 마술사였다면서요?" 달그리슈가 다시 물었다.

　"아아, 그것도 탁월하게 뛰어난 연예인이었지. 조부님은 그녀가 칸느

무대에서 파트너와 서 있을 때 만나셨다더군. 마침 조부님이 남프랑스에 하인과 함께 전지요양을 갔던 때였다지. 어떻게 그녀가 조부님 호주머니의 고리에서 시계만을 눈치 못 채게 살짝 빼냈는데, 조부님이 자기 시계라고 하자 재빨리 그가 영국인이며, 최근 위장병을 앓고 있고, 아들 둘에 딸 하나 슬하에 있으며, 가까운 장래에 놀랄 만큼 멋진 일이 일어날 것이라고 알아맞혔다는구나. 확실히 그녀가 말한 것은 모두 사실이었어. 단지 조부님의 외동따님은 마가렛 고다드라는 딸을 낳다가 죽었지만."

"그렇지만 그 정도라면 할아버지의 이야기에서나 외양을 관찰하면 쉽게 상상할 수 있는 일이라고 여겨지는데요." 달그리슈가 끼어들었다. "그런데 마지막으로 깜짝 놀랄 일이라는 것이 결국 두 사람의 결혼이었단 말이죠?

"물론 그것은 놀랄 만한 사건임에는 틀림없었지만, 유감스럽게도 우리 친척들 간에는 씁쓰레한 일로만 여겨졌지. 그녀에 대한 그런 혐오의 감정을 옛 시대의 세속적인 계급 의식과 구습 탓으로 돌려 버리는 것은 간단하지. 분명히 에드워드 왕조 시대에는 사람들이 아직 꽤 많이 인습에 묶여 있었기도 했으니까. 그러나 두 사람의 결혼이 최선의 방법이 아니었던 것도 또한 사실이었지. 두 사람의 성장 환경의 차이, 생활 방식의 차이, 공통적인 관심사의 부재 등 헤아릴 수 없이 많지만, 무엇보다 이 부부는 나이 차가 너무 많이 났어. 그야말로 조부님은 자기 소녀딸보다 3개월 어린 젊은 아가씨와 결혼했으니. 그때 가족들의 황당했던 심정도 이해 안 갈 리가 없고, 그 결혼이 당사자 둘에게 모두 행복으로 연결될지 걱정한 위구심도 당연하다 할 밖에."

'그래도 사실을 무척 조심스럽게 표현하는구나.' 달그리슈는 속으로 중얼거렸다. 두 사람의 결혼은 주위의 걱정대로 어느쪽의 행복과도 연결되지 않았다. 가족들의 입장에서 보면 비참한 결과로 되었다 할 수 있을 것이다. 그는 불현듯 이 부부에 관해 들은 일화가 생각났다. 살인이 일어난 밤에도 콜브룩 크로프트에 식사 초대를 받은 성공회의 본당 신부 부부가 처음으로 신부가 있는 저택으로 방문했을 때의 일. 신랑인 오거스터스 박스디일 노인은 이렇게 자신의 신부를 그 부부에게 소개했던 것 같다──.

"빼어난 미인 마술가를 소개하겠소. 눈깜짝할 사이에 내 주머니에서 금시계와 지갑을 훔쳐 보여줬지요. 우물쭈물하고 있었으면 팬티 고무줄까지 빼 갔을 게요. 이봐, 당신은 내 맘을 뺏어갔어. 안 그래?" 이렇게 말하면서 노인이 신부의 엉덩이를 사랑스러운 듯이 툭툭 치자, 아서 베나부르즈 신부의 왼쪽에서 열쇠 뭉치를 꺼내 솜씨를 피로하고 있던 신부는 즐거운 듯이 와아 하고 비명을 질렀다고 했다.

달그리슈는 이 에피소드는 성당운영위원에게 상기시키지 않는 것이 현명하겠다고 판단했다.

"그래, 저더러 어떻게 하라는 말씀입니까?" 드디어 그는 이야기의 핵심을 물었다.

"바쁜 자네에게 이런 일을 부탁해서 안됐네만, 자네가 아리 왕고모님이 정말 무죄라고 증명해 준다면, 난 꺼림칙하지 않게 그녀의 유산을 받을 수가 있겠네. 자네라면 당시의 재판 기록을 볼 수도 있을 것이고, 그것을 근거로 진실에 근접한 어떤 단서를 얻을 수 있을지도 모르잖는가. 무엇보다도 그런 일에 관해서는 자네가 우수한 전문가이니까."

노인은 특별히 공치사를 하려는 것이 아니라, 그 어조에 특수한 직업에 대한 순수한 외경심이 담겨 있었다. 그리고 실제로 달그리슈는 그런 일에 매우 유능했다. 달그리슈 경감의 민완 형사로서의 진면목은 현재 대영제국의 교도소에 들어가 있는 한 무더기 정도의 죄인들이 그것을 증언해 줄 것이며, 달그리슈에 뒤떨어지지 않을 만큼의 민완 변호사 덕분에 교도소 생활을 면한 극소수의 범죄자들도 그에 대한 평가는 마찬가지로 대단히 높았다. 그렇더라도 60년 이상도 더 되는 옛날 사건을 이 시점에서 다시 조사한다는 것은 아무리 유능한 민완 경찰이라도 천리안이나 되면 모를까 쉬운 일이 아니었다. 당시 재판을 주재했던 판사나 검사, 변호사 등도 이미 50년 이상 전에 죽었다. 지금까지 70년 가까운 동안 두 번에 걸친 세계대전이 이 나라를 덮쳤으며, 4대의 국왕들이 대관식을 올렸다. 1901년의 크리스마스 다음날, 그 운명의 밤 콜브룩 크로프트관에서 묵은 자 가운데 오늘날까지 살아 남은 자는 아마도 이 성당운영위원 정도일 것이다. 그런데 이 노인은 고민하며 달그리슈에게 도움을 청하고 있다. 달그리슈로서도 하루 이틀 정도라면 휴가를 내어 노인의 부탁을 못 들어줄 것도 없었다.

67년 전에 열린 재판의 공판 기록 사본을 입수하는 일은, 아무리 수도 경찰의 주임 경감이라는 직책을 가졌어도 역시 상당한 수고와 시간이 들었다. 기록 내용은 성당운영위원에게 별로 위안이 될 것 같지 않았다. 베로우스 판사는 배심원들에게 가만히 듣고 있기는 하지만 이해력이 부족한 아이에게 들려주듯이 쉬운 말로 차근차근 사건의 개요를 설명하고 있었다. 그러므로 열거된 사실은 똑똑한 어린애에게도 이해될 수 있는 것이었다. 그 요지 설명의 일부는 특히 사실 관계를 명쾌하게 서술하고 있었다——.

"그리고 배심원 여러분, 드디어 12월 26일 밤이 되었습니다. 전날 크리스마스 음식을 너무 배부르게 과식한 오거스터스 박스디일 노인은 점심식사 뒤 오랜 지병인 가벼운 소화불량이 재발하여 그의 화장실에 갔습니다. 점심은 가족들과 함께 들고 그들과 같은 것밖에 입에 대지 않았음은 방금 여러분이 들은 증언 그대로입니다. 식사 내용은 지나치게 사치스럽다는 것 외에 특히 주의를 기울일 만한 것은 없습니다.

한편, 저녁식사는 콜브룩 크로프트에서의 습관대로 오후 8시 정각에 시작되었습니다. 그때 이 식탁에 참석한 인물은 먼저 고인의 갓 결혼한 아내인 피고인 미세스 오거스터스 박스디일, 그의 장남인 모리스 박스디일 대위와 그의 부인, 차남인 헨리 박스디일 성공회 신부와 그의 부인, 그리고 손녀딸 미스 마가렛 고다드와 이웃인 아서 베나부르즈 성공회 신부 부부였습니다.

증언에 의하면 피고는 처음에 나온 쇠고기 스튜만 먹고 남편을 간호하고 싶다고 말한 뒤 8시 20분경 식탁을 떠났습니다. 그리고 9시 조금 지나 그녀는 하녀 메리 하디를 불러 박스디일씨에게 오트밀 죽을 가져다 드리라고 일렀습니다. 증언에서도 말했듯이 고인은 죽을 매우 좋아했으며, 특히 요리사 미세스 만시가 만드는 죽은 위장이 약한 나이 든 신사에게 매우 영양이 풍부한 음식이었던 것 같습니다.

미세스 만시는 '내가 혹시 없을 때 당신이 주인님을 위해서 만들어야 할 수도 있으니까.' 하면서 메리 하디가 보는 앞에서 그 비튼 부인의 요리책에 실려 있는 조리법을 따라 죽을 만들었다고 증언하고 있습니다. 죽이 다 되자 미세스 만시는 스푼으로 한 번 맛을 보고 난 뒤, 메리 하디가 죽이 너무 됨직할 때 묽게 만들 물을 넣은 주전자를 곁들여 죽을 2층 주인 침실까지 들고 갔습니다. 그녀가 방 앞까지 가자 미세스 박스디일이 양 손에 스타킹과 속옷을 잔뜩 안고 문에서 나왔습니다. 부인은 그때 그것들을 빨기 위해 욕실로 가는 중이라고 진술하고 있습니다. 그녀는 하녀에게 죽이 든 쟁반을 창 옆의 세면대 위에 놓아 두도록 일렀으므로, 메리 하디는 얼른 여주인이 있는 앞에서 시키는 대로 했습니다. 미스 하디의 조금 전 증언에 의하면, 그녀는 그때 그릇의 물에 끈끈이종이가 담겨 있는 것을 보고, 그것을 미세스 박스디일이 화장수로 사용하는 용액인 줄 알았습니다. 사실 그날 밤 이 집에 있던 여자들은 모두가, 즉 미세스 베나부르즈 한 사람 외에는 미세스 박스디일이 끈끈이종이를 물에 녹여 화장수로 사용하는 습관이 있는 것을 알고 있었습니다.

메리 하디와 피고가 함께 침실을 뒤로 했고, 미세스 만시의 증언으로는 미스 하디는 불과 2, 3분 후에 주방으로 돌아왔습니다. 9시가 조금 지나자 부인들이 식당 테이블을 떠나 커피를 마시기 위해서 응접실로 옮겼습니다. 9시 15분에 미스 고다드가 할아버지의 상태를 보고 오겠다며 자리에서 일어섰습니다. 그 정확한 시각은, 그녀가 자리를 일어서는 순간 방의 시계가 울렸으므로 그 종의 음색을 미세스 베나부르즈가 칭찬했기 때문에 정확히 그 자리의 부인들이 기억하고 있습니다. 또한 미세스 베나부르즈를 위시하여 미세스 모리스 박스디일, 미세스 헨리 박스디일 세 사람은 아무도 그날 밤 응접실 밖으로 나가지 않았다고 증언하고 있으며, 베나부르즈씨도 남자들 세 명은 줄곧 식당에 남아 있다가 45분 정도 후에 미스 고다드가 돌아와서 조부님의 용태가 극도로 나빠졌으므로 빨리 의사를 불러 줄 것을 호소할 때까지 어느 누구도 그 자리를 떠나지 않았다고 단언하고 있습니다.

미스 고다드는, 그녀가 조부의 방에 들어가자 그는 죽을 거의 다 먹어가는 참이었으며, 그리고 맛이 어떻다는 둥 중얼중얼 불평을 했다고 진술하고 있습니다. 그러나 그녀의 인상으로는, 그의 불만은 죽 자체의 맛이 이상하다는 것보다 호화스런 만찬을 먹지 못한 데 대한 불만을 나타낸 것 같았다고 합니다. 그래도 불평을 하면서도 아주 맛있다는 듯이 죽을 거의 다 비웠다고 합니다. 미스 고다드의 진술에 의하면, 그가 배부르게 먹은 뒤, 그녀가 죽그릇을 옆방으로 가지고 가 세면대 위에 놓았다고 합니다. 그리고 다시 조부의 침실로 돌아가 박스디일 부부와 셋이서 대략 45분 정도 휘스트를 치며 놀았습니다.

10시가 되자 오거스터스 박스디일씨가 기분이 썩 좋지 않다고 했습니다. 그는 격렬한 위통과 구토, 설사를 일으켰으므로, 미스 고다드는 아래층에 있던 숙부들에게 조부의 용태의 급변을 알리고 서둘러 에바즐리 의사를 부르도록 요청했습니다. 에바즐리 의사의 증언은 여러분이 들으신 바대로입니다. 의사가 밤 10시 30분 콜브룩 크로프트에 도착했을 때, 환자는 이미 고통으로 몸부림치며 극도로 쇠약해져 있었습니다. 그리고 의사의 필사적인 치료에도 불구하고 자정 직전에 오거스터스 박스디일씨는 숨을 거두었습니다.

배심원 여러분, 미스 고다드는 증언에서도 말했듯이 조부의 발작이 심해지자 그가 먹은 죽을 떠올리고, 혹시 그 죽이 발작의 원인이 아닐까고 생각했습니다. 그래서 그녀는 자신의 의혹을 큰숙부인 모리스 박스디일 대위에게 털어놓았습니다. 박스디일 대위는 조카의 이야기를 듣자마자 즉시 조금 남은 죽그릇을 에바즐리 의사에게 건네주었으며, 의사 손으로 서재의 장롱에 감추면서 문을 잠그고 그 열쇠를 보관해 달라고 의뢰했습니다. 나중에 그 그릇의 내용물이 분석되고 어떤 결과가 나왔는지는 여러분이 이미 아시는 바와 같습니다."

그 대위가 취한 행동은 얼마나 분별 있는 일인가? 게다가 젊은 아가씨치고는 이 노인의 손녀딸은 무섭도록 통찰력이 뛰어나다. 노인이 다 먹은 뒤 죽그릇을 곧장 부엌으로 가져가게 하지 않은 것은 우연일까? 아니면 의도적인 것이었을까? 마가렛 고다드는 왜 하녀를 불러 그릇을 치우라고 하지 않았을까? 미스 고다드는 피고 이외의 유일한 용의자였다. 달그리슈는 그녀에 관해 좀더 알고 싶었다.

그러나 공판 기록에는 주역들 이외의 등장 인물들의 이미지는 그다지 뚜렷하게 그려져 있지 않았다. 물론 그것도 무리는 아니다. 어쨌든 영국의 탄핵주의적 법정제도는 피고가 소송당한 죄에 대해서 의문의 여지 없이 유죄인지 아닌지 하는 질문에만 답하도록 의도되어 있다. 개인의 인품을 엿볼 수 있는 에피소드, 이것저것 주위에서 들리는 억측 같은 것을 증인석으로부터 들을 기회는 없는 것이다. 박스디일 두 형제는 참으로 우둔한 인물들이었다. 그들과 그의 선량한 시민의 모범 같은 처진 가슴을 한 부인들은 8시부터 9시가 지날 때까지 계속 (이것은 그만큼 풍성한 식사였던 셈인데) 서로의 얼굴을 찬찬히 바라보면서 만찬을 즐기고, 또한 증인석에서도 거의 이구동성으로 전원이 그렇게 증언하고 있다. 사실 부인들의 가슴에는 느닷없는 방해꾼에 대한 혐오, 반감, 원망 같은 선량한 시민답지 않은 감정이 치밀어오르고 있었을 텐데, 비록 그랬다 해도 그녀들이 법정에서 그런 본심을 이야기할 필요는 없었을 것이다.

그렇더라도 이만큼 사람들의 존경을 받는 양가의 신사숙녀들이 설령 노인을 죽이려는 생각을 했더라도, 이 두 형제와 그의 아내들의 결백은 명백했다. 그들의 완벽한 알리바이에도 역시 신분 성별의 차이가 투영되어 있었다. 아서 베나부르즈 신부는 남성들의 증인이 되었고, 신부의 부인은 여성들의 알리바이를 보증하였다. 그리고 그들에게 살인을 일으킬 만한 동기가 무엇이 있는 걸까? 노인이 죽더라도 그들에게는 이미 금전적으로 얻을 것이 아무 것도 없었다. 오히려 그들로 보아서는 노인이 오래 살아, 결혼에 파탄이 온다든지 노인이 제정신을 차리든지 하여 유언이 변경될 것을 기다리고 싶은 심정이었을 것이다. 결국 달그리슈는 재판 기록으로는 성당운영위원에게 위안을 줄 만한 자료는 아무 것도 발견할 수 없었다.

그 밖에 수사의 단서가 없을까 궁리하던 차에, 문득 그는 오블리 그라트를 떠올렸다. 그라트는 유복한 아마추어 범죄연구가로, 특히 빅토리아 왕조에서 에드워드 왕조에 걸친 살인사건에 정통한 인물이었다. 그의 흥미는 웬일인지 이 시대에만 한정되어 있었고, 이 시대의 일에 관해서는 어떤 전문 역사가에게도 지식면에서 뒤지지 않는다고 자부하고 있었다. 그는 윈체스터에 있는 조지 왕조 양식의 저택에 살고 있었는데——그것은 그가 건축에 관해서까지 빅토리아 왕조와 에드워드 왕조를 고집하는 것은 아니라는 것이 된다——그곳은 콜브룩 크로프트에서 겨우 3마일 정도밖에 떨어져 있지 않았다. 런던 도서관에서 조사해 보니 그가 그 사건에 관해서는 책을 쓰지 않았다는 것을 알았지만, 지리적으로나 시간적으로 그에게 이만큼 가까운 사건에 그가 전혀 관심을 보이지 않았다는 것은 믿어지지가 않았다. 달그리슈는 이제까지 몇 번이고 경찰의 수사 방법에 관하여 그에게 자세한 전문 지식을 조언한 일이 있었다. 그의 전화를 받고 그라트는 쾌히 협력을 받아들여 오후의 티 타임에 그를 초대하였다.

그라트 저택의 우아한 응접실에서 그에게 차를 가지고 온 것은 리본 장식이 달리고 주름이 잡힌, 테없는 모자를 쓴 하녀였다. 달그리슈는 그녀에게 이런 모양을 내도록 하기 위해서 그라트가 대체 급료를 얼마나 많이 주는 걸까 하고 마음속으로 계산을 해 보았다. 복고풍 의상을 차려입은 하녀의 모습에서 달그리슈는 불현듯 그라트가 한없는 애착을 가지고 있는 빅토리아 왕조의 무시무시한 범죄 사건을 연상하고, 눈앞에 있는 오이 샌드위치 속에 혹시 비소가 숨겨진 것은 아닐까 불안해졌다.

그라트는 그런 그의 마음을 아는지 모르는지 열심히 샌드위치를 입속에 넣으면서 거리낌없이 지껄여댔다.

"왜 이렇게 갑자기, 무슨 일로 자네가 이 박스디일 사건에 흥미를 갖게 되었는지 정말 재미있군. 사실은 바로 어제 이 사건에 관한 자료를 다 끄집어내 보았거든. 콜브룩 크로프트를 부수어 다시 새롭게 짓는다길래 마지막으로 보아두려고 갔다올까 해서. 물론 그 일가는 제1차세계대전

이래 그곳에 살지는 않지. 건물 자체는 특히 진귀할 것도 없는 집이기는 하지만, 그래도 역시 없어져 버린다고 생각하니 섭섭해서 말일세. 혹시 괜찮으면 차를 마신 뒤에 함께 가 보지 않겠나? 이 사건에 관해서 나는 분명히 책으로 펴내지 않았어. 한때는 〈콜브룩 크로프트 사건의 수수께끼〉 또는 〈누가 오거스터스 박스디일을 죽였나?〉라는 제목으로 한 권 써볼까 생각도 했었지. 그런데 답이 너무 명명백백해서.”

“불가사의한 수수께끼는 한 구석도 없단 말인가?” 달그리슈가 따지듯 물었다.

“아리그라 박스디일 이외에 범인은 있을 수 없지 않은가. 그녀의 그 전 이름은 아리그라 포터리고 하는데. 어쩌면 그녀의 어머니가 바이런을 머리에 떠올렸던 걸까? 아니, 거의 생각할 수 없는 일이겠지. 그래그래, 자료 노트 2페이지에 보면 그녀의 결혼식날에 칸느에서 사진사가 찍은 사진이 있어. 난 그것을 「미녀와 야수」라고 이름 붙였다네.”

사진은 아직 선명했으며, 70년 가까운 세월 저편에서 아리 왕고모님이 달그리슈에게 꾸밈없는 웃음을 던져왔다. 그 큰 입과 약간 들창코인 넓은 얼굴은 높이 빗어올린 검은 머리를 좌우로 가리마를 탔으며, 당시 유행한 꽃장식이 달린 어울리지 않게 큰 모자가 얹혀 있었다. 엄밀하게 말해서 이목구비가 반듯한 얼굴은 아니지만, 깊고 그윽하게 자리잡고 있는 두 눈은 초롱초롱 빛나고 있었으며, 둥그스름한 턱은 상당히 의지가 강할 것 같았다. 그에 비해 이 활달한 아마존의 처녀에게 매달리듯이 옆에서 싱글싱글 웃고 있는 오거스터스 박스디일 노인은 야수라 부르기에는 너무 허약하고 빈약했다. 두 사람의 포즈도 엉성했다. 언뜻 보면 신부가 남편을 어깨 넘겨치기 하려는 것 같았다.

그라트가 어깨를 움츠렸다. “척 보면 모르겠나? 이것이 여자 살인자 얼굴이 아니라는 것을? 그런데 훨씬 더 아닐 것 같은 얼굴을 얼마든지 알고 있어. 그녀의 변호사는 당연히 그녀가 뜨거운 죽을 식히기 위해 세면대 위에 놓아두고 욕실로 간 사이에 노인 자신이 죽에 독을 넣었다고 주장하였지. 그런데 노인이 죽음을 서두를 이유가 어디에 있나? 여러 증언에서 늙은 오거스터스 노인이 신혼 기분에 들떠 있던 것은 확실해. 그런 행복의 절정에 있던 노인이 하필 그런 고통스런 방법으로 자살을 왜 하겠나? 게다가 죽이 거기 있었는지조차 그가 알고 있었는지 의심스러워. 노인은 근처에 있는 자기 화장실의 침대에 누워 있었으니까.”

달그리슈가 질문하였다──.

“마가렛 고다드가 했을 가능성은? 그녀가 조부의 방에 들어갔을 때의 정확한 시각을 제시하는 증거는 아무 것도 없어.”

“틀림없이 자네가 그렇게 물을 줄 알았지. 분명히 그녀는 의붓 할머니가 욕실에 있을 동안에 도착하여 죽에 독을 타고, 죽을 가져가는 것을 지켜본 뒤, 방금 아래층에서 올라온 것 같은 얼굴을 하고 부부 앞에 다가갔다고 생각할 수 있지. 확실히 그것은 물리적으로는 가능하지. 그러나 실제로는 과연 어떨까? 조부의 재혼으로도 그녀는 일족 중에 가장 타격을 적게 받았어. 어머니가 오거스터스 박스디일의 가장 큰딸이고, 아주 젊어서 유복한 특허의약품 제조업자와 결혼했어. 공교롭게도 그 후 출산으로 어머니가 죽자 아버지도 뒤를 쫓듯이 다음 해에 죽고 말았어. 즉 혼자 남겨진 외동딸 마가렛 고다드는 이 고다드 가의 대를 이을 몸이 되었지. 더군다나 그녀는 귀족 가문인 존 브라이즈 레이시 대위와 매우 축복받는 행복한 약혼을 하고 있었어. 이것은 박스디일 집안에 있어서 기대도 하지 못하던 기꺼운 혼담이었지. 그러니까 귀족의 장남과 결혼을 눈앞에 둔 젊고 아름답고, 게다가 고다드가 전래의 가보인 에메럴드를 비롯한 고다드 가문의 재산상속인이기도 한 마가렛 고다드가 살인을 범할 턱이 없었지. 피고의 변호인이었던 로랜드 고트 로이드가 그녀의 용의에 전혀 언급하지 않은 것은 현명한 판단이었다고 생각하네.”

“대단히 탁월한 변호 솜씨였나보군.”

“그거야 물론 후세까지 이야기거리가 될 정도로 걸작이었지. 아리그라 박스디일이 목숨을 보전한 것은 고트 로이드 덕분이라고 해도 지나친 말은 아니야. 그 최종 변론은 외우고 있지.”

“배심원 여러분, 전 여기서 여러분이 지금부터 내리려 하는 결단을 다시 한 번 신중하게 고려해 주십사고, 정의라는 신성한 이름 아래 간절히 부탁드리는 바입니다. 여기 이 젊은 여성의 운명은 오로지 여러분들의 단 한 번의 판단에 달려 있습니다. 그녀는 아직 젊고, 생기와 건강이 넘치며, 미래의 희망에 가득 찬 인생을 지금부터 맞이하려 하고 있습니다. 그녀의 장래 생명을 쐐기풀의 어린 가지를 꺾듯이 뽑아 버리는 것도 당신들의 결단 하나로 가능합니다. 그녀에게 서서히 최후의 수주일 간의 고민의 시간을 주고 마침내 사형대의 계단을 오르게 하는 일도, 그녀의 이름을 죄인으로 낙인찍고, 그녀를 깊이 사랑한 남성과의 행복한 수주간의 결혼생활을 모독하고, 그녀를 영구히 어두운 무덤 속으로 매장해 버리는 것도 모두 여러분들의 손 안에 결정권이 있습니다.”

여기서 극적인 효과를 노리느라 일단 침묵이 흘렀다. 그리고 다시 설득력 있는 변호사의 목소리가 청중의 감동을 정점으로 끌어올려 갔다.

“그러나 여러분께 한 가지 부탁드리고 싶은 것이 있습니다. 도대체 어떤 증거가 있단 말입니까?” 다시 침묵. 다음에 결정적인 쐐기를 박는다. “피고가 살인을 저질렀다는 증거가 어디에 있습니까?”

“정말 감동적인 변호 솜씨군.” 달그리슈가 감상을 말했다. “그렇지만 현대의 법정에서는 판사와 배심원에게 과연 어떻게 받아들여질까?”

“음, 적어도 1902년 당시의 배심원들의 가슴에는 무겁게 울렸었지. 사형이 폐지되고부터는 물론 이런 신파조의 연극은 사라져 버렸지만. 아무리 그래도 '쐐기풀의 어린 가지를 꺾듯이' 같은 표현은 취미가 좋다고 해야 할지 모르겠군. 여하튼 그래도 배심원들에게 진의만은 전해졌지. 그들은 결국 피고를 교수대로 보내는 책임을 덮어쓰는 일은 피했어. 6시간의 토의 끝에 겨우 평결이 나왔는데, 결과는 꽤 호의적으로 받아들여졌어. 고결한 시민인 배심원들 중 누군가가 그녀의 무죄에 자신의 금 5파운드를 걸겠다고 했으면 결론은 또 다르게 나왔을지 모르지만. 그리고 아리그라 박스디일 자신도 변호사에게 크게 협력하였지. 그 3년 전에 성립된 형사증언법에 의해 변호사는 그녀를 증언대에 세웠어. 그녀도 무대에 서는 일을 했기 때문은 아냐. 대단한 연기 실력을 발휘하여 어떻게든 배심원들에게 정말로 노인을 사랑했다고 믿게 해 버렸지.”

“혹시 정말로 사랑했는지도 모르지.” 달그리슈가 말했다. “아마 그녀는 그때까지 그다지 남들로부터 정을 받은 적이 없었겠지. 그런 반면 오거스터스 노인은 자상하게 대해 줬으니까.”

“분명, 분명히 그랬지. 그래도 두 사람 사이에 사랑이라니!” 그라트는 전적으로 가능성을 부정했다. “알겠나? 달그리슈군! 박스디일은 예순아홉 살 된 매우 못생긴 노인이었네. 한편 그녀는 아직 스물한 살밖에 안된 매력적인 젊은 여자였단 말일세!”

달그리슈는 그러나 이 사랑이라는 인습을 무시할 정도의 정열이 과연 그런 단순한 산술 속에 포함되는 것인지 아무래도 의문스러웠지만, 굳이 그 이상 깊이 추궁하지 않았다. 그라트가 이야기를 계속했다.

“그리고 검찰 측에서도 그녀에게 다른 남자가 있다는 의혹을 제기하지 못했어. 경찰은 당연히 그녀가 함께 일했던 옛 파트너에게도 접촉해 보았지. 그는 머리가 벗겨지고 몸집이 작은 남자로, 족제비처럼 빈틈이 없으며, 통통하게 살찐 사랑하는 아내와 다섯 명의 자녀가 있는 것을 알았지. 아리그라와 헤어진 뒤에는 지중해 연안의 도시를 전전했으며, 경찰이 찾아갔을 때는 새로운 아가씨와 콤비를 이루고 있었다더군. 그는 애석한 투로 지금 아가씨도 무대에서 잘하지만 아리 때와 비교도 안 된다. 혐의가 풀려 자유의 몸이 되면, 아리만 다시 옛날 일자리로 돌아올 마음이 있다면 기꺼이 언제라도 함께 일하고 싶다——이렇게 말했다더군. 아무리 의심이 많은 경찰관의 눈에도 남자의 관심이 순수하게 직업상의 일에 그치는 것이 명백했지. 그로서는, '서로의 마음을 속속들이 아는 부부 사이에서 비소를 탔다는 이야기와 다른 우정이 어떤 함수 관계가 있는가?'라는 이야기였을 거야.

재판이 끝난 뒤 박스디일 집안 사람들에게는 불행한 사건이 계속되었어. 모리스 박스디일 대위는 아이가 없는 채로 1916년 전사했고, 헨리 신부는 1918년 유행성 독감에 아내와 쌍둥이 딸들을 한꺼번에 잃어버렸지. 신부 자신은 1932년까지 장수를 누렸어. 아들인 휴버트는 아직 어딘가에 살고 있을지 모르지만, 그도 지금쯤은 아마…… 어쨌든 그 가족들은 모두 병약했으니까.

덧붙여 자랑하는 것은 아니지만, 마가렛 고다드의 소식은 얻을 수가 있었네. 그녀가 아직 생존해 있다는 것은 이제까지 전혀 몰랐던 일인데. 그녀는 결국 브라이즈 레이시와 결혼하지 않고, 그뿐만 아니라 평생토록 결혼하지 않고 살았어. 브라이즈 레이시 대위는 제1차대전 때 전공을 세우고 운 좋게 살아 남아, 나중에 동료 사관의 여동생과 결혼했지. 그 후 그는 1925년에 작위를 받고 1953년 사망했어. 한편 마가렛 고다드 쪽은 지금도 아마 살아 있을걸. 내가 그녀를 찾아 헤맬 때 살고 있던 그 본마스의 쓸쓸한 호텔에 아직도 있는지 몰라. 거처를 찾아내기는 했으나, 그녀가 만나길 완강히 거절해서 노력한 보람이 있었다고 할 수는 없지만. 이봐, 이것이 그때 그녀가 보내 온 답신이야."

그것은 자료 노트에 날짜 순으로 주의 깊게 붙여, 정성스럽게 깨알 같은 글씨로 주석을 달아 놓았다. 오브리 그라트는 분명히 진짜 연구자였다. 그렇지만 달그리슈는 달리 생각하지 않을 수가 없었다. 모처럼의 이 정확함을 추구하는 정열을 살인사건에 관련된 기록 수집보다 훨씬 유익한 곳에 사용할 수는 없었을까 하고.

짧은 답신은 곧고 우아한 필적으로 쓰여져 있었다. 새까만 자체는 선이 매우 가늘었지만 글자 구석구석에 힘이 배어 있었다.

"미스 고다드로부터 미스터 오브리 그라트에게 답신드립니다. 본인은 조부를 살인하지 않았고, 당신의 호기심을 만족시켜 주기 위해 살해범에 관하여 토론할 의지도 시간도 없습니다."

오브리 그라트가 입을 열었다. "그 퉁명스런 편지를 받아들고 나니 웬지 이 사건에 관해서 책을 써 보았자 소용없겠다는 생각이 들어 버리더군."

에드워드 왕조 시대의 영국에 대한 그라트의 정열은 살인사건 이외의 것에도 향해 있어서, 두 사람은 1910년형의 우아한 다임러를 몰아 눈이 시리도록 푸른 햄프셔의 작은 길을 언덕배기 콜브룩 크로프트를 향하여 올라갔다. 오브리는 얇은 코트에 헌팅캡 차림의, 마치 셜록 홈즈가 된 것 같은 모습이었는데, 그러면 결국 자신은 조수 와트슨인가 하고 달그리슈는 내심으로 쓴웃음을 지었다.

"마지막 순간에 가까스로 용케 맞추었군, 달그리슈군." 목적지에 도착하자 그라트가 첫 마디를 그렇게 말했다. "부수는 작업이 시작되기 직전이야. 저 쇠고리에 달린 공 같은 것은 마치 신의 눈알 같잖아. 당장이라도 벽을 때려부술 것 같아. 자아, 우선 현장 작업원에게 견학하겠다고 알려두지. 법의 파수꾼인 자네가 불법 침입자로 불리는 것은 원치 않으니까."

저택의 해체 공사는 아직 실제로 진행되지는 않았지만, 집안으로 발을 한 발짝 들어 놓자 그 황폐함은 아주 심했다. 사람이 살지 않게 된 텅빈 방들 안에 두 남자의 딱딱한 발 소리만이 불규칙적으로 메아리졌다. 각 방들을 둘러보면서 그라트는 30년 빨리 이 세상에 태어나 지난 시대의 영광을 이 눈으로 확인하고 싶었다고 끝없이 중얼거렸으나, 달그리슈는 오로지 실제적인 조사에만 전념하였다.

집의 구조 그 자체는 단순하고, 당시로서는 일반적인 것이었다. 주로 침실이 거의 다 모인 2층에는 건물 내림 가득히 긴 복도가 계속되어 있었다. 주침실은 남단에 있으며, 두 개의 커다란 창으로는 윈체스터 대성당의 탑을 멀리 바라볼 수가 있었다. 방안의 문은 다시 작은 화장실로 통하고 있었다.

큰 복도에는 같은 모양의 커다란 창이 네 개 줄지어 있었다. 놋쇠제 커튼 레일과 목제 링은 떨어져 나갔지만(이것들은 지금 골동품 수집상들이 군침을 흘리는 대상이 되었다), 정교한 조각이 장식된 커튼 박스만은 옛날 그대로 남아 있었다. 여기에는 옛날에는 묵직하고 두터운 커튼이 걸려 있어 사람 하나쯤은 쉽게 몸을 숨길 수 있었을 것이 틀림없었다. 달그리슈는 창 하나가 바로 주침실 문과 마주보고 있는 것에 주목했다.

콜브룩 크로프트를 뒤로 하고 그라트가 윈체스터역에서 그를 차에서 내려주었을 때는, 이미 달그리슈의 가슴 속에서 하나의 가설이 완성되고 있었다.

그는 다음으로 아직 살아 있을지도 모르는 마가렛 고다드의 행방을 추적해 보기로 했다. 남부 해변의 휴양 지대에 있는 호텔에서 호텔로 막연한 정보에 의지하여 참을성 있게 찾아 헤맨 결과, 1주일 걸려 겨우 수확을 얻을 수 있었다. 물어보는 곳마다 그는 몸을 사릴 만큼의 적의와 마주쳤다. 몸이 쇠약해지고 주머니 사정이 어려워짐에 따라 더욱 독선적이고 편협하게 변해서, 호텔 지배인이나 숙박객들이 처치곤란한 노파라는 이야기들을 했다. 어느 호텔이고 모두 수수하였고, 그 중에는 초라하다고 여겨지는 곳도 있었다. 달그리슈는 고개를 갸우뚱하지 않을 수 없었다. 도대체 그 고다드 집안의 재산은 어떻게 되어 버린 것일까?

마지막으로 미스 고다드가 투숙했던 호텔 여주인으로부터 달그리슈는, 노인이 몸이 아파 심한 중태에 빠져 6개월 전에 지방의 종합병원으로 옮겼다는 이야기를 들었다. 그래서 드디어 그는 찾아 헤매던 인물을 발견할 수 있었다.

병동 간호사는 놀라울 만큼 젊고, 피로한 표정에 눈빛만이 도전하듯이 날카로우며, 몸집이 작은 검은 머리 아가씨였다.

"미스 고다드의 상태는 몹시 위독합니다. 양쪽에 있는 공동 병실의 하나에 입원해 있습니다. 친척 분이십니까? 만일 그렇다면 일부러 문병 오신 최초의 분으로, 마침 아직 때늦지 않게 찾아오셔서 다행이군요. 흥분해 있을 때는 브라이즈 레이시 대위가 와줄 것이라고 헛소리를 중얼거립니다만, 혹시 당신이 그 분은 아니신지요?"

"브라이즈 레이시 대위는 결코 오지 못합니다. 나는 그가 아닙니다. 친척도 아니구요. 그녀는 내 이름조차도 모를 것입니다. 그래도 만날 수 있는 용태라면, 그리고 나를 만나도 좋다는 마음이 있다면, 꼭 그녀를 한 번만이라도 만나보고 싶습니다. 죄송하지만 이 메모를 그 분에게 전해주실 수 있겠습니까?"

달그리슈는 만일 상대방이 싫어한다면 죽음의 자리를 맞고 있는 노파와 억지로 얼굴을 맞댈 생각은 없었다. 그녀에게는 만나고 싶지 않다고 거부할 권리가 있다. 그러나 될 수 있으면 그는 꼭 노인을 만나고 싶었다. 이대로 미스 고다드와 만나지 못한다면, 진상은 끝내 밝히지 못하고 미궁으로 끝나 버릴 것이다. 그는 잠시 궁리한 끝에 수첩 왼쪽의 안쪽 페이지에 네 글자를 적었다. 서명을 하고 그 페이지를 찢어서 접어 간호사에게 건네주었다.

아가씨는 곧 되돌아왔다.

"미스 고다드께서 만나시겠답니다. 매우 쇠약한데다 고령이지만 지금은 의식이 아주 또렷합니다. 단 너무 환자를 피곤하게 만들지는 말아 주세요."

"오래 머물지는 않겠소."

간호사는 달그리슈의 말을 듣자 소리를 내어 웃기 시작했다.

"그런 걱정은 안 해도 돼요. 지루하면 그녀 쪽에서 먼저 당신을 내쫓을 거니까요. 병원 전속 신부님이나 적십자의 도서관원 같은 사람들은 그 환자 분에게 그야말로 봉변을 당하고 있으니까요. 왼쪽 세 번째 문입니다. 침대 밑에 의자용 스툴이 있습니다. 면회 시간이 끝나면 벨이 울립니다."

거기까지 말하고 간호사는 달그리슈를 혼자 내버려 두고 어디론가 가버리고 말았다. 복도는 몹시 고요했다. 복도 끝의 중간문 사이로 중앙병동 안이 엿보였다. 하늘색 시트로 덮인 침대가 몇 개 정연하게 줄지어 있었고 침대용 테이블 위에는 꽃들이 선명한 색상을 곁들이고 있었다. 침통한 얼굴을 한 두 사람씩의 문병객들이 각각의 침대 곁으로 다가가려 하고 있었다. 병자들 사이에서 소곤소곤 인사나 문병인사가 교환되었다. 그러나 양쪽의 공동 병실에는 문병객 모습이 어디에도 보이지 않았다. 달그리슈는 냉랭한 복도의 고요함 속에서 죽음의 냄새를 맡았다.

왼쪽 세 번째 병실에서 베개를 뒤에 쌓아 등을 일으키고 있는 노파는 이미 피가 통하는 인간으로는 보이지 않았다. 굳은 몸을 침대에 누이고 양 팔을 홑이불 위에 막대기처럼 늘어뜨리고 있었다. 그것은 인간의 육체라기보다는 오히려 엷은 살막으로 덮인 해골이라는 편이 맞을 것 같았으며, 누렇게 뜬 피부 위로도 힘줄이나 혈관이 뚜렷이 드러나 보였다. 머

리는 거의 벗겨졌는데, 드문드문 남은 배냇머리 같은 머리카락 아래 삐
죽 솟은 두개골은 어린아이의 두개골같이 무르고 상처받기 쉬워 보였다.
오직 눈만은 아직 생생하여 깊이 패인 눈자위 안에서 동물적인 생명력을
번쩍번쩍 내비쳤다. 또한 무엇보다 목소리가 카랑카랑하여 겉모습으로
는 이미 상상도 가지 않는 옛날의 불손한 젊음을 방불시켰다.

그녀는 그 메모를 집어들고 낭랑하게 네 글자를 읽었다.

"'범인은 그 아이다.' 정확히 알아맞혔어. 네 살짜리 휴버트 박스디일
이 조부를 죽였어. 당신의 서명은 아담 달그리슈라 되어 있는데, 하지만
분명히 그 사건의 관계자 중에 그런 이름의 인물은 없었는데."

"저는 수도 경찰의 형사입니다. 하지만 여기는 공식 입장으로 온 것은
아닙니다. 실은 친한 친구로부터 몇년 전에 이 사건에 관해 듣고, 진실을
알고 싶다는 호기심에 내몰렸던 것입니다. 내 나름대로 하나의 설을 만
들었죠."

"그럼 그 건방진 오블리 그라트처럼 책으로 쓸 작정인가?"

"아뇨. 아무에게도 말할 생각은 없습니다. 약속드릴게요."

그러나 노파의 목소리는 냉담했다.

"그건 너무 친절한 말씀이군. 난 이미 죽어가는 인간이야, 달그리슈씨.
이것은 절대 당신의 동정을 끌려고 하는 말은 아니라구. 동정 따위를 받
는 것은 질색이고, 동정받고 싶지도, 동정이 필요하다고도 생각지 않으
니까. 단 당신이 뭐라고 하든 내게는 아무래도 좋다는 이유를 설명하고
싶었어. 하지만 내게도 호기심이라는 것이 있거든. 당신의 메모는 교묘
하게 내 호기심을 불러 일으켰단 말이야. 가능하다면 어떻게 진상을 발
견했는지 그 경위를 들려줄 수 있겠는가?"

달그리슈는 침대 밑에서 스툴을 꺼내 그녀 곁에 앉았다. 그녀는 그를
보려고도 하지 않았다. 메모를 들고 있는 앙상한 양 손은 움직이지 않았

다.

　"콜브룩 크로프트에서 오거스터스 박스디일을 살해했다고 생각되는 인물들은 전원 결백함이 어떤 형태로든 해명되었습니다. 단 한 사람, 아무도 고려해 보지 않았던 어린 소년을 빼고는 말씀입니다. 그는 영리하고 또록또록한 아이로 혼자서 심심했죠. 놀 상대도 없고, 어른들도 제대로 신경 써 주지 않았습니다. 소년의 유모는 가족과 함께 콜브룩 크로프트에 오지 않았으며, 저택의 하인들도 크리스마스 준비와 갓 태어난 쌍둥이를 보살피느라 보통 때보다 두 배로 분주했죠. 소년은 아마 조부와 그의 새 아내와 함께 있는 일이 많았겠죠. 세 아내 또한 외톨박이로 가족들로부터 소외되어 있었죠. 틀림없이 소년은 그녀가 무엇을 하건 주위를 배회하며 떨어지려 하지 않았을 테죠? 그녀가 비소를 녹인 화장수를 만들고 있는 것을 보고 어린애답게 '뭐하는 거야?' 라고 물었을지도 모르죠. 그 물음에 대해 조부의 새 아내가 '언제까지나 젊고 아름답게 있으려고 하는 거야.' 라고 대답했다고 합시다. 소년은 할아버지가 무척 좋았지만, 노인은 젊지도 아름답지도 않았습니다. 만일 그 크리스마스 다음날 밤, 맛있는 걸 너무 많이 먹고 축제 기분으로 흥분한 소년이 잠들지 않고 깨어 있었다면? 그리고 자기를 예뻐해 주는 아리그라 박스디일을 만나러 갔던 소년이 세면대 위에 죽이 든 그릇과 비소물 용액이 담긴 볼이 놓여 있는 것을 봤다면? 할아버지 죽 속에 이 볼의 물을 섞어 드리면, 틀림없이 할아버지도 멋지게 될지 몰라, 하고 어린 마음에 생각했을지도 모르겠습니다."

　침대 위의 목소리가 차분하게 그의 말을 받았다――.

　"그리고 그때 누군가가 문 주위에 숨어 소년이 하는 행동을 가만히 보고 있었는지도 모르지."

　"그러면 당신은 층계참의 창문 커튼 뒤에 숨어 문이 열려 있는 방안

모습을 보고 있었겠군요?”

“그랬지. 그 애는 의자 위에 무릎을 대고 앉아서 조그만 두 손으로 독이 든 그릇을 들어 할아버지의 죽 속에 술술 쏟아부었어. 그리고 그 애가 볼 위에 원래대로 수건을 덮고 의자에서 내려와 의자를 제자리에 주의 깊게 갖다 놓고 재빨리 아이들 방 쪽으로 복도를 달려간 것을 난 시종일관 보고 있었어. 그리고 3초도 지나지 않아 아리그라가 욕실에서 나와 조부님한테 그 독이 든 죽을 가져갔지. 비소를 녹인 물이 든 그릇은 휴버트의 작은 양 손으로 들기에는 너무 무거웠던지 깨끗하게 닦은 세면대 위에 약간의 물이 흘러 있었어. 그래서 난 내 손수건으로 그 흘린 물을 닦고 주전자의 물을 볼에 부어 비소가 든 물을 원래 있던 양만큼 만들어 놓았지. 불과 2, 3초 걸렸을 뿐이야. 그 뒤 시치미를 떼고 멀쩡한 얼굴로 아리그라와 조부가 있는 침실로 들어가 조부가 죽을 먹는 걸 옆에서 줄곧 지켜보았어. 조부님이 고통스러워하며 죽어가는 것을 보면서도 나는 태연하게 불쌍하다는 생각도 후회도 느끼지 않았지. 그 두 사람을 똑같이 미워했으니까. 내가 어렸을 때 그렇게 날 귀여워해 주고 측은하게 여겨 주시던 조부님이 징그러운 호색한이 되어, 내가 방에 있는데도 그 여자의 몸에서 한순간도 손을 떼지 못했어. 조부님은 나나 가족을 돌보지 않았을 뿐만 아니라 내 약혼마저도 위태롭게 하며 가문의 이름을 온통 웃음거리로 만들고 말았지. 그것도 모두 조모님이 살아 계셨으면 부엌에서 일하는 하급 하녀로도 쓰지 않을 여자를 위해서. 두 사람 모두 죽어 버렸으면 좋겠다고 생각했어. 그리고 실제로 두 사람 다 거의 죽어가는 것 같았지. 그것도 직접 내 손을 더럽히지 않고. 내가 하지 않았다고 지신을 달랠 수가 있었지.”

달그리슈가 질문했다. “언제 그녀가 사정을 간파했죠?”

“그날 밤에 바로 눈치챘지. 조부님이 괴로워하자, 그녀는 주전자의 물을 가지러 갔어. 조부님의 이마에 젖은 수건을 올려놓으려고. 그때 그녀는 주전자 물의 양이 줄어 있고 세면대에 흘려져 있던 물이 닦여져 있는 것을 깨달았지. 그녀도 세면대 위의 물을 본 것처럼 그것도 눈에 띄었을 밖에. 원래 그녀는 어떤 사소한 것도 놓치지 않도록 특별 훈련을 받은 여자였으니까. 그까짓 관찰은 의식하지 않고도 머리에 새겨져 있었어. 물이 엎질러져 있는 것을 봤을 때는 틀림없이 메리 하디가 죽을 담은 쟁반을 놓을 때 어떻게 물을 흘렸을 것이라 생각했었겠지. 그런데 그것을 일부러 닦은 사람은 나밖에 생각할 수 없겠지? 그럼 왜 그런 일을 할 필요가 있었던가?"

"그러면 그녀는 언제 당신에게 진실을 부딪쳐 왔습니까?"

"그게 글쎄 재판이 끝나고 난 뒤였어. 아리그라는 대단히 통이 큰 여자야. 무시무시하게 위험한 다리를 건넜으니까. 그렇지만 동시에 재판에 이기기만 하면 손에 들어오는 것도 많았지. 참으로 한 재산을 위해서 그 여자는 자기 목숨을 걸었던 거야."

거기서 달그리슈는 고다드 가의 재산의 행방을 비로소 납득했다.

"그녀는 당신에게서 돈을 뜯어갔군요?"

"물론이지. 내게 있는 돈을 모조리. 고다드 가의 재산도, 가보인 에메럴드도. 그녀는 내 돈으로 67년 동안이나 호사스런 생활을 했어. 내 돈으로 먹고 마시고 옷을 해입고 했지. 애인을 바꿔 가며 호화 호텔에 묵으면서 다닌 것도 모두 내가 지불한 돈으로 했던 거야. 그 아인 내 돈을 쓰고 싶은 대로 썼어. 조금이라도 만일 쓰고 남은 돈이 있다면 그 출처는 내게서야. 죽었을 때 조부님의 유산이라곤 거의 없었으니까. 조부님은 이미 망령이 들어 재산을 손가락에서 모래가 새듯이 모두 잃어버렸던 거야."

"그럼 당신의 약혼은 어떻게 되었습니까?"

"파기됐지. 일단은 서로 합의 아래 한 것으로 해서. 결혼은 말이야, 달그리슈씨, 다른 보통 계약과 하나도 다르지 않아. 어느쪽이나 득이 된다고 생각될 때 이루어지는 거야. 살인사건 스캔들로 브라이즈 레이시 대위는 완전히 우리 집과 혼사를 맺는 것을 기피하는 것 같았어. 그는 명예를 존중하고 격식을 중요시 여기는 사람이었으니까. 그래도 혹시 또 고다드 가의 재산과 에메럴드가 손에 들어온다면 그도 다소는 눈감아주고 나와 결혼했을지도 모르지. 그렇지만 자기보다 신분이 낮은 데다가 일가에게 수치스러운 스캔들이 나 있고, 게다가 그런 불명예를 메워줄 재산도 가지지 못한 상대와의 결혼, 이쯤 되니 이건 뭐 도저히 잘 되어 갈 수가 없었지."

달그리슈가 끼어들었다. "분명히 일단 돈을 주기 시작하면 끝없이 줘야만 한다, 그 이치는 잘 알겠습니다. 하지만 왜 지불하지 않으면 안 되었지요? 그녀로서도 진실을 이야기할 수는 없었잖아요. 그런 말을 하면 어린애를 끌고 들어가는 격이 되니."

"아니, 그렇지 않아! 그 여자도 그런 일을 할 생각은 꿈에도 없었어. 어린애를 끌고 들어가다니? 생각도 못할 일이었지. 그녀는 정에 약한 성질이었고, 게다가 휴버트를 매우 귀여워했으니까. 그러지 않아도 그녀는 나를 살인죄로 고소할 생각이었어. 그런데 진실을 이야기하려 한들 그것이 내게 무슨 도움이 되겠나? 네 살밖에 안 된 어린애가 조부를 독살시키려는 것을 말리지도 않고 가만히 보고 있었다고, 어떻게 내 입으로 말할 수 있겠어? 어린애가 하고 있는 일이 무엇을 의미하는지 몰랐다는 변명이 통하겠어? 한 번 재판받은 자는 두 번 다시 재판받지 않아. 그러니까 그녀는 재판이 끝날 때까지 가만히 있었던 거야. 무죄로 승소한 그녀는 몸의 안전을 일생 보증받았지. 그런데 나는 어떻게 됐지? 내가 살고 있는 세계에서는 명예가 모든 것이었지. 그녀가 하인들의 귀에 무심코 이야기를 흘리는 것만으로도 내 목숨은 끊어진 것과 마찬가지가 될 테니까. 진실이란 것은 어디까지나 끈질기게 따라다니는 것이니까. 그러나 무서웠던 것은 명예를 잃는 것뿐만이 아냐. 사실은 사형에 처해지는 것이 무서워 돈을 계속 지불했던 거라구.”

달그리슈가 의문을 제기했다. “그러나 그녀가 진실을 증명할 수는 없었을 텐데요?”

그러자 노파는 그의 얼굴을 뚫어지게 바라보는 것 같더니 갑자기 깔깔거리며 절규에 가까운 웃음소리를 내었다. 소름이 끼치는 쉬된 웃음은 팽팽한 목힘줄이 뚝 끊어질까 걱정될 정도로 격했다.

“증거가 있었지. 당연하잖아! 바보로군! 모르겠어? 그녀는 내 손수건을 가지고 있었어. 내가 비소물을 닦는 데 사용한 손수건을 말이야. 남의 물건을 훔치는 것은 그 여자의 특기였잖아. 그날 밤 모두가 조부님의 침대 둘레에 모여 있었을 때, 내가 입고 있던 이브닝 드레스의 피부 속으로 그 여자의 통통한 손가락 두 개가 슬쩍 들어와 그 때묻은, 움직일 수 없는 증거물이 되는 천을 빼내 갔어.”

노파는 침대 옆의 선반에 조심조심 손을 얹었다. 달그리슈는 상대방의 의도를 알아차리고 서랍을 열어 주었다. 가장 위에 들어 있었던 것은 손으로 가장자리에 레이스를 뜬 매우 촘촘하게 직조된 작은 정사각형 마포였다. 그는 그것을 손에 들어 보았다. 끝 부분에 그녀의 이니셜이 장식 글자체로 깨끗이 수놓아져 있었다. 그리고 손수건의 절반 정도가 갈색으로 변색되어 딱딱해져 있었다.

그녀는 이야기를 계속했다. “유언으로 그녀는 자기가 죽으면 이것을 내게 돌려주라고 변호사에게 지시해 둔 모양이야. 그녀는 항상 내 거처를 알고 있었어. 그것을 일로 삼고 있었으니까. 말하자면 일생 동안 나에 대한 이런을 쥐고 있었던 셈이지. 그러나 결국 그녀도 죽고 말았어. 나도 이제 얼마 살지 못해. 필요하면 그 손수건을 드리지, 달그리슈씨. 이미 내게도 그녀에게도 필요 없는 것이니까."

달그리슈는 말없이 손수건을 호주머니에 넣었다. 가능한 한 빨리 태워 버릴 작정이었다. 그러나 그에게는 아직 할 말이 남아 있었다. "뭔가 제가 할 수 있는 일은 없겠습니까? 누구에게 말을 전하고 싶다든가, 만나서 이야기하고 싶은? 사제를 만나고 싶지는 않습니까?" 그러자 또 다시 그 기분 나쁜 웃음이 그녀의 목구멍을 찌르고 나왔지만, 그러나 이번에는 아까보다 톤이 낮았다.

"사제에게 고할 말은 아무 것도 없어. 난 다만 자신이 한 일이 잘 되지 않은 것을 후회하고 있을 따름이야. 그런 인간이 참회 같은 것을 할 리가 없겠지. 단 그 여자를 절대 원망하지는 않아. 증오하거나 부러워하지도 않고. 즉 그녀는 이기고 난 졌다——그뿐이야. 졌으면 깨끗이 그것을 인정해야지. 사제에게 회개의 설교 따위는 받고 싶지 않아. 난 도박에 진 댓가를 지불했어, 달그리슈씨. 67년 동안이나. 그러니까 이것만은 가르쳐 드리지. 알겠어? 부자는 한 번밖에 보상을 받지 않는 법이라구."

갑자기 피로가 몰려온 걸까. 그녀는 힘없이 몸을 뒤로 축 늘어뜨렸다. 잠시 침묵이 흘렀다. 이윽고 그녀는 별안간 다시 살아난 듯이 지껄이기 시작했다.

"당신이 찾아와 줘서 내겐 참 다행이었어. 앞으로 사흘간 매일 오후를 나와 함께 보내 주지 않겠어? 그 뒤엔 다시 당신을 괴롭히지 않을 테니까."

달그리슈는 하는 수 없이 이유를 둘러대어 휴가를 연장하고 가까운 여관에 방을 얻었다. 그는 매일 오후가 되면 병원을 방문하여 노파와 면회하였다. 살인사건에 대해서는 두 번 다시 두 사람 사이에 거론되지 않았다. 나흘째 되는 날, 그가 시간에 맞춰 두시 정각에 병원으로 가자, 미스 고다드가 전날 밤 편안하게 숨을 거뒀다고 했다. 노파는 자기 말대로 깨끗한 패자의 인생을 끝마친 셈이었다.

1주일 후 달그리슈는 성당운영위원에게 조사 결과를 보고하였다.

"그 사건을 자세히 연구한 사람을 만날 수가 있었습니다. 그의 도움으로 조사하는 수고를 많이 덜었어요. 공판 기록도 보고 콜브룩 크로프트에도 실제 답사해 보았습니다. 그리고 사건에 깊이 관계된 또 한 사람의 인물도 만나 보았습니다만, 그 사람은 이제 돌아가시고 말았습니다. 개인의 비밀을 존중하여 내가 필요 이상의 말을 하지 않더라도, 당신은 틀림없이 이해해 주시겠지요?"

정말 거만하게 들리리라는 것을 알고 있었지만, 달그리슈로서는 이렇게 말하는 수밖에 방법이 없었다. 성당운영위원은 여전히 온화하게 그의 말에 동의하였다. 고맙게도 이 노인은 무슨 일이건 하나하나 속속들이 캐고드는 타입의 인간이 아니었다. 그는 한 번 사람을 믿으면 끝까지 그 사람을 신뢰했다. 달그리슈가 보증하면 그 이상의 질문은 돌아오지 않을 것이다. 그러나 그는 불안했다. 두 사람 사이에 긴장감이 떠돌았다. 달그리슈는 서둘러서 침묵을 말로써 메웠다——.

"결과적으로 재판의 판결은 옳았고, 당신의 할아버지 재산이 누군가의 장난에 의해 당신한테로 온 것은 아니라는 사실을 책임지고 보증할 수 있습니다."

노인의 한시름 놓은 듯한 기쁜 표정을 일부러 보지 않으려고, 그는 얼굴을 돌려 사제관의 창문으로 짙푸른 성하의 나무들의 시원한 녹색을 응시하였다. 시간이 조용히 흘러갔다. 노인은 틀림없이 마음속으로 신에게 감사의 기도를 올리고 있겠지. 문득 그가 제정신으로 돌아오자, 그의 대부가 이야기를 하고 있었다. 노인은 노고를 위로하고, 달그리슈가 조사하느라 소비한 수고와 시간에 대한 감사의 말을 늘어놓고 있었다.

"아무쪼록 오해받고 싶지는 않지만, 아담, 그렇지만 사무 수속이 끝나면 자네가 생각하고 있는, 자네 후원 자선사업에 얼마간 그것을 기부하고 싶네."

달그리슈는 미소지었다. 그의 자선 사업에 대한 기부 방법은 주관이 개입되지 않은 것이었다. 1년에 네 번씩 자동대체로 은행에서 일정 금액이 헌금으로 빠져나갔다. 성당운영위원에게 있어서 각종 자선 사업은 의상 댄스에 참가한 옷 같은 것일까──모두 마음에 들기는 하지만 어떤 것은 특히 몸에 딱 맞아 착용감이 좋고, 그만큼 애착도 다른 것보다 더 강하게 느껴진다.

그런데 그때 문득 어떤 아이디어가 뇌리를 스쳤다.

"그렇게 말씀하시니 기쁩니다. 사실은 아리 왕고모님에 관해 들은 이야기인데 매우 마음에 들어서요. 그녀의 이름으로 기부를 했으면 좋겠는데요. 은퇴하거나 하여 생활이 곤란한 마술가나 요술가 등을 도와주는 단체는 없습니까?"

성당운영위원은 당연히 그러한 자선 단체가 있는 것을 알고 있었으며, 그 이름도 거론하였다.

달그리슈는 고개를 끄덕이며 말했다. "아리 왕고모님도 그곳에 자신의 이름으로 기부금이 전달된다면 틀림없이 만족해하실 것입니다."

잘난 체하는 남자

The Cure

Erich Wright

에릭 라이트

　에릭 라이트는 영국 태생으로, 청년 시절 캐나다로 건너와서 30년 이상 캐나다에 거주하고 있다. 1983년 처녀 장편 「신들이 미소짓는 밤」으로 CWC(캐나다 추리작가협회)상 수상함. 1985년 두 번째 작품 「오래된 지방에서의 죽음」으로 CWC상 수상함. 현재는 캐나다 최고의 미스테리 작가로, 아내와 두 딸과 함께 토론토에서 영어 교편을 잡고 있다.

잘난 체하는 남자

에릭 라이트

베셀이 오랜 친구인 슬라이고의 물건을 훔치려고 생각했을 때, 그 동기는 슬라이고에게 본때를 보여서 조금이라도 그를 동요하게 하는 데에 있었다. 그는 20년간이나 슬라이고에게 당하기만 했었다. 그 중 17년간은 이웃집끼리의 교제였다. 슬라이고가 다른 곳으로 이사를 갔을 때, 베셀은 이제 드디어 평화를 되찾을 것이라 생각했다. 그들의 아내도 아주 친했는데, 베셀의 아내는 슬라이고가 친절한 사람이라고 생각하고 있어서 그 후에도 거의 전과 다름없이 슬라이고와 얼굴을 맞대게 되었다.(두 쌍의 부부가 함께 밤을 지내고 난 후, 베셀이 침실에서 슬라이고의 험담을 했더니, 그의 아내는 "그만하세요, 그렇게 그가 못마땅하다면 만나지 않으면 되잖아요." 라고 말했다.)

왜 슬라이고를 싫어하는지 베셀도 설명하기가 어려웠다. 그것은 베셀밖에는 알 수 없는 두 사람 간의 남자 관계 때문이었다. 알게 된 초기부터 슬라이고가 지도자와 같은 태도를 취해서 그것이 베셀을 화나게 했던 것이다. 베셀이 현재 사는 집에 이사를 와서 앞뜰의 경계 역할을 하고 있는 낮은 돌담을 고치기 시작했을 때, 옆집에서 슬라이고가 나와 자기가 그 일을 해 주었다. "이런 방면에는 경험이 별로 없으신 것 같군요." 그는 웃으며 말했다. 그의 말대로였다. "돌담 수리 따위는 베셀은 전혀 경험이 없었다. 하지만 그는 도서관에서 전문 서적을 빌려와 어떻게 해 볼 작정이었다. 그런데 그 일이 전례가 되어 버렸다. 베셀이 손재주가 없는 것을 보기만 하면, 슬라이고는 가만히 놓아두지 않았다. 베셀이 두꺼운 판자와 쇠망치를 들고 뒤뜰에 가면, 슬라이고는 즉시 울타리를 넘어 쫓아와서 하는 법을 가르쳤다.

슬라이고의 보호와 충고는 집수리를 비롯하여 베셀의 생활 구석구석까지 미쳤다. 베셀의 집에는 차고가 없었다. 그래서 슬라이고는 차 두 대가 들어갈 수 있는 자기 차고를 정리하여, 베셀에게 앞으로는 그곳에 차를 넣으라고 했다. 그는 또한 센트 로렌스 마켓에 가서 베셀을 위해 식료품과, 베셀이 이롭다고 생각할 만한 특매품을 사다 주기도 했다. 술가게에서 와인을 보게 되면 베셀 몫까지 사왔다. 베셀은 이를 갈면서 고맙다는 인사를 했다. 때로는 베셀의 집 난로 위에 얹혀져 있는 수프의 맛을 보고는 소금을 치기도 하고, 베셀의 아이들에게 너무 개방적인 이야기를 하는가 하면, 난로에 땔감을 넣는 방법을 변경하기도 하면서, 아내의 친정 식구처럼 여러 가지로 조언을 했다.

슬라이고의 충고와 조언은 옥석혼효여서 모든 것이 옳다고는 말할 수 없지만, 그는 절대로 의문을 갖는 것을 허락하지 않았다. 잘못을 해도 과오를 인정하지 않았으며, 추궁을 받으면 자기 조언은 옳았는데 베셀이 잘못해서 그렇다고 핑계를 댔다. 오디세우스처럼 그는 무슨 일이 있어도 손을 들지 않았다. 자기 경험 밖 영역의 문제가 일어나도 조금도 당황하지 않고 얼렁뚱땅 넘겼으며(베셀에게는 그렇게 생각되었다), 그렇지 않으면 그 방면에 밝은 전문가를 알고 있으니 다음날 상담을 해보자고 하는 것이었다. 무엇보다도 베셀이 견딜 수 없는 것은 자기가 슬라이고를 몹시, 미워하고 있다는 사실을 자기 아내가 가끔 잊어버리는 일이었다. 베셀이 어떤 문제에 부딪히게 되면, 그녀는 무의식중에 말하곤 했다. "슬라이고에게 물어보지 그래요. 그는 알고 있을 거예요."

베셀은 슬라이고가 자기 권위를 유지하기 위해 거짓말을 한다는 것을 알고 있었다. 예를 들면, 그는 집의 페인트칠을 새로 하는 데 조금밖에 들지 않았다. 정말 싸게 했다고 베셀에게 자랑했다. 그런데 같은 일로 베셀에게 고용당한 그 페인트공이 실제로 받은 액수는 그 두 배였다고 귀띔해 주었다. 베셀이 그들의 아내가 있는 자리에서 그 사실을 폭로했더니, 슬라이고는 그것은 페인트공이 베셀로부터 돈을 더 받아내려고 그렇게 말한 것이라고 했다. 베셀은 이 이야기 도중 슬라이고의 아내를 지켜보고 있었지만, 그녀는 눈썹 하나 까딱하지 않았다. 그녀도 한패인 것이다.

어느 날 베셀은 시골에 있는 자기 움막에서 사용할 아이스박스를 사러 상점가에 갔다. 그의 기억으로는, 아이스박스는 지난 20년 동안 온타리오에 있는 쓰레기장이면 어디든지 볼 수 있어 운임만 지불하면 얼마든지 구할 수 있다고 생각하고 있었다. 실제로 찾아보고 그는 놀라 버렸다. 너무 늦게 사러 온 탓으로 아이스박스는 이제 골동품처럼 귀해져서 300달러나 한다는 것이다. 슬라이고는 그 소리를 듣고 베셀에게, 그렇게 비싼 돈을 주고 사지 말고 자기에게 맡기라고 했다. 베셀은 그 후 수주 동안, 아이스박스를 구할 수 있었느냐고 물어보고는 말할 수 없을 정도로 만족감을 맛보았다. 슬라이고 역시 아이스박스는 자기가 생각하고 있던 만큼 쉽게 찾을 수 없음을 인정했다. 그래도 꼭 구할 것이라고 큰 소리를 쳤는데, 그 후 어느 토요일 오후 '벨 빌딩 근처에 있는 농장 경매장에서' 50달러를 주고 샀다고 하면서 매우 상태가 좋은 아이스박스를 가지고 돌아왔다. 베셀은 그를 믿지 않았지만, 다만 자기 위신을 세우기 위해 슬라이고가 자기 호주머니에서 돈을 꺼내 쓴단 말인가? 그러나 틀림없이 그렇게 했을 것이라고 베셀은 생각했다.

슬라이고가 베셀은 인정이 많고 호감이 가는 사람이다, 세상에 때묻지 않아서 더욱 좋아한다고 말하고 있다는 이야기를 자기 아내로부터 듣고 있었으나, 그는 조금도 기쁘지 않았다. 베셀은 공무원이고, 슬라이고는 어떤 중개인이었다. 자기는 자금을 마련하는 일로 고생을 해보지 못한 베셀과는 달라서, 현실 세계에 살고 있는 것이라고 슬라이고는 말했다.

베셀은 근심스러운 아내의 말을 듣고, 자기가 슬라이고에 대해 너무 신경이 과민한 상태가 되어 있음을 알았다. 그래서 그 전서부터 섹스 문제로 충고를 받고 있던 정신과 의사에게 슬라이고에 관해 상담해 보았다. 일단 슬라이고의 이름을 입에 올리자, 베셀은 열심히 말을 늘어놓았다.

정신과 의사는 예약 시간이 다 끝날 무렵까지 귀를 기울이고 있다가 겨우 말했다. "베셀씨, 당신은 자기 자신을 너무 과소평가하고 있군요. 그것은 모든 점에 나타나고 있습니다. 당신 친구도 그것을 알고, 물론 무의식적으로이지만 당신의 자신 없는 모습을 보면 그것을 도움을 구하고 있다고 해석하는 것입니다. 그래서 당신을 도와주려는 마음이 생기는 겁니다."

"하지만 그가 잘못했는데도 그대로 어거지를 쓰기도 하고, 거짓말을 하는 것은 왜입니까?" 베셀은 큰 소리로 말했다.

"그가 잘못했다는 건 확실한가요? 정말이라면 그렇게 하지 않을 수가 없어서겠지요. 자기를 믿고 있는 사람에게, 내가 잘못한 것이 많다고는 말할 수 없겠지요. 상대의 기대에 어긋나게 되는 거니까요."

"그럼 저는 어떻게 해야 됩니까? 그를 만나지 말아야 될까요?"

"그건 좋지 않을 겁니다. 그건 바로 패배를 뜻하게 되니까요. 게다가 두 사람 중에서 매사에 주도권을 잡고 있는 것은 그 친구 쪽이죠?"

"말씀대로입니다."

"분명히 그는 당신을 좋아하고 있습니다. 그가 당신을 좋아하는 만큼 동시에 그가 존경하게끔 하지 않으면 안 되겠지요."

"어떻게 하면 그가 저를 존경하게 될까요?"

"당신이 말하자면 지도자 또는 선배 행세를 할 수 있는 분야를 찾아보는 일이겠죠. 그리고 그 역할을 굳게 지키는 일입니다." 의사는 벽에 걸린 시계를 힐끔 쳐다보았다.

"그런 거라면 얼마든지 있습니다. 원예, 낚시, 파리에 있는 멋진 호텔에 대한 정보—— 낳이 있죠. 모두 그에게 가르쳐 주었습니다."

"그랬더니 어땠습니까?"

"한 달에서 1년쯤 지나면, 그는 같은 애기를 저에게 들려줍니다. 처음에 저에게서 듣고 배운 것이라고 절대 인정하려고 하지 않습니다."

의사는 이번에는 눈치를 보지 않고 자기 팔목시계를 보았다.

"베셀씨, 분명하게 말씀드립니다만 당신은 우리가 말하는 편집병 증세가 있는 것 같군요."

"그 정도는 알고 있어요. 그래서 상담하러 온 것입니다."

"좌우간 당신은 적어도 자기 문제점을 알게 되셨지요. 다음 주에 또 뵙죠."

그러나 베셀은 다시 가지 않았다. 그는 계속 고민하고, 슬라이고가 피할 수 없는 강렬한 펀치를 꿈꾸었다.

드디어 그 기회가 왔을 때, 베셀은 잠시 그 일을 알아차리지 못했다. 그때 그는 단순히 슬라이고에게 토론을 할 (20년 간 처음으로!) 구실을 찾고 있었다.

입씨름을 해 봤자 진다는 것을 알고 있었지만, 그렇게 함으로써 그들

사이가 멀어지리라고 생각했다. 그러나 실제로 해 본 결과 비참한 밤을 맞이하게 된 것뿐이었다. 영문을 알지 못하는 아내는, 남편이 도대체 웬일인가 하고 궁금해 하였고, 화해를 시키기 위해 (사과를 하고) 즉시 슬라이고 부부를 초대할 준비를 했다. 그리고 어느 날 밤, 베셀은 문을 잠글 것인가 아닌가 라는 사소한 문제에 몹시 신경을 곤두세우고 있었다.

대부분의 사람들이 그렇듯이 베셀은 외출할 때 문을 잠그고, 누군가가 침입하면 이웃이 알 수 있도록 작은 경보장치까지 설치하고 있었다. 슬라이고는 집도 차도 잠근 적이 한 번도 없었고, 앞으로도 잠글 생각이 없었다. "누군가가 들어가려고 마음만 먹으면 잠겨 있어도 들어가는 법이지." 그는 말했다. "그리고 도둑질을 한 다음 문까지 망가뜨리지. 차도 마찬가지라구. 노련한 차 도둑이라면 차 문을 여는 것쯤은 식은죽 먹기야. 그러나 뭐든지간에 잠그지 않고 있으면, 도둑은 주인이 금방 올 것이라고 생각할지도 모른다구."

"풋나기 도둑이면 어떨까?" 베셀은 얼른 물었다.

"풋나기도 잠겨 있지 않은 집에는 안 들어가지." 슬라이고는 자신만만하게 말했다. "만약 문을 잠그면, 놈들은 쇠파이프 대신 도끼를 사용해. 차도 풋나기는 잠겨 있는 차만 훔치지. 그들은 장난삼아 타고 다니는 것뿐이야. 그런 차들은 반드시 돌아온다구."

베셀은 그렇지 않다고 생각하여 반론하려고 했으나, 슬라이고는 벌써 화제를 바꾸고 있었다. "이 집의 습도는 얼마쯤일까?" 베셀이 생각을 정리했을 때, 그는 그런 말을 하고 있었다. "자네도 습도계가 필요할 걸세. 우리 집에 있는 헌 것을 갖다 주지."

그 후 얼마 안 가서 베셀은 도둑을 맞았다. 도둑들은 경보기 선을 끊고, 플라스틱 조각(이건 나중에 발견했다)으로 문을 열고 들어와 T. V., 카메라, 그리고 트럼본을 훔친 다음, 주방 걸이에 자동차의 스페어키가 걸려 있는 것을 보고 그의 차를 타고 도망쳤다. 도둑은 끝내 잡히지 않았다.

"어때, 내 말이 맞지?" 슬라이고가 말했다.

베셀은 끄덕였다. 그리고 계획을 짜기 시작했다.

슬라이고로 하여금 도둑을 맞게 하여, 문을 잠그지 않은 것이 큰 잘못이라는 것을 똑똑히 알게 해 주어야겠다고 생각했다. 베셀은 그 계획을 그에게 일침을 가하는 농담으로 끝낼 것인가, 아니면 진짜로 도둑질을 할 것인가에 대한 문제는 뒤로 미루기로 했다. 양쪽 모두 어려운 일이다. 분명하게 집에 자유로이 출입할 수 있음을 알고 있는 도둑들이 저지른 백주의 범죄로 꾸며야 한다. 한 달쯤 이것 저것 공상하고 있는 중에, 그는 더 없는 아이디어가 떠올랐다. 어느 날 아침, 동료 중 하나가 그의 사무실에 와서, 어제 그가 사는 이웃에 도둑이 들었다고 말했다. 도둑들은 보통 짐차를 집 앞에 대고 3시간에 걸쳐 가재도구를 몽땅 가지고 갔다는 것이다. 수상하게 여기고 도둑들에게 말을 걸어본 사람은 아무도 없었다. 경찰관이 이웃 사람들에게 물어보았지만, 아무도 그들의 인상 착의를 기억하고 있지 않았고──"이삿짐 센터 사람들 같았어요."라고 이웃집 누군가가 말했다──이삿짐 센터의 회사 이름도 트럭 색깔도 알 수 없었다.

베셀은 다음으로 슬라이고가 부인과 함께 외출하는 기회를 기다리기만 하면 되는 것이었다.

슬라이고는 휴일에 원행할 때에도 문을 잠그지 않았기 때문이다. 그 안에 짐차와 도둑 네 명을 찾지 않으면 안 되었다.(그는 진짜로 도둑질을 하려고 결심하고 있었다. 만약 장난으로 한다면, 슬라이고는 혼구멍이 나지 않을 것이라고 생각했기 때문이다. 슬라이고는 나중에, 베셀이 그 집 가재도구를 훔쳐내는 데에 성공했다고 하더라도, 자기 생각이 틀렸다고는 할 수가 없다고 주장할 것이다. 다른 사람들은 문을 잠그지 않았다는 사실을 알지 못하기 때문에.)

첫번째 문제는 도둑들과 접촉하는 일이었다. 그는 '딱지 붙은 범죄자와 사귄다'는 말을 들은 적이 있었다. 그것은 집행유예 중인 도둑이 금지당하고 있는 일이었는데, 그는 범죄자들이 모이는 장소——아마 그들이 자주 드나들며 다음에 하게 될 일을 계획하는 술집 등——가 틀림없이 있을 것이라고 생각했다. 그런 장소를 찾아내기 위해서 베셀이 생각한 것은 경찰서 섭외과를 찾아가는 일이었다. 대응한 경감은 정중했지만 매우 조심성이 많았다. "작가시군요, 베셀씨. 폭로물을 쓰는 타입은 아니시겠지요?"

베셀은 그가 쓰는 소설의 주인공은 현명한 경찰관이라고 보증했고, 경감은 그의 말에 귀를 기울였다. 토론토에서 도둑들의 소굴은 어디인가? 경감은 형사부장을 불렀다. "이쪽 베셀씨는 토론토에 대해서 취재를 하고 계시네." 그는 설명했다. "범죄자들이 일을 하지 않을 때에는 어디서 모이고 있는지 알고 싶으시다네. 그런 특수한 술집이라도 있나?"

형사부장은 생각했다.

"제가 아는 한은 그런 집은 없는데요. 저희는 그런 것을 허락지 않습니다. 만약 그런 곳이 있다면 알려 주시겠습니까?"

경감은 미소를 띠고 베셀을 배웅했다.

다음에 베셀은 택시 기사들에게 그들이 알고 있는 가장 으슥한 술집으로 안내를 청하여, 그곳에서 며칠 밤을 맥주를 마시면서 벌거벗은 여자들의 야한 춤을 구경했다. 그러나 어느 술집에서도 베셀의 목적은 달성할 수가 없었다. 그는 구치소에 하룻밤만 들어가 보면 어떨까 하고 생각했다. 그러면 틀림없이 바라는 대로의 사나이를 찾을 수 있을 것이다. 그러나 3개월이 아닌 하룻밤만이라는 처벌이라면 주차 위반에 대한 벌금

납부 거부 정도밖에 없었지만, 그것도 6개월 또는 그 이상이나 위반을 거듭하지 않으면 구류되지는 않을 것이다.

범죄자를 만나는 일이 쉽지 않음을 생각하고 있던 베셀에게, 어느 날 다른 해결 방법이 생기게 되었다. 문을 노크하는 소리에 현관에 나가 보니, 미소를 띤 청년이 자기는 측량사라고 소개하며 베셀의 옆집이 팔리게 되어 그 토지의 측량을 의뢰받았다고 했다. 그래서 베셀의 집 마당에 들어가야 되는데, 베셀이 놀라서 경찰에 신고하는 일이 없도록 미리 알리러 왔다고 말했다.

베셀은 측량사의 명함을 받고 나서 밖으로 나가 청년의 차를 살펴보았다. 차창에는 스티커가 붙어 있을 뿐 아무 표시도 없었다. 베셀은 계획을 변경했다.

그는 「로이스 댄롭 ── 측량사」라는 명함을 디자인하여 싸구려 인쇄소에 한 통 주문해서, 그 중 98매는 없애 버리고 나머지 두 장만 지갑에 넣었다.

자기 계획에 더 필요한 것은 슬라이고가 집을 비우는 일이었다. 베셀은 슬라이고가 휴가로 어딘가에 가는 것을 석 달 동안 기다렸는데, 그 동안에 두 쌍의 부부는 두 번 저녁 식사를 함께 했다. 두 번 다 베셀의 아내는 식사를 마치고 나서 참으로 즐거운 밤이었다고 말했다. 먼저는 슬라이고가 레스토랑을 선택했는데, 요리는 형편 없었다. 두 번째는 베셀이 정했다. 그는 미리 여기저기에서 의견을 듣고, 레스토랑이 자랑으로 내세우는 와인 이름까지 조사했다. 훌륭한 요리가 나왔다. 슬라이고가 그 이유를 설명해도 그는 아무렇지도 않았다. "여기는 피렌체풍 레스토랑이어서 그렇다네." 슬라이고가 말했다. "밀라노 요리보다 맛이 좋은 건 당연하지."

슬라이고는 부부동반으로 1주간 예정으로 버뮤다에 간다고 했다. 베셸은 자기 계획을 행동으로 옮겼다. 먼저 슬라이고의 집 쓰레기 수집인과 마주치지 않도록 수요일을 택했다. 이웃 사람들이 모여들어서 방해가 될지 모르기 때문이었다. 그날 아침 일찍 그는 차로 에그린튼 웨스트에 있는 렌트카 회사에 가서 전날에 부탁해 둔 스테이션 웨곤을 빌렸다. 이름은 실명을 사용했다. 그것은 피할 수 없는 위험이었다. 남의 지갑이라도 훔치지 않는 한 가짜 운전면허증을 구할 방법이 떠오르지 않았기 때문이다.

베셀은 10시에 슬라이고의 집 옆에 차를 세우고 명함 한 장을 와이퍼에 꽂은 뒤 당당하게 현관으로 걸어갔다. 슬라이고의 현관은 집 옆쪽에 있는 길에서는 가려져서 베셀이 문을 열고 들어가는——변명할 수 없는 첫째 범죄 행위——것을 남에게 들키는 일은 거의 있을 수 없었다. 여기까지는 잘 되었다. 약간 땀이 나서 그는 주방에 앉아 윗옷을 벗고 장갑을 낀 채, 속으로 품목을 헤아렸다. ——골동품인 커피포트, 클리그호프의 그림, 은식기. 슬라이고의 책상 위에는 금시계도 있었다. 생각 끝에 그는 그림에는 손을 대지 않고 다른 물건을 모으기로 했다. 주방 식탁 위에 훔친 물건을 쌓았는데, 그때 누군가가 들어온다면 변명의 여지가 없었다. 베셀은 불면증 환자처럼 집안을 돌아다니며 여기저기에 있는 창문에서 조용한 밖을 내다보거나, 전화벨 소리에 소스라치게 놀라기도 하다가, 마지막으로 현관 문을 잠그고, 물건을 넣어서 운반할 만한 것이 없을까 하고 주변을 둘러보았다. 이때 그의 신경이 곤두섰다. 문을 노크하는 소리에 그는 바닥에 엎드렸다. 잠시 후 떠나가는 소리가 나서 창문으로 엿보니, 가스 회사 검침원이 옆집으로 들어갔다. 그는 은식기를 잔뜩 집어넣은 부대를 둘러멨지만, 차까지 가는 일을 자기는 도저히 할 수 없다고 생각하자, 이것으로 자기 목적은 달성했다고 여기려 했다. 도둑이 들어왔다는 것은 엄연한 사실이었으며, 도둑이 물건을 가지고 도망치기 전에 무슨 일이 생긴 것이라고 추측할 것이다. 이걸로 충분하지 않는가? 그러나 슬라이고는 도둑이 침입했다는 내색을 하지 않을지도 모른다. 그렇게 되면 베셀이 고생한 것은 아무 소용이 없게 된다. 그때 그의 머리에 떠오른 해결책은 간단하고 거의 위험성이 없는 것이었다. 그 준비를 하는 데 15분이 걸렸다. 준비가 끝나자 그는 현관 문을 열고 나가 렌트카 회사에 차를 반납한 뒤 자기 차로 집으로 돌아갔다.

그의 아내가 물었다.

"어디에 갔었나요? 사무실에 전화를 했더니, 당신이 아파서 결근한다고 전화가 있었다고 하던데요."

베셀은 킬킬 웃었다. "늘통이 났군. 하루 종일 애인과 자고 있었어."

"거짓말! 어디에 가셨댔어요?"

"하루 쉬려고." 그는 말했다. "차로 출근하는 도중에 생각이 났어. '정신위생 휴일이 필요하다'고 말이야. 그래서 그대로 차를 몰아 페리를 타고 섬으로 건너갔었지."

"당신답지 않군요. 남자의 갱년기 증상일까?"

"그럴지도 모르지. 나를 잘 지켜봐야 할걸."

귀가하여 집이 엉망으로 되어 있는 것을 보고, 슬라이고는 즉시 그날 밤 베셀 집에 찾아왔다. "도둑이 서랍과 벽장 속에 있는 것들을 있는 대로 바닥에 헤쳐놨더군. 드리스 은식기와 커피포트, 그리고 내 금시계도 없어졌다네. 돈이 될 만한 것은 몽땅 당했어. 클리그호프의 그림만 남아 있다네. 놈들은 잡지 속에서 오려붙인 것이라고 생각했겠지."

"어머나, 그럴 수가!" 베셀의 아내가 말했다. "몽땅 도둑을 당하시다니!"

"상관 없어요." 슬라이고가 말했다. "전부 보험에 들어 있으니, 오히려 이익이 많을걸요."

　"하지만 문을 잠그지 않았다는 사실을 보험회사에서 알게 된다면 보험금이 나오지 않을지도 모르지 않는가?" 베셀이 말했다. 그것은 그가 새로운 계획을 세운 중요한 일부였다. 그는 슬라이고로 하여금 수주간 근심하도록 하고, 그런 후에 도둑맞은 물건을 찾을 수 있게 하려고 했다.
　"나는 그런 바보가 아니네." 슬라이고는 웃으며 말했다. "경찰을 부르기 전에 문을 모두 잠그고, 뒷문을 걷어차서 부숴놨지."
　"잘했구만!" 베셀은 말했지만 눈앞이 깜깜해지는 것 같았다.
　"당연하지." 슬라이고는 말했다. "나는 멍청이하고는 거리가 멀다구."
　베셀은 속으로 그를 저주했다. 그러나 곧 좋은 생각이 떠올랐다. 슬라이고가 베셀의 함정에 빠졌음을 깨달은 것이다. 앞으로는 언제든지 자기 마음대로 수화기를 들고, 물론 익명으로 경찰서와 보험회사에 당신들은 속고 있다. 슬라이고의 집 지하실에 뗄감을 넣는 상자가 있는데, 그 밑에 얼마 전에 슬라이고가 집을 개조했을 때 남은 목재가 있으며, 그것을 치우면 은식기와 커피포트, 금시계 등이 있다, 라고 알려주면 된다. 서두를 필요는 없었다. 아직 6월이었다. 10월까지는 슬라이고가 난로를 때지 않을 것이다. 여름에 슬라이고의 언동이 심하다고 여겨지면 전화를 하면 되는 것이다.

　좋은 여름이었다. 베셀의 아내는, 남편과 슬라이고가 함께 있는 것을 보면 전보다 훨씬 즐거워 보인다고 말했다. 슬라이고가 무슨 일에든 생색을 내도, 베셀은 전처럼 이를 갈지 않았다. 그런 것은 눈치채지 못한 듯했다. 슬라이고가 충고를 시작하면, 베셀은 그냥 웃고는 그런 것은 옛날부터 알고 있다고 말하는 때가 많았다. 때로는 슬라이고가 엮는 일장 연설을 가로 막고는 자기가 생각해 낸 더 중요하고 보다 흥미있는 문제로 화제를 옮겼다.

여름이 끝나감에 따라, 베셀은 보험회사에 전화를 한다는 것이 부질없는 짓이라고 생각되기 시작했다. 보험회사는 사기로 간주하고, 슬라이고는 교도소에 들어가게 될지도 모른다. 그러나 베셀의 복수심이 완화한 지금에 와서 그렇게까지 할 필요는 없었다. 게다가 경찰은 자기는 아무것도 모른다고 말하는 슬라이고의 말을 믿고, 슬라이고의 가정적인 습관과 목재가 있는 장소를 알고 있는 친한 사람의 신변을 조사할지도 모른다. 만약 슬라이고와 경찰이 범인을 가려내지 못한다고 하더라도, 그의 아내는 알아차릴 것이다.

그러나 만약 그가 전화를 하지 않으면 어떻게 될까? 슬라이고가 도둑맞은 물건을 찾아내고, 그 결과 두 가지 가능성이 생기게 된다. 슬라이고는 그 사실을 입밖에 내지 않고, 나중에 그 물건을 팔려고 할지도 모른다. 그러나 커피포트와 은식기는 사기과의 도난품 리스트에 올라 있으니 매우 위험하다. 그보다 슬라이고는 도난품을 찾았다는 것을 보고할 것이다. 그렇게 되면 베셀이 익명의 전화를 걸었을 경우처럼 그가 수상하다고 생각할 것이다. 그리고 감정으로는 지문이 없어도, 극히 적은 머리비듬에서도 범인을 가려낼 수가 있다는 이야기를 베셀은 들은 적이 있었다.

어느새 10월이 가까웠다. 베셀은 점점 무서워졌다. 끝내 그는 계획에 없던 행동을 취하지 않을 수가 없게 되었다. 어느 비 오는 어두운 밤, 슬라이고 부부가 외출한 것을 알고, 또한 아내가 영화를 보러 가서 집에 없는 틈에 차를 슬라이고 집에 급히 몰았다. 문 손잡이를 돌려 보니 문이 잠겨 있었지만, 자기의 승리를 음미할 여유가 없었다. 그는 집 뒤로 돌아서 지나가는 차의 소음을 기다리다가 문을 걸어챘다. 그리고 지하실로 내려가 녹색 쓰레기 봉지에 물건을 쑤셔넣고, 만화에 나오는 도둑과 같은 모습으로 도망쳤다. 그리고 부둣가에 가서 요트 선착장 옆에 차를 세운 뒤, 도난품을 물 속에 던져 넣고는 공포에 떨면서 집에 돌아왔다.

그날 밤 집에 돌아온 슬라이고는 경찰 조사를 마치고 나서 베셀에게 전화를 걸어왔다. "이번에는 아무 것도 없어지지 않았네." 그는 말했다. "그러나 경찰관은 도둑들이 우리 집을 노리고 있다고 했네. 역시 단단하게 문단속을 할 필요가 있겠어. 그래서 내일 밤에 자네 집에 가서 자물쇠와 경보장치 등에 관해서 물어보려고 하네. 자네는 그런 것에는 빤하지 않은가?"

"좋구말구." 베셀은 격려하듯이 힘 있게 말했다. "여러 종류의 선전용 팜플렛을 가지고 있지. 우리 집에 오라구. 어떤 것이 좋은지 같이 생각하기로 하세."

"누구 전화예요?"

베셀이 침대 속에 들어가자, 아내가 물었다.

"슬라이고야." 그는 대답했다. "내 충고를 받고 싶다나." 그는 아내에게 키스하고 눈을 감았다. "도와주려고 생각해."

투 자 가
The Capitalist

Marion Crook

마리온 크룩

　마리온 크룩은 브리티쉬 콜롬비아주 출신이다. 시애틀 대학 이학부를 졸업한 뒤, 공중위생국에 여러 해 근무한 후 작가로 변신했다. 지금까지 5편의 장편소설을 썼는데, 대표작은 「캐나다의 공항」이다. 현재는 남편과 세 자녀와 함께 윌리엄즈 레이크에서 살고 있다.

투 자 가

마리온 크룩

땅거미 속에서 아련하게 눈이 내리기 시작했다. 따뜻한 사무실 안에 있는 라이언에게는 〈엣소〉의 네온사인의 빛을 반사하면서 반짝이는 눈송이가 너울너울 떠돌면서 가솔린 펌프에 부딪치는 것이 보였다. 이 눈은 비로 바뀔지도 모른다. 아직 11월이기 때문에 두꺼운 적설과 영속적인 극한을 수반하는 겨울이 찾아오기까지는 앞으로 한 달은 있어야 한다.

라이언은 차가운 귀를 비비고는 양 손을 호주머니에 쑤셔넣었다.

"정말 지긋지긋하군! 오늘 밤에는 차가 오지 않았으면 좋겠어요. 이 안에서 나가고 싶지 않으니까 말예요."

"확실히 밖은 꽤 추운 모양이야."라고 연상인 사나이는 신문을 흔들어 접으면서 대답했다. "하지만 나는 일을 하느라고 바쁜 편이 좋지만 말이야."

"이렇게 추울 때 일을 하는 것이 좋다니 정상이 아니군요." 라이언의 파란 눈은 이 세상의 불공평에 대한 노여움에 불타고 있었다. "대체적으로 변변한 일이 없으니까 고기잡이 배나 수월한 목재 벌채 현장에서 일자리를 찾아내 1년에 2개월 정도만 일하면 되는 거라구요. 이 일은 시간만 자꾸 잡아먹기 때문에 늙은이에게만 걸맞는다구요.”

“돈벌이는 돼.”

“돈벌이가 된다고요? 최저 임금이잖아요! 최저 임금으로 어떻게 살아간단 말입니까? 게다가 1주일에 하루밖에 일이 없는데 말예요!” 불안 탓으로 어조가 표독스럽게 되었다. “앞으로의 일자리에 대한 전망은 있는 거예요?”

“애시튼에서 밤의 행사 같은 것이 있으면 전망이 있지. 오늘 밤에는 레슬링 시합이 있어. 관객이 많으면 그만큼 차의 대수도 많아지고, 주유소도 장사가 번창하는 거지.”

“그러면 이 거리에서는 뭔가가 있을 때만 돈벌이가 된단 말인가요?”

“그래. 그 밖의 경우에는 보스는 이 주유소를 6시에 문을 닫곤 하지.”

두 사람이 있는 유리로 된 밝은 사무실은 거리의 그 어두운 구역 속에서 오직 하나의 따스한 또는 살아 있는 존재처럼 보였다. 현금 등록기, 카운터, 두 개의 의자, 선반에 늘어놓은 오일 깡통, 그리고 벽에 걸어놓은 갖가지 액세서리류. 그것들은 사무실의 반대쪽에서 추위를 밀어내려고 정성을 다하고 있는 한 개의 가스 스토브에 의해 따뜻해지고 있다. 땅에 쌓인 눈은 가솔린 펌프 가장자리에서 전등빛을 반사하고 있다. 가솔린 펌프 자체도 안쪽에서의 조명으로 붉게 빛나며, 지나가고 있는 자동차의 운전자들에게 그 존재를 선전하고 있다. 사무실의 훈기로 흐려진 유리벽 저편에서 거의 요란스러우리만큼 빛나고 있는, 인기척이 없는 주유소는 주위의 어둠에 두드러지게 반항하고 있었다.

라이언은 또 다시 양 손을 비벼댔다. “내가 이 나라의 대통령이라면, 누구든 2주일간 일하고 그런 다음 실업 수당 2개월치를 받을 수 있도록 법을 정할 텐데! 높은 사람들은 이 나라에는 일거리가 충분하지 않다고 언제나 말하고 있다구요. 그렇다면 그 일들을 균등하게 분배해서 일의 짬짬이 실업 수당을 주면 되지 않겠어요? 그렇게 되면 우리들은 자동적으로 실업 수당을 받을 수 있을 테고. 일부러 복지 사무소에 가서 신청하지 않아도 될 테니까 말이에요."

고든은 곰곰 생각에 잠긴 듯 조카를 응시했지만, 그와 같이 노여워하는 불평분자에게 기본적인 경제학을 가르치는 것을 단념했다.

"큰아버지, 나는 머지 않아 거금을 쥐고 11월에 하와이로 출발했다가, 5월이 될 때까지 돌아오지 않겠어요."

"추우냐?"

라이언을 끄덕였다.

"모자는 없어?" 고든은 라이언의 헝클어진 모랫빛의 머리카락과 귀의 빨간 끝쪽을 보았다.

"네, 지난 번 파인우드 제분 공장에서 일하고 있을 때는 가지고 있었는데…… 방한용 의류를 모두 지급해 주지만, 그만둘 때는 모두 반납을 받더라구요."

"그곳을 그만두었니?"

"네, 일이 워낙 지독했거든요. 판자를 쌓아 본 적 있어요?" 라이언은 대답을 기다리지 않았다. "1시간만에 교체하는 일이죠. 팔을 펴 쌓아 올리고, 또 팔을 펴 쌓아 올리죠. 등골이 꺾어지듯 아파오고, 머리가 희미해지곤 해요. 회사에 돈벌이를 시켜 주기 위해 뼈를 삐걱거리고 신음 소리를 지르면서 노인이 되어 가는 것은 사절예요. 그래서 그만두었죠."

"하지만 그것으로 실업 수당을 받을 수는 없지."

"알고 있어요. 그래서 오늘 밤에 이곳에 온 거예요. 실업 수당을 받을 수 없어서 복지 사무소에 갔더니, 그곳에 높이 도사리고 있는 여자가 생활 보호도 안 된다고 하더군요. 난 어쩌면 좋죠? 굶어 죽으란 말인가요?"

"그 여자가 어떤 식으로 말했는데?" 고든은 숫자 맞추기 제비의 결과 발표의 부분이 보이도록 신문을 정성들여 접어서 옆의 카운터 위에 놓았다.

"그녀는 밥을 먹는 일은 내 문제라고 하는 거였어요. 아마도 식사의 6회분 이상쯤의 값이 나가는 스웨터를 입고 눌러앉아, 자기는 알 바 아니라고 지껄여대더라구요."

"자기 스스로 일을 그만두었다면, 6주일간 기다리지 않으면 안 되겠지."

라이언은 큰아버지를 지긋이 응시했다. 고든의 코끝은 터진 가느다란 혈관 때문에 곰보 모양으로 되어 있었다. 그 눈은 오늘 밤은 맑았지만, 알콜과 친한 인간에게 따르게 마련인, 항상 기운이 없고 고통을 참고 있는 것 같은 표정을 짓고 있었다. 고든은 2개월쯤 전 애시튼에 별안간 찾아와 조카와 질녀에게 자기가 큰아버지라고 하였던 것이다. 두 사람은 고든의 이야기를 듣고 있었다. 떠돌이 노동자로 때로는 베라 쿨러 강에서 출어하는 어선에 승선했고, 때로는 북부의 채광 거리에서 일했다고도 했다. 라이언은 이제까지 가보았던 여러 지방의 이야기를 큰아버지에게서 듣고 황홀해 했다. 고든은 이 나라에 관해서 잘 알고 있었다. 그는 모든 친척의, 그리고 일족 내의 세세한 사건에 관해서도 훤하게 알고 있었다. 어떤 경우에는 그 사건의 바로 가까이에 있었기 때문에, 라이언과 그의 누나에게 모든 것을 이야기해 줄 수가 있었다. 고든은 올리브 숙모와 존 숙부가 집의 화재로 죽었을 때, 오카나간 강의 연안에서 과일을 따고 있었다. 그도 소화에 협력했다고 하며, 의용 소방대가 대단히 열심히 활동했지만, 그럼에도 불구하고 불길을 막을 수 없었다고 이야기하고 있었다. 고든의 이야기에 의해 일족이 더 가깝게 느껴졌고, 라이언 자기도 세

습 회원제의 고급 클럽의 일원이 된 듯한 기분이었다. 그리고 여행을 하거나 전국을 돌아다닐 수 있는 자유를 고든이 가지고 있는 것을 선망했다. 라이언은 돈이 없기 때문에 어디에도 갈 수 없었다. 그러는 동안에 라이언의 선망은 초조감과 풍자를 다한 비하로 바뀌었다.

"큰아버지는 실업 수당에 관해 자상하시죠?"

고든은 고개를 끄덕였다. "실업 수당이나 생활 보호를 받기 위해서는 일시적인 해고가 아니면 안 되지. 모가지를 당하는 수법을 쓸 수는 없었니?"

"바보 같은 소리 마세요!" 라이언에게는 30년간에 걸쳐 고든에게 의식주를 가져다 주는 그런 종류의 일을 계획하거나 공작하거나 하는 인내력은 없었다. "나는 그런 식으로 될 때까지 기다리고 있을 수가 없었어요. 금방 그 제분 공장에서 도망쳤으니까 말예요. 그 재목 더미 위에 더이상 한 장도 쌓아 올리고 싶지 않았으니까요."

"그랬구나. 그래서 지금은 돈이 한푼도 없다는 거로구나. 다른 데서 일해 본 적은 있느냐?"

"몇 군데서 일한 적이 있었죠. 하지만 어디를 가도 잘 되지 않았어요. 고등학교 때 아르바이트로 몇 가지 직업을 가진 적이 있었어요. 10학년 때 학교를 그만두고 건설 관계의 일에 종사할 때는 경기가 좋았죠. 그래서 조금 일하다가 그만두고 다른 일에 종사했고, 그곳에서 잠시 일하다가는 또 그만두는 식이었죠. 급료는 언제나 좋았고요."

고든은 천천히 끄덕였다. "지금은 사정이 달라졌단다. 어떻게 하면 돈을 벌 수 있고, 어떻게 그것을 쓸 것인지 신중히 계획을 세울 필요가 있단 말이다."

라이언은 어깨를 으쓱 올렸다가 내렸다. "사정이 달라지는 일도 있으니까요. 대충 어떻게 해 나갈 수 있겠죠. 이 일은 몇 번이나 했죠? 주 1

358

회로 3주간?"

고든은 안쪽 호주머니에서 작은 수첩을 꺼내 조사했다. "아니, 아직 2주일간이야."

"무엇이나 그곳에 적어두나요?"

"금전 출납부와 같은 것이지. 다음 주의 식비를 확보해 두어야 하니까 미리 계획을 세워놓곤 하지."

"술이 마시고 싶을 때는 어떻게 하죠?"

순간 고든은 라이언을 똑바로 응시했다. "난 알콜 중독자가 아니란다. 마시지 않아도 지낼 수 있어. 여유가 있을 때는 술을 즐길 수 있도록 계획을 세우지."

"그래요? 그러면 줄곧 여유가 있는 거로군요. 큰아버지가 시내에서 곤드레만드레가 되어 있는 것을 자주 보았으니까 말예요."

고든은 노여움을 감추었거나 또는 전혀 노여움을 느끼지 못한 것 같았다. 그대로 느긋이 그리고 조용히 앉아 있었다.

"어디서 그런 돈이 생기는 거죠?"

"나는 웨스턴 복권을 사고 있단다. 당선된 금액으로 다음 회의 복권을 사도 얼마간은 남지. 그 밖에도 생활 보호비로 175달러가 들어오니까 그것도 도움이 되지."

라이언은 초조해졌다. "그랬군요. 앞으로 4주일만 지나면, 나도 생활 보호비를 탈 수 있지요. 하지만 그 정도의 돈으로는 넉넉하게 살 수가 없다구요. 저 민생위원인 여자가 그 정도의 돈으로 살아가는 것을 보고 싶군요. 그리고 큰아버지는 175달러 이상 벌고 있을 거예요. 큰아버지가 입고 있는 그 코트를 보면 알 수 있죠. 따뜻한 안감이 붙어 있으니까. 어떻게 그렇게 비싼 것을 살 수 있죠? 그리고 블루 마운틴의 분기점 가까이의 〈텍사코〉 경식당에서 식사를 하고 있는 것을 본 일이 있어요. 호화로운 식사로, 그건 상당한 돈이 들었을 거예요. 복지 사무소는 큰아버지가 부자라는 것을 알고 있나요?”

“물론 모르지. 알려지지 않도록 주의하고 있으니까. 그리고 나는 그렇게 많은 돈을 가지고 있지는 않아. 어머니에게 소액의 보험을 걸어두었거든. 이미 돌아가시고 말았으니, 매달 조금씩 보험금이 들어오고 있지.”

“큰아버지의 어머니 일은 알고 있어요. 2개월쯤 전에 자동차 사고로 돌아가셨죠? 대단히 연세가 많으셨던 모양이던데요?”

“여든다섯 살이셨지.”

“그런가요?” 라이언은 흥미를 잃었다. 그로서는 어머니의 보험금으로 부지기 되는 계획은 세울 수 없었다.

“난 돈을 갖고 싶어요. 그것도 판자를 쌓아 올리거나 하지 않고.”

“신중히 생각하고 면밀히 계획을 세워야 한단다.”

“그만둬요, 큰아버지. 큰아버지 역시 나보다 훨씬 낫다고는 할 수 없으니까.”

고든은 심중을 헤아려보듯이 라이언의 얼굴을 보았다. 감정을 나타내 보이는 증거는, 입 끝의 근육이 조금 굳어져 있는 것뿐이었다. 고든은 예쁜 글씨로 수첩에 뭔가를 기입하고는 윗옷 호주머니에 집어넣었다.

다음 주의 기온은 어느 정도 올라갔지만, 다시 눈이 내렸다. 밤이 되자 온도는 빙점 아래로 내려갔다. 라이언은 작은 사무실 안에서 팔을 앞뒤로 흔들고 있었다.

“지난 주에도 심했지만, 금주는 더욱 나빴어요. 누나가 자기 집에서 식사를 하게 해주지 않지 뭐예요. 누나는 돈을 가지고 있는데도, 내가 식비를 물지 않는다, 식비를 내놓지 않으면 먹어 주지도 않겠다고 하는 거예요. 나는 다시 또 복지 사무소에 갔지만, 그 보기 싫은 여자는 만나 주려고도 하지 않더군요. 젠장, 이곳에서 버는 푼돈으론 살아갈 수 없어요.”

“어떻게서든 먹고 살 수는 있겠지.” 고든은 히터에 가까이 당긴 의자에 앉아 손장갑을 히터 위에 얹어 데우려 하고 있었다.

“해나갈 수 있을지도 모르죠. 하지만 차도 가지고 있지 않고, 다른 데에 사용할 돈도 없고.”

“생활 보호를 받을 수 있을 때까지 아직 2주일간 있어. 민생 위원은 전도금을 주지 않니?”

“그 여자는 만나 주려고도 하지 않아요. 큰아버지가 돈을 조금만 빌려 주시지 않겠어요?”

“미안하지만 그럴 수가 없단다. 나도 이번 달 말까지는 돈이 들어오지 않아.”

“그래요? 친척이건 무엇이건 당신은 어차피 빌려 주지 않겠죠. 이 세상에서는 자기 문제는 자기가 해결할 수밖에 없는 거니까.”

라이언은 창밖을 내다보았다. “오늘 밤에는 어쩐 일이죠? 무슨 일이 있습니까?”

“거리 건너편에서 콘서트 같은 것이 개최되는 모양이야.”

라이언은 다시 창문으로 다가가 흐려진 유리창을 동그랗게 닦아내고 소리내어 읽었다. 애시튼 시민 극단이 보내드리는 〈정직한 자에게는 복이 있나니〉──디너 쇼.”

“이제 곧 손님이 찾아오겠군.”

3대의 차가 급유하러 찾아왔다. 오늘 밤의 강설은 그리 심하지는 않았지만, 아직 겨울에 막 들어섰을 뿐이라 대부분의 차는 여름용 타이어를 장착한 채였기 때문에 젖은 포도에서 미끄러지고 있었다.

고든은 모직 코트의 단추를 잠그었다. 라이언은 얇은 가죽 자켓의 지퍼를 올렸다. 그로부터 1시간 동안 두 남자는 자동차에 급유를 해주고 크레디트 카드나 현금으로 대금을 받고 있었다.

8시 조금 전, 행사가 시작되기 직전 청색 소형 시보레가 가솔린 펌프 앞에 멎었다. 라이언이 나갈 차례였다. 밖은 몹시 추웠다. 귀는 아픔을 수반한 백색으로까지는 변하지 않았지만 얼어붙을 것만 같은 추위로 인해 빨개졌다. 장갑을 끼지 않고 가솔린 펌프의 차가운 금속 핸들을 쥐자, 손가락이 감각을 잃기 시작했다. 그는 이전에 본 하와이와 그곳의 따뜻한 모래와 태양의 사진을 동경하며 떠올려 보고 있었다.

그는 유리벽의 사무실 속으로 20달러짜리의 지폐를 가지고 돌아왔다. 손을 떨고 있었다. 고든은 라이언이 노여움을 폭발시키기 직전에 있고 그 목줄기가 뻘개져 있는 것을 인성했다.

“밖에 있는 것이 누군지 아세요? 복지 사무소의 그 여자예요! 연극을 보러 간다고 하더군요. 그리고 ‘굿 이브닝’ 이라는 말까지 하는 거지 뭐예요. 내게 미소를 보이면서 말예요. 어디선가 만난 것은 알고 있지만, 어디인지 생각해 내지 못한 거예요. 아시겠어요? 내게 굶어 죽으라고 말한 것을 기억하지 못하고 있는 거라구요. 여러 사람을 상대하기 때문에 말예요. 대단하군! 많은 사람과 만나고 있어, 나는 그 중의 한 사람밖에 안 되다니! 나 같은 존재 따위는 지렁이만도 못한 인간이라서요! 그 여자는 난방이 된 고급스러운 차를 타고 하찮은 모임에 돈을 쓰고 있어요. 그런데도 나는 이 추위 속에서 열심히 일을 해야 하고, 그것도 그 여자가 생활 보호비를 내주지 않기 때문이라구요!”

“아마 그 여자는 유복한 가정에 태어나 대학을 나오고, 항상 생활이 곤란하지 않기 때문에 빈곤을 진정으로 이해하지 못할 거야.”

“그래서요?”

“그러니까 그 점에 관한 무지를 용서해 주지 않으면 안 되겠지.”

“용서해 주라구요?” 라이언은 노여움 때문에 거의 새된 소리를 지르고 있었다. "불운이란 것이 어떤 것인지 그 여자에게 가르쳐 주고 싶군요. 아무 것도 없다는 것이 어떤 것인지 보여주고 싶어요!"

"머지 않아 기회가 있겠지. 누군가가 결핍 상태를 이해하는 것을 가르쳐 주면, 그녀는 어느 정도 나은 민생 위원이 되겠지."

고든은 라이언에게서 지폐를 받았다. "내가 거스름돈을 가져다 줄까?"

"그래 주시겠어요? 내가 가면 목 속에 쑤셔넣을지도 모르니까 말예요."

고든은 코트의 단추를 잠그고 모자를 쓰고는 가스 히터에 데워 놓은 손장갑을 꼈다. 그리고 현금 서랍에서 거스름돈을 꺼냈다. 그는 시보레로 다가가 여자에게 거스름돈을 건네주고 싱끗 웃으며, 잠시 뭐라고 이야기했고, 그런 다음 모자에 손을 대어 인사를 했다.

라이언은 사무실 안에서 발소리를 거칠게 걸어다녔다.

"그렇게까지 공손하게 응대할 필요가 있어요?"

"저 여자는 한 달에 175달러를 주지. 나는 그 밖에 50달러를 버는 것이 허락되어 있어. 공손히 하면 그만큼 얻어지는 것이 있다구."

"속이 메스껍군요. 저 여자는 어디로 간답니까?"

"네가 말하고 있던 대로야. 모임에 가는 모양이야. 우리들이 감시할 수 있게 거리 저쪽의 주유소 가까이에 주차해 두겠다고 말하고 있었어."

라이언은 고든을 날카로운 눈매로 보았다. "내가 잘 감시해 주죠. 저 여자가 안으로 들어간 순간, 저 새 차를 긁어놓고 말겠다구요."

"그것도 좋겠지. 그녀를 난처하게 할 수 있을지도 모르니까. 하지만 빈곤이 어떠한 것인지 가르쳐 줄 수는 없겠지."

라이언은 의자에 펄썩 주저앉아 힘껏 주먹을 쥐었다.

두 사람은 따뜻한 사무실 안에 앉아, 노상을 달려 지나가는 자동차의 희미한 모습을 흐린 유리창 너머로 응시하고 있었다. 8시를 지나자, 손님은 거의 오지 않았다.

라이언은 화가 난 듯이 몸을 일으켜 좁은 사무실 안을 왔다갔다 했다. 유리창의 일부를 닦아 거리의 반대쪽을 보았다.

"그 여자는 우리 바로 정면에 주차시켰군요. 장난을 하고 있는 거라구요! 저 차를 박살내 버렸으면 좋겠군. 그년은 그런 맛을 봐야 싸다구요. 교훈이 될 테니까. 내가 차를 가지고 있지 않는데, 어째서 저 여자는 차를 타고 다니는 거죠? 전능한 신처럼 돈을 내주는 이외에 남을 위해 무슨 일을 한다고?" 순간 침묵이 그 자리를 지배했다. 이윽고 라이언은 고든을 향해 돌아섰다. "이곳은 몇 시에 문을 닫죠?"

"앞으로 30분 후에는 닫지."

"저 차를 훔쳐야겠어요."

고든은 아무 말도 하지 않았다.

"난 이 주유소 뒤편에서 휘발유를 두 통 꺼내다 저 차에 싣고 저 차를 운전해 어딘가에 버리고 불을 질러 버리겠어요."

그래도 고든은 무언이었다.

라이언은 지금 흥분하고 있었다. "배선을 만지작거릴 필요도 없을 거예요. 여기 있는 열쇠 중 하나가 맞을 테니까." 그는 현금 서랍 아래의 서랍을 열고 열쇠를 한 줌 꺼냈다. "모임은 몇 시에 끝나죠?"

고든은 일어서서 흐려진 유리창을 닦아 놓은 부분으로 거리의 반대쪽 차양을 쳐다보았다.

"9시 반이라고 적혀 있구나."

"됐군. 이곳을 8시 반에 닫아요. 저 차에 올라타서 몰고갈 때까지 15분도 채 안 걸릴 거예요. 자아, 큰아버지, 나를 도와주시겠죠? 저 소형 트럭을 타고"──그는 도어에 〈엣소〉의 스티카가 붙어 있는 도요다 소형 트럭을 가리켰다——"내 뒤에서 블루 마운틴 로드를 따라와 주지 않겠어요? 나는 차의 기어를 넣은 채 산 꼭대기의 벼랑에서 떼밀어 떨어뜨리겠어요. 차는 아래서 불에 타고 말 거예요. 그년은 절대로 차를 회수할 수 없을 거라구요. 큰아버지는 나를 데리고 돌아와 차를 이곳에 되돌려 놓는 거예요. 우리들이 이 트럭을 꺼내 갔었다는 것은 아무도 모를 거예요. 난 큰아버지가 나와 줄곧 함께 있었다고 할 것이고, 큰아버지는 내가 줄곧 큰아버지와 함께 있었다고 하면 되는 거라구요."

침묵이 사무실 안을 지배했다. 고든의 자켓이 히터에 와 닿았을 때, 숯 하는 소리가 났다.

라이언은 고든에게 다가갔다. "안전해요! 절대로 확실하다구요! 나는 이제까지 아무 것도 큰아버지한테 부탁한 적이 없잖아요. 큰아버지도 말했잖아요. 그년한테 사물에 대해 가르쳐 줄 필요가 있다고. 좋죠?"

고든이 겨우 고개를 끄덕였다.

"괜찮겠지. 하지만 돈이 벌리는 일이 아니야."

"상관없잖아요!" 라이언은 거의 아우성치듯 말했다. "나는 그 여자에게 따끔한 맛을 보여주고 싶은 거라구요!"

"알겠다." 고든은 생각에 잠긴 듯한 목소리로 대답했다. "하지만 그 산을 오를 때는 충분한 속도를 내지 않으면 안 돼. 그 여자는 아직 여름용 타이어를 끼운 채이기 때문에, 산길에서 미끄러져 멎으면 두 번 다시 올라갈 수 없을 테니까 말이야."

"알고 있어요. 안다구요." 라이언은 초조해 있었다. "운전 솜씨 하나는 끝내 준다구요. 꼭대기까지 굴려갈 수 있어요."

"그래, 그럴 테지."

라이언은 살을 에일 듯한 추위를 무시하고 가죽 자켓의 앞을 열어놓은 채 가솔린 스탠드의 뒤로 달려갔다.

서랍에서 가져온 열쇠 중 하나가 자동차 열쇠 구멍에 꼭 들어맞았다. 10분이 채 지나지 않아서 라이언은 시보레로 달려가고 있었다.

고든은 수순대로 주유소의 문을 닫고 네온사인을 꺼 버렸다. 도요다 트럭의 키를 집어들고 라이언의 뒤를 쫓아갔다.

도요다의 스노우 타이어로도 하이웨이는 미끄러지기 쉬웠다. 고든은 꼬불꼬불한 산길과 낮 동안의 얼마 안 되는 강설이 녹아 지금은 얼어붙어 있는 노면을 생각하고 있었다.

"속도를 많이 내지 않으면 안 되겠군." 고든은 혼잣말을 했다.

블루마운틴 로드와 하이웨이의 교차점에서 고든은 도요다를 4륜 구동시켜 액셀을 밟아댔다. 트럭은 징을 박은 타이어로 단단히 노면을 붙들고 착실히 반응해 주었다. 전방에서는 커브에 접어들 때마다 시보레가 약간씩 엉덩이를 흔들고 있다. 라이언은 상당한 스피드를 내고 있었다. 산길을 3분의 1만큼 간 지점의 커브에서 라이언의 바퀴가 헛돌았다. 시보레의 뒤꽁무니가 벼랑 가장자리까지 흔들려 몹시 위험했다.

위쪽으로 가면 저런 것은 불가능하지 라고 고든은 생각하고 있었다. 정상 가까이에 이르면 산길 바깥쪽에는 노견이 없는 것이다. 하지만 브레이크를 사용하지 않으면 라이언은 어떻게든 할 수 있을지 모른다.

하지만 라이언은 길에 대한 것도 차에 대한 것도 잘 알지 못하고 있었다. 라이언은 고든의 충고에 따라 속도를 올렸다. 4분의 3쯤의 지점에서 얼음이 얼어붙은 노면에 접어들었다. 태양이 하루 종일 산의 남쪽 사면을 비쳐주고 있었다. 노상의 눈은 녹아 물이 되었지만, 지금은 밤의 한기로 얼어붙었던 것이다. 고든은 후미등이 산 쪽으로 흔들리고 다음에 선명한 빨간 브레이크등이 켜지는 것을 보았다. 타이어가 옆으로 미끄러지는 것을 바로잡으려고 라이언이 핸들을 확 꺾는 바람에, 차의 뒷부분이 벼랑을 향해 몹시 흔들렸다. 산에는 인기척이라고는 없었다 —— 교통량도 전혀 없었다──어둡고 깊은 밤의 어둠과, 조용이 나부끼고 있는 눈송이가 있을 뿐이었다. 한 쌍이 된 헤드라이트가 벼랑 가장자리에서 어둠 속으로 뻗었고, 후미등이 빨갛게 나타나는 원호를 그리면서 공중으로 튀어나와 사라지고 말았다. 그것을 본 것은 고든뿐이다.

고든은 얼음이 얼어붙은 노면의 훨씬 앞쪽의 길 중앙에 트럭을 멈추었다. 그 가까이의 노면에 타이어의 자국을 남기고 싶지 않았기 때문이다.

고든은 트럭에서 내리지 않았다. 조수석 쪽의 창을 감아내려 귀를 기울이고 있었다. 선명하지 않은 폭발음이 들려오고, 그 다음에는 30피트쯤 떨어진 위치에서 불덩어리가 피어오르는 것이 보였다. 불꽃이 불쑥 솟아오르는 굉음이 들렸지만, 오른쪽 방향이 밝게 빛나는 것 외에는 아무 것도 보이지 않았다.

고든은 후진으로 내려와 최초의 대피소에서 방향을 전환해 주유소로 돌아갔다.

관객들은 아직 모습을 보여주지 않았다. 고든은 트럭을 주차시키고, 열쇠를 원래의 장소에 돌려 놓았다. 사무실에 있는 동안 작은 수첩을 호주머니에서 꺼내 〈보험〉이라는 표제가 붙은 페이지를 열었다.

〈라이언 맥클린〉이라고 고든은 적어넣었다. "7만2천 달러, 단기 보험. 보험금은 4기 분할 지불."

고든은 수첩의 뒷페이지를 조사하고, 명부의 4번째에 있었던 라이언의 이름 위에 샤프 펜슬로 정성들여 가로로 줄을 그었다.

그리고 전등을 끄고 나갔다.

옛날에 수영한 장소에서

At the Old Swimming Hole

Sara Paretsky

사라 파레츠키

캔사스주 북부에서 태어나, 시카고 대학에서 박사학위 획득. 시카고의 보험회사에 근무하면서, 「서머 타임블루스」로 데뷔함. 1988년 「다운타운 시스터」로 CWA상 수상함.

옛날에 수영한 장소에서

사라 파레츠키

I

체육관은 푹푹 찌고 있었다. 뜨겁고 끈적끈적한 공기에 크롤칼키 냄새와 땀냄새가 뒤섞여 있다. 코치, 수영선수, 관객의 외침이 높은 금속성의 천정을 튕기며 수영장 양측으로 이어진 벤치 사이를 날아다닌다. 그 불협화음에 내 머리 속에서 부응 하고 불쾌한 소리가 울리기 시작했다.

전혀 즐겁지 않았다. 셔츠는 땀으로 흥건하게 젖었다. 애당초 이제 나이가 나이인 만큼 관객석에 두 시간이나 앉아서 성원을 보내는 일 따위는 무리인 것이다. 그런데 알리시아에게 단단히 부탁받았다. 그녀의 스폰서 카드의 점수를 벌기 위해서 나 본인이 와 주길 바란다는 것이었다.

알리시아 앨른슨 도핀과 나는 고등학교의 동창생이다. 그녀의 부모는 프리마 발레리나를 흉내내어 딸의 이름을 붙였으나 알리시아에게 예술의 재능은 전혀 없었다. 어렸을 때부터 그녀의 소망은 엔진을 만지작거리는 일뿐이었다. 18세 때에 항공학을 하기 위해 일리노이 대학으로 진학했다.

춤에 흥미를 나타내지 않았다고는 하지만 알리시아는 운동 신경이 뛰어났다. 항공기 다음으로 그녀가 빠져든 유일한 것은 경영(競泳)이었다. 그녀가 NCAA(전미대학체육협회)의 챔피온이었던 무렵에, 나는 언제나 응원을 가곤 했다. 습기가 많고 소란스러운 체육관에 몇 시간이나 계속해서 갇혀 있는 일에 약간의 신경질을 느끼면서. 하지만 결국 그것이 바로 친구가 좋다는 것이 아닌가.

알리시아가 버먼 항공기에 엔지니어 견습생으로 입사한 후로는, 우리는 따로따로의 인생을 걷게 되었다. 가끔 얼굴을 마주치는 것은 결혼식, 견진성사 때 정도였다(정말이지 친구 기집애들은 점점 아줌마가 되어 갔다! 아이가 없는 우리는 시간 속에 멈춘 것처럼 보이지만, 고등학교에서 함께 놀았던 여자들의 경우 인생에 있어서의 새로운 의식은 누구나가 늙어가는 것을 새기는 새로운 이정표가 되는 것이다).

그리고 지난 주에 알리시아로부터 전화가 걸려왔다. 버먼이 시 전체의 기업 대항 수영대회에 팀을 내보낸다고 것이었다. 대회에서는 스폰서로부터의 돈을 모아서 미국 암협회에 기부하는 모양이다. 알리시아의 어머니도 나의 어머니도 암으로 돌아가셨다. "애, 내가 헤엄친 거리에다가, 미터당 얼마, 하는 식으로 기부해 주겠니? 내가 우승하면 기부액을 두 배로 해줘." 그녀가 나를 대회장까지 불러내려고 한다는 일을 깨달은 것은 승낙의 대답을 한 뒤였다. 스폰서 한 사람이 경기에 얼굴을 내밀어 그녀가 제대로 수영을 했다는 것을 증명해야 하며, 더군다나 다른 모든 주부는 가정 일이나 아이 일로 바쁘다. 애, 부탁이야. V. I., 넌 하루 종일 뭐하니? 꼭 와 줘.

교묘한 말장난에 놀아난다는 것을 알면서도 왜 상대방의 생각대로 되어 버렸을까. 나는 신경질적으로 어깨를 구부리면서 출발선으로 시선을 되돌렸다.

내가 앉아 있는 장소로부터라면 알리시아는 수영복에 수영 모자를 착용한 수영 선수들 속의 한 사람에 불과했다. 특징 있는 광대뼈도 희미한 형광등 밑에서는 부드러워져서 낮게 보인다. 풍부한 검은 머리는 한 가락도 얼굴에 내려와 있지 않다. 새빨간 원피스 수영복을 입고 있었다. 물 속에서 속도를 떨어뜨리는 원인이 될 만한 불필요한 끈이나 레이스는 일체 달려 있지 않았다.

타임 키퍼들이 심판원과 소곤소곤 뭔가를 의논하고 있는 사이, 선수들은 말도 하지 않고 근육을 풀기 위해 양팔을 돌리면서 풀 사이드를 돌아다니고 있었다. 이윽고 호루라기가 관내에 작게 울려퍼지자, 선수들은 긴장하며 자세를 바르게 잡고 수영장의 맞은편 끝의 출발선을 향했다.

지금부터 시작하는 것은 50미터의 자유형이다. 나는 경기 전에 알리시아가 건네준 갈겨쓴 메모지를 보았다. 50미터 뒤에 그녀는 200미터 릴레이에 나가게 되어 있다. 그것이 끝나면 돌아가도 좋은 것이다.

선수가 출발선으로 올라가고 있을 때 또 다시 누군가가 이의를 제기하기 시작했다. 에이잭스 보험 회사 여자가 코스 안쪽의 표시에 항의를 하고 있는 모양이다. 심판이 결함 코스를 비우고 선수들의 순서를 바꾸었다. 선수가 이윽고 출발선에 오르기 시작했다. 타임 키퍼가 자기 위치로 들어갔다.

레이스의 출발을 보려고 일어선 나로서는 어느 여자가 알리시아인지 구별할 수 없었다. 나머지 6명의 선수 중에서 두 명이 역시 빨간 원피스를 입고 있다. 수영 모자와 희미한 조명 덕택에 얼굴의 특징이 사라졌고 모두가 개성을 상실해 버렸다. 빨간 원피스의 한 명은 제2 코스, 한 명은 제3 코스, 또 한 명은 제6 코스다.

심판이 출발 신호의 권총을 들었다. 선수가 위치로 갔다. 뛰어드는 자세로 팔을 재빨리 뒤로. 권총 소리, 그리고 7명의 신체가 일제히 물에 뛰어들었다. 제6 코스의 다이빙은 완벽했다. 알리시아가 분명했다. 수면에 얼굴을 내밀며 다른 사람과 차이를 벌렸다. 따라붙는 것은 한 명뿐, 펠드 스타인 홀츠 앤드 우즈 증권회사의 상당히 빠른 작은 체구의 여자였다.

제2 코스의 빨간 수영복 여자의 모습이 이상했다. 나는 그녀가 뛰어드 는 장면을 보고 있지 않았으나, 자세를 똑바로 잡지 못해서 코스를 헤쳐 나가지 못하고 있는 모양이었다. 지금은 모두가 그녀의 모습을 알아차리 고 있었다. 호루라기가 울리고 있었다. 확성기를 가진 남자가 듣는 사람 도 없는데, "조용히 하세요." 하고 외치고 있었다.

나는 벤치의 사람들을 밀어헤치고 관객과 물을 가로막은 철책을 뛰어 넘었다. 이 소동 속에서 수영장에 들어가 그녀를 끌어올리라고 누구에게 부탁하는 것은 소용없는 일이다. 런닝 슈즈를 벗어던지고 풀사이드에서 뛰어들었다. 물로 들어가서 제2 코스로. 알리시아가 아니다. 절대로 아니 다. 주변의 물이 빨갛게 물들어 있는 것이 보인다. 여자를 찾았다. 수면 으로. 그녀를 풀사이드로 끌고 가자, 그제서야 당황하며 행동을 개시한 두세 명의 손이 그녀를 끌어올려 주었다.

나는 수영장에서 기어올라와 줄무늬의 심판용 셔츠를 입고 있는 남자 를 찾았다. "서둘러 소방서의 구급대를 부르세요." 그는 턱을 바보처럼 밑으로 떨구고는 나를 응시했다. "911에 전화를 걸어요, 구즈. 빨리 하세 요!" 문 쪽으로 난폭하게 밀자, 그는 갑자기 재빨리 뛰어갔다.

나는 여자 옆에 무릎을 꿇었다. 아직 호흡을 하고 있지만 매우 약하다. 살짝 몸을 더듬었다. 수영복이 젖어 있기 때문에 출혈 장소를 찾기가 어 려웠으나 등의 뒤쪽이라고 생각되었다. 구경꾼 한 명에게 협력을 부탁해 서 신중하게 그녀를 옆으로 눕혔다. 왼쪽 어깨 밑의 상처로부터 피가 솟 구친다기보다는 지금은 스며나오고 있었다. 상처에 타올을 대고 그녀의 양쪽 발을 높이 들고는 구경꾼 퇴치에 열중했다. 그저 오로지 기다렸다.

약해진 호흡이 당장이라도 멈출 것 같아지는 것을 가만히 지켜보았다. 인공호흡은 도움이 되지 않았다. 심폐 소생법을 알고 있는 사람 아무도 없어요? 천을 아낀 비키니 수영 바지를 입은 근육질의 젊은이가 앞으로 나와 그녀의 가슴을 누르기 시작했다. 구급대원이 들것과 응급처치 기구를 가지고 뛰어왔을 때에는 약한, 질식할 것 같은 호흡은 이미 멈춘 뒤였다. 대원들이 그녀를 병원으로 운반하겠지만, 우리 모두는 이미 소용없다는 것을 깨닫고 있었다.

들것을 들은 남자들이 재빨리 나감과 동시에 관내의 나머지 부분이 나의 시야에 들어왔다. 알리시아가 젖은 검은 머리를 어깨에 늘어뜨리고 옆에 서서 잡아먹을 듯이 나를 보고 있었다. 다른 모두는 일제히 비명을 지르고 있는 것 같았다. 서까래에 부딪혀서 반향하는 소리는 지금까지 이상으로 견디기 어려웠다.

나는 일어서서 알리시아의 귀에 입을 대고 아무라도 좋으니까 아무튼 책임자에게로 안내해 달라고 부탁했다. 그녀는 선수의 유해가 운반되는 수영장의 반대편에 서 있는 아이조드의 T셔츠를 입은 남자를 가리켰다.

나는 곧바로 그에게로 달려갔다. "V. I. 워셔스키입니다. 사립탐정이죠. 저 여자는 살해되었어요. 등을 총에 맞았어요. 총을 쏜 범인은 혼란을 틈타 도망쳐 버렸는지도 모르죠. 하지만 당장이라도 경찰을 불러야 합니다. 그리고 그 확성기로 모두에게 전하세요. 경찰이 올 때까지 아무도 나가지 말라고 말입니다."

그는 물이 뚝뚝 떨어지고 있는 나의 청바지와 셔츠를 경멸의 눈으로 보았다. "그 당치도 않은 얘기를 뒷받침할 만한 것이 있나요?"

나는 양 손을 내밀었다. "피예요." 한 마디 한 후 그의 마이크를 빼앗았다. "여러분, 정숙하세요." 내 목소리가 공동 같은 관내에 울려퍼졌다. "전 V. I. 워셔스키, 탐정입니다. 수영장에서 커다란 사고가 일어났습니다. 경찰이 도착하여 사정 청취를 끝낼 때까지는 어느 분도 이 관내에서 나가지 말아 주십시오. 수영장의 반대편에 계시던 6명의 타임 키퍼 분들에게 부탁드립니다. 지금 당장 이곳으로 모여 주십시오."

주위는 일순간의 정적, 그리고 또 다시 새로운 술렁거림. 한 무리의 사람들이 수영장의 가장자리를 지나서 나한테로 왔다. 아이조드 셔츠의 사내는 서슬이 퍼렇게 고함을 질렀으나 마이크를 빼앗을 배짱은 없는 것 같았다.

타임 키퍼들이 모였으므로 나는 말했다. "저 여성을 죽이는 일이 명백하게 불가능했던 것은 여러분 6명뿐입니다. 여러분들이 출구를 지켜 주셨으면 좋겠는데요." 한 명씩 가볍게 두드리며 할당 장소를 지시했다. 관객석의 꼭대기에 있는 2층의 문에 2명, 1층의 출입구에 2명, 그리고 남성용, 여성용 탈의실로 통하는 문에 각각 1명씩.

"누가 오더라도 내보내지 마십시오. 그가 또는 그녀가 무슨 말을 하더라도 말입니다. 화장실을 쓰고 싶다고 말해도 안 됩니다. 경찰이 올 때까지 참으라고 하세요. 나가려고 하는 사람은 무조건 잡으세요. 나가겠다고 폭력을 휘두른다면 그야 어쩔 수 없지만 인상만은 완벽하게 기억해 두기 바랍니다."

그들은 각자의 책임 구역으로 뛰어갔다. 나는 아이조드에게 마이크를 되돌려 주고, 구석에 있는 공중전화로 가서 11번가의 살인과 전화번호를 돌렸다.

II

마고니가르 부장 형사는 이렇게까지 신랄하지 않아도 되지 않느냐고 생각할 정도로 신랄한 말투로 말했다. "당신이 녀석에게 2층 출구의 보초를 부탁했기 때문에 녀석은 당당하게 나갔소. 아마도 권총을 가지고 말이오. 지금쯤은 분명히 어딘가의 교회에 무릎을 꿇고 앉아 참견장이 사립탐정을 이 경기장으로 보내 주셔서 감사하다고 하느님에게 감사하고 있을 거요.”

나는 입술을 깨물었다. 나에 대한 그의 분노 같은 것은 내가 자신에게 던지는 분노의 발목에도 미치지 못한다. 나는 재채기를 하고는 축축하게 젖은 옷 속에서 몸을 떨었다. “그 말씀이 맞습니다, 부장 형사님. 나 대신 경기장에 오셨으면 좋았을 텐데. 당신이라면 아마도 제복 경관을 열 명 데리고 와서 출발의 권총이 울린 순간에 그 사람들을 수사하기 시작해서 이런 곤경을 피해 지나갔겠죠. 타임 키퍼 중에서 그 남자를 알고 있는 사람은 있나요?”

우리가 있는 곳은 대학의 체육과가 수사 본부로 사용하라고 경찰에 제공해 준 사무실이었다. 마고니가르 부장 형사는 타임 키퍼들이 수영장의 바로 옆에 있었으므로 사건의 상황을 최상의 각도에서 보았을 것이라고 생각하여 전원에게 심문을 시작했다. 그 중에서 한 명, 내가 2층의 발코니로 가게 한 남자가 사라진 것이다.

부장 형사는 떨떠름하게 그 점은 이미 확인했다고 말했다. 사라진 남자가 누구인지 한 사람도 알지 못했다. 타임 키퍼나 그 밖의 보조원은 경기에 참가한 각 기업으로부터 자원 봉사자로 와 있었다. 누구나가 다른 기업에서 온 남자일 것이라고밖에 생각하지 않았다. 남자를 자세히 쳐다본 사람도 없었다. 모두의 주의는 수영장 안의 움직임에 집중하고 있었던 것이다. 남자를 힐끗 보았을 뿐인 나의 설명이 경찰에 있어서는 가장 상세한 인상의 기록이 되었다. 키는 중간쯤, 엷은 갈색의 짧은 머리, 엷은 녹색의 T셔츠에 색 바랜 뎃님의 바지. 그렇다, 주머니에 총을 넣어도 알지 못할 정도로 헐렁했다.

"저, 부장 형사님, 내가 수영장의 반대편에 있던 타임 키퍼 6명에게 보초를 부탁한 것은 말이죠, 그들이 선수와 마주보고 있어서 피해자인 여성을 등뒤에서 쏘는 것이 불가능했기 때문이에요. 그 남자가 넉살좋게 앞으로 나왔다구요. 그렇다면 행방불명이 된 타임 키퍼가 한 명 있어야 돼요. 반대편에 있던 진짜 타임 키퍼도 공모자이거나 아니면 당신들이 시체 하나를 못 봤다든가, 어느 쪽이라구요."

마고니가르 부장 형사는 화가 난 듯한 몸짓을 보였다. 나에 대해서가 아니었다. 지금까지 그것을 깨닫지 못한 그 자신에 대해서였다. 제복 경찰관 둘에게 자원 봉사자 전원을 모아서 행방불명된 타임 키퍼가 누구인지 파악하라고 상세히 지시했다.

"피해자인 여성에 관해서 좀더 가르쳐 주지 않겠소?"

마고니가르는 서류가 흩어진 눈앞의 책상에서 메모 용지를 집었다. "이름, 루이즈 카모디. 그건 알고 있겠죠? 나이 24세. 근무처는 포드 디아본 신탁은행이고, 제일 말단인 접수계를 맡고 있어요. 그것도 알고 있겠죠? 상사는 심한 충격을 받고 있고. 이제 상상이 되겠죠? 그리고 적은 없었어요. 사망자가 나오면 언제나 이렇다니까."

"그녀는 뭔가 극비스러운 일이라도 하고 있지 않았을까요?"

"하나 가득 있죠." 나는 단호하게 말했다. "위쪽의 인간은 뼈빠지는 일은 하지 않죠. 데이터 분석이라든가 분석을 위한 기초 데이터 수집은 말단의 일이에요. 그녀는 누군가가 데이터를 손에 넣으면 곤란한 일을 하고 있던 것이 아닐까요?"

마고니가르는 피곤한 얼굴로 어깨를 으쓱했으나 두 번째의 메모 용지에 무엇인가를 적었다. 나의 의견이 그런 대로 괜찮았다고 인정하는 데에 가장 가까운 동작이다.

나는 또 다시 재채기를 했다. "아직도 묻고 싶은 것이 있나요? 난 집으로 가서 젖은 옷을 말리고 싶은데요.”

“아닙니다, 돌아가시죠. 어짜피 말로리 경감보가 도착했을 때 이곳엔 안 계시는 편이 좋을 테니까요.”

보비 말로니는 마고니가르의 상사다. 더군다나 15년 전에 돌아가실 때까지 계속 순찰차 경찰관이었던 나의 아버지의 오래된 친구다. 보비는 여자가 범행 현장에 있는 것을, 설령 그 여자가 어떤 역할을 하고 있더라도(피해자, 가해자, 탐정의 어느 것일지라도) 좋아하지 않고, 옛 친구인 토니의 딸이 현장에 있는 것을 보면 더욱 떨떠름한 얼굴이 된다. 상사와 내가 따지고 덤비는 장면은 일체 보고 싶지 않다는 마고니가르의 기분을 예측하여 돌아가려고 일어선 그 순간에, 제복 경찰관이 돌아왔다.

6명째의 타임 키퍼가 남성 록커 안쪽의 비품실에서 발견되었다고 보고해 왔다. 뇌진탕을 일으키고 있었고, 머리의 상처 때문에 어지러워서 왜 그런 곳에 있는지 생각이 나지 않는다고 했다는 것이다. 점심 식사 뒤의 일은 아무 것도 기억하고 있지 않는 것이다. 나는 발걸음을 멈추고 그것만 들은 후에 방을 나섰다.

복도의 저쪽편에서 알리시아가 나를 기다리고 있었다. 수영복에서 청바지와 블루오버로 갈아입은 후 뒤꿈치를 바닥에 대고 쭈그리고 앉아 하늘을 멍하니 바라보고 있었다. 내가 온 것을 알아차리고는 일어서서 눈에 걸린 검은 머리를 위로 올렸다.

“형편없는 꼴이군, V. I.”

“고마워. 나를 살인 사건의 수사로 끌어들인 친구 아이들에게 나중에 도움과 지지를 받게 되어 기뻐.”

“얘, 화내지 마. 그럴 생각이 아니었어. 살인 사건의 수사에 끌어들인 것은 미안하게 생각하고 있어. 아니, 사실은 아니야. 네가 바로 옆에 있어 줘서 좋았다고 생각하고 있어. 얘기를 해도 되겠니?”

"내가 마른 옷으로 갈아입고 형편없는 꼴을 감춘 후에."

그녀는 자켓을 빌려 주었다. 그녀의 5피트4인치에 대해서 나는 5피트 8인치이므로 그다지 크게 감추지는 못했다. 차가운 10월의 밤바람으로부터 몸을 지키기 위해 고마운 마음으로 어깨에 걸쳤다.

아파트로 돌아가자 알리시아는 열이 나는 나를 쫓아서 옥실까지 들어왔다. "살해당한 여자가 누군지 알고 있니? 경찰에 물었는데 안 가르쳐 주더라."

"알고 있어." 나는 신경질적으로 대답했다. "그리고 몸을 덥힐 시간을 20분만 준다면 확실하게 가르쳐 줄게. 이 아파트에서는 말이지, 샤워는 단체 스포츠가 아니라구."

그녀는 뾰로통한 표정으로 욕실에서 발을 끌 듯이 하며 나갔다. 약 20분 후 젖은 머리에 타올을 감은 내가 거실의 그녀가 있는 곳으로 돌아가자, 그녀는 TV 앞에 앉아서 채널을 돌리고 있었다.

"뉴스는 아직이구나." 짧게 말했다. "살해당한 여성은 누구였니?"

"루이즈 카모디. 포트 디아본 은행의 직원이었어. 너, 알고 있니?"

알리시아는 고개를 저었다. "왜 총을 맞았는지 경찰은 알아냈어?"

"아직은. 막 수사를 시작한 참이야. 너는 뭔가 짚이는 것이 없어?"

"전혀. 그녀의 이름이 뉴스에서 나올까?"

"아마, 가족한테 연락이 된 후에. 왜 그런 일에 신경쓰지?"

"이유는 없어. 굉장히 잔혹한 느낌이 들어서. 신문 기자가 그녀의 주위를 어슬렁거린다든가, 그런 일이."

"진실을 말해 주지 않겠니? 부탁이야."

그녀는 깜짝 놀라더니 일어서서 나를 노려보았다. "지금의 것이 진실이야."

"농담이겠지. 그녀의 이름도 모르고, 뉴스가 보고 싶어서 채널을 돌리고 있고, 그런데 이번에는 신문 기자가 배회하는 것을 굉장히 잔혹하다고 생각하고 있어?…… 내 생각을 말할까, 알리시아? 너는 누가 범인인지 알고 있어. 선수 순서가 바뀌어 어느 선수가 어느 코스인지 아무도 모르게 되었어. 너는 처음에는 제2 레인에 있었지. 즉 에이잭스 보험 회사의 여성이 항의를 하지 않았으면 죽은 것은 너였다구. 어떤 놈이 너를 죽이고 싶어하지?"

그녀의 하얀 얼굴 속에서 검은 눈이 이글거렸다. "그런 작자는 없어. 조금은 내 기분이 되어 줘, 비크. 난 살해당했을지도 모른다구. 미치광이가 돌아다니다가 여자를 쐈어. 동정해 줘도 되잖니."

"난 말이야, 그 여성을 끌어올리기 위해서 수영장에 뛰어들었어. 젖은 옷을 입은 채로 2시간이나 앉아서 경찰의 사정 청취를 받았다구. 기진맥진이야. 동정을 해 주기를 바란다면 어디 다른 데를 찾아봐. 내가 가지고 있는 아주 작은 동정은 오늘 밤의 나를 위해서 간직해 두고 싶으니까 말이야. 왜 내가 수영장에 나가야만 했는지 가르쳐 달라구. 공격해 올 것 같은 사람을 격퇴시키기 위해서가 아니라면 말이야. 그리고 네가 진짜 이유를 말해 준다면, 루이즈 카모디 양은 지금도 살아 있을지 몰라."

"말도 안 되는 소리 하지 말라구, 비크. 내 말을 일일이 의심하지 말아 줘. 네가 와 주기를 바라는 이유는 확실하게 설명했어. 카드에 누군가의 서명이 필요했어. 밀리는 낮에 일하고 있어. 플레더도 그래. 케이티는 아기를 갓 낳았구. 엘레나는 곧 첫 손자가 태어나. 쓸데 없는 추측은 하지 말라구."

"진실을 말할 생각이 없고, 그 일로 꽥꽥 소리지른 거라면 지금 당장 나가라구!"

그녀는 잠시 말없이 서 있었다. "미안해, 비크. 감정에 흐르지 않도록 조심할게."

"고마워. 부디 그렇게 해 줘. 지금부터 저녁을 만들 텐데, 함께 먹을 래?"

그녀는 고개를 저었다. 목욕 타올과 올리브 접시를 들고 거실로 돌아 가자, 마침 존 트라젠이 최초의 로칼 뉴스를 내보내고 있는 참이었다. 살 해당한 여성의 이름을 읽자, 알리시아는 앉은 채로 주먹을 쥐었다. 그 후 의 그녀는 말수가 적어졌다. 하룻밤 묵어도 되겠느냐고 물었을 뿐이었 다. 그녀의 집은 위렌빌 버먼의 항공공학 연구소 근처로 시내에서 차로 1시간은 족히 걸린다.

나는 그녀에게 카우치에서 자도록 베개와 담요를 건네주고 침대로 갔 다. 매우 화가 나 있었다. 그녀가 재워 달라고 말한 것은 겁을 먹고 있기 때문이라고 생각했고, 그것을 한 마디도 입에 담지 않는 그녀에게 맹렬 하게 화가 났다.

2시 반에 전화벨 소리로 잠을 깼는데 목이 아릿했다. 젖은 옷을 입은 채로 장시간 동안 앉아 있었기 때문에 감기에 걸린 모양이다. 위협적인 목소리로 알리시아가 있느냐고 물었다.

"무슨 말씀이죠?" 나는 갈라진 목소리로 말했다.

"어른답게 굴라구, 워셔스키. 그 여자는 당신을 체육관으로 불러들였 어. 자택에는 돌아와 있지 않아. 당신 집에 있는 것이 분명하다구. 그 여 자를 깨우는 게 싫다면 이렇게 전해 달라구. 오늘 밤은 행운이었다구 말 이야. 돈은 정오까지 받고 싶어. 그렇지 않으면 두 번째는 그렇게 행운스 럽지 않을 거라고 말이야."

사내는 전화를 끊었다. 내가 수화기를 1초 정도 잡은 채로 있자 다른 찰카닥 하는 소리가 들렸다. 거실의 전화였다. 나는 가운을 입고 복도를 따라서 걸어갔다. 거실까지 간 그때에 현관문이 닫혔다. 나는 계단의 가 장 위쪽까지 뛰어갔다. 알리시아의 발소리가 메아리치고 있었다.

"알리시아! 알리시아!―― 혼자서 나가면 안 돼. 돌아와!"
아파트 입구의 닫히는 소리가 나에게 들린 유일한 대답이었다.

Ⅲ

춥기도 하거니와 알리시아를 향한 걱정과 분노가 뒤섞여서 나는 잠잘 수가 없었다. 8시에 아픈 몸을 침대에서 끌어내어 앉아서 재채기를 하며, 김이 나는 과일 쥬스를 앞에 두고는, 어떤 대책이 가능한지 뇌에 그 촛점을 맞추려고 했다. 알리시아는 누군가에게 돈을 빌렸다. 그 누군가는 돈이 돌아오지 않기 때문에 그녀를 죽이려고 할 정도로 화가 나 있다. 은행원이라면 융자 이용객에게 애를 먹더라도 죽일 리는 없다. 사채업자라면 죽일지도 모르지만, 그런 엄청난 부채를 만들다니, 알리시아는 도대체 무슨 일을 저지른 걸까. 그녀가 담당하고 있는 항공기 날개의 특수 설계에 대해서 버먼은 1년에 아마도 7만이나 8만은 지불하고 있을 것이다. 더군다나 그녀는 은행이 언제나 소중하게 여기는 종류의 손님이다. 그렇다면 사채업자에게 빌릴 수밖에 없는 돈을 그녀는 무엇 때문에 필요로 했을까.

시계가 찰칵거리고 있었다. 그녀의 회사에 전화를 했다. 병으로 쉬겠다는 전화가 있었다고 한다. 그녀가 어디에서 전화를 걸어왔는지 비서는 몰랐고, 자택으로부터였다고 생각하고 있었다. 소용없을 것이라고 생각했으나 일단 자택으로 걸어보기로 했다. 아무도 받지 않았다. 알리시아에게는 동생이 하나 있었다. 톰이라고 하며 사우스 사이드의 변두리에서 보험 대리점을 하고 있었다. 두세 번 전화를 돌린 뒤에 플로스무아에 있는 그의 사무실을 찾아냈다. 그는 알리시아로부터는 몇 주일 동안이나 연락이 없었다고 말했다. 더군다나 그녀가 빚을 질 만한 상대방도 모르고 있었다.

톰은 마지못해 플로리다에 사는 아버지의 전화번호를 가르쳐 주었다. 미스터 도펀도 역시 딸로부터 연락을 받고 있지 않았다.

"만일 그녀가 전화를 걸어오거나 그쪽으로 가는 일이 생기면 꼭 알려 주시기를 부탁드립니다. 그녀는 이쪽에서 성가신 일에 말려들어 있어서, 내가 힘이 되어 주려면 우선 그녀의 거처를 파악할 수밖에 없거든요." 그녀에게서 전화가 있을 것이라고는 그다지 기대하지 않은 채 번호를 일러 주었다.

그녀의 빚에 대해서 정보를 흘려 줄 만한 인물을 나는 알고 있었다. 1년쯤 전에 이 마을 마피아의 두목인 도온 패스워클레를 위해서 큰 힘이 되었던 것이다. 그녀의 빚의 상대방이 그라면 나의 조정에 귀를 기울일 것이다. 그가 아니더라도 누구에게 빚을 졌는지 가르쳐 주는 정도는 가능할 것이다.

도온이 가짜 사무실을 내고 있는 엘무우드 파크의 레스토랑 〈트로피〉에 전화를 걸자, 그의 오른쪽 팔인 에르네스트와 연결해 주었다. 잊지도 않은 탁한 목소리가 나보고 목소리가 탁하다고 말했다.

"고마워요, 에르네스트." 나는 코를 훌쩍이며 말했다. "어젯저녁에 일리노이 대학의 체육관에서 루이스 카모디가 살해당한 뉴스 들었어요? 아마도 사람을 착각해서 죽인 것 같아요. 불쌍하게도. 정말로 노리고 있었던 것은 알리시아 도펀이라는 여성이에요. 난 그녀하고 어릴 때부터의 친구라서 대신 좀 고민하고 있어요. 누군가에게 막대한 빚이 있는 모양이에요. 당신한테 물으면 누군지 알 수 있지 않을까 해서 전화했어요."

"들은 일이 없는 이름이군, 미스 워셔스키. 조사한 다음에 다시 전화하지."

감기 덕택에 어항 바닥에 있는 듯한 기분이었다. 알리시아가 어디로 자취를 감추었는지 생각하려고 해도 머리 회전이 둔하고 집중력도 없다. 혹시 자택에 있는 것은 아닐까? 전화를 안 받으면 아무도 자신이 자택에 돌아와 있을 것이라고는 생각하지 않을 것이라고 믿고. 그다지 산뜻한 생각은 아니었으나 머리가 멍하고 코가 막힌 지금의 상태에서는 이것이 머리에 떠오르는 최상의 발상이었다.

알리시아가 현대풍으로 손질한 위렌빌의 낡은 농가는 그 고장 고등학교의 뒤편에 있었다. 남학생들이 교정에서 풋볼을 하고 있었다. 모두 얇은 운동복 차림이었다. 나는 겨울 코트를 입고 있었다. 따뜻한 하루였지만 감기 때문에 몹시 으시시해서 따뜻한 옷으로 몸을 감싸고 싶었다. 학생의 마우스피스가 보일 정도의 거리인데도, 사람의 인기척을 찾으며 집 주위를 어슬렁거리는 나에게 그들은 눈길조차 주지 않았다.

알리시아의 차는 차고에 있었다. 집은 냉랭하여 아무도 없는 것처럼 보였다. 뒤편으로 돌려고 했을 때 검정과 백색의 푸치 고양이가 덤불에서 뛰어나와 슬픈 듯이 울면서 나의 발목 부근을 어슬렁거리기 시작했다. 알리시아는 고양이를 세 마리 키우고 있다. 이 고양이는 먹을 것을 구하고 있는 것이다.

알리시아는 고성능의 도난 경보 장치를 부착하고 있었다. 자택에 일터를 만들어 그곳에서 자주 예비적인 설계를 하고 있었기 때문이다. 실력이 좋은 도둑이 이 장치를 망가뜨리고 식료품 저장실에 침입해 있었다. 코드를 마비시키기 위해서 에포키시 수지 같은 것이 스프레이되어 있었던 것이다. 도둑은 그 뒤에 전화와의 접속을 어떤 방법으로 못 쓰게 만든 뒤에 코드를 절단해 버렸다.

나의 위의 근육이 긴장되었다. 쓸데없는 일이지만 집의 금고가 열쇠로 채워져 있는 스미스 & 웨슨을 그렇게 생각했다. 감기로 머리가 멍해져서 이런 상황인데도 총을 잊고 와 버렸던 것이다. 하지만 도둑에게 선수를 배앗겼다고 사립탐정이 망설이고 있을 수 있는가. 나는 창문을 열고 한쪽 발을 살짝 걸치고는 식료품 저장실의 바닥에 내려앉았다. 고양이 친구는 더욱 우아하게 따라왔다. 고양이는 즉각 나를 버리고 저장실 벽의 냄새를 맡기 시작했다.

나는 조심스럽게 문을 열고 부엌으로 침입했다. 아무도 없었다. 냉장고와 시계의 모터가 낮게 울리고 있을 뿐이고, 싱크대 위에는 건조한 행주가 걸려 있었다. 거실로 가자 또 한 마리의 고양이가 다가왔다. 알리시아가 서재로 사용하고 있는 일렉트로닉스의 이상한 나라까지 따라왔다. 그녀가 만들다 그만둔 책장에 컴퓨터나 다른 장치를 구비하고 있었다. 프린터는 옆의 벽에 부착되어 있고 코드가 도처에 깔려 있었다. 침입한 자가 누구든간에 그 녀석은 일렉트로닉스 기기에는 흥미가 없었던 모양이다. 그녀의 서재에 있는 기기류를 팔아치우면 상당한 벌이가 될 텐데도 손도 대지 않고 남아 있었다.

2층을 둘러보는 것이 무서워졌다. 두 번째의 고양이가 꼬리를 깃발처럼 흔들면서 내 앞을 힘차게 뛰어갔다. 알리시아의 침실문은 닫혀 있었다. 오른발로 문을 차면서 벽에 달라붙었다. 아무 일도 일어나지 않았다. 무릎을 꿇고 들여다보았다. 고풍스러운 하얀 커버를 깨끗하게 덮은 침대는 비어 있었다. 욕실도 마찬가지였다. 손님용 침실도, 유리를 끼워서 선룸으로 개조한 선 포치도 마찬가지였다.

침입한 도적은 도둑질이 목적이 아니었던 모양이다. 모든 것이 이상할 정도로 정돈되어 있었다. 그렇다면 그(그녀?)는 알리시아를 덥치기 위해서 온 것이다. 나의 목덜미의 털이 거꾸로 솟구쳤다. 그는 어디에 있지? 바깥에 숨어 있을까?

계단을 내려가려던 때에 소리가 들렸다. 무엇인가를 긁는 듯한 낮은 소리. 나는 얼어붙어 어디서 들리는지 파악하려고 했다. 시야 끝에서 뭔가가 움직였다. 지붕 뒤의 공간으로 통하는 해치가 열리고 팔이 내려왔다. 아주 짧은 시간에 나는 팔과 그것에 쥐어진 총을 응시했고, 이어서 계단을 두 칸씩 뛰어 내려가고 있었다.

무거운 쿵 하는 소리——사내가 위의 댄스홀로 뛰어내린 것이다. 총이 불을 뿜는 소리. 왼쪽 어깨에 달리는 충격, 나는 충격에 숨을 헐떡이며 마지막 두세 계단을 밑까지 굴러 떨어졌다. 일어섰다. 현관의 안전 열쇠로 손을 뻗었다. 야옹 하는 분노의 울음 소리, 욕을 퍼부어대는 소리, 그리고 사내가 밑으로 떨어진 듯한 쾅 하는 소리. 현관을 열고 비틀거리며 나서자, 분노에 미쳐 날뛰는 털복숭이가 옆에서 뛰쳐나갔다. 고양이 중에서 오늘의 히로인이라고 말해야 할 한 마리가 습격자를 넘어지게 해서 나의 목숨을 살려 주었던 것이다.

Ⅳ

나는 완전히 의식을 잃었던 것은 아니었다. 보도를 비틀거리며 걷는 나를 보고 풋볼을 하고 있던 아이들이 우르르 뛰어왔다. 모두들 나한테 신경을 빼앗겨 병원으로 데리고 가 주었고, 젊은 인턴이 열심히 내 어깨의 탄환을 제거하는 처치를 해주었다. 겨울 코트 덕택에 큰 부상은 면했다. 감기에 걸린 데다가 이번에는 총격, 2, 3일 입원하라는 말을 듣자 나는 오히려 기뻤다.

나는 침대에 눕혀져 숨막히는 불안한 꿈속으로 떨어졌다. 알리시아를 찾으러 미시간 호의 검은 물 속으로 뛰어들었고, 상어보다 먼저 그녀를 잡으려 하고 있는 것이었다. 그녀는 조금만 가면 내 손이 미칠 것 같은 장소에 숨어 있었다. 산소 봄베가 정오에 텅 비게 된다는 것을 모르고 말이다.

땀에 흥건히 젖어서 눈을 떴을 때, 바깥은 이미 어두웠다. 실내는 세면대 위의 형광등에 의해 희미하게 비추어지고 있다. 갈색 울의 비지네스 양복을 입은 남자가 침대 옆에 앉아 있었다. 내가 바라보고 있는 것을 깨닫자, 윗저고리의 주머니에 손을 넣었다.

사내가 나를 쏠 마음이라면 나로서는 도망칠 길이 없었다. 숨막히는 잠으로 축 처져서 움직일 수도 없다. 하지만 권총 대신에 사내는 신분증명서 케이스를 꺼냈다.

"미스 워셔스키? 연방수사국의 피터 칼튼입니다. 상태가 안 좋은 것은 알고 있지만, 알리시아 도핀의 일로 반드시 얘기를 듣고 싶습니다."

"그럼 상어가 그녀를 먹어치웠군요." 나는 말했다.

"뭐라구요?" 그는 예리하게 추궁했다. "그건 무슨 의미입니까?"

"아니에요, 그저. 그녀는 어디에 있죠?"

"모릅니다. 그 일로 얘기를 나누고 싶습니다. 그녀는 어제의 수영 경기 뒤에 당신과 함께 돌아갔습니다. 그렇죠?"

"어머나, 미스터 칼튼. 난 내가 납부한 세금으로 일하고 있는 장면을 보는 것을 좋아해요. 그녀를 미행하셨다면 있는 장소는 나보다 자세하게 아실 텐데요. 그녀를 마지막으로 본 것은 오늘 새벽 2시 반쯤이에요. 만약에 아직도 오늘이라고 한다면 말이에요."

"당신한테 무슨 얘기를 했습니까?"

나는 머리에 낀 안개가 걷히기 시작하고 있었다. "FBI가 왜 미스 도핀에게 흥미를 가질까요?"

그는 말하고 싶어하지 않았다. 알리시아가 나한테 했던 말을 남김없이 가르쳐 달라고 말할 뿐이었다. 내가 꼼짝도 하지 않으므로, 그는 내가 왜 그녀의 집에 갔는지, 뭔가 알아차린 것이 없느냐고 묻기 시작했다.

이윽고 나는 말했다. "미스터 칼튼, 왜 미스 도핀에게 흥미가 있으신

지 설명해 주지 않으면 나도 질문에 대답할 수 없어요. FBI든 경찰이든, 아니 실제로 누구든간에 스캔들을 파헤치기 위해서 시민의 생활을 수색할 권리는 없을 텐데요. 흥미를 가지는 이유를 설명해 주세요. 그러면 나도 그 흥미에 관계가 있는 일을 알고 있는지 어떤지 대답할 테니까요."

떨떠름한 말투로 그는 말했다. "그녀가 국방성의 기밀을 소련에 팔고 있다고 생각되는 대목이 있습니다."

"설마요!" 나는 단호하게 말했다. "그녀가 하필이면 그런 짓을 했을 리가요!"

"그녀가 담당하고 있던 날개의 설계 몇 개가 행방불명되었습니다. 그녀도 행방불명이구요. 더군다나 세인트 찰즈에 있던 소비에트의 대사관원마저도 행방불명입니다."

"정황 증거로만 들리는군요. 날개의 설계도는 그녀의 집에 있지 않을까요? 분명히 어딘가의 디스크에 들어 있을 거예요. 그녀는 제품은 모두 컴퓨터로 하고 있으니까요."

수사원들은 그녀의 자택과 회사의 컴퓨터 파일을 남김없이 조사했으나 아무 것도 발견되지 않았다고 한다. 그녀의 상사도 최신 설계도의 복사본을 가지고 있지 않았고, 발견된 것은 상당히 오래 전의 것들뿐이었다. 전화로 돈을 요구해 왔던 위협적인 목소리가 생각났으나 알리시아를 생각해서 비밀로 하기로 했다. 우선 그녀에게 변명할 기회를 줘야 한다.

나는 그에게 알리시아가 했던 모든 말과 그녀의 신경을 곤두세우고 있다가 갑자기 돌아가 버린 일을 이야기했다. 그녀의 일이 걱정스러워서 자택으로 돌아갔는지 어땠는지 보러 갔던 일. 그리고 지붕 뒤의 공간에 숨어 있던 도둑에게 총을 맞은 일. 누군가가 설계도를 가지고 갔을까? 아무 것도 도둑맞은 것처럼은 보이지 않았는데.

그는 나를 믿지 않았다. 내가 무엇인가를 알고 있으면서 숨기고 있다고 생각하고 있을까, 소련에 기밀을 파는 알리시아의 일을 돕고 있다고 생각했을까, 과연 어느 쪽이었을까? 하지만 그는 너무나도 끈질겼으므로 나는 드디어 콜 버튼을 눌렀다. 간호사가 오자 피곤해서 죽겠으므로 손님을 현관까지 안내해 주지 않겠느냐고 부탁했다. 그는 돌아갈 때 또 오겠다고 약속했다.

약해진 신체를 한탄하면서 나는 또 다시 잠에 빠졌다. 다음에 눈을 뜬 것은 아침이었다. 감기도 어깨도 훨씬 좋아져 있었다. 아침 회진으로 의사들이 왔을 때 퇴원 허가를 받았다. 목욕을 하고, 퇴원하기 전에, 윌렌빌 경찰로부터 형사가 와서 상세한 진술서를 받아 갔다.

로비의 전화로 응답 서비스에 전화를 걸었다. 에르네스트로부터 전화가 있었다. 〈토르피노〉의 그에게로 연락을 했다.

"신문에서 사고 기사를 읽었어, 워셔스키. 상태는 어때…… 도핀의 건 말이야, 아트 스모렌스크한테 75만 달러의 차용증서에 서명을 한 모양이야. 당신의 힘이 되어 주지는 못해. 도온이 하루라도 빨리 완쾌하라더군."

아트 스모렌스크, 갬블의 제왕이다. 국선 변호사를 하고 있던 시절에 그의 조직 똘만이들의 변호를 담당했던 일이 있었다. 누군가의 손가락을 자동차 문에 끼워서 부러뜨리는 등의 정도의 부류다. 살인이나 방화를 하는 부류는 직접 변호사를 고용할 여유가 있다.

갬블에 미친 알리시아라는 것이 감이 잘 잡히지 않았다. 하지만 친한 만남은 10년 이상 끊고 있었던 것이다. 그녀에 관해서 모르는 일이 잔뜩 있다.

옷을 갈아입으려고 집으로 돌아온 나는 지하실에서 발걸음을 멈추었다. 이곳의 열쇠가 달린 사물함에 필요 없어진 기념품이 담겨져 있는 것이었다. 상자를 이쪽저쪽으로 움직이며 15분이 지나자, 땀이 나고 어깨가 쑤시며 피가 배어나왔지만 고교 시절의 동기생 앨범을 찾을 수 있었다. 그것을 가지고 위층으로 올라가, 알리시아가 어디로 잠적해 버렸는지 힌트를 얻을 수 없겠는가 생각하며 앨범을 펄럭여 보았다.

소용없었다. 다시 나가려고 할 때 전화가 울렸다. 알리시아였다. 소음을 배경으로 말하고 있다. "비크, 무사해서 다행이야. 총격을 당했다고 신문에서 읽었어. 부탁이야, 내 일은 걱정하지 말아줘. 괜찮으니까. 간섭하지 말아줘. 그리고 걱정도 하지 마."

내가 질문할 틈도 주지 않고 그녀는 전화를 끊고 말았다. 나는 그녀의 이야기 내용이 아니라 배경의 소리에 생각을 집중했다. 금속문이 철커덕 닫히는 소리. 크고 소란스럽게 날아다니는 목소리. 공항은 아니다. 공항이라고 말하기에는 너무나 목소리가 크고, 배경에는 스피커에서 흘러나오는 아나운스 따위도 들리지 않았다. 들은 기억이 있는 분위기. 마음을 편하게 먹으면 떠올릴 수 있을 것 같았다.

동기생 앨범을 두서없이 넘기면서 알리시아가 신뢰할 수 있을 것 같은 사람들의 얼굴을 찾았다. 여자 농구부 전원이 찍은 사진 속에 이쪽을 보고 있는 나의 얼굴이 있었다. 나는 가드——후방의 방어역 빅토리아였다. 다음 페이지에서는 수영 트로피를 높이 쳐든 알리시아의 얼굴이 함빡 웃음으로 웃고 있었다. 그녀의 코치는 라틴어 선생님으로 알리시아가 올림픽을 목표로 연습하길 강력하게 바라고 있었으나, 알리시아는 일리노이 대학과 엔지니어링으로 마음을 결정하고 있었다.

갑자기 그 철커덕 소리가 무슨 소리였는지, 알리시아가 어디에 있는지 알았다. 그런 소리는 전 세계의 어디를 찾더라도 있을 리가 없다.

알리시아와 나는 사우스 시카고의 제강 공장 바로 근처에서 자랐다. 미국 산업의 퇴락을 이렇게까지 확실하게 제시하는 장소는 이 밖에는 어디에도 없을 것이다! 위스콘신 제강은 남경 자물쇠를 잠그며 폐쇄해 버렸다. 사우스 워크스는 부귀영화를 누리는 옛 나날들의 단편이 되고 말았다. 실업율은 30%를 넘었고, 술집이나 거리에 모이는 일거리가 없는 젊은이의 숫자는 내가 그런 부류의 옆을 지나서 엄마가 기다리는 안전한 나의 집으로 뛰어온 나날마다 증가하고 있었다.

고등학교는 나의 기억에 있었던 것보다도 낡아 있었다. 나는 사립 탐정의 허가증을 보이며 내밀한 용건으로 여자 체육과 선생님과 꼭 이야기를 나누고 싶다고 말했다. 잠시 실랑이가 있은 후에——그녀는 적의를 보였고, 나는 코를 훌쩍거리면서—— 그녀가 통행증을 건네주었다. 닳아 빠진 복도를 지나서 고물딱지 사물함을 지났고, 카페테리아에서 풍겨오는 불쾌한 기름 냄새를 빠져나가, 소음과 활기로 가득 찬 체육관에 도달하는 데 안내는 필요하지 않았다.

청색 셔츠와 백색 바지 차림의 (그것이 이 학교의 색깔이다) 10대 여자아이들이 배구공을 쫓아 흥겨운 소리를 지르거나 점프하면서 외치고 있었다. 나는 부저가 수업의 끝을 알릴 때까지 그 대소동을 지켜본 후에 교사에게로 다가갔다.

그녀는 숨을 헐떡이면서 땀을 흘리고 있었으며, 흥미없는 듯한 눈길로 나를 보았다. 내가 내민 통행증도 힐끗 보았을 뿐이었다.

"무슨 일이신가요?"

"새로운 수영 코치를 영입하셨죠?"

"단순한 자원 봉사자예요. 당신은 조합의 분이세요? 그녀는 급료는 받지 않고 있어요. 하지만 코치인 핀리 선생님은 인력 부족으로 무척 고생하고 있었죠. 왜냐하면 라틴어 학급도 맡고 있거든요. 그래서 이 여성 덕분에 매우 도움이 되죠.”

“조합에서 온 것이 아니에요. 그녀의 트레이너죠. 그녀와 얘기를 나누게 해 주세요. 왜 도망쳤는지, 이번 가을의 경기에 나갈 마음이 있는지 어떤지를 들을 필요가 있거든요.”

교사는 거짓말을 간과하는 일에 익숙해져 있는 인간 특유의 날카로운 눈으로 나를 보았다. 나의 말 따위는 아마도 믿고 있지 않겠지만, 수영장 쪽으로 가서 수영 코치와 이야기를 나누어도 좋다고 말해 주었다.

수영장은 이 학군이 풍요로웠던 당시에 만들어진 것이다. 길이 25야드, 외벽에는 천창이 끼워져 있다. 남녀별로 샤워가 달린 탈의실을 빠져나가면 그곳이 수영장이다. 바깥으로부터의 출입구는 없다.

알리시아가 다이빙대 위에 혼자 앉아 있었다. 남녀가 섞여 몇 명인가가 수영장에서 물장구를 치고 있었지만 조직적인 연습은 행해지고 있지 않았다. 알리시아는 공허하게 하늘을 쳐다보고 있었다.

나는 입으로 메가폰을 만들어서 위쪽의 그녀를 불렀다. “내가 올라가는 편이 좋겠니? 아니면 네가 내려올래?”

그 말에 그녀가 고개를 돌려 나를 보았다. “비크!” 그 비명은 수영장의 물장구 소리를 중단시키기에 충분했다. “어떻게—— 혼자야?”

“혼자야. 내려와. 어깨에 탄환을 맞았거든. 너를 쫓아서 올라가지는 않겠어.”

그녀는 다이빙대에서 완벽한 원을 그리며 수면에 파도가 거의 만들어지지 않도록 뛰어들었다. 학생들이 부러운 듯한 눈초리로 지켜보았다. 나 자신도 상당한 질투를 느꼈다. 나의 경우에는 무슨 일을 해도 저렇게 우아하게는 할 수 없다.

그녀는 나의 옆 수면으로 얼굴을 내밀었으나 시선은 학생들 쪽을 보고 있었다. “얘들아, 수영장을 몇 번을 왕복해야 하지.” 그녀는 엄하게 말했다. "연습이라고 생각하고 있는 거니, 아니면 여름 캠프라도 온 줄 아는 거니?"

그들은 떨떠름하게 우리로부터 떨어져서 헤엄치기 시작했다.

"어떻게 알아냈니?"

"간단하지. 네가 신뢰할 수 있는 사람이 없을까 하고 동기생 앨범을 펼쳐 봤지. 즉각 핀리 선생님이라는 대답이 나왔어. 선생님의 집에서 2년쯤 동거한 거나 마찬가지였다는 일도 생각이 났구. 너하고 선생님은 함께 「제인 에어」를 읽는 것을 좋아했고, 선생님은 너를 무척 좋아하셨지. 넌 엄청난 사건에 휘말린 거야. 스모렌스크가 너를 쫓고 있다구. 더군다나 FBI도. 영원히 이곳에 숨어 있을 수는 없어. FBI 사람한테 말하는 편이 좋아. 환영하는 얼굴은 아니겠지만 말이야. 적어도 너를 쏘는 짓은 하지 않는다구."

"FBI가? 왜?"

"너의 설계도야, 스위티 파이. 설계도와 소련인. FBI는 그런 종류의 일을 수사하는 사람들이라구."

"비크, 도대체 무슨 얘기를 하는 거니?" 그 말은 매우 느리고 침착하게 입에서 나왔으므로, 나는 자칫 믿을 뻔했다.

"아트 스모렌스키한테 75만 달러를 빌렸지?"

그녀는 고개를 저었다. 그리고 말했다. "그래, 그랬어. 그 얘기였구나."

"그래, 그 얘기야. 넌 아무래도 나만큼 큰 돈이라고는 생각하고 있지 않은 것 같구나. 아니면 루이즈 카모디가 총에 맞은 것을 잊었니…… 아무튼 소련의 스파이라는 것을 파악하고 있는 남자가 어젠가 그젠가 펠미 연구소로부터 모습을 감추었고, 이번에는 너도 행방불명, 그리고 너의 날개의 설계도도 행방불명. 그래서 FBI는 네가 그것들을 바다 저편에 팔아치우고, 너 자신도 동쪽으로 간 것이 아니냐고 의심하고 있어. 나는 아트의 이름은 말하지 않았지만, 그 사람들이니까 머지 않아 알아낼 거야."

"설계도가 행방불명이라는 것이 정말로 틀림없니?"

"네 상사한테 물어도 찾을 수가 없었대. 어쩌면 아무한테도 말하지 않고 복사한 몫이 집에 있지 않니?"

그녀는 또다시 고개를 저었다. "그런 것은 집에 두지 않는 주의야. 지난 주 토요일 집에서 일을 하려고 가지고 갔지만, 그 디스켓은 회사에 되돌려 놓았고……." 공포의 표정이 그녀의 얼굴을 스쳤고, 동시에 목소리가 삭아지며 사라졌다. "설마! 생각한 것보다 심각한 것 같군." 그녀는 일어서더니 수영장에서 나가려고 했다. "가야 해. 이곳에 있는 것을 누군가에게 들키기 전에 도망쳐야 한다구."

"알리시아, 훗날의 일이니까 말해 줘. 무슨 일이 있었니?"

그녀는 발길을 멈추고 눈물이 넘칠 것 같은 눈으로 나를 보았다. "누군가에게 고백할 수 있다면 그건 너뿐이지만 말이야, 비크." 그렇게 말하고는 수영장을 몇 번이나 왕복하고 있는 학생들을 남겨놓고 여자 탈의실로 뛰어 들어갔다.

나는 그녀로부터 떨어지지 않았다. "어딜 가니? 친구나 친척의 집은 모두 FBI가 손을 뻗고 있어. 스모렌스크도 마찬가지고."

이 말에 그녀는 멈추었다. "톰의 집도?"

"톰은 최초이자 최후이자 최우선. 시카고에 있는 친척이라고 해야 그뿐이잖니." 그녀는 노출된 복도에서 떨기 시작했다. 나는 그녀의 몸을 붙잡고 흔들었다. "사실을 말해 줘, 알리시아. 눈이 안 보이면 나는 날을 수가 없어. 이미 어깨에 총을 맞았다구."

갑자기 그녀는 나의 가슴에 매달려 울기 시작했다. "아아 비크, 힘들어서 견딜 수가 없었어. 너는 몰라…… 이해할 수 없어…… 믿을 수 없을 거야…….” 그녀는 훌쩍거리고 있었다.

나는 그녀를 데리고 샤워룸으로 들어가 타올을 찾았다. 그녀의 몸을 닦는 동안 훌쩍거리면서의 군데군데 끊기는 이야기를 들었다.

그녀의 동생인 톰은 갬블에 미쳐 있었다. 고등학교, 대학교 시절부터 아주 약간 손을 대고 있었다. 자신이 장사를 시작한 후에 그 갬블 버릇이 심해졌다. 보험 대리점은 자산을 저당에 잡혔고 자택을 제2 저당으로 잡혔지만, 그래도 중단할 수가 없었다.

“동생이 2주 전에 집으로 찾아왔어. 회사에 거짓 보험금 청구를 해서 돈을 만들 생각이라고 말했어.” 그녀는 일그러진 미소를 띄웠다. “그런 압력은 넣지 않아도 되었는데—— 내가 안심하고 있을 리가 없는데.”

“하지만 알리시아, 어떻게 아트 스모렌스크가 너의 이름을 알고 있지?”

“아트 스모렌스크라는 것은 톰이 돈을 빌린 상대방의 이름이지? 동생은 내 이름을 썼을 것이라고 생각해. 미들 네임인 앨른슨을. 알고 있다구, 그 정도는. 단지 생각하는 것이 싫었을 뿐이지. 3년 전에도 나를 협박하러 온 녀석이 있었어. 두 번 다시 내 이름을 쓰지 말라고 톰한테 말했고, 톰도 오랫동안 얌전히 있었지. 하지만 이번에는 필사적인 거야, 분명히. 75만 달러나 되니까…… 왜 동생을 못 본 척하지 못하느냐 하면…… 너한테는 형제도 자매도 없으니까 아마 이해할 수 없겠지만. 엄마가 돌아가겼을 때 나는 열셋, 동생은 여섯 살이었어. 난 동생의 뒷바라지를 해왔어. 동생이 곤란할 때에는 도와줬어. 모든 힘이 되었지. 분명히 습관이 되어 버렸을 거야. 아니면 의무일까. 그래서 나는 한 번도 결혼하지 않았고 자신의 아이도 만들지 않았어. 이런 임무를 더 이상 짊어지고 싶지 않아서.”

"그런데 설계도의 일은?"

그녀는 또다시 공포의 표정을 떠올렸다. "동생이 토요일에 저녁을 먹으러 왔었어. 나는 하루 종일 설계에 몰두해 있다가 컴퓨터의 스위치를 끄려고 할 때, 동생이 서재로 들어왔지. 국방성의 일이라고 동생한테 말하지는 않았지만, 내가 하고 있는 일이 국방에 관련된 일이라고 짐작하는 것은 그다지 어렵지 않아. 왜냐하면 버먼은 그 전문이기 때문이야. 상업용 항공기는 만들고 있지 않으니까. 나는 그 뒤로는 한 번도 설계도를 보지 못했어. 일요일에는 하루 종일 그 지긋지긋한 경기를 위해서 연습을 하고 있었거든. 톰은 분명히 나의 디스켓을 훔쳐서 뭔가 다른 라벨과 교환을 한 거야. 디스켓은 산더미만큼 굴러다니니까."

그녀는 일그러진 미소를 머금었다. "도박이었다구. 디스켓에 뭔가 가치가 있는 것이 들어 있는지 어떤지, 그것을 팔아치울 때까지 라벨을 바꾼 것이 들킬지 아닐지, 도 아니면 모, 도박이었다구. 어째피 동생은 도박꾼이니까."

"그랬구나…… 얘, 알리시아, 네가 톰의 책임을 진다고 해도 한도가 있다구. 이번에 보석금을 내고 그를 돕는다 하더라도——그런 일이 가능할 것이라고는 생각할 수 없지만——또 다음이라는 일이 있다구. 그리고 이번에 그를 도우려고 한다면 너도 무사하지 않을지도 몰라. FBI한테 전화를 하자."

그녀는 눈을 단호하게 감았다. "넌 몰라, 비크. 알 리가 없지."

그녀를 설득해서 FBI에 전화를 걸게 하려 하고 있을 때, 수영 코치 겸 로맨틱한 라틴어 선생님인 미스 핀리가 엄격한 발걸음으로 락카 룸으로 들어왔다. "알리! 여학생 하나가 날 부르러 왔더군. 너, 괜찮——" 선생님은 깜짝 놀라 나를 보았다. "빅토리아! 잘 왔다. 알리를 도우려고? 너라면 신용해도 괜찮다고 이 아이한테 말했단다."

"무슨 일이 있었는지 선생님한테 말씀드렸어?" 나는 알리시아에게 물었다.

그렇다. 핀리 선생님은 내용의 대부분을 알고 있었다. 심각한 사태라는 일에는 동의했으나, 알리시아가 자신의 동생을 배신하는 일은 당치도 않다고 말했다. 선생님은 알리시아에게 체조 매트와 침구를 주고는 재워 주고 있었다. 소동이 가라앉고 뭔가 다른 방법을 찾을 수 있을 때까지 그녀를 체육관에 숨길 생각이었던 것이다.

핀리 선생님이 마른 옷으로 갈아입어야 한다고 알리시아를 데리고 나가는 옆에서, 나는 할 일도 없이 앉아 있었다. 두 사람이 돌아오지 않았으므로 드디어 찾으러 바깥으로 나가, 어렴풋이 기억이 있는 복도나 문을 찾은 끝에 간신히 코치용 사무실을 찾아냈다. 핀리 선생님이 찾아낸 치어 리더의 낡은 유니폼을 입고 열다섯 정도로 보이는 알리시아가 홀로 앉아 있었다.

"핀리 선생님은 수업이 있니?" 나는 엄한 목소리로 물었다.

알리시아는 멋적은 표정을 지었으나 반격을 했다. "그래, 2시 30분의 학급이야. 애, 가장 중요한 것은 그 디스켓을 되찾는 일이잖니. 톰한테 전화를 해서 그것을 설명했어. 돈을 만들 준비는 되어 있지만 그 디스켓을 소련에 넘기는 일만은 불가능하다고 말했어. 그 아이는 이해해 주었어. 이곳으로 가지고 온다더군."

방이 내 주위에서 약간 흔들렸다. "설마! 네가 유머 센스가 풍부하다는 것은 알고 있지만, 하지만 이건 농담이겠지. 그렇지?"

그녀는 이해하지 못했다. 소련 사람들이 이미 출국해 버렸으니, 디스켓은 이미 톰의 손에 없다는 것을 도무지 이해하려고 하지 않았다. 톰이 이곳으로 온다면 그녀는 산 제물인 산양이 되어 버린다는 일도. 드디어 절망하여 나는 말했다. "그를 어디서 만나기로 했지? 여기?"

“수영장에서 기다린다고 말했어.”

“한 가지만 내 마음대로 하게 해 주겠니? 핀리 선생님 학급으로 가서 동사의 활용을 45분간 하고, 수영장에서 그를 만나는 일은 나한테 맡겨 줘. 좋지?”

결국 턱을 완강히 버티면서도 그녀는 동의했다. 하지만 그래도 FBI에로의 전화는 허용해 주지 않았다. “내가 직접 톰하고 말하기까지는 안 돼. 모든 일이 오해일지도 모르잖니.”

있을 수 없는 일이라고 피차가 알고 있었지만, 나는 자신의 의무라고 알고 있으면서도 전화를 거는 것을 그만두고, 그녀가 라틴어 학급에 들어가는 것을 지켜본 후 수영장으로 되돌아갔다. 물 속에서 아직도 물장구를 치고 있던 두 학생을 내몰고, 「수질 오염으로 인하여 추후 통지가 있을 때까지 수영을 금지합니다」라는 종이를 탈의실 문에 붙였다.

나는 조명을 끄고 바깥에 접한 창문으로부터 멀리 떨어진 구석에 웅크리고 앉아 기다렸다. 지금까지의 이야기를 마음속으로 몇 번이고 몇 번이고 되새겼다. 그것을 믿었다. 너무 쉽게 생각했나. 그녀가 FBI에 전화를 하지 않는 이유는 정말로 그것뿐일까.

드디어 톰이 남자 탈의실 입구로 들어왔다. “알리? 알리?” 그의 목소리가 높은 서까래에 부딪혀 되돌아왔고, 내 주위에서 메아리쳤다. 나는 스미스 & 웨슨을 부여잡고 어둠 속에 몸을 숨기고 있었다. 그에게는 내가 보이지 않는 것이다.

30초쯤 지나자 다른 남자가 그의 옆으로 왔다. 본 기억이 없는 남자지만, 헐렁한 옷을 입고 있는 것을 보니 FBI는 아니며, 스모렌스크 일가의 한 명인 것 같았다. 남자는 1분쯤 톰에게 귓속말을 하고 있었다. 그리고 둘이서 함께 여자 탈의실로 들어갔다.

두 사람이 돌아왔을 때, 나는 풀 사이드의 중간 정도까지 이동했고, 알리시아를 찾으러 두 사람이 교사 쪽으로 되돌아간다면 뒤를 쫓으려고 대기하고 있었다.

"톰." 나는 불렀다. "V. I. 워셔스키야. 모든 것을 알고 있어. 나에게 디스켓을 넘겨."

"워셔스키?" 그는 외쳤다. "이곳에는 뭣하러——?"

나는 그의 친구의 움직임을 본다기보다는 느꼈다. 그를 향해서 총을 쏘고 물로 뛰어들었다. 그의 탄환이 내가 서 있던 장소의 타일에 맞아서 깨지는 소리를 냈다. 나는 옷이 젖고 어깨는 쑤셔대서 움직이는 것이 곤란했다. 탄환 또 한 발이 나의 머리 옆 수면에 튕겼다. 나는 또 다시 수중으로 잠수하여 무거운 자켓과 격투를 벌여 그것을 벗어 버리고 수면으로 떠올랐다. 거기서 알리시아의 날카로운 목소리를 들었다. "톰, 왜 비크를 쏘니? 그만둬, 지금 당장. 누나한테 디스켓을 돌려 달라구."

또 다시 몇 발인가의 총성, 이번에는 나한테서 떨어져 있었으므로 그 틈에 풀 사이드로 헤엄쳐 기어올랐다. 여자 탈의실 문 옆의 바닥에 알리시아가 쓰러져 있었다. 톰이 무언인 채 옆에 서 있다. 킬러는 그의 총에 다음 탄환을 넣고 있었다.

나는 흠뻑 젖은 옷이 허용하는 한의 속도로 킬러에게 달려가 그의 팔을 비틀어올렸다. 나는 어깨에서 피가 스며나오기 시작한 것을 느끼면서 상대방의 발등을 밟고 온 힘을 발에 담았다. 그런데 킬러로부터 총을 빼앗은 것은 톰이었다. 나를 쏠 생각이었다.

"총을 버려, 톰 도핀." 핀리 선생님이었다. 악동들의 학교에서 몇 년간 가르친 만큼 훌륭한 관록이었다. 톰은 총을 떨구었다.

VI

알리시아는 잠시 동안 숨어 있다가 FBI에 진실을 말할 수 있었다. 나의 마음은 약간이나마 위로가 되었다. 톰의 진술서를 본 일도 약간의 위로가 되었다. 그는 스모렌스크에게 부탁하여 누나가 말하기 전에 죽여 버리려고 생각한 것이었다. 그렇게 되면 그녀가 매국노로 죽어 준다는 그의 도박은 멋지게 성공하는 것이다. 왜냐하면 설계도는 사라졌고 그녀의 이름은 스모렌스크의 파일에 올려져 있으니까. 아마도 진실이 밝혀지는 일은 결코 없었을 것이다. 도박사가 대승부를 할 만큼의 가치가 있었던 것이다.

FBI는 총격전이 끝난 5분 뒤에 도착했다. 톰의 감시는 계속되고 있었지만 그다지 엄중하지는 않았던 것 같다. 그 사람들은 알리시아를 빤히 보고 있으면서도 총을 맞게 한 일에 심사가 뒤틀렸다. 그래서 몇 가지의 죄를 나한테 밀어붙였다. FBI 당국을 방해한 죄, 알리시아의 거처를 말하지 않은 죄, 그녀로부터 진상을 듣고 즉각 통보하지 않았던 죄, 그 밖의 여러 가지. 나는 유치장에서 며칠을 보냈다. 그것은 가장 적절한 속죄인 것처럼 생각되었다. 사실은 그것으로 충분하다고는 말할 수 없지만.

편역자와의
계약으로
인지생략

영·미·캐나다 미스테리 걸작선   값 15,000원

1993년 8월 10일 제1판 제1쇄 인쇄
1993년 8월 15일 제1판 제1쇄 발행

편역자	정	성	호
발행자	박	명	호

발행소 **명 지 사**

서울특별시 동대문구 장안동 369-1
등 록 : 1978. 6. 8. 제5-28호
전 화 : 243-6686 · FAX 249-1253
사 서 함 : 서울청량우체국사서함 제154호
대 체 구 좌 : 010983-31-1742329
지 로 번 호 : 3 0 3 3 3 1 7

ISBN 89-7125-053-4 03840   ※잘못된 책은 바꾸어 드립니다.